U0902588

11.22.63 上

〔美〕斯蒂芬·金 著 辛红娟 鄢宏福 译

斯蒂芬·金作品系列

STEPHEN KING

人民文学出版社
PEOPLE'S LITERATURE PUBLISHING HOUSE

著作权合同登记号　图字 01-2018-7068

11/22/63
by Stephen King

图书在版编目(CIP)数据

11/22/63：全 2 册/(美)斯蒂芬·金著；辛红娟，鄢宏福译. —北京：人民文学出版社，2018
(斯蒂芬·金作品系列)
ISBN 978-7-02-014561-4

Ⅰ. ①1… Ⅱ. ①斯… ②辛… ③鄢… Ⅲ. ①长篇小说-美国-现代 Ⅳ. ①I712.45

中国版本图书馆 CIP 数据核字(2018)第 190096 号

出 品 人　**黄育海**
责任编辑　**朱卫净　张玉贞**
封面设计　**陈　晔**

出版发行　**人民文学出版社**
社　　址　**北京市朝内大街 166 号**
邮政编码　**100705**
网　　址　**http://www.rw-cn.com**

印　　刷　**上海盛通时代印刷有限公司**
经　　销　**全国新华书店等**

字　　数　**677 千字**
开　　本　**890 毫米×1240 毫米　1/32**
印　　张　**23.625**
版　　次　**2016 年 10 月北京第 1 版**
印　　次　**2019 年 8 月第 1 次印刷**

书　　号　**978-7-02-014561-4**
定　　价　**89.00 元(全 2 册)**

如有印装质量问题，请与本社图书销售中心调换。电话：010－65233595

献给泽尔达

嗨，宝贝，欢迎来到聚会。

理性上，我们几乎无法接受一位不起眼的独行客放倒了一位伟人，而这位伟人处于其车队、军士、伙伴和保镖的重重保护之下。如果这样一个无足轻重的家伙能够毁灭地球上最强大国家的元首，一个失衡的世界势必将我们吞没，我们注定生存在荒谬的寰宇之中。

——诺曼·梅勒

如果有爱，天花的疤痕会像酒窝一样美丽。

——日本谚语

舞蹈就是生命。

目　录

1

我不是一个轻易会哭的人。

前妻说，我缺乏情感起伏是她离开我的主要原因（仿佛她在匿名戒酒会[①]上认识的那个男人与此无关）。克里斯蒂说，她能原谅我在她父亲的葬礼上没有哭，毕竟我认识她父亲只有六年，还不知道他是个多么优秀、慷慨的人（例如，把野马敞篷汽车作为高中毕业礼物送给女儿）。但是后来，我在自己父母的葬礼上也没有哭——他们在两年内相继去世，父亲死于胃癌，母亲在佛罗里达海滩上散步时因突发心脏病猝死——克里斯蒂开始意识到我“缺乏情感起伏”这档事。用她们匿名戒酒会的行话说，我“感觉不到自己的情感”。

“我压根儿没有见过你掉眼泪，”她语气平淡，是人们结束关系时用的那种决绝口气，“你告诉我说我必须去参加戒酒会，将我留在那里独自离开时，我都没有见你掉过泪。”这番谈话之后大约六个星期，她收拾好自己的全部东西，开车穿过镇子，搬去和梅尔·汤普森同居。“匿名戒酒会，成就一对是一对。”戒酒会上流行这种说法。

我看着她离开，没有哭。我回到欠着一大笔按揭贷款的小房子里，依然没有哭。没有孩子在这所房子里住过，而且再也不会有了。然后我躺在如今属于我一个人的床上，拿胳膊盖住眼睛，哀恸不已。

但没有流泪。

但我并非患有情感阻滞的毛病。克里斯蒂说得不对。我九岁那年，有一天，放学回家，妈妈在家门口迎着我。她告诉我，我的牧羊犬

① 匿名戒酒会是一个国际性互助戒酒组织，1935 年 6 月 10 日在美国俄亥俄州阿克伦成立。其宗旨是让酗酒者通过分享各自的经历、感受与希望，以互相帮助戒酒。所有成员对外均保持匿名。

“塔格”被车撞死了，肇事车逃逸了。家人埋葬塔格时，我没有哭，尽管父亲说我即便哭了，也没有人会因此瞧不起我。但是妈妈告诉我消息时，我的确哭了。一部分是因为这是我第一次经历死亡；更主要的原因是，我一直负责把它安全地关在后院。

母亲的医生打来电话，告诉我她在海滩上猝死时，我也哭了。“我很抱歉，但已经尽力了，”他说，“心脏病猝死常常是转瞬之间的事情。从医生的角度看，这也算是一种福气吧。”

克里斯蒂当时不在场——她那天得在学校待到很晚，跟一位学生家长见面，那位家长对他儿子的成绩单有疑问——但我确实哭了。我走进小洗衣间，从篮子里抓起一条脏床单，蒙住脸哭起来。我没有哭多久，但确实掉了眼泪。事后，我本想告诉她这一切，但是又觉得没有必要，一方面是因为她也许会觉得我“装可怜”（这不是匿名戒酒会里的语言，但应该收录进去），另一方面是因为我并不认为在恰当时刻放声痛哭是成功婚姻的必要条件。

回想起来，我从没看见爸爸哭过。他情绪激动的时候，会长叹一口气或是不自然地笑几声——威廉·埃平绝不会捶胸顿足或是捧腹大笑，他是坚强而沉默的那种人。我妈妈在很大程度上也这样。所以，不轻易流泪是种遗传。情感阻滞，感觉不到自己的情感？纯属无稽之谈。

除了惊闻母亲猝死那次，我记得自己长大之后只哭过一次——读到清洁工的父亲的故事时。我独自一人坐在里斯本高中的教员办公室里，批改成人英语班学生写的作文。从办公室里可以听到楼下打篮球的砰砰声，中场休息的哨声，以及运动健将厮杀时观众的呐喊：里斯本灰狗队对阵杰伊老虎队。

谁能预料生活会在何时、因为何事发生转折？

我布置的作文题目是“改变我生活的一天”。大部分作文虽然煽情，但写得很烂：不是写善良的阿姨收容了怀孕少女，就是写军人展示了勇敢的真正含义，要不就是写与名人不期而遇（我记得那个学生写的是智力游戏节目《冒险》主持人亚历克斯·特里伯克，也可能是卡尔·马尔登）。靠教成年学生，每年赚三四千元外快的老师肯定知道，读这些作文多么没劲。给这些作文打分毫无意义，至少对我毫无意义。我让所有人都通过，因为我从没遇到哪个成年学生不格外用功。你只要写了作文，肯定能从里斯本高中英语系杰克·埃平老师那里得到一个钩；你的作文假如段落分明，至少能得 B–。

这份工作难就难在红笔代替了嘴巴，成了主要教学工具，我快把它用烂了。这份工作没劲的地方就在于，你明知红笔教学很难持久。你如果到了二十五岁或三十岁还不知道如何正确拼写（把“全部”写成“全步”），不知道什么时候使用大小写，如何在句中的名词前搭配动词，那么你可能永远也学不会了。但我们还是迎难而上，不屈不挠地圈出句子里用词不当的地方，例如，“我丈夫对我的判断太‘仓促’了”；或把“在那之后，我通常向浮板凫去”中写对了的“凫”划掉，改成“袅”字。

那天晚上，我做的就是这么乏味冗长、令人绝望的工作。不远处，又一场高中篮球赛迎来终场哨声。真是没完没了，阿门。克里斯蒂当时脱离匿名戒酒协会不久，所以，我当时肯定期待回到家里，看到她清醒着（结果果真如此；她坚守清醒的时间比对丈夫保持忠贞的时间长）。我记得自己当时头有点儿痛，揉了揉太阳穴。想必大家都有这样的经验，免得头痛愈演愈烈。我当时盘算着：再看三份，只剩下三份了，我看完就可以离开了。我回家后，要倒一大杯速溶可可茶，然后钻进约翰·欧文[①]的新小说中，再也不去想这些煽情的烂作文。

我从作文堆上把清洁工的作文拿下来，摆在面前时，没有任何特别的事发生。我也丝毫没有意识到，我的人生将从此改变。生活无法预知，不是吗？人生就像一枚不停转动的硬币。

作文是用劣质圆珠墨水笔写的，五页纸上有多处墨渍，字迹潦草，但能够辨识得出。落笔一定很重，因为文字就像是被刻进了廉价的笔记本纸张里。闭上眼睛，用指尖触摸这些从笔记本上撕下的纸张背面，感觉肯定像盲人点字。每个小写字母“y”后面都有一个弯，仿佛他写的是花体字，我对这一点记得格外清楚。

作文的第一段的每一个字都历历在目。

---

① 约翰·欧文（1942— ），美国小说家，奥斯卡最佳改编剧本奖得主。

那不是一个白天，而是一个晚上。改变我一生的一个晚上。爸爸杀死了妈妈和两个哥哥，打伤了我，也打伤了妹妹。妹妹伤得很重，深度浑迷。她浑迷了三年之后，还是死了。她的名字叫埃伦。我很爱她。她洗欢摘花，然后把花插进花平。①

我看到第一页的一半，眼睛就开始刺痛。我放下红笔。我读到他眼睛里流着血，在床底下爬时（一股血涌向我的喉咙，令人恶心的血腥味）哭了——克里斯蒂定会对此感到高兴。我一口气读到结尾，没有做任何记号，擦了擦眼睛，以免眼泪落到他倾尽心力的作文上。我以前不是认为他比其他人愚钝，仅比所谓“智力迟钝，勉强开蒙”的人稍强吗？唉，上帝啊，看来这一切是有原因的，不是吗？他跛脚也是有原因的。他能活下来已经是个奇迹。他活了下来。一个好人，总是面带笑容，从不对孩子们高声说话。一个在鬼门关里走了一遭的好人，和大多数学生一样，卑微谨慎，渴望拿到高中文凭。他也许这辈子都只能当个穿着绿色或褐色卡其布制服的清洁工，用扫帚扫地，用他经常放在后口袋里的油灰刀刮除黏在地上的口香糖。他也许曾有机会变成不一样的人，但是在那个夜晚之后，他的人生彻底改变。现在，他只是个穿着卡哈特工作服的家伙，因为走路样子怪异被孩子们称作“蟾蜍哈里”。

想到这些，我哭了。伤恸的泪水流自心灵最深处。我听见里斯本乐队在楼下奏起欢歌——毫无疑问，主队赢了，很好。哈里和几位同事稍后可能会走上露天看台，清扫座位下面的垃圾。

我在他的作文上面画了个大大的红色 A。我看了一会儿，又加了个大大的红“+”号。作文写得太好了，他的苦痛激起他的读者（我）情感上的共鸣。能激起共鸣的作文不应该得 A+ 吗？

我希望克里斯蒂·埃平以前的判断是正确的。我真希望自己确实患有情感阻滞症。因为接下来发生的一切，一切可怕的事情，都是这些眼泪带来的结果。

---

① 原文中“昏迷”、“喜欢”、“花瓶”的英文单词都拼写错误，中文故意用别字示之。下文类似情况同。

第一部　分水岭时刻

第一章

1

哈里·邓宁最终以优异的成绩毕业。我应他的邀请，参加了在里斯本高中体育馆举行的普通教育发展课程毕业典礼。他实在找不到别人，所以我欣然接受。

祈祷由神父班迪主持，他很少错过里斯本高中的庆典。祝福祈祷结束之后，我穿过拥挤的亲友群，走到哈里面前。他独自站着，身上罩着黑袍，一只手里攥着文凭，另一只手拿着学位帽。我接过他的帽子，跟他握手。他咧嘴笑了，露出一排牙齿。牙缝很大，好几颗牙长歪了。尽管如此，他笑得很阳光，很可爱。

“谢谢您能来，埃平老师。太谢谢您了！”

“我很乐意。叫我杰克吧。我只允许那些跟我爸爸一样年纪的学生这么叫。”

他愣了一下，接着大笑起来。“我想我够格，对吗？哎唷！”我也笑了。周围很多人都在大笑。当然，也有人在哭。对我那么难的事情对很多人却非常容易。

“还有那个 A+！哎唷！我一辈子没得过 A+！想都没敢想过！”

“你当之无愧，哈里。你高中毕业了，想做的头一件事是什么？”

他脸上的笑容黯淡了片刻——他没有考虑过这种事。“我想我会回到家里。你知道，我在高德街租了一处小房子。”他举起文凭，用指尖小心捏住，好像担心上面的墨迹会洇开。“我要把这个裱起来，挂到墙上。然后我倒杯酒，坐在沙发上，好好看看这张文凭，看到上床睡觉为止。”

“听起来不错，”我说，“想不想先跟我去吃点汉堡和薯条？阿尔餐馆。”

我以为他会拒绝。我以为他对这家餐馆的态度和我的大多数同事一样。我们教的大多数孩子对阿尔餐馆更是避之唯恐不及，好像它是一种瘟疫。他们喜欢光顾学校对面的冰雪皇后快餐店，或者一九六号公路旁、老里斯本免下车餐馆附近的高帽子餐厅。

“太好了，埃平老师。谢谢！”

“叫我杰克，记住了？”

“杰克，没问题！”

我带哈里去了阿尔餐馆。我是唯一经常光顾的教员。阿尔那年夏天招了个女服务员，但还是亲自为我们服务。他跟往常一样，嘴角叼着香烟。在公共餐厅吸烟是违法的，但这条法律从来约束不了阿尔。他眯着一只眼睛，怕被烟熏着。他看到折叠起来的高中毕业服，马上意识到今天是什么日子，执意要免单。其实没几个钱，阿尔餐馆卖的肉一直出奇的便宜，于是本地有了一些关于附近走失动物的谣传。他还给我们照了张相，后来把照片挂在他所谓的城镇名人墙上。其他名人包括已故邓顿珠宝创始人艾伯特·邓顿；里斯本高中前任校长厄尔·希金斯；约翰·克拉夫茨汽车销售公司创始人约翰·克拉夫茨；当然，还有圣西里尔教堂的神父班迪。神父的照片跟教皇约翰十三世的照片在一起，教皇不是本地人，但他备受阿尔·坦普尔顿尊敬，阿尔称自己为“虔诚的天主教徒”。在阿尔那天拍的照片中，哈里·邓宁脸上带着灿烂的笑容。我站在他边上，和他一起捧着他的文凭。他的领带有点歪了。我记得这一点，是因为歪领带让我想起他写小写字母 y 时带的小弯钩。我清楚地记得这些事情。

2

两年后，学年的最后一天，我坐在同一间办公室里，批改美国诗歌荣誉研讨班学生写的一堆期末论文。学生已经离校，即将放纵一个暑假。我很快也会这么做。但是我眼下很享受周遭不同寻常的安静。我打算在离开前清理一下放点心的小橱柜。我想，总得有人清理。

那天早些时候，哈里·邓宁在班主任指导时间（当时特别吵闹，因为所有的指导教室和自习室里都洋溢着最后一天的气氛）结束之后一瘸一拐地走到我面前，向我伸出手。

“我想感谢您所做的一切。”他说。

我咧嘴一笑。“我记得你已经谢过了。”

“是的，但这是我在这里的最后一天。我退休了。所以我想再次感谢您。”

我跟他握手时，一个孩子从边上走过去。从他脸上新长出的青春痘和下巴上散乱的企图蓄成山羊胡的胡须上看，他顶多高二。这孩子压低嗓子说：“蟾蜍哈里，跳着过大街。”

我伸手去抓他，想让他道歉，但哈里拦住了我。他从容地笑了，丝毫没有生气。“别！没事。我已经习惯了。他们不过是孩子。”

“他们是孩子，”我说，“但我们的工作就是管教他们。”

“我知道，你很在行。但是我的工作不是当任何人的——怎么说来着——教育素材。今天尤其不能。埃平老师，我希望您能照顾好自己。”他和我爸爸一样年纪，但是他一直不习惯叫我杰克。

“哈里，你也一样。”

“我永远都不会忘记A+。我把作文也裱起来了，挂在毕业证书旁边。”

“很好。”

是的，一切都很好。他的作文是简单的艺术，但每一处都跟摩西奶奶[①]的画作一样真实有力，比我正在批改的荣誉学生写的东西好。荣誉学生的论文拼写大抵正确，用词清晰（这些小心谨慎、即将步入大

① 摩西奶奶是一位普通农妇，生活在纽约州北部的农场里。她虽然从小就喜欢作画，但是繁重的农活让她根本没有机会听从内心的召唤。整整六十年，她都没有碰过画笔。直到七十八岁，奶奶退休在家，从临摹明信片开始，一点点画起来，就这样，被埋没了大半辈子的才华一下子喷涌而出。其后二十三年，直到去世，她举行过十五次个人画展。她画中所描绘的乡村生活大多来自她的儿时记忆，异常抚慰人心。

学殿堂、不愿冒险的学生有一点令人恼火，那就是格外喜欢用被动语态），但是文章了无生气、枯燥乏味。我教三年级的荣誉学生——系主任马克·斯特德曼把四年级留给了自己——但是他们的文章像是小老头小老太太写的，满嘴傲慢：噢，噢，噢！米尔德丽德，不要在那块冰上滑倒了。哈里·邓宁的文章尽管有不少语法错误，字迹潦草得令人叫苦，但他像英雄一样写作。至少，有一次是这样。

我思考进攻性写作和保守性写作的差别时，墙上的内线电话突然响了。“埃平老师还在西边的办公室吗？杰克，你在吗？”

我站起来，用拇指按下按钮，回答说：“我在，格洛丽亚。有事吗？”

“有电话找你。阿尔·坦普尔顿？我可以帮你转过来，我也可以告诉他你已经下班了。”

阿尔·坦普尔顿是阿尔餐馆的业主和经营者。除了我，里斯本高中所有的教员都拒绝光顾阿尔餐馆。就连受人尊敬的系主任——说话总是装出剑桥大学老师的样子，快到退休年龄了——也直接把餐馆的特色产品“阿尔富客汉堡”称作“阿尔猫客汉堡”。

当然，人们会说，不真是猫肉，或者可能不是猫肉，但也绝不是牛肉，一美元十九美分不可能买到牛肉汉堡。

“杰克？你睡着了吧？”

“没，醒着呢。”我很好奇阿尔怎么会打电话到学校来。而且，他怎么会打电话给我？我们只不过是厨师和食客的关系。我欣赏他的食物，他感激我的光顾。“帮我接进来吧。”

“你还在学校，干吗呢？”

“用鞭子玩性虐呗。”

“噢！”格洛丽亚惊声说，我能想象出她眨动长长的睫毛，“你说下流话，真酷！别挂断，我给你转。”

她放下电话。我的电话又响了，我又拿起电话。

“杰克？是你吗，伙计？”

我一开始以为格洛丽亚刚才报错名字了。这不可能是阿尔的声音。再严重的感冒也不可能把他的声音变得如此沙哑。

“你是哪一位？”

“阿尔·坦普尔顿，她没告诉你吗？天哪，电话里的等待音乐真令人讨厌！康妮·弗兰西斯[①]怎么了？”他咳嗽起来，声音大得要命，我只好把听筒移开一点。

“你好像感冒了。”

他笑了，咳个不停。笑声和咳嗽声交织在一起，令我毛骨悚然。“我有点事。”

“你怎么这么快就感冒了！”我昨天还在他那里早早吃了晚餐，点了富客汉堡、薯条和草莓奶昔。我觉得独自生活的人什么东西都要吃一点。

“说快也快，说不快也不快。反正就是那么回事。”

我不知道该怎么回答他。在我光顾阿尔餐馆的这六七年里，我跟阿尔有过很多对话。他有些古怪——比方说，坚持把新英格兰爱国者橄榄球队说成波士顿爱国者；谈起特德·威廉斯[②]，就像说他自家兄弟一般——可接下来才是他最古怪的时刻。

“杰克，我要见你。有重要事情。”

“我能问——”

“我知道你有很多问题要问，我都会回答，但咱们别在电话里说。”

我不知道他在嗓子彻底哑掉之前能回答我多少问题，但我答应他一个小时内到他那儿。

“谢谢，可能的话，尽快来。时间太紧了。”然后他挂断电话，连再见都没说一声。

我又看了两篇学生论文，还剩下四篇就全部看完了。可我再也无法看下去，怎么也进入不了刚才的状态。我把论文丢进公文包，起身离开。我脑子里突然闪过一个念头，想上楼去格洛丽亚的办公室，跟她道个别，祝她假期愉快，但我随后又改变主意。她下星期一直都在，给下学年的教材结账。而我也准备星期一回来打扫橱柜——这可是我

① 康妮·弗兰西斯（1938—　），美国二十世纪五六十年代摇滚天后。

② 特德·威廉斯（1918—2002），美国职棒大联盟球员，一生效力于波士顿红袜队，获得美联两次 MVP、六次打击王和三次三冠王。

对自己许下的承诺。不然的话，使用西侧办公室的暑假补习班老师肯定会发现橱柜里满是蟑螂。

我要是知道命运会如何安排，肯定会上楼去看看格洛丽亚。我可能还会吻她一下。这个吻已经在我们之间的空气中飘荡了几个月。但是，我并不知道接下来会发生什么事。人生就像一枚不停转动的硬币。

3

阿尔餐馆在美茵大街对面的银色拖车里，被老沃伦波毛纺厂挡着。这样的地方通常破烂不堪，但阿尔用漂亮的花坛掩盖了餐馆下方的混凝土块。餐馆旁边还有一方修剪齐整的草坪，那是阿尔亲自用一台老式割草机修剪出来的。割草机跟花坛与草坪一样，被精心照管着，嗡嗡作响的刀片毫无锈迹，光可照人。割草机好像是上周刚从里斯本福尔斯镇的西部汽车公司经营店买回来的——如果西部汽车公司经营店还在的话。这家店确实存在过，但上个世纪末被大型零售商场取代了。

我走上人行道，爬上台阶，停了一下，皱起眉头。写有“欢迎光临阿尔餐馆，富客汉堡之家”的广告牌不见了。取而代之的是一块纸板，纸板上面写着：“店主生病，关门停业。谢谢您多年光顾本店，上帝保佑您！”

我还没有进入即将吞没我的虚幻迷雾，可它的触角已经伸向我，我感觉到了。让阿尔的声音变得沙哑的不是夏季感冒，也不是连声不断的咳嗽，更不是流感。从纸板上的字来看，肯定有更糟糕的事发生了。可是，一个人在二十四个小时里能患上什么严重的病？不到二十四小时，现在是两点二十三分，我昨晚五点四十五分离开阿尔餐馆，那时他还很健康。真是匪夷所思。我记得我问阿尔是不是喝了太多自制咖啡，他否认，他说不过是想去度假。一个生病的人——病到只能关掉二十年来一手打理的餐馆——会谈论度假吗？也许有这种人，但肯定不多。

我正要伸手去抓门把手，门开了。阿尔站在门里面，凝视着我，脸上没有笑容。我回头看了一眼，感觉虚幻的迷雾笼聚在我身旁。天气很热，但我能感觉到雾的凉意。此时此刻，我仍然可以转身走开，重新回到六月的阳光里。我有点想这么做。但我被惊奇和不安完全缚住。还有恐惧，我最好承认还有恐惧。因为重病确实吓人，不是吗，阿尔病得很重。我一眼就看得出来。他仿佛大病将死。

平常红润的脸颊变得松弛、蜡黄。泪液覆盖着他蓝色的眼睛，双目枯竭、无神。曾经乌黑的头发，现在几乎斑白——当然，他可能一直在用染发产品，一时冲动，将头发冲洗干净，恢复本来面貌。

而最令我难以置信的是，在从我上次见他到现在的这二十二个小时里，阿尔·坦普尔顿看上去至少瘦了三十磅，也许是四十磅，可能瘦掉了体重的四分之一。没有人会在不到一天的时间里瘦掉三四十磅。绝对不可能。可这样的事情现在确实发生了。我想，虚幻的迷雾已将我完全吞噬。

阿尔笑了笑。我留意到，他不光瘦了，牙齿也脱落了，牙龈是病态的惨白色。“你觉得现在的我怎么样？”他开始咳嗽，一阵含混的声音从身体深处传来。

我张了张嘴，但说不出一个字。想逃走的念头再一次触动脑子里怯懦和倦怠的神经。这些神经仍然可感可控，但我无法逃开。我呆立在原地。

阿尔强压住咳嗽，从后口袋里扯出一块手帕。他抹了抹嘴，又擦了下掌心。他把手帕放回去时，我发现手帕上面沾染了红色。

“进来吧，”他说，“我有很多话要说。我想你可能是唯一愿意听的人。你愿意听吗？”

“阿尔，”我说，我的声音很低，有气无力，我自己几乎都听不到，“出了什么事？”

“你愿意听吗？”

“当然。”

“你肯定有问题要问，我会尽可能回答，但是你尽量少问。我没有多少时间了。见鬼，我没有多少力气了。进来吧。”

我进到屋里。餐馆阴暗、清冷、空荡。柜台锃亮，上面没有一点面包屑。凳子上的镀铬闪闪发亮，咖啡壶光可照人。“如果不喜欢我们小镇，那就一起去远方吧”这块标语牌依然放在时运达牌收银机旁。餐馆与往日唯一的不同之处是，那帮食客不在此处。

当然，厨师兼业主阿尔·坦普尔顿也与往日不同了，他变成了一个老病鬼。他转动插销、锁上房门时发出的声音异常响亮。

4

阿尔把我领到餐馆尽头的隔间里，淡淡地说了声“是肺癌”。他拍拍衬衣口袋，里面空无一物。一向装在那里的骆驼牌无滤嘴香烟不见了。“没什么。我从十一岁开始抽那玩意儿，一直抽到被诊断出肺癌。抽了五十多年哪！这种烟二〇〇七年涨价前，我每天抽三包。后来，只好减到每天两包。”他喘息着笑了笑。

我本来想告诉他算错了，我知道他的真实年龄。去年冬天，我有一次来餐馆，问戴着孩子的生日帽正在做烤肉的他，他告诉我：“因为今天是我五十七岁生日，伙计。我成了亨氏集团的金字招牌喽[①]。”可他刚才已经告诉过我，除非万不得已，不要问问题。所以我想最好别插嘴纠正他。

“我要是你——我真希望自己是你，不过我可不想让你变成我这个鬼样子——肯定会想：‘真是古怪，没有人会一夜之间得上晚期肺癌啊。’对不对？”

我点点头。一点没错。

“答案很简单。不是一夜之间。我从七个月前，也就是五月份，就

① 美国亨氏集团公司创始人亨利·约翰·亨氏发现，美国人的一日三餐过于单调乏味，于是在一八九六年打出堪称经典的销售广告：五十七变——一年五十二周外加五个节日（圣诞节、感恩节、新年、独立日和复活节），向顾客提供五十七类不同的佐餐食品。从此，五十七这个神奇的数字成为亨氏的代名词，并一直被使用至今。

开始咳得厉害，肺都要咳出来了。”

他这话又让我吃了一惊。他也许一直咳嗽，但肯定没有当着我的面。而且，他又算错了。“阿尔，你没事吧？现在是六月，七个月前是去年十二月。”

他朝我挥了挥手——手指纤细——像是说：“先别管这个，别管它。”他的美国海军陆战队戒指吊在手指上，而之前它是紧紧扣在手指上的。

“我开始以为只是重感冒。不发烧，但咳嗽不止，而且咳嗽越来越严重。然后我开始消瘦。嗯，伙计，我不傻，我知道自己可能得了癌症……但是我父母都是老烟枪，都活到八十多岁。我猜我们总是为戒不掉坏习惯寻找借口，不是吗？”

他又开始咳嗽，扯出手帕。干咳稍稍平息后，他说：“你看，我又扯远了，我总是爱扯远，改也改不掉。比戒烟还难改掉。我接下来要是再扯远了，你就用手指做个割喉咙的手势提醒我，好吗？”

“好的。”我一口答应。我始终觉得自己像是在做梦。这如果真是个梦，也是个非常逼真的梦，这个梦发生在旋转吊扇的阴影下，发生在写着“您是我们最宝贵的财富”的餐具垫旁。

“长话短说，我看了医生，拍了X光。X光照出两块大疙瘩。两块肿瘤。晚期坏死。不能手术。”

X光，我想，现在还用X光诊断癌症吗？

“我坚持了一段时间，但最后只好回来。”

“从哪儿回来？路易斯顿？缅因州总医院？”

“度假回来。”他的眼睛死死盯着我，他的眼睛深深凹陷在眼眶中。“当然啰，不是一般的度假。”

“阿尔，我一点也不明白。你昨天在这里，很健康。”

“好好看看我的脸，从头发开始，往下看。尽量忘记癌症的影响——毫无疑问，癌症能让人变得不堪入目——告诉我你昨天见到的确实是我本人。”

“哦，当然，但你把染发剂洗掉了——”

“我从不染发。我没必要让你看我的牙，这段时间掉了不少。我知道你已经看见了。你认为是X光造成的？或者是牛奶里的锶-90造成的？我除了在每天的最后一杯咖啡里放一点，根本不喝牛奶。”

“锶什么？”

“锶什么不重要。试着用女人的目光观察。就像一个女人判定其他女人年龄那样看看我。”

我照他说的话做了，我观察到的情形绝不会成为呈堂证供，但我对它深信不疑。阿尔的眼角散射出网状皱纹，眼睑布满细小褶皱，这些褶皱通常出现在走近影院票房时连老年优惠卡都不需要出示的人身上。昨天晚上还没有的皮沟现在在阿尔的眉毛上呈正弦波形。两条皱纹——更深的皱纹——将阿尔的嘴巴括起来。他的下巴比昨天尖了，脖子上的皮肤变得松弛。瘦削的下巴和松垂的喉咙可能是灾难性的消瘦导致的，但皱纹……还有他的头发，他如果没有撒谎……

他微微笑了笑，笑容有些狰狞但不乏幽默。但是，看起来很瘆人。“记得我今年三月过生日那天吗？你当时说：‘阿尔，放心好了，你在烤架旁操作，要是那顶傻气的生日帽着火了，我就拎起灭火器帮你灭火。’还记得吗？”

我记得。“你当时还说你是亨氏集团的金字招牌。”

“是啊，我今年六十二了。我知道癌症让我看起来更老，但是这里……还有这里……”他指着前额和一侧眼角说，“这些是岁月留下的真实的痕迹。也可以说是荣誉徽章。”

“阿尔……我能喝杯水吗？”

“当然。很震惊，是吗？”他同情地看着我，“你准是在想：‘要么是我疯了，要么是他疯了，或者我们俩都疯了。’我知道，我也有过这种感受。”

他挣扎着起身走出隔间，右手按着左边腋窝，仿佛尽力让自己保持平衡。我跟着他走到柜台边。这时，我又发现表明这一切是虚幻迷雾的重要线索：除了在圣西里尔教堂跟阿尔同坐在一条靠背长椅上（这种时候不多，我家人信教，但我自己不是虔诚的天主教徒）和偶然在街上遇到他的时候，我还没见过阿尔脱下厨师围裙。

他取下一只闪亮的玻璃杯，在闪亮的镀铬水龙头下帮我接了一杯水。我谢了他，转身往隔间走，但他拍拍我的肩膀。我真希望他没有这么做。当时的情景就好像柯勒律治[①]《古舟子咏》中的古代老水手从三个行人中拦住了一个。

“别着急坐下，我先给你看样东西。这样会更快些。不过‘看’这个字不准确。‘体验’这个词更准确一些。把水喝完，伙计。”

我喝了一半，水清凉甘甜，我的目光一直没有离开阿尔。我体内胆小的成分渐渐变弱，我现在就像片名中总是含有数字的恐怖杀人电影中第一个不知情的受害者。阿尔站在那里，一只手撑着柜台。他的手上布满皱纹，关节硕大。那看起来根本不是五十多岁的男人的手，即使这个男人，患了癌症——

“是化疗造成的吗？”我突然问。

“造成什么？”

“你的皮肤变黑了，手背上还有深色斑块，要么是因为化疗，要么是因为晒了太多太阳。”

“嗯，我没做任何放射治疗，那只能是晒了太多太阳喽。四年来，我真是没少晒太阳。”

据我所知，阿尔在过去四年的大部分时间里都是在日光灯下翻烤汉堡或做奶昔，可我没有说出口。我喝完剩下的水。我把玻璃杯放回福米卡塑料贴面柜台上，发现自己的手微微抖动。

“你想让我看什么？或者体验什么？”

“跟我来。”

他领着我走过狭长的厨房区域，穿过双层烤架、电炸锅、水槽、霜王冰箱，和嗡嗡作响、齐腰高的冷柜。他在一点声响也没有的洗碗机前停下来，指向厨房尽头的一扇门。门很矮，身高只有五英尺七英寸左右的阿尔都得低头才能经过那道门。而我身高六英尺四英寸，有的孩子管我叫高射炮埃平。

“就是那里，”他说，“那扇门后面。”

---

① 柯勒律治（1772—1834），英国诗人、文学评论家，英国浪漫主义文学的奠基人之一。长诗《古舟子咏》为其脍炙人口的代表作。

“那不是食品储藏室吗？”我其实并不需要他回答。这些年，我多次看见阿尔从里面拿出一罐罐食品、一袋袋土豆和一包包干货。我太清楚那是什么地方了。

阿尔好像没听见我的话。“你知不知道我当年在奥本就开餐馆了？”

“不知道。”

他点点头，接着又是一阵咳嗽，让我猝不及防。他用那条愈发瘆人的手帕止住咳嗽。最后一阵咳嗽终于停下时，他把手帕扔进手边的垃圾桶里，然后从柜台上的自动售货机上抓起一沓餐巾纸。

“这是铝材建筑，二十世纪三十年代装饰派艺术兴起时被造出来的。自从父亲带我去过布卢明顿的‘咀嚼时光餐厅’之后，我就想要一个，我当时还是个孩子。我购进全套设备后，在派恩大街开张。我在那儿开了差不多一年，我发现我要是继续开，再过一年就得破产。附近快餐馆太多了。有些不错，有些不行，但所有的餐馆都有自己的常客。我就像是一个刚从法学院毕业的学生，在一个已经有了十几个事业稳固、不择手段的律师的镇上，挂出自己的招牌。还有，那时候阿尔富客汉堡卖两美元五十美分。即便在一九九〇年，两美元五十美分也是我能给出的最便宜的价格了。”

“那你现在为什么以便宜一半的价格卖汉堡？难道真是猫肉？”

他哼了一声，胸腔里一阵痰鸣。“伙计，我卖的是百分之百正宗的美国牛肉，全世界最好的。我知道别人的风言风语吗？当然知道。只能一笑了之。不然我有什么办法？堵上别人的嘴？天要刮风，人要说话。”

我用手指比画割喉咙的动作。阿尔笑了。

“唉，我又扯远了。我知道，不过没有扯得太远，这跟我要说的故事多少有些关联。”

“我本来也许会在派恩大街傻干下去，可伊冯娜·坦普尔顿养的孩子可不傻。‘形势不好咱先溜，等待时日再回头’。我们打小就常听到她这么说。我带上剩下的一点资金，用花言巧语骗了银行再贷给我五千美元——别问我是怎么贷到的——来到福尔斯镇。那时候经济形势不错，也没有什么关于阿尔猫肉汉堡、狗肉汉堡、臭鼬汉堡或任何能勾起人们想象的无聊谣传，但生意还是不见起色。可是，我后来没有像别人那样受经济形势影响。这一切完全仰赖储藏室门后面的东西。我在奥本开业时它并不存在。我敢对着一摞十英尺高的《圣经》起誓，我搬到这里后，它才出现。”

“你在说什么？”

他死死地盯着我，眼睛渗出泪水，愈显苍老。“该说的都说完了。你得自己去寻找答案。去吧，打开门。”

我疑惑地看着他。

“就当这是垂死之人的临终请求吧，”他说，“去吧，伙计。你要是真拿我当朋友，就打开那扇门。”

5

我要是说自己转动门把手、拉开门那一刻心跳并没有加速，那我是撒谎。我不知道会遇到什么。我的脑海里迅速闪过死猫被剥了皮，等着放进电动绞肉机的情景。阿尔把手伸过我的肩膀，打开灯，我看见——

嗯，是储藏室。

储藏室很小，跟餐馆其他区域一样干净。两边摆着货架，货架上堆着餐馆里使用的大罐子。房间尽头，屋顶呈弧形下降的地方摆着保洁用品。房间只有三英尺高，扫帚和拖把只能平放。跟餐厅地面一样，这儿的地上也铺着深灰色油布毡。与餐厅不同的是，这里没有煎肉的气味，而是散发出一种咖啡、蔬菜和调料的混合气味。还有一种淡淡的、难闻的气味。

“没错，”我说，“是间储藏室。库存整洁又丰富。你在供应管理上可以得到A，如果有等级评定的话。”

“你闻到什么了吗？”

“主要是调料和咖啡的气味，可能还有空气清新剂的气味。我不确定。”

“嗯，我用了佳丽牌空气清新剂，因为有其他气味。你真的没有闻到其他气味吗？”

“是有股怪味儿，硫黄的气味。我想起了烧过的火柴。”我还想起妈妈星期六做了全豆晚餐之后全家放出的“毒气”，可我没有说。癌症病人接受治疗后会让人放屁吗？

“确实有硫黄。还有其他东西。可绝对不是香奈儿五号的味道。伙计，是毛纺厂的气味。”

一切都要变得更疯狂了。但我只用鸡尾酒聚会上不以为然而礼貌口气问：“是吗？”

他又笑了，露出大豁牙，他昨天还满口牙齿呢。“你很客气，没说沃伦波毛纺厂老早就关闭了。没错，上个世纪八十年代末，一把大火把厂子几乎烧成废墟，那个地方——”他竖起大拇指，快速往肩后一指，“从前只不过是毛纺厂的零售店，现在成了游客中心，涌向游客中心的人就像在莫西软饮料[①]狂欢节光顾街角莫西店的人一样的。你是不是一直想拿起手机，打电话给穿白大褂的医生？是吧，伙计？”

“我没打算给任何人打电话，因为你没有疯。”其实我心里并不确定。“可是，这确实只是一个储藏室。过去二十五年来，沃伦波毛纺厂再也没有生产过一匹布啊。”

“没打算给任何人打电话，那好，把你的手机、钱包、口袋里所有的钱，包括硬币，都给我。这不是抢劫，会还给你的。你愿意吗？”

“阿尔，还要多长时间？我还有学生论文要改，然后还要交学年成绩单。”

“不需要多长时间，”他说，“整个过程只要两分钟。每次都只有两分钟。你要是愿意，花一个小时就可以把四处看个遍。但我没有花那么长时间，第一次没有，因为我太震撼了。你去了就知道了。你还信不过我吗？”他从我脸上看到的表情让他抿紧了没有牙齿的嘴。“杰克，求你了。求你了。垂死之人的临终请求。”

---

① 缅因州是美国最早大规模生产莫西软饮料的地方，福尔斯市每年举办莫西软饮料狂欢节。狂欢节由销售莫西软饮料的弗兰克·阿尼塞街角商店（公司正式名称为肯纳贝克果品公司，本地人称之为莫西店）发起。

我确信阿尔疯了，我也确信他刚才所说的身体状况是真的。就在我们谈话的这一小会儿，他的眼睛似乎陷得更深了，整个人精疲力竭。从餐馆一端的隔间到另一端的储藏室只有二十几步，但他走完这段路后摇摇晃晃、站立不稳。还有沾血的手帕，我提醒自己，那血糊糊的手帕。

还有……人有时候很容易应和别人，不是吗？“把一切交给上帝吧。”在我前妻常去的那些聚会上，人人都喜欢说这句话。现在是“把一切交给阿尔吧”。不管怎么说，就这样吧。嘿，我告诉自己，这年月，机场安检程序不是更繁琐吗？他至少没让我把鞋子放到传送带上。

我松开夹子，从腰带上取下手机，放在罐装金枪鱼纸箱上。我又拿出钱包、一小沓纸钞，和大概一美元五十美分的硬币，还有钥匙串。

“带着钥匙吧，不要紧。”

钥匙对我可是要紧得很。但我什么也没说。

阿尔把手伸进口袋里，掏出一卷钞票，这卷钞票明显比我刚才放在纸箱上的厚很多。他把钱递给我。“以备不时之需，万一想买个纪念品什么的。拿着吧。”

“我为什么不能用自己的钱去买呢？”我自认为问得很在理，好像我们这场疯狂的谈话很正常。

“现在别管那么多了，”他说，“就算我身体健康，我的回答也不会比亲身体验得到的回答好，而我现在身体情况很糟糕。把钱拿着吧。”

我接过钱，用大拇指点了点。上面是一摞一块的，这些一块钱看起来没什么问题。然后我数到一张五块的，钱的样子令人起疑。亚伯拉罕·林肯的头像上方写着“银元券”，钞票左边写着蓝色大字“5”。我把钱举到光线下。

“你是想看看真伪吧？不是假币。”阿尔似乎被我的举动逗乐了，但声音里透出疲惫。

看起来像真的，摸起来也像真的。但是没有水印。

“就算是真钱，也够老的。”我说。

“把钱装到口袋里吧，杰克。”

我照做了。

“你带了便携计算器吗？其他什么电子产品呢？”

“没带。”

“那么，我想你可以出发了。转身看着储藏室的后面，”我还没转身，他拍了下额头，又说，“哦，上帝！瞧我这脑子！我忘记黄卡人了。”

“谁？什么？”

“黄卡人。我是这么叫他的，不知道他叫什么名字。拿着这个。”他翻了翻口袋，递给我一枚五十美分的硬币。我好多年都没见过这种硬币了。可能从孩提时代之后就没再见到过。

我在手心掂了掂硬币。“你不会想把这个给我吧？这个东西没准很值钱呢。”

“当然很值钱，值半美元。”

他开始咳嗽，这次咳嗽像强风般摇撼着他。我向他走去时，他挥手叫我离开。他靠在顶上放着我的物品的纸箱堆上，朝餐巾纸里吐了口痰，看了一眼，畏缩一下，攥紧拳头。他枯槁的脸上开始淌汗。

“有点像潮热症。该死的癌症正在摧毁我的体温调节功能和这把老骨头。说到黄卡人，他是个酒鬼，人不坏，但跟别人不大一样。他好像知道点儿什么。我想这只是个巧合——他碰巧离你即将出现的地方不远——至于怎么对付这个人，我可以给你支支招。”

“好吧，你支招也不管用，”我说，“我压根不知道你在说什么。”

“他会说：‘我从绿色前线弄到一张黄卡，今天是双倍付费日，给我一美元。’你明白吗？”

“明白了。”我其实什么也不明白。

“他确实有一张黄卡，藏在帽子的边缘。可能只是出租车公司卡或者从排水沟里捡到的红与白商店优惠券，但是他的大脑被劣质酒烧坏了，他一直把那张黄卡当成威利·旺卡金券①。所以你说：‘我没有一美

① 威利·旺卡是英国儿童文学作家罗尔德·达尔（1916—1990）的小说《查理与巧克力工厂》中的天才巧克力制作商，他准备了五张金券，全世界购买旺卡牌巧克力的孩子都有机会得到金券。发现藏在包装纸里的金券，就可以参观工厂，还能得到足够吃一辈子的巧克力和其他糖果。

元，只有半美元。’然后你把这枚硬币给他。然后他会说……”阿尔举起一根瘦得只剩骨头的指头。“他可能会说‘你怎么会在这儿’，或者‘你是从哪儿冒出来的’。他也许会说‘你不是上次那个人’。我不确定，但他可能会这么问。关于黄卡人，我有许多不确定。不管他说什么，只管让他待在烘干房边上——他坐在那里——然后走出门去。你走时他可能会说：‘我知道你有一美元，你这个杂种。’别理他。不要转身。你穿过那条铁轨就到了里斯本大街的十字路口。”他朝我冷笑一下。“伙计，之后世界就是你的了。”

“烘干房？”我隐约记得餐馆所处位置以前是什么，我想可能就是老沃伦波毛纺厂的烘干房。但不管是什么，现在已经不在了。餐馆令人舒适的小储藏室后面如果有扇窗户，窗户外面肯定只有砖砌的庭院和一家叫“缅因舒适小站”的外套商店。我曾在某年圣诞节后去那儿给自己买了件乐斯菲斯牌皮大衣，那件大衣可谓物美价廉。

“别管烘干房，只要记住我跟你说的话。现在，转过身去——对——向前边两三步。小步。婴儿的步伐。就像在黑暗中寻找最高一级楼梯那样小心。”

我按照他说的做，觉得自己是世界上最蠢的笨蛋。一步……我低下头，避免刮到铝质顶板……两步……我现在有点像蹲着。我要再走几步，就只能跪下来。我可没打算跪下来，管他什么临终请求。

“阿尔，这件事太荒唐了。在这么小的地方，我除了帮你搬箱水果鸡尾酒或者小包果冻，什么都做不了——”

突然，我的脚沉下去，就像在下楼梯。只是我的脚还踏实地站在铺了深灰色漆布的地面上。我看得见。

“下去吧。”阿尔说。他的声音不再沙哑，这也许只是暂时的；他的声音轻柔，带着满足。“伙计，你找到了。”

但是，我找到什么了？我到底在干什么？联想貌似是最可能的答案。因为不论我感觉到什么，我看到脚还在地上。莫非……

你知道，在晴朗的天气，你无论看到什么，闭上眼睛后可以看到残留影像。就是那种感觉。我朝脚看去，看到脚在地上。我一眨眼。我在眼睛闭上之前或之后一毫秒——我说不清——瞥见自己的脚站在台阶上。我不是在六十瓦灯泡的微弱灯光下，而是在明亮的阳光里。

我呆住了。

“继续往前走，”阿尔说，“不会有事的，伙计。只管往前走，”他的咳嗽声很刺耳，他用带着绝望的声音低吼道，“我需要你这么做。”

我做了。

上帝保佑我，我做了。

第二章

1

我又向前迈了一步，向下迈了一步。我能看到自己还站在阿尔餐馆储藏室的地面上，可是我保持直立的姿态，头顶却没有再蹭着储藏室的天花板。这当然不可能。这种感觉上的混乱，弄得我的胃里一阵翻腾。我午饭时吃的鸡蛋沙拉三明治和苹果派随时可能喷涌而出。

阿尔在我身后有些远的地方——似乎离我五十码而不是五英尺，说道："闭上眼睛，伙计。那样会舒服点。"

我闭上眼睛，视觉混乱感立刻消失。就好像斗鸡眼被治好。更像看 3D 电影，戴上特制眼镜，这么形容更贴切。我挪动右脚，又向下迈了一步。是楼梯。我虽然闭着眼，但能准确地感觉出来。

"再走两步，然后睁开眼睛。"阿尔说。他的声音好像离我更远了。像是从餐馆的另一头，而不是从储藏室门边发出的。

我抬起左脚往下走，接着迈右脚。突然，我的脑袋里嗡的一声，就像机舱压力突然变化时听到的声音。我眼皮里的黑暗区域变红了，皮肤感到一阵温暖。是阳光。毫无疑问。淡淡的硫黄味变得浓烈，刚才隐隐约约闻到的那种气味现在变得异常难闻。这也毫无疑问。

我睁开眼睛。

我已经不在储藏室，也不在阿尔餐馆里。储藏室没有通往外界的门，但我现在到了外面。我到了院子里。但院子不是砖砌的，周围也没有商店。我站在皴裂、肮脏的水泥地上。几只巨大的金属罐子靠在早已不存在的"缅因雅舍"的白墙上。金属罐子堆得很高，上面盖着船帆大小的褐色粗麻布。

我转身去看阿尔餐馆所在的银色大拖车，可餐馆早已没了踪影。

2

银色拖车所在的地方矗立着只有在狄更斯的作品里才能见到的东西——沃伦波毛纺厂，工厂正全力生产。我能听到印染机和干燥机的轰鸣，听到曾经摆满二楼的巨大织机发出“沙——呼，沙——呼”的声音。我曾在美茵大街里斯本历史学会的小楼里见过织机的照片，女工们头戴方巾，穿着工作服，照管机器。二十世纪八十年代就已在暴风雨中倒塌的三根大烟囱里飘出灰白色的烟雾。

我正站在一幢巨大的方形绿色建筑旁——我猜那幢建筑是烘干房。房子占了院子一半的面积，约有二十英尺高。我刚才分明走下一段楼梯，但是现在楼梯不见了。回去的路消失了。我感到一阵惊慌。

“杰克？”是阿尔的声音，非常微弱。声音好像是通过什么声学戏法到达我耳朵里的，好像在狭长的峡谷里回荡好几英里。“你能用去时的方法回来。摸索台阶。”

我抬起左脚，落下去，触到一级台阶。惊慌消减。

“去吧。”声音微弱，好像回声。“四处看看，然后回来。”

我一开始哪儿也没去，一动不动地站在那里，用手掌擦了一下嘴巴。我感觉眼球就要暴出眼眶，头皮和背上的皮肤紧绷。我很害怕，几乎吓疯了。但是一股强烈的好奇与害怕抗衡，不让惊慌完全占据我。我能在水泥墙上看到自己的影子，我的影子就像一块黑布一样清晰。我能看见将烘干房与院子隔开的链条上的锈屑。我能闻到三根烟囱排出的刺鼻废气，那种废气让我眼睛刺痛。美国环保署的官员闻一下这恶心的气味，肯定会立刻叫停所有生产。除非……除非这里没有美国环保署的官员。我甚至不确定美国环保署这时有没有成立。我知道自己在什么地方——缅因州安德罗斯科金县正中心的里斯本市福尔斯镇。

可问题是，我身处什么年代？

3

一块字迹不清的告示牌吊在链子上——字朝着另一面。我朝吊牌走过去，然后转过身。我闭上眼睛，摸索着往前走，时时提醒自己把步子迈小一点。我的左脚碰触到返回阿尔餐馆的楼梯的底端时（我衷心希望那个楼梯是通向那里的），从后袋里摸出一张折叠的纸：我尊贵的系主任写的便条："暑假愉快，别忘了七月份的值班时间。"我的脑子里突然闪过一个念头：杰克·埃平明年如果开设一门历时六周的时间旅行文学课，主任会怎么看？我从便条上端撕下一条小纸片，揉皱，丢在那个看不见的楼梯的第一级台阶上。当然，小纸团落在了地上。但不管怎么样，它留下了记号。这是个温暖、宁静的下午，我知道小纸团不会被风吹走。可是，为了保险起见，我找了一小块混凝土当镇纸。混凝土掉在台阶上，但我看不到台阶，只看到混凝土掉在纸团上。老流行歌的几句歌词从我脑海里飘过：开始有座山，后来没了山。然后又有山……

四处看看，阿尔是这么说的，我决定照做。我还没有失去理智，待久一点儿应该不会有事。除非我看到一队粉红色大象，或是不明飞行物在约翰·克拉夫茨汽车销售公司上空盘旋。我努力告诉自己，这事不会发生，*不可能*发生。可我无论如何用语言暗示自己都无济于事。哲学家和心理学家常会就什么是真实、什么不是争论不休，而大多数普通人只是理解并接受周围世界。这事确确实实发生了。姑且不论其他，这里的气味实在太臭了，不可能是幻觉。

我走到有大腿那么高的锁链旁，蹲下来。我看到标牌上用黑色油漆写着"管道维修，禁止穿越"。我回头看了看，没有发现任何这里即将开始维修的迹象。于是，我绕过烘干房拐角，差点被一个正在那儿晒太阳的男人绊倒。他估计不是为晒太阳才站在那里的。那人穿着一件把他整个人都裹起来的黑色旧外套，外套两只袖子上有干燥皴裂的鼻涕印迹。裹在衣服里的身体骨瘦如柴，病怏怏的。灰白色的头发奄拉到胡子拉碴的脸颊上。他十足一副酒鬼相。

他的后脑勺上扣着一顶脏兮兮的软毡帽，他就像是从二十世纪五十年代黑色电影[①]里走出来的。在那种电影中，女人乳房丰硕，男人都用嘴角叼着烟，说起话来噼里啪啦。没错，软毡帽帽圈处露出一截黄色卡片，酷似从前的记者采访证。那张卡最初应该是亮黄色，但被脏兮兮的手反复摩挲后，变得晦暗。

我的影子落在黄卡人的膝盖前，他转过身，用浑浊的眼睛打量我。

“你他妈的是谁？”他问道，声音听起来模糊不清，像是在说“妈的谁？”

阿尔没有教我具体该怎么回答。我为了保险起见，应道：“关你他妈的什么事？”

“去你妈的。”

“嗯，”我说，“我们扯平了。”

“嗯？”

“祝你过得愉快！”我准备朝大门走去。大门敞开着，立在钢轨上。门左边是个停车场，那里先前并不是停车场。停车场里停满破车，那些车旧得简直可以送去汽车博物馆了。有带舷窗的别克，有鱼雷形车头的福特车。这些汽车应该是毛纺车工人的，我想，工人们此刻正在里面做计时工作。

“我从绿色前线弄到一张黄卡，”酒鬼说，声音听起来恶狠狠的，又透出苦恼，“给我一美元，因为今天要付双倍。”

我把五十美分的硬币伸过去，感觉就像只有一句台词的演员。我说：“我没有一美元，只有半美元。”

然后你就把硬币给他，阿尔告诉过我。不过用不着了。黄卡人一把抢过硬币，举到眼前。我以为他要咬一下看看真假，但他只是握紧大手，把钱攥在掌心里。他又盯了我一眼，目光充满怀疑，像个喜剧演员。

---

① 一九四六年，法国电影评论家将当时流行的具有“黑色或黑暗”主题和情绪的美国犯罪片、强盗片和侦探片命名为“黑色电影”，后来“黑色电影”指一种特殊风格的犯罪电影，这种电影往往关注性与道德腐化。

“你是谁？你在这儿干什么？”

“鬼才知道。”我说，转身向大门走去。我以为他会追过来问更多问题，但我身后一片寂静。我走出大门。

4

停车场里最新的车是一辆普利茅斯复仇女神。我猜这种车应该是五十年代中后期投产的。车牌跟我那台斯巴鲁车牌一样，算得上是古董。我在前妻的要求下，在我那块车牌上系了关注乳腺癌公益活动的“粉红丝带”。眼前这车牌上确实写着“度假胜地”字样，不过字是橙色的，不是白色。缅因州和许多州一样，车牌号上带字母——我的斯巴鲁牌照号是23383 IY——但这辆几乎全新的红底白色复仇女神的车牌号却是90-811。没有字母。

我摸了摸后备厢，厢盖坚硬，被太阳晒得发烫。这是真车。

穿过铁轨，你就到了美茵大街和里斯本大街的交叉路口。伙计，你走过去，世界就是你的了。

老毛纺厂前面以前没有铁轨——在我那个年代没有——可现在铁轨分明就在眼前。铁轨看起来不像是残迹，亮锃锃的。我能听见远处火车“呜——刹”的声音。火车最后经过里斯本福尔斯镇是什么时候？可能在毛纺厂关闭、美国石膏公司（当地人称之为美石膏）开始运转之后。

除非火车正在二十四小时运行，我想，我敢打赌。毛纺厂也是。因为现在不是二十一世纪的第二个十年。

我又开始下意识地往前走，如梦游一般。我正站在美茵大街和一九六号公路（也叫老路易斯顿路）交叉的地方。只是公路现在根本就不老。在十字路口的对角是——

肯纳贝克果品公司。这样的名称未免有些浮夸。我在里斯本高中教书的十年里，一直觉得这家公司可有可无。不可思议的是，这家公司存在的原因和意义似乎就是莫西，一种非常怪诞的软饮料。果品公司的老板叫弗兰克·阿尼塞，上了年纪，性格温和。他曾对我说，世界上的人自然地（可能是通过基因遗传）分成两种：一种是为数很少、被幸运眷顾的人，认为莫西胜过一切其他饮料；另一种就是剩下的人。弗兰克把剩下的人称作“不幸而弱智的大多数”。

在我生活的年代里，肯纳贝克果品公司是个黄绿相间、色泽斑驳的亭子，橱窗脏乱不堪，货品寥寥无几——除非经常睡在那里的猫也是摆来卖的。经过多年冬日大雪积压，屋顶已坍塌凹陷。除了一些莫西商店纪念品，店里出售的东西真的屈指可数：鲜亮的橙色T恤，上面写着“我有莫西啦”，鲜亮的橙色帽子，仿古日历，锡制标牌看起来很老，但很可能是去年在中国制造的。一年中的多数时间，这个地方没有顾客，多数货架上也没有货品……不过你能够买到一些甜点或是薯片（前提是你喜欢咸酸味薯片）。饮料柜里只有莫西饮料。啤酒柜里空着。

每年七月，里斯本福尔斯镇举办缅因州莫西狂欢节。有乐队、烟火和游行。游行队伍里总是有——我发誓这是真的——莫西彩车和穿着莫西色罐状泳衣的当地选美皇后，鲜亮的橙色能灼伤人的视网膜。游行领队装扮成莫西节的医生模样——穿着白大褂，脖子下吊着听诊器，头上戴着令人胆战心惊的视镜。在两年前的那次游行上，领队由里斯本高中校长斯特拉·兰利担任，令人难忘。

狂欢节期间，肯纳贝克果品公司如获新生，生意兴隆，来光顾的主要是途经此地前往缅因州西部旅游胜地的傻游客。一年中的其余日子里，亭子不过是充满莫西气味的空壳。大概是因为我属于那种不幸而弱智的大多数吧，那种气味总是让我想起——默司脱罗尔，我小时候感冒时，妈妈一定要在我脖子和胸口上擦这种药，味道奇臭无比。

我此刻从老路易斯顿公路这一端望过去，看到的是一幅生机勃勃、生意兴隆的景象。门上的标牌（上面写着“君饮七喜，提神醒脑”，下面写着“欢迎光临肯纳贝克果品公司”）光亮耀眼。油漆是新刷上去的，屋顶也没有凹陷。顾客进进出出。橱窗里面，从前躺着猫的地方是——

橘子！天哪！肯纳贝克果品公司真的卖过水果！上帝哟！

我迈步穿过街道，一辆城际公共汽车呼啸着朝我开来，我赶紧退后。挡风玻璃上的路线标牌上写着“路易斯顿快线”。汽车在铁轨岔道口停下来，我看见多数乘客都在吸烟。车里面的空气肯定跟土星的大气层差不多。

汽车开走了。街道上仍然充斥着汽车留下的燃烧不充分的柴油味和毛纺厂烟囱里冒出来的臭鸡蛋味。我穿过大街。我的脑海里突然闪过一个念头：我要是被车撞了，会出现什么情况？我会瞬间消失，还是醒来躺在阿尔餐馆储藏室的地上？可能都不会。我也许会死在这儿，死在很多人怀念的旧时光里。有些人怀念过去或许是因为他们早就忘记过去这里臭气熏天，要么就是因为他们从来没把二十世纪五十年代那点臭味当回事。

一个年轻人站在果品公司外面，穿着黑靴子，一只脚向后踩在木头墙板上，衬衫领子向后扯到颈背。我一眼认出（主要是根据老电影）他留着埃尔维斯[①]年轻时的那种发型。他跟我在班上常看到的那些男孩不一样，没有留山羊胡，下巴上一撮胡子都没有。我意识到，在我正参观的世界里（但愿我只是来“参观”），学生蓄胡须可能就会被踢出里斯本高中。绝不姑息。

我向他点头示意。詹姆斯·迪恩[②]也点头回敬：“嗨，帅哥。”

我走进店里。门上方的铃叮当作响。没有灰尘和腐烂的木头。我闻到的是橘子、苹果、咖啡和芬芳的烟草。我的右边是一架连环漫画册，封面尽已被撕掉——《阿奇》《蝙蝠侠》《神奇队长》《塑胶人》《墓穴惊魂》。这些藏书上方的手写标牌可能会让任何易趣购物狂疾病发作：“连环漫画每本五美分　三本十美分　九本二十五美分　不买请勿触摸。”

左边是一架报纸。没有《纽约时报》，但是有几份《波特兰新闻先驱报》和一份《波士顿环球报》。《波士顿环球报》上映入我眼帘的标

---

① 埃尔维斯·普雷斯利（1935—1977），昵称猫王，知名美国摇滚乐歌手与演员，是二十世纪最受欢迎的音乐家之一，常被称为“摇滚乐之王”。

② 詹姆斯·迪恩（1931—1955），美国著名电影演员。此处是对这位年轻人的戏称。

题是：杜勒斯[①]暗示，如红色大陆承诺放弃对台使用武力，美国将做出让步。两份报纸的日期都是一九五八年九月九日，星期二。

5

我花八美分买了份《环球报》，朝大理石台面的冷饮柜走去（我生活的时代没有这种柜式机）。弗兰克·阿尼塞站在冷饮柜后面。耳际两侧刺出的灰白色头发是弗兰克·阿尼塞的典型特征。不过，此刻的他，只能被称作弗兰克一点零—— 一点都不胖，瘦骨嶙峋，戴着无框眼镜。他看起来比以后高一点。我感到身体不听使唤，跌坐在凳子上。

他朝报纸努努嘴。“看报纸，还是来点喝的？”

“除了莫西，随便什么冷饮都行。”我听到自己说。

弗兰克一点零笑了。“没问题，伙计。根汁汽水[②]怎么样？”

“听起来不错。”根汁汽水确实不错。我的喉咙发干，脑袋发热。我感觉像是发烧了。

“五分还是十分？”

“什么？”

“汽水要五美分的还是十美分的？”他说“汽水”这个词时明显带着缅因州口音。

“噢，十美分的吧。”

“嗯，你的选择是对的。”他打开一个冰激凌冷冻柜，拿出一只柠檬水罐大小的冰酒杯。弗兰克一点零拧开一个接饮料的龙头，我立刻闻到一股强烈的根汁汽水味，很冲。他接了满满一大杯，放在柜台上。“可以喝了。汽水，报纸，一共十八美分。再给州长一分。”

我从阿尔给的旧钞票中抽了一张递过去，弗兰克一点零找了钱。

---

① 艾伦·杜勒斯（1893—1969），任期最长的美国中央情报局局长。

② 根汁汽水，root beer，用姜和其他植物的根制成，不含酒精，盛行于美国。发明于十九世纪，喝时有种直冲头顶的清凉香气。

我抿了抿杯口的泡沫，惊呆了。味道……很足。醇厚绵长。我不知道如何更准确地表达这种感觉。这个距今五十年的世界的气味比我想象得糟，可这饮料实在令人叫绝。

“味道好极了。”我说。

“呃，很高兴你喜欢。你不是本地人吧？”

“不是。”

“从别的州来？”

“威斯康星。”我说。这不完全是撒谎；我们全家在密尔沃基住到我十一岁，后来我父亲到南缅因大学教英文。从那以后，我在缅因州很多地方生活过。

“噢，你来得正是时候，”阿尼塞说，“一到夏天，大多数人都走了，物价降了。比方说你刚才喝的饮料。劳动节过后，一杯便宜的根汁汽水只要一角钱。”

门上方吊着的风铃响了；地板发出咯吱咯吱的声音。地板的声响听起来好多了。我上一回来肯纳贝克果品公司，想要买一盒抗胃酸咀嚼钙片（结果没买到），地板嘎吱嘎吱响，摇摇欲坠。

一个十七八岁的男孩溜到柜台后面。他的头发只比小平头略长。他跟刚才卖东西给我的人长得很像。我突然意识到，这才是我认识的弗兰克·阿尼塞。帮我刮去根汁汽水泡沫的是他的父亲。弗兰克二点零只瞥了我一眼；对他来说，我只是个普通的顾客。

“泰特斯已经把卡车运到升降间了，”他告诉父亲，“说五点能准备好。”

“好。”老阿尼塞说，点燃一支烟。我第一次注意到，冷饮柜的大理石台面上摆着小陶瓷烟灰缸。烟灰缸边上写着：“烟草之味，尽在云斯顿！”他转身看着我说：“要不要加一勺香草糖浆？不要钱。我们对游客不赖，尤其是晚到的游客。”

“不用了，已经非常够味了。”我说的是实话。再往汽水里加点甜味，我喝了头会爆炸。味道很冲——像特浓碳酸咖啡。

男孩朝我咧嘴一笑，笑容跟冰啤酒杯里的饮料一样甜——一点儿也不像门口那个“猫王”小子那样轻佻。“我们在学校读过一个故事，”

他说，“旅游旺季结束以后来的游客会被当地人吃掉。”

“弗朗克，跟客人说这话可不好。”阿尼塞先生说。他嘴上这么说，脸上却带着笑容。

“没关系，”我说，“我也教过这个故事。雪莉·杰克逊[①]，对吧？《夏日来客》”。

“没错，”弗兰克应道，“我没太读懂，但是很喜欢。”

我又喝了一大口根汁汽水，放下杯子。杯子碰到大理石台面，发出砰的一声。杯子几乎见底了。我会对这玩意儿上瘾的，我想，这玩意儿比莫西强多了。

老阿尼塞朝天花板呼出一缕烟，烟雾顿时被头顶上方的电风扇撕扯成蓝色的条带，缓缓升腾。“你在威斯康星教书？贵姓——”

“姓埃平。”我说。问题很突然，我来不及编个假名字。“是的。但正在休假。”

“他的意思是说，他一年都不用上班。”弗兰克说。

“我知道他休年假。”老阿尼塞说。他竭力装出有些恼怒的样子，但没做到。我想我很喜欢这两个人，就像喜欢根汁汽水。我也喜欢外面那位少年，他还不知道自己的少年之躯已经属于过去。这里有一种安全感，一种——也许是吧——先知的感觉。当然，这感觉是错误的，这个世界跟其他任何世界一样危险，但我有一种知觉，在今天下午之前，我一直认为只有上帝才会有这种知觉：我知道那个面带微笑、喜欢雪莉·杰克逊故事的男孩（虽然没“读懂”），将会活过这一天，再活五十年。他不会遭遇车祸，不会患上心脏病，也不会因为吸爸爸的二手烟染上肺癌。弗兰克·阿尼塞会顺风顺水。

我瞥了一眼墙上的钟表（表盘上写着：“微笑开始每一天，喜乐咖啡伴你行”）。指针显示十二点二十二分。时间对我没什么意义，但我装出很吃惊的样子，把杯里剩下的饮料喝完，站起身来。“我得走了，我和朋友约好在罗克堡见面。”

---

① 雪莉·杰克逊（1919—1965），美国小说家。她最著名的小说是《摸彩》（1948），作品用令人迷惑的直白方式，展现了人类的残酷和愚昧。

“走一一七号公路，别着急，”阿尼塞说，“那条路很糟糕。”“糟糕”听起来像“杂糕”。我有很多年没听到这么重的缅因口音了。我忍不住大笑起来。

“好的，”我说，“谢谢。孩子，我要跟你讲讲雪莉·杰克逊。”

“老师，什么事？”还称呼我为老师呢。不过这不足为奇。一九五八年是个很好的年份。除了毛纺厂的恶臭和公车上的烟味。

“雪莉·杰克逊的故事没什么懂不懂的。”

“是吗？马钱特先生可不是这样说的。”

“冒昧地说一句，你告诉马钱特先生，杰克·埃平说有时候雪茄只是一阵烟雾，故事只是故事。”

他笑了。“我会告诉他的！明天上午第三节课！”

“好。”我朝那位父亲点点头，想告诉他，因为莫西饮料（他当时还没卖这种东西），他去世后很久，他的店铺还将屹立在美茵大街和老路易斯顿公路交界的地方。“感谢你的根汁汽水！”

“欢迎随时再来，伙计！我正考虑全面降价。”

“降到一角？”

他咧开嘴笑了。他跟儿子一样，笑得随意而坦率。“你可真逗。”

铃又响了，进来三位女士。她们穿的不是家常裤子，而是过膝长裙。还戴着帽子！其中两人的帽檐上饰有白色细绒面纱。她们翻检柳条箱，找寻中意的水果。我起身离开冷饮柜，想了想，又转过身。

“你能告诉我绿色前线是什么意思吗？”

父子俩被逗乐了，互相看了一眼。我想起一个老笑话：来自芝加哥的游客开着拉风的跑车，行驶在乡村小道上，然后在一户农家门前停下来。老农坐在门廊里抽玉米芯烟斗。游客将身子探出捷豹跑车，问道：“老人家，您能告诉我怎么到东玛起亚斯市吗？”老农若有所思地吸了一两口烟，说道：“你一步都不用走，此处正是！”

“你真是外州来的，对吗？”弗兰克问道。他的口音不像父亲那么重。可能是因为他电视看得多，我想，说到侵蚀地方口音，没什么能与电视媲美。

“是的。”我说。

“太有意思了！我一下就听出了你的北方口音。”

“是犹普尔族口音，”我说，“你知道上半岛吧？”唉哟——糟糕——上半岛在密歇根。

但是他们俩谁也没有意识到。小弗兰克已经转身，开始洗餐具。我注意到他是用手在洗。

“绿色前线是家卖酒的商店，”阿尼塞说，“就在街对面。你如果想买酒，可以去那儿。”

“根汁汽水对我来说已经很好了，”我说，“我只是随口问问。再见！”

“再见，朋友！有空再来！”

我走过正在挑选水果的三位妇女，低声说了句“女士们”。我希望也有顶帽子，向她们脱帽致意。哪怕是顶软呢帽。

就像我在电影里常常看到的那些软呢帽。

6

门口的小痞子已经离开，我想去美茵大街，看看那里有什么变化。这个念头一闪而过。没必要继续闲逛。假如有人问起我的衣着呢？我想运动外套和裤子看起来还凑合，但是我敢确定吗？我的头发已经碰到衣领。在我自己的时代里，高中老师留这样的头发完全没问题——甚至有些保守——但在这儿，这样的头发很可能会令人侧目。在这个时代，理发时必刮后颈，只有玩乡村摇滚乐的和纨绔子弟留鬓角，比如称呼我为“帅哥”的那个人。当然我可以说我是游客，威斯康星州男人的头发都有点长。可是，发型和衣服——这两样东西让我觉得自己就像隐藏在并不适合自己的人体内的外星人——只是一部分原因。

主要原因是我有些心烦意乱。不是精神崩溃。我想人适当调整心理，就能接受很多陌生的东西，不会轻易崩溃，但我有些烦乱。我不停地想起那些穿长裙、戴帽子的女士，她们在公共场合露出胸罩吊带会无地自容。还有根汁汽水的味道。真是太冲了。

我正对着的街道另一边是家普通临街铺面，小橱窗上方用凸起的字写着“缅因州酒品商店”。没错，商铺正面是浅绿色。我一眼就看到，刚才在烘干房边上的那个家伙现在就在里面。他的黑色长外套松松垮垮地披在肩上；他已经摘下帽子，头发散乱，就像卡通片里把手指插进插座的倒霉蛋。他正用两只手对店员比画着，其中一只手里握着他的宝贝黄卡。我确信阿尔·坦普尔顿的半美元在另一只手中。店员穿着白色束腰短装，面无表情，打扮得酷似年度游行中的莫西医生。

我走到街角，避让车辆，然后穿过街道，回到老路易斯顿公路沃伦波毛纺厂所在的这一侧。

几个男人正推着装满布匹的手推车穿过院子，边吸烟边说笑。我不知道他们是否知道吸烟和工厂污染加到一起，会对他们的内脏造成什么样的伤害。他们大概不知道。这或许是种福气。这是哲学老师应该考虑的问题。十六年如一日，靠研读莎士比亚、斯坦贝克和雪莉·杰克逊挣饭吃的人与此无关。

他们推着手推车穿过三层楼高、锈迹斑斑的大铁门。我走进工厂之后，回到挂着“禁止通行”标牌的铁链旁。我告诫自己别走得太快，别四处张望，不要做任何引人注意的事情，但是我很难做到。我就要返回来处，特别想加快脚步。我口里发干，那一大杯根汁汽水在肚子里翻腾。要是回不去了怎么办？我做的标记要是不见了怎么办？要是标记还在，但台阶不在了呢？

别紧张，我告诉自己，别紧张。

我钻过锁链之前，忍不住迅速扫视周围一眼。院子里空无一人。远处传来柴油机的闷响：“呜——刹”，如同我在梦里听到过的声音。我想起一首歌里的一句歌词：火车上正播放着行将消失的列车蓝调。

我沿着烘干房的绿色侧墙向前走，心跳越来越快。我撕下的纸团还躺在原地，上面压着混凝土块；到目前为止，一切都还不赖。我轻轻地踢了纸条一下，默祷：上帝保佑那办法行得通！上帝保佑我顺利返回！

我的鞋尖踢到混凝土块。我看着它被踢飞了，弹到楼梯台阶上。

这两种情形几乎都是不可能发生的，但同时发生了。我又朝周围看了一眼，院子里没有人能看见我所在的狭窄通道，除非碰巧有人从通道的两个端口经过。没有人经过。

我走上一级台阶。脚能感知到楼梯的存在，眼睛却告诉我，我仍然站在院子里的皴裂地面上。根汁汽水在我的胃里又一阵翻涌。我闭上眼睛，感觉好些了。我上了第二级台阶，然后是第三级。台阶不高。我迈上第四级台阶时，夏天的闷热从我的脖子后面消失了，眼皮后的黑暗越来越深。我摸索着第五级台阶，但压根就没有第五级。我的头撞在储藏室的矮屋顶上。一只手抓住我的手臂，我差一点尖叫。

"放松，"阿尔说，"放松，杰克。你已经回来了！"

7

他给我倒了杯咖啡，但我摇了摇头。胃里还在翻涌。他又给自己倒了一杯。接着我们回到隔间里，这趟疯狂的旅行就是从那儿开始的。我的钱包、手机和钱都堆在桌子中央。阿尔坐下来，忍着疼痛，松了一口气。他看起来不那么憔悴，也放松了些。

"现在，"他说，"你去了又回来。感觉如何？"

"阿尔，我不知道该如何感觉。我完全呆掉了。你是无意间发现这个的吗？"

"没错，在我搬到这儿之后不到一个月。我的鞋后跟上恐怕还沾着派恩大街的灰尘。实际上，我第一次是摔下楼梯的，就像爱丽丝掉进兔子洞。我以为自己疯了。"

我想象得出。我至少有些准备，尽管准备得不够充分。但是，严格地说，一个时间旅行者有办法充分准备吗？

"我待了多长时间？"

"两分钟。我告诉过你，总是两分钟。不管你在那里待了多久。"他咳嗽一声，朝一张新餐巾纸吐出一口痰，然后将餐巾纸折起来装进口袋。“你每次走下台阶，都是一九五八年九月九日上午十一点五十八分。每一次去都是第一次去。你去了哪些地方？”

“肯纳贝克果品公司。喝了根汁汽水。汽水的味道真是太妙了。”

“是的，那里的东西味道不错。没加防腐剂之类的东西。”

“你认识弗兰克·阿尼塞吗？我见到了他十七岁时的样子。”

我以为阿尔会笑，但他认为一切理所当然。“当然。我见过弗兰克很多次。可他只见过我一次——我是说在那个年代。对弗兰克来说，每一次都是第一次。他从外面走进来，是吗？从雪佛兰车里下来。‘泰特斯已经把卡车运到升降间了，’他告诉他父亲，‘他说五点能准备好。’我听过这句话不下五十遍。我不是说我每次回去都会去果品公司，但是每次去都会听到。然后女士们进来挑选水果。西蒙兹太太和她的朋友们。就像一遍又一遍看同一部电影。”

“每一次都是第一次。”我慢慢将这句话重复一遍，一字一顿，希望这句话能帮我理出头绪。

“没错。”

“你见到的每一个人都是第一次见到你，不管你已经见过他们多少次。”

“没错。”

“我可以回去跟弗兰克和他爸爸进行同样的对话，但他们并不知道。”

“正是这样。你可以做些改变——不点根汁汽水，来份香蕉船冰激凌——当然，谈话也会随之改变。唯一可能会怀疑变化的人是黄卡人。但他喝得烂醉，根本不知道自己的感觉。我要是没猜错，他肯定察觉到了什么。他如果察觉到了什么，那也是因为他碰巧坐在兔子洞附近。不管那是什么洞吧。我们能回去，也许是因为那个地方能释放出一种能量场。黄卡人——”

他又开始咳嗽，没法说下去。我看着他俯下身，用手撑着身体，竭力不让我看到他有多痛。疾病正在他的身体里折磨他，这事令人心痛。他撑不了多久了，我想，他不出一个星期就要进医院，也许几天后就得进去。这就是他叫我来的原因吗？他得在癌症让他永远闭嘴之前，将这个神奇的秘密告诉别人。

“我以为今天下午可以将所有情况都告诉你。但是不行，”阿尔再次控制住自己之后，对我说道，“我得回家吃点药，休息一下。我这辈子从没吃过比阿司匹林更烈的东西，奥施康定那玩意就像熄灭一盏灯一般把我放倒了。我会睡六个小时左右，然后会有一段时间感觉不错。我的力气也会增加一些。你九点半能到我家吗？”

“可以，不过我不知道你住在哪儿。”我说。

“温宁街上的一所小房子，十九号。门廊边上有个稻草人。很容易找到。稻草人挥舞着旗子。”

“我们要聊什么，阿尔？我的意思是……你已经向我展示过了。我现在相信你说的话。”话是这么说……可这种相信能持续多久？我在一九五八年的经历如同梦境，已经开始模糊。几小时（最多几天）后，我可能会深信自己只是做了一场梦。

“我们有很多事要聊，伙计。你会来吗？”他没有再提“垂死之人的临终请求”，但他的眼神表明了这样的意思。

“好吧，要我开车送你回家吗？”

他眼睛一亮。“我有辆卡车。只有五个街区远，我自己能开回去。”

“我相信这一点。”我说，尽量让声音听起来坚定。我起身将我的东西装进口袋。我摸到他给我的那沓钞票，掏了出来。我现在明白五元钞票为何不同了。其他面值的钞票可能也有不同。

我递给他，他摇摇头。“不用，你拿去吧，我花不完。”

我还是把钱放在桌上。“如果每一次都是第一次，你带回来的钱怎么可能保留下来？下一次去的时候，钱不会消失吗？”

“我也说不清，伙计。我告诉过你，我有很多东西也搞不懂。有很多规则，我只弄清了其中一些，很少的一些。”他的脸上露出惨淡而又真实的笑容。“你把根汁汽水带回来了，对吗？还在你的胃里折腾，对吧？”

事实的确如此。

“好，你去吧，杰克，晚上再见。等我休息好了，我们聊个痛快。”

“能再问一个问题吗？”

他朝我一挥手，似乎是说尽管问吧。我留意到，他一向格外干净的指甲变得枯黄干裂。又一个不祥之兆。没有快速消瘦三十磅体重那么糟糕，但也好不到哪里去。父亲常说，可以根据一个人的指甲看出其健康情况。

“著名的富客汉堡。”

“怎么了？”他的嘴角挂着微笑。

“你卖得便宜，是因为你买得便宜，对吧？”

“从红白超市买的牛颈肉，”他说，“五十四美分一磅。我每周都去。最近一次，我离开福尔斯镇，去了很远的地方。我跟屠夫沃伦交易。我如果要十磅牛颈肉，他会说：‘立等可取！’我如果要十二磅或者十四磅，他会说：‘得等一会儿，我再帮你绞点新鲜的。家人聚餐吗？’”

“每次都这样？”

“是的。”

“因为总是第一次。”

“正确。想一想，就像《圣经》里面包和鱼的故事。我每周都买同样的牛颈肉，卖给成百上千的顾客。所以那些关于猫肉汉堡的愚蠢传言，传个没完。”

“你一次又一次买回同一块牛肉。”我想理出个头绪。

“同样的牛肉，同样的时间，同一个屠夫。同样的对白，除非我说点什么不一样的话。我承认，伙计，我有时想走到他面前，对他说：‘沃伦先生，你过得怎么样，你这个老秃头？最近有没有把什么事情搞砸？’他不会记得的。可我从来没这么问过。因为他是个好人。我在那里遇到了很多好人。”他说到这里，似乎陷入了回忆。

“我不明白你怎么能够在那里买肉……在这里卖……然后再去买。”

“加入俱乐部吧，伙计。我非常高兴你在这里——我本来以为不会在这里看到你。比方说，我打电话到学校，你不一定会接。”

我隐隐希望自己没接那个电话，但我没说出这句话。我也许不必说。他病了，但不是瞎子。

“晚上去我家吧。我会告诉你我的想法，然后你爱怎么做就怎么做。但你得快点拿主意，因为时间不多了。你不觉得，我的储藏室里出现隐形台阶是件讽刺的事情吗？”

我一字一顿，非常慢地说：“每……一……次……都……是……第……一……次。”

他又笑了。“我想你已经搞清这一点了。晚上见，好吗？温宁街十九号。找手中握着旗子的稻草人。”

8

我三点半离开阿尔餐馆。从那会儿到九点半的这六个钟头，不像造访五十三年前的里斯本福尔斯镇那般怪诞，但相差无几。时间似乎停滞不前，又似乎加速逝去。我开车回到我在萨巴特斯买的房子里。离婚以后，我和克里斯蒂把福尔斯镇的房子卖掉，然后把钱分了。我以为我能打个盹，但是我睡不着。我眼睛盯着天花板，像拨火棍一样直挺挺地躺了二十分钟之后，去卫生间撒了泡尿。我看着小便在便斗里飞溅，想道：这可是一九五八年的根汁汽水呀。我又转念想到，这真是瞎扯。阿尔准是对我施了催眠术。

那种亦真亦幻的感觉，明白吗？

我准备看完剩下的学生论文，毫不意外地发现自己根本就进入不了状态。挥动杰克·埃平可怕的红笔？大笔一挥，写下批评意见？真是天大的笑话。我连词都拼不对。于是，我拧开电视机（这是二十世纪五十年代的说法，电视机早就不用拧开了），把电视频道换了个遍。电影频道正在放老片子《列车女》。我发现自己目不转睛地盯着电影里的老汽车和焦虑的青少年，我意识到自己看得头痛后便把电视关了。我做了一份炒饭，虽然很饿，但吃不下。我坐在那儿，看着盘子里的炒饭，想起阿尔·坦普尔顿年复一年每天卖出十几磅汉堡。真有点像面包和鱼的故事，价格那么低，没有关于猫肉汉堡和狗肉汉堡的流言才怪！他花那么点钱买肉，每卖一只富客汉堡赚得可不少。

我在厨房里踱来踱去——无法睡觉、阅读、看电视，美味的炒饭被我倒进水槽。然后我钻进汽车，回到镇上。七点差一刻，美茵大街上有很多停车位。我把车停在肯纳贝克果品公司对面，坐在方向盘后面，看着油漆斑驳的房子——小镇上的这家店一度生意兴隆。店子此刻已经打烊，从外面看，店铺就像一栋即将被拆除的危房。唯一落满灰尘的橱窗上张贴着莫西饮料广告（广告上写着“要健康，喝莫西”几个大字），表明这里依然有人居住。广告陈旧，应该是多年前贴上去的。

果品公司的影子延伸到街对面我停车的地方。我的右边曾经是酒品商店所在地，现在是一栋新建的砖砌建筑，里面有家科凯银行支行。如果能从容地进出全国任何一家食品杂货店买一品脱杰克·丹尼威士忌或者一夸脱咖啡白兰地，谁会去绿色前线？也没有人愿意用易破的纸袋。我们现在用塑料袋。一千年也不会烂。说到食品杂货店，我从来没听说过红白超市。你在福尔斯镇买食品，会去一九六号公路一个街区外的 IGA[①] 超市，这家店就在老火车站正对面。那里现在还有 T 恤商店和文身店。

过去的气息近在咫尺。夏日的太阳西斜，射出金色光芒，好像是什么超自然的力量，令我震撼。仿佛一九五八年仍然在这里，只是被遮蔽在一层薄膜之下。今天下午发生在我身上的事要么是出自我的想象，要么是真的。

他想让我做些什么事。他自己本来可以做，但是癌症让他现在无力去做的事。他说他回到过去待了四年（我记得他好像是这么说的），但他在四年时间里无法做到那件事。

我愿意走下台阶，在过去待四年多吗？在那里定居下来？两分钟之后回来……我才四十多岁，丝丝白发就要爬上鬓梢？我无法想象这么做的后果，也想不出阿尔觉得如此重要的是什么事。不过有件事我想得十分清楚——向我索要我生命的四年、六年或者八年，这太过分了，垂死之人也不该提出这样的要求。

---

① 美国国际食品杂货销售联盟。

离我跟阿尔约好去他家的时间还有两个多小时。我决定回家再做顿饭，强迫自己吃一点。之后，我会尽力改完论文。我可能是穿越时间、回到过去的极少数人中的一个——我和阿尔可能是人类历史上有此奇特经历的仅有的两个人——可是诗歌班的学生还等着看期末成绩呢。

我驱车进城时没有开收音机。现在我打开了它。广播节目跟电视节目一样，来自由电脑控制、在两万两千英里高空围绕地球运转的太空传输器。少年弗兰克·阿尼塞要是听说了这事，肯定目瞪口呆（但可能并不完全不信）。我调到五频道五十赫兹，听到“丹尼与孩子们”组合①正在演唱《摇滚就此驻留》，三四个紧迫而和谐的声音伴着钢琴演唱。然后是小理查德②高声尖叫《露西》，接着是厄尼·凯·多如泣如诉的《岳母娘》：“她以为她的指点是贡献，但是她离开就是解决方案。”这首歌新鲜甜美，就像西蒙兹太太和朋友们下午早些时候挑选的橘子。

听起来新鲜。

我想在过去的世界里逗留几年吗？不。但是我确实想去体验一下。听听小理查德名震摇滚乐坛时的歌喉，不用脱下鞋子、不用接受全身扫描、不用通过金属探测器就搭乘环球航空公司的飞机。

我还想再品尝根汁汽水。

---

① 一九五五年于费城成立的四重唱乐队。

② 小理查德（1932— ），二十世纪五十年代美国摇滚巨星，摇滚历史缔造者之一。

第三章

1

稻草人确实挥舞着旗子，但挥的不是美国国旗，也不是印着驼鹿的缅因州州旗。稻草人举着的这面旗上有　根蓝色竖条，两根粗横条，上面的粗横条是白色的，下面的是红色的。旗子上还有一颗星。我经过稻草人时，在它的尖帽子上拍了一下。我登上温宁街阿尔家房前的台阶，想起雷·怀利·哈伯德[①]一首有趣的歌：“去你的，我们来自得克萨斯。”

我还没按门铃，门就开了。阿尔穿着睡衣，睡衣外面裹着浴袍，新长出的白发乱糟糟地缠在一起。我从没看见过谁睡完觉起来后头发这么蓬乱。但是睡眠（当然还有止痛药）让他看起来好多了。他虽然仍显病态，但嘴边的皱纹没那么深了。他带我穿过门厅、进入客厅时，步态稳健了不少。他不用靠右手压着左边腋窝努力支撑身体了。

“我是不是恢复了一点儿以前的老样儿？”他坐进电视机前的安乐椅，声音沙哑地问道。不能算真正意义上的坐下，他只是找准椅子，跌进去而已。

“没错。医生怎么说？”

“波特兰的医生说没希望了，化疗、放疗都没用。跟达拉斯的医生说得一模一样。那是一九六二年。知道有些东西一直没有改变挺好的，不是吗？”

我张了张嘴，又闭上。有些时候，你就是不知道说什么好。有些时候，你就是开不了口。

---

① 雷·怀利·哈伯德（1946—　），得克萨斯乡村音乐歌手、作曲家。

“没必要回避这个问题，”他说，“我知道死亡令人难以接受，尤其是要死的人是被自己的坏习惯害的，可我没时间矫情。我恐怕不久都没法自己上厕所了，所以我会很快住进医院去。我可不想整天这样坐着，咳得天昏地暗，大小便失禁。”

“餐馆怎么办？”

“餐馆歇业了，伙计。我即便强壮如牛，餐馆到月底也得歇业。你知道，那块地方是我租来的。”

我不知道，不过他说得在理。沃伦波这个名字仍在，但现在那里叫沃伦波时尚购物中心。这意味着阿尔一直在向某家公司支付租金。

“我的租约到期了，工厂股东想要回这个地方，租给——你肯定喜欢——里昂·比恩户外用品直销店[①]。他们说我的银色拖车太丑了。”

“真是荒唐！”我的愤慨让阿尔忍不住笑了。他差一点又咳嗽起来，但及时地将咳嗽止住。他现在是在自己家里，没有用纸巾、手绢或餐巾捂住咳嗽。他椅子旁的小桌子上摆着一盒加长型卫生巾。我的目光落在上面。我竭力想把目光移开，去看墙上阿尔搂着一位漂亮女人的照片，可是目光不听话，总是看向卫生巾。他的状况很明显：他需要用娇爽牌加长型卫生巾吸收身体排出的痰，他的状况真他妈不容乐观。

“谢谢你这么说，伙计。我们可以边喝边聊。我喝酒的日子已经结束，但冰箱里有冰茶。你自己动手吧。”

2

他的餐馆用的都是普通而耐用的玻璃器皿，但家里装冰茶的罐子好像是沃特福德产的水晶杯。一整只柠檬静静地浮在冰茶上，柠檬皮被削去，以便味道浸入茶中。我在两只玻璃杯中装上冰块，倒入柠檬

---

① 美国著名户外用品品牌，创始于一九一二年，创始人里昂·比恩是一位户外运动爱好者。

水，回到客厅。阿尔喝了一大口，感激地闭上眼睛。

“哦，太棒了。此刻，对我阿尔而言，一切都那么美好。麻醉药真是个好东西。肯定会上瘾，不过，非常好。还能止咳嗽呢。要到半夜才会再疼起来，我们有足够的时间把事情聊完。”他又啜了一口水，可怜但又可笑的眼神看着我。“人类世界的事情真是太棒了。总是让人始料不及。”

“阿尔，他们要是把你的拖车弄走，在那里建销售店，那个，那个通向过去的洞……会怎么样？”

“我也不知道，就像我当初不知道自己怎么能一次次买到同样的肉。我猜会消失吧。我想这事跟黄石公园的间歇泉、澳大利亚西部的平衡岩，或在某些月相下会倒流的河流一样无法解释。伙计，这些东西都太玄妙。地壳稍稍移动，温度发生变化，或者只消几根雷管，那些东西就不复存在了。”

“这么说，你不认为那地方会发生……怎么说呢？……大灾难？”我脑子里出现的画面是，在三万六千英尺高空巡航的飞机机舱突然破裂，所有东西，包括乘客，都被强大的气流吸出去。我在电影里看过一次。

“我不那么认为。但谁能说得清到底会怎么样呢？我只知道我无能为力。除非你愿意接受我把这块地方转让给你。然后你可以向国家历史保护协会报告——‘嗨，朋友们，不能让他们在沃伦波毛纺厂的院子里建销售店，那里有条时空隧道。我知道这令人难以置信，但我可以带你们去看。’”

有那么一瞬间，我确实考虑这么做。阿尔也许是对的，通往过去的裂缝可能无比脆弱。我猜（或许他也是这样想的），铝房子如果摇晃得太厉害，它可能会像肥皂泡一样爆开。我转念又想到，联邦政府如果发现真相，会派特别行动队回到过去，为所欲为。我不知道这一切有没有可能，但如果可能的话，我最不希望看到的是，发明生化武器和计算机制导智能炸弹这类有趣玩意儿、心怀种种复杂动机的人，进入活生生的、毫无戒备的历史。

就是这个想法诞生的那一瞬——不，是那*一秒钟*——我猜到阿尔的真实想法了。我只是还知之不详。我把冰茶放到一边，站起身来。

“不，我绝对不会那样干，嗯。”

他对我的反应一点也不吃惊。当然，我可以认为他被氧可酮麻痹了，但事实并非如此。他看得出，我不管说什么，都不会撒手不管。我的好奇心（还有迷狂）已经像豪猪身上的刺一样根根直立。我确实有点想问他到底希望我干吗。

我说：“我想我们可以跳过开场白，直奔主题。”阿尔说：“很好。坐下，杰克，我会对你和盘托出。”我站着没动。“你知道自己想听这些。能有什么害处呢？我即便在眼下的二〇一一年能让你听命于我——实际上我不能——也没有能力指挥你在那里做任何事。你一旦回到过去，阿尔·坦普尔顿就只是印第安纳州布卢明顿市一个四岁的孩子，戴着独行侠面具，在后院里到处奔跑，还不能完全自理大小便呢。快坐下。就像电视购物节目里说的，你不必非买不可。”

没错。但我妈妈常说，魔鬼的声音总是很甜美。

我坐下来。

3

“你知道‘分水岭时刻’这个说法吗，伙计？”

我点点头。我就算不是英语老师也知道，有些文盲大概都知道这个说法。这是有线电视新闻上天天出现的令人讨厌的词汇之一。令人讨厌的电视新闻惯用词还包括“连连看”和“关键时刻”。最令人恼火的（我不厌其烦地在学生面前痛批这种用法）莫过于没有任何意义的“他们说”和“很多人认为”之类的词。

“你知道这个说法出自哪里吗，知道它的来源吗？”

“不知道。”

“出自制图法。分水岭通常指分隔河流的山岭或林地，河水从这里流向两个不同的方向。历史也是一条河，你说对吗？”

“我想是吧。”我喝了口茶。

“有些时候，改变历史的重大事件会无限蔓延——就像分水岭地区的长时间大雨容易造成河水泛滥。晴天甚至也会有水灾。前提条件不过是分水岭地带的某一小片区域长时间下大雨。历史这条河流中也常有这样突如其来的水灾。需要举几个例子吗？比如九一一恐怖袭击，又比如二〇〇〇年布什击败戈尔[①]。”

“你不能把全国大选比作突发而至的水灾，阿尔。”

“也许大多数全国大选不能与水灾相提并论，但二〇〇〇年的总统大选是个例外。你如果能回到二〇〇〇年的秋天，愿意在阿尔·戈尔身上花二十万美元吗？”

“这么假设有几个问题，”我说，“首先，我根本没有二十万美元。其次，我是个教书的。我说得清楚托马斯·沃尔夫[②]的恋母情结，但对政治一窍不通。”

他冲我不耐烦地摆摆手，瘦削手指上的海军陆战队戒指差点飞出去。“钱不是问题。这一点目前你要相信我。预先知情比依靠生活经验强太多。佛罗里达州选票的差距不到六百票。你觉得在选举日花二十万美元，不能搞定六百张选票吗？”

“兴许吧，”我说，“很有可能。我想，我会把往届投票率不高的选区单列出来——不用花很大力气就可以调查清楚哪些地区漠视选举——然后带着钞票过去。”

阿尔笑了，残缺的牙齿和病态的牙龈露了出来。“可不是吗？这一招玩转芝加哥很多年了。”

我想到用不到两辆奔驰的价格就能搞定美国总统，陷入沉默。

“但是说到历史长河，暗杀——成功的暗杀和失败的暗杀——最容易导致分水岭时刻到来。奥地利的弗朗茨·费迪南德大公被精神

---

① 阿尔·戈尔（1948—　），美国政治家，曾于一九九三年至二〇〇一年间在比尔·克林顿执政时期担任美国副总统。二〇〇〇年参加美国总统竞选，败给布什后成为著名的环境学家。他因为在环球气候变化与环境问题上的贡献受到赞誉，并因此获二〇〇七年度诺贝尔和平奖。

② 托马斯·沃尔夫（1900—1938），美国作家。代表作为《天使，望故乡》。

失常的小人物加夫里洛·普林西普暗杀，第一次世界大战就此爆发。一九四四年，克劳斯·冯·施陶芬贝格刺杀希特勒失败，功亏一篑，战争持续进行，数百万人殒命。”

我也看了那部电影。

阿尔说：“我们对弗朗茨·费迪南德大公和阿道夫·希特勒无能为力，实在是鞭长莫及。”

我本想责怪阿尔想当然，但忍住了。我感觉自己就像在读一本令人沮丧的小说。比方说，托马斯·哈代[①]的小说。你知道故事的结尾，但这对阅读的乐趣毫无影响，反而激发了你的好奇心。这种感觉也像看着小孩子开电动火车，火车越开越快，你等着看火车在拐弯处冲出铁轨。

“你要是想要搞定九一一恐怖袭击，得等四十三年。你那时都快八十岁了，你也可能活不到那天。”

现在我明白稻草人手里拿的孤星旗[②]是怎么回事了。那是阿尔上次穿越回去时带回的纪念品。“你搞不定一九六三年的事情，对不对？”

他没有回答，只是看着我。他下午领我进餐馆时，双眼污浊模糊，现在变得炯炯有神。他好像还变年轻了。

“你就是想跟我说这件事，对吧？达拉斯，一九六三年。”

“没错，”他说，“我只能退出。但是你没有病，伙计。身体健康，生机勃勃。你能回去，能阻止那件事！”

他前倾身子，眼睛清亮，闪耀着光芒。

“你能改变历史，杰克。你明白吗？约翰·肯尼迪能活下来。”

4

我知道悬疑小说的基本要素，因为我这辈子读过不知多少本惊悚

---

① 托马斯·哈代（1840—1928），英国作家。代表作包括长篇小说《德伯家的苔丝》和《无名的裘德》。

② 孤星旗（Lone Star Flag），得克萨斯州的州旗。

小说。好的惊悚小说的诀窍在于不停地给读者设置悬念。你假如已经通过那天的离奇事件对我的个性有了些许感知，就会明白我特别希望被说服。克里斯蒂·埃平已经变成克里斯蒂·汤普森（还记得成就一对是一对的匿名戒酒会吗？），我成了单身汉。甚至不用争夺孩子的抚养权。我做着一份自己很擅长的工作。我如果跟你说那份工作很有挑战性，那我纯粹是瞎扯。我最大的冒险经历，大概是大学四年级时跟一个哥们儿在加拿大境内搭便车旅行。但是，加拿大人大多乐善好施，所以那次旅行也算不上什么冒险。可现在，突然之间，我有了担任主角的机会，我不光要改变美国历史，还要改变世界历史。所以，是的，是的，是的，我想要被说服。

但我心中也充满恐惧。

“要是计划失败了呢？”我四大口就把剩下的冰茶喝光，冰块咯着牙齿。“谁能知道我要是成功阻止暗杀，事态会变得更好还是更糟？要是我穿越回来，发现美国变成法西斯政权了怎么办？又或者污染异常严重，人人走路都戴着防毒面具，怎么办？”

“那你就再去一趟，”他说，“回到一九五八年九月九日上午十一点五十八分。取消一切。每一次拜访都是第一次，记得吗？”

“听起来不错，但要是变化太大，你的小餐馆消失了呢？”

他咧嘴笑了。“那你就得在过去生活了。有什么不好呢？你作为英语老师，仍有抢手的技能傍身。你没有谋生技能也没关系。杰克，我在那儿待了四年，发了点小财。你知道我是怎么弄的吗？”

我可以根据常识猜一猜，但直接摇了摇头。

“赌博。我很谨慎，不想引起别人的猜疑，更不想被赌注登记人的打手跟踪。不过你要是认真研究过一九五八年夏季到一九六三年秋季每一场重要体育赛事，就有足够的余裕谨慎行事。我不敢说你能过得像个国王，因为那样生活会很危险。但是你没理由过得不好。而且我想，餐馆肯定不会消失。我改变了很多事情，但回来后发现餐馆还是我的。谁去都一样。在那里四处走走，买一块面包和一夸脱牛奶就能改变未来。听说过蝴蝶效应吗？那是个复杂的科学理论，其基本观点可以归结为——”

他又开始咳嗽，是他领我进来之后咳得最长的一次。他从盒子里抓起一片卫生巾，捂住嘴巴，然后将卫生巾对折。吓人的干呕声从他的胸腔传出来。从咳嗽声判断，他身体里一半的器官都散了架，像游乐园里的碰碰车一样哐当哐当响。咳嗽终于停止。他看了卫生巾一眼，畏缩一下。他把卫生巾折起来扔掉了。

“对不起，伙计。口腔里来月经，真是活见鬼！”

“天哪！阿尔！”

他耸耸肩。“生活中少了玩笑，还有什么意义呢？我们刚才说到哪儿了？”

“蝴蝶效应。”

“对。蝴蝶效应，意思是所有的小事件都能产生重大的，怎么说呢，连锁反应。比方说，有人在中国杀死一只蝴蝶，可能四十年后——或者四百年后——秘鲁会有一场地震。你是不是和我一样觉得这不可思议？”

没错，但我想起一个古老的时间旅行悖论，并脱口而出：“是的，可你要是回到过去杀了自己的爷爷，会产生什么结果呢？”

他盯着我，陷入困惑。“你为什么要这么做呢？”

这个问题问得好，所以我叫他说下去。

“你今天下午只是走进一家果品公司，但已经改变了历史的一些细微之处……但是通向储藏室、可以让你回到二〇一一年的楼梯仍然在那里，不是吗？福尔斯镇跟你离开时一样。”

“似乎确实如此。但你说的事情可要重大得多，你想让我挽救约翰·肯尼迪的生命。”

“噢，伙计，我说的不止如此。这件事可不是中国的什么蝴蝶。你还可以救罗伯特·肯尼迪一命。因为约翰·肯尼迪如果在达拉斯逃过一劫，罗伯特很可能不会参加一九六八年的总统大选，也不会被暗杀。国家不再需要一位肯尼迪取代另一位肯尼迪。”

“这一点说不准吧。”

“对，但你听我说。你认为，你如果救了约翰·肯尼迪的命，他的弟弟罗伯特一九六八年六月五日十二点十五分还会出现在大使酒店吗？他即使在大使酒店，凶手也还会在厨房备餐吗？”

有这种可能，但概率很小。你向等式中引入一百万个变量，结果当然会发生变化。

“马丁·路德·金会怎么样？他一九六八年四月还会在孟菲斯吗？他即使在那儿，还会准时站在洛雷恩汽车旅馆的阳台上，被詹姆斯·厄尔·雷射杀吗？你觉得呢？”

“那个蝴蝶理论如果成立，很可能不会。”

“我也是这么想。马丁·路德·金如果没被刺杀，原本在他死后发生的那场种族骚乱就不会发生。弗雷德·汉普顿[①]可能也就不会在芝加哥被枪杀。”

“谁？”

他没回答我的问题。“如此一来，可能就不会有共生解放军[②]。没有共生解放军，就没有帕蒂·赫斯特[③]绑架案。没有帕蒂·赫斯特绑架案，中产阶级白人中的恐黑情绪就会弱化些许，这些许的差别至关重要。”

“你把我说晕了。你要知道，我只是个教英语的老师。”

“你听不懂，是因为你对美国十九世纪内战的了解，胜过对肯尼迪在达拉斯被暗杀以后差点导致国家分裂的另一场内战的了解。我如果问你谁主演了《毕业生》，你肯定能告诉我答案。但是我如果问你李·奥斯瓦尔德在刺杀肯尼迪之前几个月准备刺杀谁，你肯定会说‘啊’，因为所有这一切已经被遗忘。”

“奥斯瓦尔德刺杀肯尼迪之前准备刺杀别人？”我对这件事闻所未闻，不过我有关肯尼迪被暗杀的知识多半来自奥利弗·斯通[④]的电影。阿尔对我的问题置若罔闻，自顾自地往下说：

---

① 弗雷德·汉普顿（1948—1969），非裔美国激进分子，黑豹党伊利诺伊斯分会副主席。

② 二十世纪六七十年代出现在美国的反越战和争取民权运动的左翼激进组织。

③ 帕蒂·赫斯特（1954— ），美国报业大王威廉·赫斯特的孙女。一九七四年二月四日，她在加州柏克莱被美国激进组织共生解放军绑架。

④ 奥利弗·斯通（1946— ），美国电影导演、编剧、演员，他的作品多为政治和战争题材，包括《刺杀肯尼迪》。

“越南又会怎么样？约翰逊才是让战争全面升级的那个家伙。诚然，肯尼迪是个冷战分子，但约翰逊让事态升级了。他有小布什那种站在镜头前炫耀‘我的 × 比你大’的情结，能说出‘不信掏出来比比’这种话。肯尼迪也许会改变观点，约翰逊和尼克松不会。因为他们，我们在越南损失近六万美国士兵。越南南北方阵亡数百万人。肯尼迪如果没有命丧达拉斯，还会有那么多人死掉吗？”

“我不知道。你也不知道，阿尔。”

“没错，但我非常熟悉美国近年的历史。我认为挽救肯尼迪，事情变好的可能性非常大。放心，不会有任何不利的方面。事情一旦不顺利，你就取消一切。跟擦去用粉笔写的脏话一样容易。”

“万一我回不来，结果就不得而知啦。”

“废话。你还年轻。你只要不被出租车碾到或者心脏病发作，就会活着看到结果。”

我一言不发地坐着，眼睛盯着膝盖，思考着。阿尔由着我出神。最后我再次抬起头。

“你肯定看过很多有关暗杀和奥斯瓦尔德的东西。”

“我把能找到的都看了，伙计。”

“你确定是他干的？关于这件事有上千条阴谋论。我都知道几条。我要是穿越回去，成功阻止了奥斯瓦尔德，但又出现另外一个家伙从草丘或别的什么地方朝肯尼迪开枪呢？”

“草丘。我基本能断定是奥斯瓦尔德干的。各种阴谋论离奇古怪，这么多年下来，大多已经被驳倒。比如枪手不是奥斯瓦尔德，而是跟他长得很像的某人这种说法。一九八一年，尸体被挖掘出来做了 DNA 测试。是他，没错。这个恶毒的杂种，”他停下来，接着说，“跟你说，我见到他了。”

我盯着他。“扯淡！”

“是真的，他还跟我说了话。在沃思堡。他和苏联妻子玛丽娜在沃思堡看望他的哥哥。要说奥斯瓦尔德曾经爱过谁，那就是他哥哥博比。我当时站在博比·奥斯瓦尔德家院子的篱笆外面，靠着电线杆，抽着烟，假装正在看报纸。我的心跳似乎有每分钟两百下。李·奥斯瓦尔德和玛丽娜一起走出来。玛丽娜抱着他们的女儿琼。琼不到一岁。孩子睡着了。奥斯瓦尔德穿着卡其布裤子，有衣领扣的常春藤风格衬衫，衣领已经磨损。裤子的折痕明显，但很脏。他已经放弃海军陆战队发型，但头发仍然短得很难用手抓住。玛丽娜——天哪，多迷人啊！黑色的秀发，碧蓝的眼睛，光洁的皮肤。简直像个电影明星。你要穿越回去之后会亲眼看到的。奥斯瓦尔德走下人行道时，玛丽娜用俄语跟他说了些什么。他回答了她，说话时面带微笑，然后推了玛丽娜一把。她差点跌倒。孩子醒了，开始哭。奥斯瓦尔德从头到尾都在笑。”

“你看到过这些。你真的看到了。你看见他了！”我穿越回去过，但对此还是将信将疑，觉得那要么是错觉，要么纯粹是谎言。

“我没有骗你。玛丽娜从大门里走出来，低着头从我身边经过，怀里抱着孩子。好像我根本不在那里。但奥斯瓦尔德朝我走过来，近到我能闻出他身上遮盖汗味的好时派男士香水味。他的鼻子上长满黑头。你看到他穿的衣服，还有后跟破损的鞋子，就知道他一贫如洗，但你看到他的脸就知道贫穷不是个问题。对他来说，不是问题。他认为自己非同一般。”

阿尔深思片刻，摇摇头。

“不，我收回那句话。他*知道*自己非同一般。只是世人过段时间才会意识到这一点。他就在那里，在我面前。我们相距那么近，我快要窒息了。不要以为我脑子里没有闪过那个念头——”

“你为什么不，不直截了当干掉他？”

“在他的妻子和孩子面前这样做吗？你下得了手吗，杰克？”

我没有考虑这个问题太久。“下不了手。”

“我也是。还有其他原因。其中一个原因是我讨厌州立监狱……或者说电椅。请注意，我们是在大街上。”

“哦。”

“想起来了吧？他走到我面前时脸上带着笑容。傲慢但又拘谨的笑容。他在所有照片里都带着那种笑。他杀害肯尼迪后企图逃跑，骑摩托车的巡警碰巧经过，将他逮捕送到达拉斯警局，他那时也带着那种笑容。他问我：‘先生，你在看什么？’我说：‘朋友，没什么。’他又说，‘少管闲事。’”

“玛丽娜在二十英尺开外的人行道上等着他，正试图再次把孩子哄睡着。天气热得像地狱，她却像当时大多数欧洲妇女那样戴着方巾。他走过去，抓住玛丽娜的胳膊——像个警察，而不是丈夫——说：‘走吧，走吧。’玛丽娜对他说了些什么，可能是让他抱一会儿孩子。不过，这是我猜的。但他把玛丽娜推开。‘走吧，娘的！’玛丽娜就走了。他们朝汽车站走去。就这样。”

“你懂俄语吗？”

“不懂，但我听力不错，我有电脑。当然，是在这儿。”

“这之后你见过他吗？”

“只是在远处见过，那时我已经病得很厉害。”他咧嘴笑了。“沃思堡的烧烤是整个得克萨斯州最好吃的烧烤，可我不能吃。这个世界有时候就是这么残酷。我去看医生，诊断结果出来，跟我料想的一样，然后穿越回到二十一世纪。大体说来，长期观察他并没有什么意义。他只是个瘦得皮包骨头的虐妻狂，希望有朝一日能够出人头地。”

他前倾身体。

“你知道那个改变美国历史的家伙是什么样子吗？他是朝别的孩子扔石子，然后撒腿就跑的那种孩子。他追随哥哥博比加入海军陆战队前——他崇拜博比——在几十个地方居住过，在新奥尔良和纽约都住过。他觉得自己有伟大的构想，不理解为什么人们不愿倾听。他对此心生怨恨，但仍然挂着拘谨而令人讨厌的笑容。你知道威廉·曼彻斯特[①]怎么形容他吗？”

“不知道。”我不知道威廉·曼彻斯特是谁。

“可恶的流浪汉。曼彻斯特讨论了暗杀之后……就是奥斯瓦尔德被人枪击之后盛行的种种阴谋论。你知道那次暗杀，对吗？”

“当然，”我有点儿恼怒地说，“一个叫杰克·鲁比的人干的。”我已经暴露出在这方面知识欠缺，所以阿尔有时的确要先问问我。

---

① 威廉·曼彻斯特（1922—2004），美国著名历史学家。《光荣与梦想》的作者。他是肯尼迪总统的知己，撰写了《总统肖像》《总统之死》和《短暂光华》三部充满深情的回忆录。

“曼彻斯特说如果把美国总统被害放在天平的一端，把流浪汉奥斯瓦尔德放在天平另一端，天平实在不平衡。所以你会想在奥斯瓦尔德那边加些什么，好让天平平衡。所以才有那么多阴谋论。比如，有人说是黑手党干的——卡洛斯·马塞洛[①]是罪魁祸首。也有人说是克格勃干的。还有人说是卡斯特罗干的，以报复中情局计划用毒雪茄杀他。直到今天，还有人认为是林登·约翰逊干的，因为他想从副总统变成总统。谁料到，结果是……”阿尔摇了摇头，“几乎可以肯定是奥斯瓦尔德。你听说过奥卡姆剃刀原理吗？”

能确切说点什么的感觉不错。“这是个被称作省俭法则的真理。‘如果不考虑其他方面，最简单的解释通常是最正确的’。那么，他没有跟妻子和孩子一起走在街上时，你为什么没有干掉他呢？你也是海军陆战队队员。你既然知道自己病入膏肓，为什么不亲手杀死这个狗杂种？”

“因为百分之九十五并不等于百分之百。因为不论他是否讨厌，他都是个有家室的人。因为奥斯瓦尔德被捕以后，声称自己是个替罪羊，我想查证他是否撒了谎。在这个邪恶的世界上，没有人能对任何事情有百分之百的把握，但我希望有百分之九十八的把握。可我又不希望到十一月二十二日才在得克萨斯教科书仓库大楼拦住他——时间太紧迫了。但我不想现在阻止他还有个重要原因，我会告诉你的。”

他的眼神黯淡下来，脸上的皱纹再次变深。我很怕他已经气力无多。

“我把所有东西都写下来了。想留给你看。我希望你能像个混蛋似的把上面的内容硬背下来。东西就放在电视机上面，伙计。你愿意吗？”他疲惫地笑笑，接着说，“我累了。”

那是本很厚的蓝色笔记本。纸质封面上印的价格是二十五美分，笔记本的牌子我没听说过。“克里斯基是什么？”

“百货连锁商店，现在叫凯马特。别管封面，只看里面的内容。这

---

① 卡洛斯·马塞洛（1910—1993），意大利裔美国黑手党成员，二十世纪四十年代成为新奥尔良匪帮头目。

是奥斯瓦尔德年表，还有所有指控他的证据……你如果准备接手，不一定要看这些证据，因为你可以在一九六三年四月，肯尼迪来到达拉斯之前半年多的时候，阻止这个家伙。”

“为什么是四月？”

“有人想在那时候杀掉埃德温·沃克将军……当然，他那时已经不是将军了。他一九六一年被约翰·肯尼迪亲自撤职。因为埃德温将军向部队分发种族隔离印刷品，并下令士兵阅读。”

“是奥斯瓦尔德要杀他吗？”

“这正是你需要确认的事。同样的步枪，毫无疑问，弹道测试证实了这一点。我在过去时正等着这件事发生。我可以不干涉，因为刺杀并未成功。子弹偏到沃克家厨房窗户中央的木条上。偏得不多，但足够了。子弹贴着他的发梢飞过，碎木片伤了他的胳膊。这是他唯一的伤口。这个人并不该死——很少有人邪恶到应该被伏击射杀的程度——但我随时愿意拿沃克换肯尼迪。”

我没有太留意最后一句话。我正翻动一页页密密麻麻的笔记，读奥斯瓦尔德年表。开始部分笔迹十分清晰，后面就越来越潦草。最后几页简直是危重病人的胡乱涂鸦。我合上笔记本，说：“你如果能确定奥斯瓦尔德是试图枪击沃克将军的人，就会消除所有疑虑？”

“是的，我需要确认他有能力杀人。杰克，奥斯瓦尔德是个恶棍，在一九五八年，人们会说他道德败坏。但仅凭虐待妻子，将她囚禁在语言不通的圈子里，不能证明他会谋杀肯尼迪。还有一点，假设我没有染上肺癌，而且杀了奥斯瓦尔德，而杀死总统的却另有其人，然后我可能没有机会修正这个结果。一个六十岁的人是靠不住的，你懂我的意思吗？”

“非要杀了他吗？你就不能只是……我不确定……想办法困住他？”

“兴许吧，但我那时病了。我即使很健康，也不知道自己能不能办到。总之，我一旦确定是他，最简单的方法就是结果他。就像在黄蜂叮你之前拍死它。”

我没说话，思考着。墙上的钟显示十点半了。阿尔刚才开始说他能说到午夜，但我刚才一看到他就知道他太乐观了。

我拿起两个人的杯子，走进厨房，冲洗干净，放到沥水碗架上。我感觉脑袋里有个旋风涡流，被吸进去的不是牛、篱笆桩和纸片，而是一堆名字：李·奥斯瓦尔德，博比·奥斯瓦尔德，玛丽娜·奥斯瓦尔德，埃德温·沃克，弗雷德·汉普顿，帕蒂·赫斯特。旋风里夹杂着闪亮的姓名首字母缩写，仿佛豪华汽车上撕下的镀铬装饰：JFK（约翰·菲茨杰拉德·肯尼迪），RFK（罗伯特·弗朗西斯·肯尼迪），MLK（马丁·路德·金），SLA（共生解放军）。旋风涡流里还有声音：一个枯燥的南方口音一遍遍地重复着两个俄语单词："*pokhoda, cyka*。"

走啊，婊子！

5

"我有多长时间做决定？"

"不长。餐馆租约月底就到期了。我跟律师谈了，想争取些时间——通过诉讼什么的——但他不太乐观。你见过家具店里'门面到期，清仓甩卖'的标牌吗？"

"见过。"

"十家挂这种招牌的店家中，有九家是骗人的，但我是第十家。我不是在说时不时冒出来的一元折扣店，我说的是比恩直销店这种店。说起缅因州的零售业，里昂·比恩直销店绝对数一数二。到七月一日，我的餐馆会像北美地区头号天然气和电力商安然公司那样消失。这没什么大不了。到七月一日，我可能也会消失。我可能会感冒，三天之内死于肺炎。也可能会死于心脏病或中风。或者因为吃了这些该死的奥施康定一命呜呼。上门服务的护士每天叮嘱我小心服药，不要过量。我很小心，但我看得出，她非常担心自己某天早上走进来时发现我已经咽气了，原因是药物成瘾或数错了药片。药片抑制呼吸，我的肺已经被毁了。最重要的是，我的体重锐减。"

"是吗？我倒没发现。"

“伙计，没人喜欢自作聪明的人，你到了我这个年纪就会明白这一点。总之，我希望你把这个和笔记本一起拿去。”他掏出一把钥匙，“这是餐馆的钥匙。如果你明天打电话给我，护士告诉你我今晚已经死了，你就得快点行动。不过我已经假定你会接手。”

“阿尔，你不是打算——”

“只是以防万一。这事非常重要，杰克。我个人觉得，这比其他任何事情都重要。你如果想改变世界，这就是你的机会。拯救肯尼迪，拯救他弟弟。拯救马丁·路德·金。阻止种族骚乱。可能的话，阻止越南战争。”他凑上前来，“伙计，你除掉一个可恶的流浪汉，就能拯救数百万人的生命。”

“这纯粹是你想说服我的伎俩，”我说，“我不需要这把钥匙。明天太阳升起的时候，你还会出现在蓝色巴士上。”

“会有百分之九十五的可能。但百分之九十五不是百分之百。把该死的钥匙拿着吧。”

我接过该死的钥匙，放进口袋里。“你休息吧。”

“还有一件事。我得告诉你卡罗琳·波林和安迪·卡勒姆的故事。坐下，杰克。我们还要聊一会儿。”

我站着没动。“呃，你的身体太虚弱了，你需要休息。”

“我死了以后会休息的。坐下吧。”

6

阿尔说，他发现“兔子洞”之后，一开始非常高兴地进去采购原料，在路易斯顿赌注登记人那里赌上几把，积攒了大把二十世纪五十年代的现金。他周二、周三偶尔会去锡贝戈湖游玩，湖里盛产的鱼美味可口，可以放心食用。他说，那时人们担心原子弹实验的辐射，但担心食用受污染鱼类而汞中毒还是未来的事。他把这样的短途旅行（通常在星期二和星期三，但他有时会一直在那儿待到星期五）称作小长假。天气通常绝佳（因为天气总是一样），钓鱼总有斩获（他很可能一次又一次钓起同一条鱼）。

“我很清楚你对这一切是什么感觉，杰克，因为我在最初几年也很震惊。你想知道什么叫幻觉吗？顶着一月凛冽的东北风走下楼梯，然后从九月明媚的阳光里走出来。只穿衬衣的天气。这就是幻觉，对吧？”

我点点头，让他接着说。我刚进来时在他的双颊上看到一点血色，现在血色已荡然无存。他又开始不断咳嗽。

“但是时间会让人对一切司空见惯。随着震惊慢慢消退，我开始想，我发现这个老兔子洞是有原因的。我就是在那个时候想到了肯尼迪。但是问题来了：我能改变过去吗？我不在意后果——我一开始是这样想的——只关心我能否做到这件事。我有一次去锡贝戈湖时，掏出刀子在我住的小木屋旁的树上刻下‘阿尔·坦普尔顿，二〇〇七’几个字。我回来之后，立即跳进车里，赶到锡贝戈湖。我曾经住过的小木屋不见了，现在那儿是家旅游酒店。但那棵树还在。我刻的字也在。字迹陈旧光滑，但赫然在目：‘阿尔·坦普尔顿，二〇〇七’。因此我知道自己能在过去改变一些事情。然后我开始思考蝴蝶效应。

“福尔斯镇当年有份叫《里斯本企业周刊》的杂志。二〇〇五年，本地图书馆把拍摄下过刊的所有缩微胶卷都扫进电脑。检阅速度提高了很多。我去查找一九五八年秋天或初冬是否发生过事故。特别的事故。我决定如有需要，一直查询到一九五九年春天，但我在一九五八年十一月十五日的周刊上找到了一场事故。一个名叫卡罗琳·波林的十二岁女孩在河对面达拉姆地区的鲍伊山跟父亲一起打猎。大约下午两点——那天是星期六——来自达拉姆的猎人安迪·卡勒姆在同一片树林朝一头鹿开枪。他没有击中鹿，而是打中了女孩。女孩距他有四分之一英里远，但被他打中了。我在想，奥斯瓦尔德朝沃克将军开枪时，距离不足一百码。但是子弹击中窗户中央的木框，他失手了。让波林瘫痪的子弹，竟然避开沿途的树干与树枝飞越四百多码——比杀害肯尼迪的子弹飞得远得多。子弹哪怕撞上一根细枝，也不会打中她。我对此很肯定。”

这时，人生就像一枚不停转动的硬币这个想法第一次在我的脑海里闪过。以后这个想法又多次出现。阿尔又抓起一张卫生巾，咳嗽，吐痰，然后把卫生巾扔进废纸篓里。他竭力深呼吸，努力说下去。我没有阻止他。我又被他的故事吸引了。

“我把她的名字输入《企业周刊》数据库，找到她的其他故事。一九六五年从里斯本高中毕业——比同班其他同学晚了一年，但成功地毕了业——进入缅因大学，学商务管理，后来当了会计师。她住在格雷，距离我常去度假的锡贝戈湖不到十英里。她是自由职业者。猜猜看，她最大的客户是谁？”

我摇摇头。

“约翰·克拉夫茨汽车销售公司，福尔斯镇的企业。这家公司的销售员斯奎基·惠顿是餐馆的常客。他有一天告诉我，他们正在进行年度盘点，‘数字女士’正在核对账目。我决计去拜访这位女士。她六十五岁了……你能想到她那个年纪的美女是什么样子吗？”

“能想象得到。”我说。我想起克里斯蒂的妈妈，她五十多岁了才真正进入花样年华。

“卡罗琳·波林就是你想象中的那种大龄美女。她的面容姣好，是两三百年前的画家喜欢的那种古典美女。银白色的头发一直垂到腰际。”

“你好像坠入爱河了，阿尔。”

他虽孱弱，却有力气竖起中指。

“她的身材也很好——你肯定是这样期待的，对吗？一个没有结过婚的女人，每天上下轮椅，上下那辆经过特别改装的篷车，还要上床下床，进出浴室，做其他一应琐事。斯奎基说她做什么都靠自己。我很钦佩。”

“所以你决定救她。当作一项测试。”

“我穿过兔子洞回去，不过我这次在锡贝戈湖小木屋待了两个多月。我对屋主说，我叔叔去世，我继承了一笔钱。你要记住这个，伙计——经验证明有钱的叔叔这招很好用。每个人都相信，因为每个人都想有个这样的叔叔。然后那一天到了：一九五八年十一月十五日。

我没有跟波林一家套近乎。我因为心怀阻止奥斯瓦尔德的念头，对猎手卡勒姆更感兴趣。我也调查过他，得知他住在鲍伊山一英里外的地方，住处离达拉姆农庄不远。我想我能在他动身去森林之前赶到他家。结果人算不如天算。

“我很早就离开锡贝戈湖小木屋，这真是个英明的决策，因为我开了不到一英里，我从赫兹公司租来的汽车就爆胎了。我拿出备胎装上。然后一切看上去完美无虞，但我开了不到一英里，车胎又爆了。

“我搭便车到了那普勒斯的埃索加油站，服务区工作人员跟我说他太忙，没时间去给我租的雪佛兰换轮胎。我想他是怕星期六的打猎活动被耽误。二十美元小费让他改变了注意。我下午才到达拉姆。我走的是环湾公路，最近的路线。猜猜怎么着？查口溪大桥塌在该死的水里了。现场有巨大的红白相间的锯木架、燃油灯，还有巨大的橙色告示牌：‘道路封闭’。这一件事情让我情绪低落，心想我根本无法完成早上出发时定下的目标。别忘了，我早上八点钟出发，就是为了防止有意外发生，但我没想到自己四个多小时才走十八英里。不过我没有放弃。我改走卫理公会教堂公路，提高车速，车后扬起长长的公鸡尾巴一样的尘土。那时候，通向那个方向的所有道路都还是泥土路。

“路边和森林入口到处停着汽车和卡车，猎人们肩上扛着可拆卸猎枪，徒步前行。每个人都举手对我打招呼——一九五八年的人更友好，这一点毫无疑问。我也朝他们挥手。我再开下去，汽车肯定还会再次爆胎。汽车如果爆胎，我肯定会被抛到路边的沟里，因为汽车时速不下六十英里。我记得有位猎人用双手拍打空气，示意我减速，但我没理会。

“我飞一般开上鲍伊山，刚过老贵格会教堂，就发现一辆皮卡停在墓地边。车门上写着‘建筑工、木工波林’。卡车上没人。波林和女儿在森林里，也许正坐在林间某块空地上吃午餐，父女俩边吃边聊天。我猜他们也许会做这些事，不过我跟父亲从来没有这样做过——”

又是一阵漫长的咳嗽，咳嗽声中夹杂着可怕的痰音。

“噢，该死的！别这么痛了啊。”他呻吟着说。

“阿尔，你需要休息。”

他摇摇头，用掌根擦了擦下嘴唇上的血迹。“我现在最最重要的事就是把话说完。你就闭嘴让我把话说完吧。”

“我盯着卡车看了很久，同时仍以六十英里时速前进。我把目光转向前方的道路时，看到一棵树倒下来横在路上。我及时刹车，差点撞上。树不是很大。癌症发威之前我还很强壮。再者，我当时气得够呛。我走下车，准备搬开那棵树。我正费力搬树，嘴里骂骂咧咧，从对面开过来一辆车。车主从车里走出来，穿着件橙色打猎背心。我不知道他是不是我要找的人——《企业周刊》没刊登他的照片——但他看上去跟我要找的人年纪相当。

“他说：‘老前辈，我帮你吧。’

“‘太感谢了，’我一边伸出手跟他握手，一边说，‘我叫比尔·莱德劳’。

“他跟我握了手，说：‘我叫安迪·卡勒姆’。正是此人。我来达拉姆这一路波折不断，现在简直不敢相信眼前发生的事情，我觉得自己就像是中了彩票。我们抱住树干，合力把树移开。之后，我坐在路边，捂住胸口。他问我怎么了。‘不知道，’我说，‘我没有心脏病，但现在好像得上了。’于是安迪·卡勒姆先生在那个十一月的下午根本没去打猎，也根本没有射中一个小女孩儿。他忙着把年迈的比尔·莱德劳送进路易斯顿的中缅因州总医院。”

“真的吗？你真的做到了？”

“当然。我在医院里告诉他们我中午吃了个特大号三明治——那时叫意大利三明治。诊断结果是‘急性消化不良’。我付了二十五美元现金，他们让我出院。卡勒姆一直在旁边陪着我，又把我带回到我租来的汽车旁。这么做是不是很仗义？就在当天晚上，我回到二〇一一年……当然，时间才过去两分钟。就好像没坐飞机就有了时差。

“我回来后做的第一件事就是去城里的图书馆，再次查寻《企业周刊》对一九六五年高中毕业生的报道。之前的报道里有卡罗琳·波林的照片。在照片里，当时的校长——厄尔·希金斯，很久之前就已经升天——正俯身把毕业证书递给坐在轮椅里的卡罗琳，她戴着毕业帽，穿着毕业服。照片下面写着，‘卡罗琳·波林漫长康复之路上的重大成就。’”

“这篇报道还在吗？”

“关于毕业生的报道还在。毕业日总是会出现在小镇报纸的头版，你知道的，伙计。但是我从一九五八年返回后，看到这篇报道里的照片里有个留着乱糟糟披头士拖把头的男孩站在讲台上，图片说明变成了‘学生代表特雷弗·巴迪·布里格斯在毕业典礼上发言’。报道里列着所有毕业生的名字——总共只有一百个左右——卡罗琳·波林不在里面。我又去查一九六四年的毕业档案，她要是没有被击中脊柱，就不用休学养伤，应该是一九六四年毕业的。太棒了！没有照片，也没有特别说明。她的名字夹在戴维·普拉特和斯特凡妮·鲁蒂埃这两个名字中间。”

“走向辉煌未来的一个普普通通的孩子，对吗？”

“没错。接着，我在《企业周刊》的数据库搜索她的名字，得到一些一九六四年之后的报道。不是很多，三四条吧。你能想象得到的，一个普通女人的普通生活。她进了缅因大学，专攻商务管理，之后进了新罕布什尔的研究生院。我还找到《企业周刊》一九七九年停刊前不久发布的一条报道。报道说：前里斯本高中寄宿生在全国金针花竞赛中获奖。报道里有她的一张照片，她站在那里，腿好好的，拿着获奖花。她住在……曾经住在……我不知道哪种说法更对，不过她可能到现在都还没搬家吧……纽约州奥尔巴尼市外的一个镇上。”

“她结婚了吗？有孩子吗？”

“我想没有。照片里的她拿着花，左手上没有戒指。我知道你在想什么，除了能走路之外没什么不同。但谁知道呢？她住在一个不同的地方，天知道她影响了多少人的生活。卡勒姆要是射中了她，她就会待在福尔斯镇，永远都不会遇到那些人。明白我的意思了吗？”

我明白。我也同意他的话，我还想在他倒下之前结束谈话。我想在离开前看到他安稳地睡下。

“杰克，我想告诉你的是，你能改变过去，但改变过去不像你想的那么容易。那天早上，我感觉就像从尼龙袜子里挣脱出来。尼龙袜子先会松一点，接着又会缠得跟之前一样紧。但最后我还是成功地突围。”

“为什么这么难？难道是过去不想被改变吗？”

“有些东西不想被改变，我很确信这一点。但它有可能被改变。你如果把可能遭遇到的阻力考虑进来，完全有可能做到。”阿尔看着我，枯槁的脸上，眼睛格外有神。“总之，卡罗琳·波林的故事以‘她从此过着幸福的生活’结束了，不是吗？”

“是的。”

“伙计，你看看我给你的笔记本的封底，也许就不会这么想了。那是我今天才打印出来的。”

我照做了，发现封底上有个卡片袋。我估计那是插办公备忘录和名片的地方。卡片袋里插着一张折叠起来的纸。我把纸拿出来打开，看了很久。这是《里斯本企业周刊》一页报道的打印件。报头下面的日期是一九六五年六月十八日。报道的标题是：里斯本高中第六十五届毕业生在泪水和微笑中离校。照片上，一个秃顶男人（他为了防止学位帽从头上掉下来，把帽子夹在腋下）正俯身站在面带微笑的轮椅女孩身后。谢顶男人握着毕业证书的一边；女孩握着另一边。文字说明是：“卡罗琳·波林在漫长的康复路上完成重要目标。”

我抬头看着阿尔，十分疑惑。“你已经改变了未来，拯救了她。这是怎么回事？”

“伙计，每一次拜访都是一次重置。还记得吗？”

“噢，上帝！你回去阻止奥斯瓦尔德时，你为拯救波林所做的一切都被抹掉了。”

“是……又不是。”

“是……又不是？那到底是怎么回事？”

“拯救肯尼迪之旅会是我最后一次回去，我并不需要急着去得克萨斯。急什么？一九五八年九月，‘兔子’奥齐——奥斯瓦尔德在海军陆战队的战友都这样叫他——人不在美国。他正跟部队辗转于南太平洋各地。所以我回到锡贝戈湖的莎迪赛德小木屋。我在那儿一直待到十一月十五日。一切都跟前一次一样。只不过我当天早上出发得更早，这对我来说真他妈非常必要。这一次，我租来的那辆雪佛兰不但多次爆胎，还出了故障。最后，我花六十美元借那普勒斯服务区一个家伙的车子用了一天，还把海军陆战队戒指抵押给他。那一天惊险不断，我就不一一赘述啦——”

“达拉姆的桥是坏的吗？”

“不知道，伙计。我根本没走那条路。吃一堑，长一智。我只关心安迪·卡勒姆会从哪条路过来，争分夺秒地往那里赶。跟上次一样，树倒在大路上。跟上次一样，他出现的时候，我正在搬树。跟上次一样，我很快就胸腔疼痛。我们上演了一场喜剧，卡罗琳·波林整个周六都安全跟她父亲待在森林里。几个星期之后，我一声欢呼，坐火车去得克萨斯了。”

“可我手里这张她坐在轮椅里的毕业照又是怎么回事？”

“因为每一次走进兔子洞都是一次重置。”阿尔说完后看着我，想看看我有没有弄明白。我想了一会儿，明白了。

“难道是我——”

“没错，伙计。今天下午，你花一毛钱买了一杯根汁汽水，同时把卡罗琳·波林送回了轮椅。”

第四章

1

阿尔由着我扶他回到卧室，由着我蹲下去帮他解鞋带、脱鞋子。他说了句“谢谢，伙计”。但我要扶他去上厕所时，他拒绝了。

“让世界变得更美好很重要，可是自己上厕所同等重要。”

“只要你确信你能做到。”

“我确信我今晚能做到，至于明天如何，等到明天再说。回去吧，杰克。读读笔记——上面有很多东西。把问题留到明天解决。明天早上过来找我，告诉我你的决定。我还会在这儿。”

“你对自己明天还会在这儿有百分之九十五的把握？”

“至少百分之九十七。总之，我现在感觉不错。我先前没料到自己有力气跟你讲这么多话。我已经把事情告诉你，也让你相信了这一切，我心里的一块石头落地了。”

我不太确定自己是否相信这一切，虽然我那天下午有过一次历险。但我没有把不确定说出来。我跟他道了晚安，提醒他别数错药，他回答“好，好”。然后我走了。我站在外面，盯着稻草人举着的孤星旗看了一会儿，然后走下人行道，上了车。

千万别和得克萨斯扯上关系，我暗暗告诫自己……但看来我很难躲过去。阿尔改变过去所遭遇的种种困难——轮胎爆裂，引擎故障，桥梁垮塌——让我隐隐感觉到，我要是想改变那件事，得克萨斯迟早会把我吞没。

2

我经历过所有这一切后，根本没指望凌晨两三点之前能够入睡，我很可能一整夜都不会合眼。但有时候，大脑会响应身体的需要。我回到家，小酌几杯后（能在家里喝酒是我重返单身状态后的福利之一），顿感眼皮沉重。我喝完苏格兰威士忌，看了九页或者十页阿尔写的奥斯瓦尔德纪事之后，眼睛几乎睁不开了。

我把杯子放在水槽里冲了冲，走进卧室，随手把脱下来的衣服丢了一路，这定会让克里斯蒂深恶痛绝。我倒在宽大的双人床上。我想伸手关掉床头灯，但胳膊似乎异常沉重。在异常安静的教员办公室里批改荣誉学生论文好像是很久以前的事情。这不足为奇。谁都知道，在时间旅行这桩不容宽恕的事情中，时间存在着离奇的伸缩性。

我害得那个女孩瘫痪了。把她重新送回到了轮椅里。

你今天下午从储藏室的台阶下去时，还不知道卡罗琳·波林是谁，所以别傻了。而且，她现在可能正在某个地方走得好好的呢。也许穿过那个兔子洞等于创造了并行的现实世界或者时间流，或别的什么乱七八糟的东西。

卡罗琳·波林，坐在轮椅里，拿着毕业证书。那一年，麦考伊家族的《扬帆起航》是流行音乐排行榜冠军。

卡罗琳·波林，一九七九年在百合花园里行走，那时村民组合的《基督教青年会》是流行音乐排行榜冠军。她偶尔会停下来俯身拔掉花园的杂草，然后起身继续向前走。

卡罗琳·波林，跟父亲待在森林里，很快就会瘫痪。

卡罗琳·波林，跟父亲待在森林里，很快就会像小镇上其他孩子一样进入青春期。我琢磨着，广播和电视新闻宣告美国第三十五任总统在达拉斯被枪杀时，她在那个时间流里的什么地方呢。

约翰·肯尼迪能活下来。杰克，你能挽救他的生命。

那样真能让事情变得更好吗？没人能保证。

我感觉自己正挣扎着，想摆脱尼龙袜子。

我闭上眼睛，看到日历一页页飞走。老电影经常采用这种老掉牙的方式表明时间飞逝。我看见日历像鸟儿一样飞出我的卧室窗户。

我入睡之前，又想了些别的事情：愚蠢的高二学生，下巴上留着更加愚蠢而散乱的山羊胡子，咧着嘴，低声说，蟾蜍哈里，跳着过大街。我正要斥责那孩子，哈里拦住我。别！没事，他说，我已经习惯了。

随后我沉沉睡去，精疲力竭。

3

我在清晨的阳光和鸟声啁啾中醒过来，摸摸自己的脸。我睡着时肯定哭过。我做了个梦，我不记得梦到了什么，但肯定是个悲伤的梦，因为我不是轻易会哭的人。

脸上干干的，没有眼泪。

我在枕头上扭头看床头柜上的钟——六点差两分。光线很好，美丽的六月清晨，学校也放假了。暑假第一天，老师跟学生一样高兴。但我感到很悲伤。莫名的悲伤。这不仅是因为我面临着一个艰难的抉择。

我去盥洗室的途中，几个字突然蹦进脑海：你好，布法罗·鲍勃[①]！

我停下来，光着身子，看着浴室镜里大睁着眼睛的自己。我现在想起刚刚做的那个梦，明白自己醒来时为何很悲伤。我梦见自己坐在教员办公室里，读成人学生的作文。楼下的体育馆里传来最后一声哨响，一场高中篮球赛落下帷幕。我太太刚刚戒酒归来。我希望自己回家时她在家，我不用花个把小时打电话到处找她，最后从当地某个酒吧把她捞回家。

---

① 布法罗·鲍勃（1917—1998），美国儿童节目主持人。

在梦里，我把哈里·邓宁的作文放到作文堆的顶上，开始阅读：那不是一个白天，而是一个晚上。改便（变）我一生的一个晚上。爸爸杀死了妈妈和两个哥哥……

这篇作文立刻吸引了我的全部注意力。这样的句子会吸引所有人的注意力，不是吗？我读到他的穿着时，眼睛开始刺痛。他的装扮合情合理。孩子们在那个特别的秋日夜晚走出去，拿着空袋子，希望回来时袋子里装满糖果。孩子们的装束总能反映出当时的流行时尚。五年前，每两个出现在我家门口的男孩里就有一个戴着哈利·波特眼镜，额头上贴着闪电状疤痕贴纸。很多年前，我第一次出门讨糖时，装扮成《帝国反击战》里的雪地士兵，叮叮当当地走在人行道上。应我多次恳求，妈妈跟在我身后十英尺的地方。所以，哈里·邓宁穿着鹿皮很奇怪吗？

“你好，布法罗·鲍勃！”我对镜子里的自己说，冲向书房。我没有保留所有学生的作业，没有哪个老师这样干，不然你会被作业活埋！但我有个习惯，把最好的作文复印下来。这些作文是极好的教学素材。我当然不会用哈里的作文当范文，他的作文太具私密性。但我记得我把他的作文复印了，因为那篇作文激起了我强烈的情感。我拉开底层抽屉，翻找老鼠窝般杂乱的文件夹和活页纸。我汗流浃背地翻找了十五分钟，终于找到那篇作文。我坐在办公椅上，读了起来。

4

那不是一个白天，而是一个晚上。改便我一生的一个晚上，爸爸杀死了妈妈和我的两个哥哥，打伤了我，也打伤了妹妹。妹妹伤得很重，深度浑迷。她浑迷了三年之后，还是死了。她的名字叫埃伦。我很爱她。她很洗欢摘花，然后把花插进花平。整件事就像一场恐布电影。我从来不看恐布电影，因为在一九五八年万圣节前夜，我亲身经历过恐布电影里的事。

我的哥哥特罗伊十五岁，已经过了玩“不给糖就捣蛋”的年纪。他跟妈妈一起在看电视。他说，我们回来后，他会帮我们吃糖果。埃伦说，不给你吃！想吃就自己化装去讨。所有人都笑了，因为我们都洗欢埃伦。她只有七岁，但真像露西尔·鲍尔[①]，能让所有人发笑，包括爸爸（他如果清醒着的话，他醉酒时凶巴巴的）。埃伦打扮成夏秋·冬春公主（我查证了，是这么拼写的），我打扮成布法罗·鲍勃，两个角色都来自我们爱看的电视节目《好滴毒滴秀》。“孩子们，现在是什么时间？”“现在是皮纳·加勒瑞为你播报。”“你好，布法罗·鲍勃！”我和埃伦都喜欢那一档电视节目。她洗欢公主，我洗欢布法罗·鲍勃，我们都洗欢好滴。我们想让哥哥图加（他的名字叫阿瑟，但所有人都叫他图加，原因不得而知）打扮成菲尼亚斯·T. 布卢斯特市长。但他不愿意。他说《好滴毒滴秀》是小孩子看的，他要扮成弗兰金斯坦。埃伦说那个面具太吓人了。图加起笑我，说我不该带着菊花牌气枪，他说电视里的布法罗·鲍勃是不带枪的。妈妈说：“哈里，你要是想带就带着吧。又不是真枪，用的也不是真子弹，布法罗·鲍勃不会介意的。”这是妈妈跟我说的最后一句话。我很高兴她说这句话时那么和气，要知道，她素来严厉。

我们准备出发，我说等一会儿，我想上个厕所，我太激动了。他们都笑话我，连坐在沙发里的妈妈和哥哥特罗伊都笑了起来。但是，我因为去撒尿减回一条命，因为就在那时，爸爸拎着锤子进来了。爸爸一喝酒就会变得面目可憎，就会痛打妈妈。有一次，特罗伊跟他吵，阻止他，他竟然打断了特罗伊的胳膊。那一次，他差点进了监狱。但我要写的这件事发生时，妈妈和爸爸已经“分居”，妈妈正打算跟他离婚。可是，在一九五八年，离婚可没现在这么容易。

总之，他进门的时候，我正在厕所撒尿。我听到妈妈喊：“你给我滚出去，这里不欢迎你！”妈妈随即尖叫起来。紧接着，他们都尖叫起来。

还有更多内容——三页纸——可我实在无法读下去。

---

① 露西尔·鲍尔（1911—1989），美国著名喜剧女演员。

5

六点半还差几分钟，但我在电话簿里找到阿尔的号码，毫不犹豫地给他打了电话。我没有吵醒他。铃声响了一次他就接了。他的声音不像人声，更像狗吠。

“嗨，伙计！你真是早起的鸟儿！”

“我有东西要给你看。一篇学生作文。作者你认识。你应该认识，你的名人墙上贴着他的照片。”

他咳了一下，说：“伙计，名人墙上有很多照片！我记得上面还有张弗兰克·阿尼塞的照片，我在第一届莫西软饮料狂欢节上给他拍的。给点提示吧。”

“我还是拿给你看吧。我可以过去吗？”

“你要是不介意我穿着浴袍就过来吧。但我想直截了当地问你，你已经考虑了一个晚上，拿定主意了没有？”

“我想我得先再回去一趟。”

我在他再度发问之前挂断电话。

6

清晨的阳光透过客厅窗户照进来，他看起来异常糟糕。白色绒布浴袍挂在他身上，活像泄了气的降落伞。他拒绝接受化疗，保住了头发，但他的头发自行变得非常稀疏，仿佛婴儿毛发般纤细。眼睛凹陷得更深了。他把哈里·邓宁的作文读了两遍，放下来，又读了一遍。最后，他抬起头，看着我说：“天哪！”

“我第一次读的时候哭了。”

“这很自然。作文里最吸引我的东西是菊花牌气枪。二十世纪五十年代，市面上所有连环漫画册封底都印着菊花牌气枪的广告。我们街区的每个孩子——当然，男孩——只想要两样东西：菊花牌气枪和大卫·克洛科特[①]戴的那种浣熊皮帽。他说得对，没有子弹，连假子弹也没有，但我们常常在枪管里装上强生婴儿润肤油。你把空气压进去，扣动扳机，会看到一股蓝色的烟雾。”他又低头看着作文复印件。“狗杂种拿锤子杀了妻子和三个孩子？天哪！”

他正杀红了眼。我跑回客厅。墙上满是血迹，沙发上到处是白乎乎的东西。那是妈妈的脑浆。埃伦躺在地上，摇椅砸在她的腿上，血从她的耳朵和头发里往外冒。电视机开着，正放着妈妈喜欢看的《埃勒里·奎因探案记》。

那晚的罪行和埃勒里·奎因揭开的那些不见血迹的别致疑案完全不一样；那是一场屠杀。那个准备撒完尿去讨万圣节糖果的十岁男孩从厕所回来，看到他喝得酩酊大醉的爸爸砸碎阿瑟·图加·邓宁的脑袋，图加正挣扎着朝厨房爬去。父亲转身，看到哈里。哈里举起菊花牌气枪，叫道：“别过来，爸爸，不然我开枪了！”

老邓宁挥舞着血淋淋的锤子，冲向男孩。哈里朝他开了一枪（我仿佛听见气枪“咔嗒”的声音，尽管我从没玩过气枪），然后丢下枪朝自己跟图加共用的卧室跑去。图加已经死了。他爸爸进来时忘记关前门了，某个地方——“听起来好像在一千英里之外。”清洁工写道——传来邻居们的喊叫声，和讨糖果的孩子们的尖叫声。

老邓宁要是没有被翻倒在地的摇椅绊倒，肯定也会杀死唯一还活着的儿子。他爬着，站起身，跑到小儿子的房间。哈里往床底下钻。爸爸把他拖出来，照着脑门猛击一下，要不是爸爸的手在沾满鲜血的锤柄上滑了一下，哈里必死无疑。锤子没有砸开哈里的头颅，但在右

---

① 大卫·克洛科特（1786—1836），美国政治家和战斗英雄，战死于得克萨斯独立运动中的阿拉莫战役。

耳上方开了一个洞。

我没有浑过去，不过也差不多了。我一刻不停地往床下钻，根本没感觉到他正用锤子猛砸我的腿，砸断了四个地方。

就在这时，街区里一位带着女儿挨家挨户讨糖果的男子跑了进来。这位邻居看到客厅里的恐怖场面，急忙抄起厨房木炉边工具桶里的灰铲。邓宁正要掀开床，扯出血流不止、几近昏迷的儿子，邻居朝他脑后一记猛击。

之后，我跟埃伦一样，失去了直觉。不过我比埃伦幸运，醒了过来。医生说可能要给我节肢，但后来没有这样做。

是的，他保住了腿，后来成为里斯本高中的清洁工，是一届届学生口中著名的"蟾蜍哈里"。孩子们要是知道他变跛的原因，会不会友善一些？可能不会。青少年情感脆弱、容易受伤，但不善于同情别人。人年纪稍长才会产生同情心，也有可能永远不产生。

"一九五八年十月，"阿尔用狗吠般的声音说，"这算不算巧合？"

我记起我对少年版弗兰克·阿尼塞讲起过我对雪莉·杰克逊故事的看法，笑了。"有时候雪茄只是一阵烟雾，巧合只是巧合。我只知道，我们正在谈论另一个分水岭时刻。"

"我在《企业周刊》里没找到这个故事，为什么？"

"这个故事不是发生在这里。这个故事发生在缅因州北部的德里镇。哈里康复出院以后，去了距德里约二十五英里的港湾镇，跟叔叔婶婶生活在一起。他们收养了哈里，见他在学校里明显跟不上，就让他在家庭农场里干活。"

"听起来像《雾都孤儿》。"

"不，他们对他很好。记住，那时候没有补习班，'精神障碍'这个词还没被造出来——"

"要知道，"阿尔不带任何感情色彩地说，"那时候，'精神障碍'

表示你要么是个蠢货、笨蛋，要么就是十足的糊涂蛋。”

“但他那时候和现在都不是笨蛋，”我说，“不是。我想他顶多是被吓傻了。你知道，心理创伤。他得花很多年才能从那晚的经历中恢复过来。他恢复过来时已经过了上学的年龄。”

“他重返学校攻读普通教育发展证书时才恢复，可他这时已经人过中年，步入老境。”阿尔摇了摇头，“真是浪费了。”

“别扯了，”我说，“他浪费掉的并不是什么美好人生。他的人生可以比现在更好吗？可以。我能让这事发生吗？从昨天的情况来看，我或许能。但这不是重点。”

“那重点是什么？在我看来，这个故事跟卡罗琳·波林的故事非常相似，那个故事已经证明：是的，你能改变过去。是的，你改变过去时，世界并不会像气球一样爆炸。杰克，你能帮我倒一杯新煮的咖啡吗？你给自己也倒一杯吧。是热的。你看起来也需要来一杯。”

我倒咖啡时，发现桌上有些甜面包。我给他拿了一个，他摇摇头。“我咽固体食物有困难。你如果真希望我补充热量，冰箱里有六罐一条的雅培安素营养奶。我觉得味道像冷冻鼻涕，但我能把它咽下去。”

我用我从碗橱里发现的高脚酒杯给他倒了一杯奶，他笑起来。“你认为这样奶的味道会好些吗？”

“兴许吧，你如果把它当做黑比诺葡萄酒的话。”

他喝了一半。我看得出，他每一口都咽得艰难。他把酒杯放到一边，又拿起咖啡。他没有喝，只是用手握住杯子，似乎想要取暖。于是我重新估算他还剩多少时间。

“那么，”他说，“重点是什么呢？”

他要是没有病得这么厉害，也许会亲自去证明。他是个非常聪明的人。“卡罗琳·波林并非理想的测试对象。你没有挽救她的生命，阿尔，只是挽救了她的腿。她在两条路上都活得很好，但平庸无奇。在一条路上，卡勒姆击中了她。在另一条路上，你插手了。她在两条道路上都没有结婚，都没有孩子。这就像是……”我支吾起来，“我不是冒犯你，阿尔，但你的行为就像医生挽救了被感染的阑尾。这对阑尾来说很棒，但健康的阑尾对人并无意义。你明白我在说什么吗？”

“明白。”但我觉得他看起来有点不高兴。“伙计，我对卡罗琳·波林尽全力了。我这个年纪的人即使身体健康，剩下的时间不多。我得想着更重要的事。”

“我不是在埋怨你。但拿邓宁一家作为试验更合理，因为不止一个年轻的小姑娘瘫痪。如此境遇对她本人和她的家庭而言非常悲惨。在新的案例中，四个人被杀死，第五个人终生走不出阴影。而且，这第五个人是我们俩认识的人。他获得普通教育发展证书之后，我带他去你的餐馆吃汉堡。你看到他的毕业服和毕业帽，还给我们免了单。你还记得吗？”

“当然记得。我还给他拍了照片，把照片贴到墙上。”

“我要是能做成这件事——我要是能阻止他爸爸挥舞那把锤子——你觉得照片还会在那儿吗？”

“我不知道，”阿尔说，“或许不会吧。我可能压根不会记得有过这么一张照片。”

纯粹是理论上的推断，我没做任何评论。“想想另外那三个孩子——特罗伊、埃伦和图加。他们可能都会长大成人，成家立业。埃伦甚至可能成为喜剧明星。他不是说埃伦像露西尔·鲍尔吗？”我靠上前去。“我只想做一次更合理的试验，看看改变分水岭时刻会导致什么结果。我需要在做阻止肯尼迪被暗杀这么重大的事情之前做个试验。你觉得呢，阿尔？”

“听着，我知道你的想法。”阿尔挣扎着站起身来。我看到他这个样子很难受，可我起身时，他挥手示意我坐下。“别，坐着别动。我给你看样东西。东西在另一个房间里。我去拿。”

7

是一只锡盒。他把锡盒递给我，让我把它拿到厨房里。他说这样方便把里面的东西取出放在餐桌上。我们坐下之后，他用戴在脖子上的钥匙打开锡盒。他取出的第一件东西是一个马尼拉纸大信封。他打开封口，倒出一大堆脏兮兮的纸钞。我从里面抽出一张，惊奇地看着。这是一张二十元纸币，但纸币正面印的不是安德鲁·杰克逊①，而是格罗弗·克利夫兰②，而他肯定进不了美国十大杰出总统。背面文字“联邦储备券”下方是相向行驶的火车头和汽船。

“看起来像‘大富翁’游戏钞票。”

“不是‘大富翁’游戏钞票。总共也没多少钱，没有面值超过二十的。现在，加一箱油就要三十到三十五美金，五十美金都不足以让便利店里的人抬一下眼皮。但那时候不一样，不知多少人为之心动呢。”

“是你赢来的钱吗？”

“其中一部分是。主要是我的积蓄。我在一九五八年到一九六二年当厨师，跟在这儿一样。一个人过日子，只要不花钱追求挥金如土的女人，便能存下不少钱。我没那爱好。我即便想找女人，也会找不太挥霍的女人。我跟每个人都处得很好，但不会跟任何人走得太近。我建议你也如法炮制。你在德里时要如此，去达拉斯后更要如此。”他用瘦削的手指拨弄一下纸币，“我如果没记错的话，这里有九千多美元。价值相当于今天九千多美元的六十倍。”

我盯着那堆钱。“钱可以带回来。你不管进兔子洞多少次，带回来的钱不会消失。”他虽然已经说过这一点，但我还没完全明白。

“是的，可以把钱带回来，但又彻底重置，还记得吗？”

“这不是个悖论吗？”

他看着我，有些抓狂，耐心即将耗尽。“我不知道。问些没有答案的问题是浪费时间，我没多少时间了。”

“对不起，对不起。盒子里面还有些什么？”

“没什么了。但好在你也不需要多少东西。杰克，那个时代跟现在完全不同。你可能在历史书中了解了一些不同，但你亲自去了才会知道究竟有何不同。”他递给我一张社保卡。卡号是005-52-0223。名

---

① 安德鲁·杰克逊（1767—1845），美国第七任总统。

② 格罗弗·克利夫兰（1837—1908），美国第二十二和二十四任总统。

字是乔治·T. 安伯森。阿尔从锡盒里拿出一支钢笔，递给我。“签上名字。”

我接过钢笔，这支笔是促销赠品。笔管上写着“德士古之星，您的放心选择”。我签了社保卡，感觉自己有点像丹尼尔·韦伯斯特[①]与魔鬼签了契约。我把卡还给他，但他摇了摇头。

他又取出乔治·T. 安伯森的缅因州驾照，驾照上写着我身高六英尺五英寸，蓝眼睛，棕头发，体重一百九十磅。生于一九二三年四月二十二日，住在萨巴特斯蓝鸟路十九号，这也是我在二〇一一年的住址。

“身高约六英尺五英寸，对吧？”阿尔问道，“我估的。”

“非常接近。”我在驾照上签了名。驾照是基本款。颜色：米色。“没有照片？”

“伙计，很多年以后，缅因州的驾照上才贴照片呢。其他四十八个州也一样。”

“四十八个州？”

“夏威夷一年后才会正式成为美国的州。”

“哦。”我感觉有点呼吸困难，好像有人朝我的肚子捣了一拳。“这么说……你超速被拦下，驾驶证说你是谁，警察就会相信你是谁？”

“当然。你要是在一九五八年谈论恐怖袭击，人们会以为你在谈论恶作剧少年推倒奶牛。在这些地方也签上名。”

他递给我一张赫兹租车公司特别优惠券，一张城市石油服务公司的油卡，一张餐馆会员卡和一张美国运通卡。运通卡是人工合成塑料制成的，餐馆会员卡是纸制的。卡上都印有乔治·安伯森的名字。字是打字机打上去的，不是印上去的。

“你要是想要，在那里待一年就能得到真正的塑料运通卡。”

我笑了。“没有支票簿吗？”

“我可以帮你弄一本，但这东西有什么用？我以乔治·安伯森的名义填写的任何纸制文件在下次重置之后都会消失。包括我存进银行

---

① 美国一九四一年电影《魔鬼与丹尼尔·韦伯斯特》中的人物。

的钱。”

“哦。”我感觉自己像个傻瓜。“噢。”

“你犯不着自责，你对这一切还很陌生。不过，你如果想开个账户。我建议你别存超过一千块钱。尽可能随身多带现金。”

“以防万一需要赶紧回来。”

“没错。信用卡只是个身份证明。你回来后，账户将被清除。不过你在那里时账户也许能派得上用场——谁知道呢。”

“蓝鸟路十九号是乔治取邮件的地方吗？”

“在一九五八年，蓝鸟路是作为规划出现在了地图上。你现在住的社区那时候还没建呢。不管谁问你这事，你就说这是商业机密。他们会相信的。在一九五八年，商业就像上帝——每个人都崇拜它，但没人了解它。拿着。”

他塞给我一只上好的男士钱包。我目瞪口呆。“这是鸵鸟牌吗？”

“我想让你看起来像个有钱人，”阿尔说，“找几张照片跟身份证放在一起。我还给你准备了些别的零碎东西。几支圆珠笔，有一支很时尚，笔头上有开信刀和尺子。斯克里普托牌自动铅笔。一个笔袋。你要想在一九五八年显得不古怪，必须有这些东西。一块宝路华手表，斯佩戴尔铬合金可调节表带——伙计，喜欢耍酷的人都会想方设法弄一块。你再看看你想要什么吧。”他接着咳了很长一段时间，痛得缩成一团。他停止咳嗽，脸上挂满豆大的汗珠。

“阿尔，你什么时候想到要准备所有这些东西的？”

“在我意识到自己在过去里活不到一九六三年时。我离开得克萨斯，回到现在。我已经想到你了。离异，没有孩子，聪明，最关键的是，年轻。噢，拿着这个。差点忘了。这是你的根儿。你这个名字，是我从圣西里尔公墓墓碑上物色的。我向缅因州州务卿递交一份申请就弄到了这东西。”

他递给我一张出生证明。我用手指抚摸着凸纹。摸起来很光滑，像官方文件。

我抬头，发现他又抽出一张纸放到桌子上。标题是“一九五八至一九六三年体育赛事大全”。“别弄丢了，这可是你的全部身家。这东西要是落到坏人手中，你得费一番口舌了。要是比赛结果被逐一证实，那就更麻烦了。”

我准备把所有东西装回锡盒，他摇摇头。“我帮你准备了一个巴克斯顿勋爵牌公文包，包放在壁橱里。这个包已经被精心做旧过了。”

“我不需要——我有背包，在我汽车的后备厢里。”

他一下子乐了。“在你要去的地方，除了童子军，没人背背包。童子军也只在远足或集会时才会背。伙计，你还有很多东西要学。不过，只要小心行事，别心存侥幸，就不会出岔子。”

我终于意识到自己要回到过去，而且马上就要动身，但我几乎毫无准备。我感觉自己就像一个要去游览十七世纪伦敦码头的游客，突然意识到自己可能被人绑架。

“我要干什么呢？”我无奈地问道。

他扬起眉毛，曾经浓密的眉毛现在跟头发一样稀疏、苍白。“你要去拯救邓宁一家。我们不是一直在谈这件事吗？”

“我不是问这个。我是说，别人如果问我靠什么谋生，我怎么回答？”

“你的有钱叔叔死了，还记得吗？告诉他们，你意外得到一笔遗产，所以现在专职写作。每个英语老师心底不都隐藏着一位失意的作家吗？我没说错吧？”

他的确没说错。

他坐在那儿，看着我。他精神萎靡，瘦骨嶙峋，但满眼关切。眼睛里可能还有怜悯。最后他柔声说：“任务艰巨，对吧？”

“是的，”我说，“阿尔……唉……我只是个小人物。”

“奥斯瓦尔德也是个小人物。一个放冷枪的小人物。根据哈里·邓宁的作文来看，他爸爸也只是个拿着锤子的醉鬼加恶棍。”

“现在他连这样都不如啰。他在肖申克监州立狱死于急性胃中毒。哈里说可能是因为喝了太多劣质勾兑酒。那种酒——”

“我知道那种酒。我驻扎在菲律宾时见过很多次。我还喝过一些。但是，你去的时候他还没死。奥斯瓦尔德也没死。”

“阿尔……我知道你病得很重，很痛苦。但是，你能不能跟我一起去餐馆？我……”我第一次也是最后一次用了他常用的称呼，“伙计，我不想一个人去餐馆。我害怕。”

“没问题。”他一只手撑住腋下，站起身，表情痛苦，嘴唇紧咬，“你去拿公文包，我去换衣服。”

8

八点差一刻，阿尔打开银色拖车的门。柜台后面的铬合金器皿发出的微光看起来阴森吓人。凳子似乎在低语，没有人再坐我们了。旧式大糖罐似乎低声应答，没有人再倒糖了——聚会结束啦。

“给里昂·比恩商店让位。”我说。

“对，”阿尔说，“该死的发展。”

他上气不接下气，气喘吁吁，但没有停下来休息。他领我走到柜台后面的储藏室门口。我跟着他，把公文包从一只手换到另一只手上，公文包里面装着我的新生活。公文包是老式的，带搭钩。我要是把它带到里斯本高中课堂上，大多数学生肯定会嘲笑我。另外一些学生——那些有着敏锐时尚感的学生——可能会为公文包的怀旧风格鼓掌。

阿尔打开门，混合着蔬菜、调料和咖啡的气味扑面而来。他的手伸过我的肩膀，打开灯。我盯着铺着深灰色漆布的地板，仿佛看着满是饥饿鲨鱼的水池。阿尔拍拍我的肩膀。我马上就要跳到水池里了。

“抱歉，”他说，“你得带上这个。”他拿出一枚五角硬币。“黄卡人。还记得吗？”

“当然记得。”我其实完全忘了这个人。我的心跳极快，似乎能感觉到眼球在眼眶里跳动，舌头像块破地毯。他递给我硬币时，我差点没接住。

他最后打量我一番。“你目前穿牛仔裤还行，但继续北上之前，得在美茵北大街上的梅森男装店买几条裤子。日常穿彭德顿或者卡其布都可以，正式场合穿班纶丝。”

“班纶丝？”

“你只管开口，他们都知道。你还得买几件衬衫。还要买身西装。几条领带，一个领带夹。买顶帽子。不是棒球帽，那种高级遮阳草帽。”

泪水从他眼角滑落。他的眼泪比他的这番话更令我恐惧。

“阿尔，你怎么了？”

“我只是害怕，跟你一样。离愁别绪纯粹多余。你不管在一九五八年待了多久，要是能回来，这里时间就只是过去了两分钟。这点时间只够我准备好煮咖啡。你要是回来了，我们好好喝杯咖啡，我听你聊聊你在那边的经历。”

你要是回来了，多么沉重的字眼。

“你可以做个祷告。两分钟够了，不是吗？”

“当然。我会祈祷你一切顺利。别被表象蒙蔽，别忘了你将要面对的是个危险人物。可能比奥斯瓦尔德还危险。”

“我会小心的。”

“好吧。你在听懂方言，找到感觉之前尽量闭嘴。慢慢来。别惹是生非。”

我竭力露出笑容，但不知道有没有笑出来。公文包很沉，好像装的不是钱和伪造的身份证，而是石头。我想我会晕倒。然而，上帝保佑我，我还是有些想去的。迫不及待地想去。我想开着雪佛兰看看美国；美国正在向我发出召唤。

阿尔伸出瘦弱而颤抖的手。“杰克，祝你好运。上帝保佑你。”

“是乔治。”

“对，乔治。去吧。就像那时的人说的，轮到你闪亮登场了。”

我转过身，一步步朝储藏室走去，就像在漆黑中摸索楼梯一般向前。

我走到第三步时触到了楼梯。

第二部　清洁工的爸爸

第五章

1

我像上次那样，沿着烘干房边上走。我像上次那样，蹲着穿过挂着“禁止通行”标牌的铁链。我像上次那样，绕过巨大的绿色立方体建筑一角。突然，有东西撞到我。从身高与体重的比例来看，我不算重。但身上还有点儿肉。“再大的风也吹不走你。”我爸爸以前常这样说我。然而黄卡人还是差点把我撞倒。感觉就像黑色外套里挤满扑腾的鸟儿，往我身上袭来。他一声吼叫，我大吃一惊，没听见他在吼什么。我并不害怕，确切地说，我还没来得及害怕。

我用力一推，他踉跄着撞向烘干房，外套绊在腿上。他的后脑勺撞到金属，“砰”的一声，脏兮兮的软呢帽掉在地上。他随即倒下，不是跌倒，而是顺势倒下。我的心一阵狂跳，继而觉得很对不住他。他捡起帽子，用一只脏手掸灰时，我更加内疚了。帽子再也不会变干净了，而且，他本人很可能也将如此。

“没事吧？”我问道。我弯腰扶他的肩膀，想帮他起来时，他用力推开我，沿着烘干房边上迅速向后躲。可以说，他看上去像只跛腿蜘蛛。当然，这只是我对他的感觉。他的真实形象是酒鬼，因为没喝酒脑袋耷拉着。他跟阿尔·坦普尔顿一样，在死亡线上挣扎。五十多年前，美国还没有慈善收容所或疗养院收留他这样的人。他如果当过兵，退伍军人管理局可能会收留他，但谁会把他送到退伍军人管理局呢？很可能没人会这么做。也许有人（比如工厂的工头）会叫警察来把他抓走。警察会把他丢进醉汉拘留所，关上二十四或四十八小时。他如果没有因为震颤性精神错乱引发的抽搐死在拘留所里，他们就会放了他。如此周而复始。我真希望前妻在这儿——她能找个匿名戒酒会收留黄卡人——可是克里斯蒂要在二十一年以后才出生呢。

我把公文包夹在两脚之间，伸出手给他看我手上空无一物。但他沿着烘干房的边墙迅速退到更远的地方。他的短胡楂上黏着口水。我四处张望一下，确认我们没有引起别人的注意，工厂的这块地方只有我们两个。我再次试图和解。“我推你，只是因为我被你吓到了。”

“你他妈的是谁？”他问，声音跨越五个八度音域。我如果上次来时没听到过他的问题，根本不知道他在问什么……发音相同，但音调是不是变了？我不太确定，但觉得是这样。他不会伤害你，但他跟别人不一样，阿尔曾经说过，他好像知道点什么。阿尔认为这是因为在一九五八年九月九日上午十一点五十八分，他碰巧在兔子洞附近晒太阳，很容易受到兔子洞的影响。就像你在电视机边上使用搅拌器会对电视屏幕产生静电干扰那样。很可能是这样。也可能只是因为他是个醉鬼。

“不是什么要人，”我用最镇定舒缓的语气说道，“是个跟你完全没有牵连的人。我叫乔治。你叫什么？”

“混蛋！”他厉声说道，跑到离我更远的地方。这两个字若是他的名字，那他倒真是不同寻常。“你不该来这儿！”

“别急，我就走。”我说着拿起公文包，以示诚意。他将瘦削的肩膀耸到耳际，好像等着我用公文包砸他。他像条经常挨打的狗，除了挨打，没遇到过什么好事。“没事了，没事了。好吗？”

“滚出去，混蛋！从哪里来就滚回哪里去。别惹我！”

“放心好了。”我正从惊吓中缓过神来，残留的肾上腺素跟同情——或者说恼怒，混在一起。我回家发现克里斯蒂虽然答应改邪归正永远戒酒，但又酩酊大醉时，产生过同样的恼怒。这些情绪，加上夏末中午时分的炎热，让我的胃里一阵翻涌。救援行动这样开场可不太好。

我想到肯纳贝克果品公司，想到根汁汽水的美妙味道；我似乎看到老弗兰克·阿尼塞拿出杯子时冰柜里冒出的冷气。而且，那里真凉快。我朝那个方向走去，新公文包（边缘被故意做旧了）在膝盖边上蹭来蹭去。

“喂，喂！你，那个谁！”

我转过身。那酒鬼撑着烘干房的外墙，挣扎着站起来。他已经把帽子掸干净，护在怀里。他在怀里摸索了半天。“我从绿色前线得到一张黄卡，混蛋，给我一美元。今天双倍付费。”

我们又搭上话了，我真欣慰。不过，我尽量不靠他太近。我不想再吓到他，或者引起另一轮攻击。我在离他六英尺远的地方停下来，伸出手。阿尔给我的硬币在掌心闪着光。“没有一美元，只有半美元。”

他左手拿着帽子犹豫片刻。“别指望我会给你吹箫。”

“听起来很刺激，但我能抵制诱惑。”

“嗯？”他的视线从五角硬币转向我的脸，然后又转向硬币。他举起右手擦去下巴上的口水，我又看到了他身上与上次不同的地方。不是什么大事，但让我开始怀疑阿尔的论断——他认为每次回来都是一次重置。

“我不管你收不收，可你得快点拿主意，”我说，“我有很多事情要做。”

他一把抓过硬币，又退回烘干房边上。他的眼睛瞪得大大的，污浊不清。口水又流到下巴上。世界上真没有什么东西有酒精这样的魔力；我想不通为什么占边波本威士忌、施格兰金酒、迈克硬柠檬水不用酒鬼当代言人，在杂志上做广告。比如：尽享占边，人生无限。

“你是谁？在这儿干什么？”

“我想我在工作。听着，你为什么不去参加过匿名戒酒会，治治这毛——”

“滚蛋，吉姆拉！”

我不知道吉姆拉是什么，但“滚蛋”这两个字响亮而清晰。我朝工厂大门走去，希望他会追过来问更多问题。我上次来的时候，他没有追过来。但这次见面显然跟上次不一样。

因为他不是黄卡人。他举起手擦下巴时，手里握着的卡不是黄色的。

这张卡片也脏兮兮的，但能看出它是亮橙色。

2

我穿过工厂的停车场，再次拍拍红底白色的普利茅斯复仇女神老爷车后备厢，祈求好运。我需要很多很多好运。我穿过铁轨，再次听到火车“呜——刹”的声音。但声音听起来比上次离我远一些，因为我这次跟黄卡人——不对，是橙卡人——打交道的时间久一些。工厂废气发出的恶臭跟上次一样，同一辆城际公共汽车呼啸而过。我这次晚了一点，所以没能看到线路标牌，但我记得标牌上写着“路易斯顿快线”。我脑子里突然闪过一个问题：阿尔看过这辆载着同一批乘客的巴士多少次？

我急忙穿过街道，尽可能躲避蓝色的汽车尾气。乡村摇滚乐叛逆少年站在店门外。我的脑子里突然一个闪念，我要是抢先用他的问候语跟他打招呼，他会怎么回答？从某种意义上说，这跟吓到烘干房边上的酒鬼一样不厚道；你抢走属于孩子的秘密语言，他们还剩下些什么呢。这孩子回家又不能玩 Xbox 游戏机。所以，我只是冲他点点头。

他点头回敬。“嗨，帅哥。”

我走进店里。铃叮当作响。我经过打折连环画册，径直走向弗兰克·阿尼塞身旁的冷饮柜。“朋友，今天想喝点什么？”

我被难住了，因为他上次不是这样问的。我想起来了，我上次从架子上拿了一份报纸。我这次没这样干。我每次造访一九五八年，可能都会将里程表清零（除了黄卡人）。但我如果一开始就改变某件事情，所有事情就都随之改变了。这种想法让我既惊恐又如释重负。

“来点根汁汽水。”我说。

“好嘞，按老规矩，五分的还是十分的？”

“我想就十分的吧。”

“好嘞，你选对了。”

他取出冷冻柜里的冰酒杯。他用木勺柄将泡沫刮掉，倒满杯子，放在柜台上。一切都跟上次一样。

“十美分，再加一美分给州长。”

我递给他阿尔的一张旧钞票，弗兰克一点零找零时，我扭头看到我刚才见到的黄卡人摇摇晃晃地站在“绿色前线”门口。他让我想起一场老电影里的印度教托钵僧，那个老僧吹着喇叭哄逗柳条筐里的眼镜蛇。小弗兰克·阿尼塞从人行道上走来，时间分秒不差。

我转过身，品着根汁汽水，赞赏道：“真是惬意！”

“是啊，大热天来杯冰汽水，没有比这更舒服的事了。你不是本地人吧？”

“不是，威斯康星人，”我伸出手，“乔治·安伯森。”

他跟我握手时，门上方的铃铛响了。“弗兰克·阿尼塞，刚进来的是我儿子，小弗兰克。弗兰基，这位是来自威斯康星的安伯森先生。”

“你好，先生！”他微笑着朝我点头，然后转向爸爸。“泰特斯已经把卡车运到升降间了，说五点能准备好。”

“好，好的。”我等着看阿尼塞一点零点烟，他没有让我失望。他吸了一口烟，转过身来。“你是来这里做生意还是旅游？”

我没有马上回答他的问题，但不是因为我被难住了。我惊讶于这个情景一直偏离，此刻终于回到上次的脚本上。但阿尼塞似乎没有注意到这一点。

“不管是来旅游还是做生意，来得都正是时候。大部分游客夏天都走了，我们这时候最清闲。要不要加一勺香草冰激凌到饮料里？通常要加收五美分，但星期二优惠，只收五美分。”

“这种老掉牙的话你已经说了十年了，老爸。”小弗兰克假装责怪父亲。

“谢谢，不需要加，”我说，“我是来做生意的。在……在萨巴特斯有块地出让。就是这样。知道萨巴特斯吗？”

“当然知道。”弗兰克说。他把烟缓缓从鼻孔喷出，看了我一眼，目光里充满探究。“为了一块地跑这么大老远。”

我笑了笑，意思是你知我知。他肯定明白了我的意思，朝我挤挤眼睛。门上方的铃又响了，买水果的妇女走进来。墙上的挂钟提示现在是十二点二十八分，表盘上写着："微笑开始每一天，喜乐咖啡伴你行。"显然，小弗兰克和我讨论雪莉·杰克逊故事的那部分台词在这个版本中被删掉了。我三大口就喝完根汁汽水，肚子里一阵痉挛。小说里的人物很少上厕所，但在现实生活中，精神压力通常会引发生理反应。

"我说，你们这儿会不会恰好有洗手间？"

"对不起，没有，"老弗兰克说，"一直打算盖一间，但夏天太忙，冬天里总是没有足够的现金。"

"你可以去拐角处泰特斯那里。"小弗兰克说。他正把冰激凌舀进金属圆筒里，准备给自己做一份奶昔。他上次没有这样做，我有点不安，想到所谓的蝴蝶效应。我觉得已经看见那只蝴蝶在我眼前展开翅膀。我们在改变世界，改变世界的细微部分——细微到几乎看不见——但我们的确在改变世界。

"先生？"

"对不起，"我说，"好像患上老年痴呆症了。"

他愣了一下，随后大笑起来。"我从没听人这么说过，这个词很有意思。"确实很有意思，他下次想不起事情时可以用这个词。一个直到二十世纪七八十年代才进入美国俚语的词此刻已经诞生。不能说它过早登场，应该说，它在这个时间流里出现的时间刚刚好。

"泰特斯雪佛龙就在你右手边的街角上，"老阿尼塞说，"要是……嗯……很急的话，你可以用我们楼上的盥洗室。"

"不用，我没事。"我说。我虽然看到了墙上的钟，但炫耀地看了一眼我那块配有斯佩戴尔表带的宝路华手表。幸好他们看不到正面——我忘记调时间了，手表上的时间还停留在二〇一一年。"我得走了。有事情要处理。弄不好，至少要待一天。这附近有没有比较好的汽车旅馆？"

"你是说汽车旅社吗？"老阿尼塞问道。他在柜台上的烟灰缸里掸了一下烟，烟灰缸上印着："烟草之味，尽在云斯顿！"

"是的。"我的笑容现在看上去一定很蠢……肚子里又一阵抽搐。我要是再不解决这个问题，就得拨打 911 了。"在威斯康星，我们称那个为汽车旅馆。”

“我想推荐塔马拉克汽车旅社，沿一九六号公路开五英里，往路易斯顿那个方向，”弗兰克·阿尼塞说，“离汽车影院很近。”

“谢谢你的推荐。”我站起身。

“不客气。你要是想在参加商业会晤之前理个发修个面，可以去鲍默理发店。他手艺不错。”

“再次感谢您的好建议。”

“好建议免费，根汁汽水收费。祝你在缅因州过得愉快，安伯森先生。弗兰基？喝完奶昔赶紧上学去。”

“好的，老爸。”小弗兰克朝我使了个眼色。

“弗兰克？”一位女士吆喝道，“橘子新鲜吗？”

“跟你的笑容一样新鲜，莱奥拉！”他答道，女士们会心一笑。我可没有故作风雅，她们的确会心一笑。

我经过她们，喃喃地说了一声“女士们”。铃响了一声，我回到我出生之前已经存在的世界。但这一次，我没有穿过街道，回到兔子洞所在的院子。我朝这个世界的深处走去。街道对面，穿着黑色长外套的酒鬼正在向身着束腰短装的店员打手势。他挥舞的卡片不是黄色的，而是橙色的。不过，他说着和上次一样的话。

我视之为好兆头。

3

泰特斯雪佛龙在红白超市边上，阿尔一次又一次地从红白超市为餐馆购买同样的补给。窗户上的标价说，龙虾六十九美分一磅。商店对面矗立着一个栗色仓库（到二〇一一年，那个地方闲置了），仓库门敞开着，里面摆放着各式二手家具——婴儿床、藤摇椅，加有厚软垫的安乐椅尤其多。门上的标牌上写着“快乐白象”，还有一块标牌被A形框架支撑着，吸引去路易斯顿路的行人，内容大胆而创新：“没有找不到，只有不需要。”看似店主的家伙坐在摇椅里，抽着烟斗，扫视着我。他身穿横条T恤和肥大的褐色裤子，蓄着山羊胡子。我想，在这条时间长河中的这个小岛上，这样的装束同样大胆而创新。他的头发梳到后面，用发蜡定了型，卷曲着垂到肩上，让我想起曾看过的摇滚视频：杰瑞·李·刘易斯[①]在钢琴上跳动，吼着《大火球》。快乐白象的店主可能是镇上出了名的垮掉的一代。

我朝他竖起一根手指，他轻轻点点头，继续抽烟斗。

在雪佛龙（普通汽油售价十九点九美分每加仑，特级汽油每加仑贵一美分），一个身穿蓝色工作服、剪着平头、精神焕发的员工正在修理一辆卡车——我猜是阿尼塞的卡车——车已经升起来了。

“泰特斯先生？”

他扭过头来看了我一眼。“啊？”

“阿尼塞先生说我可以用一下你的厕所。”

“钥匙放在前门里。”“门”字发音很怪。

“谢谢！”

钥匙拴在一块木片上，木片上面印着“男士”。另一把钥匙的木片上写着“女生”。我的前妻肯定会特别鄙视这玩意，我想。

厕所很干净，但有股浓重的烟味。洗脸台边上有个水壶形状的烟灰缸。从立起的烟头数量可知，很多来这间整洁小屋上厕所的人都喜欢吸烟。

我走出来，看见二十多辆旧汽车停在加油站边上的小停车场上。一串三角彩旗在汽车上空的微风中摆动。在二〇一一年售价可能数万美元的汽车——这种经典款价格不会少过这个数——标价仅一百七十五美元。一辆看似完好无损的凯迪拉克只卖八百美元。小销售亭（一位嚼着口香糖、梳着马尾辫的美女正坐在里面，沉浸在《电影故事》里）上的标牌上写着：“所有汽车性能完好，保留票据，泰特斯保证售后服务！”

---

① 杰瑞·李·刘易斯（1935— ），美国摇滚乐先锋人物，著名乡村音乐家、歌曲作者和钢琴家。

我把钥匙挂好，谢谢泰特斯。他嗯了一声，盯着升降机上的卡车，没回头。我又朝美茵大街走去，心想去银行之前最好把头发理一下。我想起那留着山羊胡子的垮掉的一代，心血来潮，穿过街道，朝二手家具市场走去。

“早啊！”我说。

“呃，已经是下午了。但是，随你怎么说吧。”他抽了口烟斗，夏末的微风裹挟着从樱桃烟斗里散发出来的烟草香。我想起了爷爷，他常抽这种烟斗，有时候把烟吹到我的耳朵里，帮我治疗耳朵痛。美国医药协会肯定不会批准这种疗法。

“有手提箱卖吗？”

“噢，有一些，估计不超过两百个吧。一直往后走，往右看。”

“我要是买一个，能不能先把手提箱放在这儿几个小时？我要去买点别的东西。”

“我五点钟关门，”他说，转过脸看看太阳，“之后你得自己照看手提箱。”

4

我花了阿尔的两张老美钞买了个皮质手提箱，放在垮掉的一代的柜台里，然后朝美茵大街走去，公文包不停地蹭着膝侧。我朝绿色前线里面瞥了一眼，看见店员坐在收银机旁读报纸。我没有看到穿着黑色外套的那个家伙。

购物区只有一个街区，想迷路都难。我来到距肯纳贝克果品公司三四个店面的鲍默理发店。一个红白相间的招牌在玻璃橱窗里转动。边上贴着一张政治海报，海报上面是埃德蒙·马斯基[①]的照片。他在我

① 埃德蒙·马斯基（1914—1996），一九五五年至一九五九年任缅因州州长，一九八〇年至一九八一年任美国国务卿。

的记忆里是个疲惫不堪、肩膀倾斜的老人，但他现在看上去年轻得好像还没到投票年龄，更不要说去当官了。海报说："把埃德蒙·马斯基送进参议院！投民主党！"有人在海报下面贴了一条白色带子。白色带子上有打字机打出的字："有人说缅因州做不到，但我们做到了！下一步：汉弗莱[①]，一九六〇！"

两个老头在理发店里靠墙坐着，理发师正在给另一个老头剃光头。两位等待的老头都像火车头一样喷着烟。理发师（我想他就是鲍默）也在抽烟，理着发，眯着一只眼睛，躲开升腾的烟雾。四个人都用我很习惯的方式打量着我：半信半疑的表情，克里斯蒂称之为美国佬的注视。发现很多东西没有改变的感觉很棒。

"我不是镇上的，但是朋友，"我对他们说，"一辈子都投民主党。"我举起手，做了个"上帝帮帮我吧"的手势。

鲍默开心地哼了一声。烟灰从烟头上掉下来。他把烟灰从工作服上掸到地上。地上的碎发中夹杂着几根被踩碎的烟头。"哈罗德是个共和党。小心他咬你。"

"他没戴假牙。"另外一个人说。除了我，所有人都笑了。

"打哪儿来啊，先生？"共和党人哈罗德问道。

"威斯康星。"我先发制人，拿起一份《男性的冒险》杂志，以防他们再和我说话。封面上，一位近于人类的亚洲绅士一只手戴着手套，拿着鞭子，正靠近一位被优美地绑在柱子上的金发美女。与封面对应的故事叫《日本人在太平洋上的性奴隶》。理发店里，爽身粉、润发油的气味和烟味完美融合。鲍默示意我坐到椅子上时，我已经沉浸在关于性奴隶的故事里。不过故事没有封面那么激动人心。

"来旅游吗，威斯康星先生？"他一边问，一边把一块白色人造纤维布铺到我的胸前，又在我的脖子上围了个纸垫圈。

"对。"我诚实地回答。

"那么，你真是来到了上帝的国度。想留多短？"

---

① 休伯特·汉弗莱（1911—1978），曾任明尼苏达州参议员，一九六五年至一九六九年间任副总统，一九六八年代表民主党角逐美国总统，最后败给共和党候选人理查德·尼克松。

“短到我看起来不会像个——”我差点说出“嬉皮士”，但鲍默肯定听不懂这个词。“像个垮掉的一代。”

“看来有一阵子没理了吧。”他开始修剪，“再修长一点你看起来就跟经营快乐白象的那个娘娘腔一样了。”

“我不想那样。”我说。

“是的，先生，他的头发很难看，那个人。”他说的是“家乎”。

鲍默剪好头发后，用粉擦了一下我的后颈，问我要不要维坦丽思、布莱尔克里姆或者野根发乳，只要四十美分。

我买了。

5

我在故乡信托存了一千美元，没有招来大惊小怪的目光。也许是新发型的缘故，但我想主要还是因为这是使用现金购物、信用卡还处在萌芽状态的社会……节俭的北方佬很可能对信用卡心存疑惑。一位非常漂亮的出纳员头发扎成卷，脖子上戴着贝雕，数了我的钱，把数目登上账，然后把副经理叫过来。经理又数了一遍，看了一眼账目，然后写了一张收据，收据上有存款金额和账户余额。

“您别介意我这么说，您随身携带的支票数额太大了，安伯森先生。您想开个储蓄账户吗？我们现在的利息是百分之三，按季度计算复利。”他睁大眼睛，向我表明这有多划算。他看起来像古巴乐队指挥泽维尔·库加特[①]。

“谢谢，但是我有好几笔生意要交易，”我压低声音，“地产交易。或者说我希望能交易。”

“祝您好运，”他说，也把声音降到谈论秘密的程度，“洛兰会帮您准备好支票。五十面额的可以吧？”

---

① 泽维尔·库加特（1900—1990），西班牙裔美国乐队领队，在古巴首都哈瓦那成名。

“可以。”

“我们稍后可以在支票上印上您的姓名和住址。”他扬起眉毛，换上商榷的语气。

“我住在德里。保持联系。”

“好的，我住在德雷克塞尔，8-4777。”

他从窗口里丢出一张名片，我才明白他在说什么。名片上面印着：“格雷戈里·杜森，副经理，德雷克塞尔，8-4777。”

洛兰准备好支票和一本人造鳄鱼皮支票簿。我谢过她，把东西放进公文包。走到门口，我停下脚步，回头看了一眼。几位出纳员正在用加法机工作，但其他交易都是靠笔和体力完成。我突然想，除了个别细节外，查尔斯·狄更斯肯定很习惯这儿的生活。我还想，生活在过去就像生活在水下，通过一根管子呼吸。

6

我在梅森男装店买了阿尔推荐的衣服，店员告诉我，他们非常乐意接受支票，只要支票能在当地银行兑现。感谢洛兰，这一点毫无问题。

我回到快乐白象家具店，把三袋东西装进新手提箱，垮掉的一代默默地看着我。我关上手提箱时，他终于说话：“很有趣的购物方式啊。”

“我猜也是，”我说，“但这是个有趣的旧世界，不是吗？”

他咧嘴笑了。“我猜你要干笔大买卖。来，划一下手吧，杰克逊！”他伸出手，掌心朝上。

我突然想起《列车女》，就像猜测德雷克塞尔后面加几个数字是什么意思时那样。然后我明白了，垮掉的一代是在邀请我做二十世纪五十年代版本的碰拳头。我的手从他的手上拉过，感觉到他的体温和汗水。我心想：正在发生的一切都是真实的。

“划吧。”我说。

7

我穿过马路，回到泰特斯雪佛龙，一只手提着装满东西的手提箱，另一只手拎着公文包。我上午才从二〇一一年的世界来到这里，现在已疲惫不堪。加油站和旁边的停车场之间有个电话亭。我走进去，关上门，阅读老式公用电话上打字机打出的标牌："注意，打电话现在优惠一角钱"。

我查看当地电话黄页，找到里斯本出租车公司的电话。公司的图标是一辆卡通出租车，前灯变成眼睛，进风栅上有个大笑脸。广告承诺"方便快捷、文明服务"。我觉得听起来不错。我翻找零钱，找到的第一样东西是我不该带到这儿的东西：诺基亚手机。在我先前生活的年代，这个手机算老古董了——我已经打算换个苹果手机。手机在这儿根本无用武之地。有人如果看见这东西，可能会问上百个我回答不上来的问题。我把手机装进公文包。目前把它放在里面是没问题的，我想，但我得尽快把它处理掉。带着它无异于带着未引爆的炸弹到处走。

我找到一角钱，塞进投币槽，硬币直接从返回槽里掉下来。我把硬币取出，一眼看出问题所在。硬币跟诺基亚手机一样，来自未来。这是铜合金，实际价值不超过一美分。我拿出所有硬币，翻找出一枚一九五三年的一角。这很可能是我在肯纳贝克果品公司买根汁汽水时得到的找零。我正要把它投进去，突然，一个想法让我不寒而栗。二〇〇二年的硬币要是卡在电话机里了会怎么样？维护里斯本公用电话的美国电话电报公司工作人员要是发现它了会怎么样？

工作人员可能会以为这只是个玩笑。这只是个精心设计的闹剧。

这种可能性不大——硬币太完美了。他可能会把硬币给大家看；这件事最终可能会见诸报端。我这次真的是幸运，但下次可能就没这么幸运了。我得小心。我又想到手机，更加不安。然后我把一九五三年的一角硬币投进币槽，电话里出现拨号音。我缓慢小心地操作，回想自己是否用过旋转拨号盘。我想没有。我每次松开手指、拨号盘转回去时，电话就发出奇怪的咯咯的声音。

“里斯本出租车，”一个女人应答道，“一切为您舒心。请问有什么可以帮您？”

8

我等出租车的时候，去泰特斯的停车场里闲逛了一番。我被一辆一九五四年的福特敞篷汽车吸引了——驾驶座一侧的镀铬前灯下面写着“森利纳”。这辆车配有白边轮胎，实实在在的帆布顶棚，《列车女》里的酷女郎肯定会把它称作真正的敞篷汽车。

“这款车不错，先生，”比尔·泰特斯从我身后说道，“跑起来像着了火的房子。我可以亲自证明这一点。”

我转过身。他正用一块红布擦手，布跟他的手一样油。

“门槛板生锈了。”我说。

“是的，嗯，这种天气。”他耸了耸肩，意思是“你有什么办法”。“关键的是发动机极好，轮胎也几乎是全新的。”

“V-8 发动机？”

“Y 型，”他说，我点点头，装出很懂的样子，“从达拉姆的阿琳·哈德利那儿买的，她的丈夫死了。如果说比尔·哈德利只擅长做一件事，那就是养车……不过你不认识他们。你不是这儿的人，对吧？”

“对。威斯康星人。乔治·安伯森。”我伸出手。

他摇摇头，笑了。“很高兴认识您，安伯森先生。但我不想让您的手沾上油。就当握过了吧。您是要买还是只看看？”

“我还不确定。”我说，但这么说很不真诚。我想，森利纳是我这辈子见过的最酷的车。我张嘴想问他这辆车跑了多少里程，但立即又想到，在一个两美元就能加满油箱的世界里问这个问题几乎毫无意义。于是我问他这是不是标准车型。

“噢，是的。您要是把车开到二挡，得小心警察。这家伙跑起来飞快。想开出去遛遛吗？”

“不用了，”我说，“我刚叫了辆出租。”

“出租车可不是旅行的理想交通工具，”泰特斯说，“您要是买下这辆车，可以风风光光地回威斯康星，再也不用担心火车晚点。”

“多少钱？这辆车的挡风玻璃上没有标价。”

“是没有。我前天才买来这辆车，还没来得及贴标价。”他掏出烟。“我想卖三百五，但实话实说，可以还价。”

我咬紧牙关，防止下巴掉下来。我告诉他我会考虑的。我要是决定买，我说，明天会回来。

“最好早点到，安伯森先生。这辆车不会停在这里很久的。”

我又感到安心。我有公用电话没法识别的硬币，这儿的银行主要靠手工工作，我拨号时电话会发出奇怪的咯咯声。但有些事情没有变。

9

出租车司机是个胖子，戴着扁帽，帽子上写着“注册出租”。他一根接一根地抽着好运牌香烟，收音机被调到 WJAB 电台。我们听了麦圭尔姐妹[①]的《甜蜜时光》，艾佛利兄弟[②]的《猎狗》，和一个叫做谢布·伍利[③]的家伙的《紫色食人兽》。我不喜欢《紫色食人兽》。电台每放两首歌，一个跑调的女子三重唱就会唱：“一四四〇，WJAB……大杰博电台！”我知道了罗曼劳正在进行一年一度的夏季季末大甩卖，F.W. 伍尔沃思新进了一批呼啦圈，价格是一点三九美元。

“鬼东西，只会教孩子们扭屁股。”司机说。他把烟塞出车窗，让

① 美国流行音乐三人组，《甜蜜时光》为其最流行的歌曲之一。

② 美国乡村摇滚二人组。

③ 谢布·伍利（1921—2003），美国演员、歌手。代表作为一九五八年推出的《紫色食人兽》。

风吹走烟灰。从泰特斯雪佛龙到塔马拉克汽车旅馆，这是他说的唯一一句话。

我摇下车窗，让烟雾飞出去，看着这个陌生的世界从眼前倒退。里斯本福尔斯镇和路易斯顿市交界处没有杂乱无章的城市边缘建筑。除了一些加油站，高帽子免下车餐馆和露天影院（屋顶上的招牌上写着双片连映，《迷魂记》和《夏日春情》，都是立体声宽银幕彩色电影），剩下的就是纯粹的缅因乡村。我看到的牛比人多。

汽车旅馆坐落在公路边上，被高大雄伟的榆树荫庇着，榆树看起来和恐龙相差不大。我呆呆地看着，“注册出租”先生又点了一支烟。“需要帮忙拿包吗，先生？”

“不用了，我能行。”计费表上的车费不像榆树那么壮观，让我回到现实世界。我给了司机两美元，让他找我五十美分。他看上去很满意，小费足够他买一包好运牌香烟了。

10

我登了记（这一点和未来一样），把现金放在柜台上。不需要身份证。我在房间里好好睡了一觉。房间里只有一台装在窗台上的风扇。我醒来后感到很精神（好），但到了晚上睡不着了（不好）。太阳落山以后，路上几乎没有一辆车，安静得令人不安。电视机是真力时牌台式机，重量肯定不止一百磅。电视机顶上放着一对室内天线。靠在天线上的标牌上写着：“用手调节天线，请勿使用锡箔纸。管理员致谢！”

电视上有三个台。全国广播公司旗下的电视台上面有太多雪花，不管我怎么摆弄天线还是没法看；哥伦比亚广播公司台的图像不停地跳动，怎么调节垂直静止旋钮也没用；美国广播公司台十分清晰，正在播放《怀亚特·厄普的传奇人生》，由休·欧布莱恩[①]主演。他杀了

① 休·欧布莱恩（1925—2016），美国演员。

几个逃犯，然后总督牌香烟的广告就出现在屏幕上。史提夫·麦昆[①]说，总督牌香烟有思想者的过滤嘴和吸烟者的品位。他点烟时，我起床关掉电视。

只剩下蟋蟀的鸣叫。

我脱得只剩短裤，躺下，努力睡着。我想起爸爸妈妈。爸爸现在六岁，住在缅因州欧克莱尔；妈妈只有五岁，住在爱荷华州的农舍里，三四年后，农舍会被大火夷为平地。她会随家人搬到威斯康星，离生下我的人生十字路口更近一步。

我疯了，我想，在一家精神病医院里，疯了，产生严重的幻觉。医生或许会把我写进关于精神病的书里。不是《错把妻子当帽子》[②]，而是《错以为自己身处一九五八年的人》。

我用手抚摸拷花布床单，发现一切都是真的。我想起李·哈维·奥斯瓦尔德，但奥斯瓦尔德属于未来。在这博物馆一般的汽车旅馆房间里，让我烦恼的并不是他。

我坐在床沿上，打开公文包，拿出手机。这个穿越了时空的物件在这儿毫无用武之地。尽管如此，我仍不由自主地翻开手机，按下电源键。“没有服务”的字样在屏幕上弹出来，当然——我以为屏幕上会出现什么呢？五格信号吗？一个悲哀的声音说道，回家吧，杰克，在你造成无法挽回的损害之前回家吧。愚蠢、迷信的想法！我即便造成损害，也能挽回，因为每次拜访都是一次重置。你可以说，时间旅行里有个内置的保险开关。

这个想法令我心安了不少。但是，在彩色电视机是消费电子领域内最先进产品的世界里持有这样一款手机让我不安。手机要是被人发现，我不会被视为巫师并被处以绞刑，但很可能会被当地警察逮捕，关进大牢，直到约翰·埃德加·胡佛[③]的爪牙来把我抓到华盛顿审问。

---

① 史提夫·麦昆（1930—1980），好莱坞著名动作片影星。

② 美国神经学家奥利佛·萨克斯（1933—2015）的一部精神病案例书，出版于一九八五年。

③ 约翰·埃德加·胡佛（1895—1972），美国联邦调查局第一任局长，任职长达四十八年。是美国历史上最有权势、最富争议的人物之一。

我把它放到床上，然后从右边胸袋里掏出所有零钱。我把硬币分作两堆。然后我将一九五八年以前的硬币放回口袋，将之后的硬币装进我从桌屉里找出的信封（吉迪恩圣经和高帽子餐馆外卖菜单也被我放了进去）。我穿上衣服，拿起钥匙，离开房间。

外面，蟋蟀的叫声更加响亮。一轮残月悬在空中。月辉之外，群星从未如此璀璨、如此亲近。一辆卡车嗡嗡驶过一九六号公路，之后公路又恢复了宁静。这就是乡村，沉睡中的乡村。远处，货运火车的呼啸撕裂夜空。

院子里停着两辆车，周围黑漆漆的。办公室里也是黑漆漆的。我像个罪犯似的走进汽车旅馆后面的田野里。修长的野草扫着牛仔裤裤脚，发出嘶嘶的声音。我明天就会换上新买的班纶丝宽腿裤。

光滑的铁丝栅栏围着塔马拉克汽车旅馆的边缘。外面是个小水池，农村人称之为水塘。水塘附近，五六头牛在温暖的夜里酣睡。我从栅栏底下穿过，朝水塘走去时，其中一头牛抬起头看着我。但它很快就对我失去兴趣，又把头低了下去。我把诺基亚手机扔进水塘时，它没有抬头。接着，我把装有硬币的信封封起来，也扔掉了。然后我沿原路返回，在汽车旅馆后面停了一下，确认院子里没人。确实没人。

我走进屋子，脱下衣服，立刻进入了梦乡。

第六章

1

那个烟枪出租车司机第二天早上来接我。他把我载到泰特斯雪佛龙，敞篷车还停在那里。我已料到会是这样，但还是松了一口气。我穿着从梅森男装店买来的毫无特征的灰色运动外套。新的鸵鸟钱包妥当地躺在里兜里，里面装着阿尔给我的五百块现金。我正欣赏福特汽车时，泰特斯走上前来，用红布擦着手，红布好像还是昨天那块。

“我想了一宿，决定买。”我说。

“太好了，”他说，然后带着后悔的语气说，“我也想了一宿，安伯森先生。我想，我跟你说还有还价余地是在撒谎。你知道我们早上吃煎饼熏肉时我太太怎么说吗？她说：‘比尔，那辆车要是不到三百五出手，你就是个蠢货。’事实上，她已经说我是蠢货了，不该一开始开价那么低。”

我点点头，好像知道他会这么说。“好吧。”我说。

他看起来很惊讶。

“我只能这么做，泰特斯先生。我可以给你写张三百五的支票——很好用的支票，故乡信托，你可以打电话问问他们——或者，我可以从钱包里拿三百现金给你。这样会省去很多文书工作。你想怎么办？”

他笑了，露出洁白的牙齿。“威斯康星人真会还价。你要是出三百二，我可以给你贴上标签，上一块十四天的牌照，然后你就可以把车开走了。”

“三百一。”

“啊，别让我为难，”泰特斯说，但他没有为难，他很开心，“加五块就成交。”

我伸出手。“我能接受三百一十五。”

“好。”这回他没理会手上的油，跟我握了手。然后，他指向销售亭。今天，马尾辫美女正在读《机密》[①]。“你可以去那位年轻女士那儿付账，她是我女儿。她会帮你开票。你弄完回来，我帮你贴标签。再给你加一箱油。”

四十分钟之后，我开着属于自己的一九五四款福特敞篷，往北朝德里开。我拿的是标准车型驾照，所以开这车没问题，但这是我第一次开竖排变速汽车。开始很别扭，但习惯以后（我还得适应用左脚操纵变光器开关）很喜欢。泰特斯对二挡的描述没错。我挂上二挡，森利纳跑得飞快。我在奥古斯塔停下车，把顶篷拽下来。在沃特维尔，我抢到九十五美分的肉饼晚餐套餐，套餐里有冰激凌苹果派。这个价格让富客汉堡显得有些昂贵。我跟斯凯利纳、斯柯达、戴尔-维京、优雅汽车并肩狂飙。阳光温暖，微风吹拂着我新理的短发，收费公路（广告牌又把它称作“一分钟一英里公路”）差不多是我一个人的天地。我好像把头天晚上对未来的担心随着手机一起沉到水塘里。感觉很好。

直到来到德里。

2

这个镇子有股邪气，我想我刚到那里就觉察到了。

“一分钟一英里公路”逐渐消失，福特进入沥青修补过的双车道，我上了七号公路。我在纽波特北面大约二十英里的地方开上一处高地，看到德里赫然出现在肯达斯基河西岸，笼罩在无数造纸厂和纺织厂污浊的烟云之下，厂子正满负荷运转。一条绿色的动脉从镇中心穿过。远远看去，那仿佛是一条伤疤。参差不齐的绿带周围只有烟熏出来的

---

① 美国杂志，一九五二年至一九五三年为季刊，随后改为双月刊，一九七八年停刊。

灰色和黑色。天空被从烟囱里涌出的烟雾染成尿黄色。

我开车经过几个农产品摊位，在一旁照看着摊位的摊主（我开车经过时，他们只是站在路边喘气）看起来更像是《激流四勇士》[1] 里土生土长的山地贫农，而不是缅因州农民。我经过最后一个摊位“路边凉亭农产品”时，一条高大的杂种狗从几篮子堆起来的西红柿后面冲出来追我，撕咬我的汽车后胎。它看起来又像只畸形的斗牛犬。然后我看到一个骨瘦如柴的女人拿一块板子打它，随后它从我的视野里消失了。

哈里·邓宁就是在这个镇子长大的，我第一眼看到它就心生厌恶。没有具体原因，但就是厌恶。中心购物区坐落在三个陡峭山丘脚下，像个深坑，幽闭恐怖。我的樱红色福特看上去是街上最明亮的物体，惹人注目（而且根据它招来的多数目光可以看出，它不受欢迎），混杂在黑色的普利茅斯，棕色的雪佛兰和肮脏的货车中间。一条运河穿过镇子中央，黑水几乎注满苔迹斑斑的混凝土护堤。

我在运河街找到一处停车位。一角钱换得一个小时停车购物的时间。我在里斯本福尔斯镇忘了买帽子，我走过两三家店面后，看到一家店：“德里服装日用品店，缅因州中部最吸引人的男子服饰用品店”。我不知道中西部是否有很多男子服饰用品店。

我把车停在药店门口，然后查看橱窗里的标牌。很奇怪，标牌准确总结了我对德里的印象——那种乖戾、狐疑，那种勉强按捺的暴力感。我虽然在德里待了差不多两个月，却不喜欢德里的一切（可能除了我偶然遇见的少数几个人）。标牌上写着：

入店行窃不是“刺激”，不是“好玩”，不是“有趣”，而是“犯罪”。我们决不姑息！

业主及经理　诺伯特·基恩

---

① 是美国作家詹姆斯·迪基（1923—1997）于一九七〇年发表的小说，于一九七二年被改编成同名电影。

那个身材瘦弱、戴着眼镜、身穿白大褂的人肯定是基恩先生。他正朝外面打量我，他的表情不是在说：进来吧，陌生人，到处逛逛，买点儿什么。或者来杯冰激凌苏打。那冷酷的眼神和翘起的嘴巴在说：走开，这儿没你这种人什么事儿。我告诉自己这是我的想象，但知道这不是想象。我伸出手，做出打招呼的姿势。

穿白大褂的人没有朝我伸手。

我意识到我看到的运河肯定从这个奇怪的沉陷市区底下流过，我正站在运河顶上。我能感觉到隐藏在脚底的水流轻轻地敲打着人行道。这种种感觉让我隐约不快，这片世界好像软化了。

一个身穿晚礼服的男模站在德里服装日用品店橱窗里。一只石膏眼上戴着单片眼镜，一只石膏手里拿着一面学校锦旗。锦旗上写着："德里老虎会痛宰班戈公羊！"我是学校精神的粉丝，但这样的标语也太惊人了。打败班戈公羊，没问题——痛宰？

只是个比喻，我提醒自己，走了进去。

一位脖子上绕着卷尺的店员走上前来。他的衣服比我的体面多了，但头顶微弱的灯泡让他的脸泛出黄色。我迫不及待地问，能卖给我一顶漂亮的夏天草帽吗，或者我应该滚蛋？他笑了，问他能帮我做点什么。一切看起来基本正常。这里有我要的那种帽子，我花三美元七十美分买了一顶。

"很可惜，天气转凉，戴不了多久啦。"他说。

我戴上帽子，在柜台旁的镜子前正了正它。"我们或许应该有印度那样漫长的夏天。"

他把帽子斜到另一边，动作轻柔而略带歉意。他将帽子转动不到两英寸，就让我不再像个刚进城的乡巴佬，而变得像……嗯……缅因州中部最得意的时间旅行者。我谢了他。

"不用谢，您叫——"

"安伯森。"我伸出手。他简单而无力地和我握了手，他的手有如滑石粉。他松开手后，我想在运动服上擦手。

"来德里做生意？"

"是的，您是本地人吗？"

“在这儿待了一辈子。”他说，叹了口气，好像并不愿意住在这里。我基于自己对这里的第一印象，觉得他也许就是这么想的。“您要是不介意我问，您做什么生意，安伯森先生？”

“房地产。但我既然来了，还想看一位老战友。姓邓宁，我不记得名字了，我们都叫他‘斯基普’。”斯基普一说是我编造的，我真的不知道哈里·邓宁父亲的名字。哈里在作文里提到哥哥和妹妹的名字，但拿着锤子的男人一直被他称作“我的爸爸”。

“我恐怕帮不了您，先生！”现在他的声音听起来很冷漠。生意完成了，店里虽然没有其他顾客，但他希望我离开。

“不过，你也许能在别的事情上帮到我。镇上最好的酒店是哪家？”

“德里宾馆。往回走到肯达斯基大街，向右转，走上阿普米尔丘，到中央大街。门前有马车灯。”

“阿普米尔丘？”

“是的，我们这样叫。您要是没有别的事，我要到后面改衣服了。”

我离开时，天色已经暗下来。对于一九五八年九月到十月间的德里，我记得最清楚的一件事就是，夜晚总是很早来临。

跟德里服装日用品店一店之隔的是梅琴体育用品店，秋季枪支销售正火热进行。两个男人正在店里调试猎枪，一位戴着蝶形领结（领结配着蝶形领子）的年长店员满意地旁观。运河的另一边被工人酒吧占据，那是你可以花五十美分喝杯啤酒聊聊天的地方。洛克奥拉的所有音乐都是乡村和西部音乐。有《幸福角落》、《祝福成功》（我后来知道，常客们称之为《血流成河》），《两兄弟》、《金轮辐》和《沉睡的银元》。四位蓝领绅士站在酒吧外面，呼吸着下午的空气，盯着我的敞篷车。他们的脸被花呢和棉制平顶帽子遮住，脚上穿着巨大的无色工作靴。我在二〇一一年的学生称之为“狗屎靴”。四位中间有三位穿着背带裤。他们面无表情地看着我。我想到追着我的汽车、边流口水边撕咬轮胎的杂种狗，然后穿过街道。

“先生们，”我说，“里面有什么卖的？”

有那么一会儿，没人回答我。正当我以为没人会回答时，没穿背带裤的那位说：“啤酒，还能有什么？你不是这儿的吧？”

“威斯康星的。”我说。

“好样的。”其中的一个小声说。

“这会儿来旅游，太晚了吧。”另一个说。

“我来镇上做生意，但我想先去看一位老战友。”没人回应。有个人把烟头丢到人行道上，然后用贻贝大小的一团鼻涕将烟头弄灭，这或许就是他对我的回应。尽管如此，我继续往下说：“他叫斯基普·邓宁。你们有谁认识姓邓宁的吗？”

“我真想笑着亲吻猪。”没穿背带裤的家伙说。

“什么？”

他转动一下眼睛，撇撇嘴，一副对蠢得不可救药的人不耐烦的表情。“德里有很多邓宁。去看看该死的电话簿吧。”他朝里走去，他的伙计们跟着他。没穿背带裤的家伙给他们打开门，然后转身对我说：“那辆福特里面是什么发动机？V-8吗？”

“Y型。”希望我听起来很懂行。

“不错啊。”

“你或许该向上开，上那个山丘。那里有些高档酒吧。这些酒吧只适合工人。”没穿背带裤的家伙冷淡地评判我，我刚到德里时预料到了这一切，但一直不习惯。“你会很惹人注目的。斯特里亚和布蒂利耶上午十一点上班、晚上七点下班的人出来以后，更是如此。”

“谢谢，你人太好了！”

冷淡的评价又开始了：“你不太熟悉情况，对吧？”他说着便走了进去。

我回到敞篷车里。灰色街上的空气中弥漫着工业废气的气味。下午结束晚上开始，德里市区看起来只比教堂长椅上的死掉的妓女强那么一丁点儿。

我上了车，踩下离合器，发动汽车，非常想开车离开。我想回到里斯本福尔斯镇，爬出兔子洞，叫阿尔·坦普尔顿重新找个人。但他找不到了，不是吗？他已经精疲力竭，也没有时间了。用新英格兰的话说，我算是猎手的最后一枪。

我行驶到中央大街，看到马车灯（我看过去时，恰逢晚灯亮起），把车开到德里宾馆前的转盘上。五分钟后，我就登记好了。我在德里的时光正式开始。

3

我拆开新买的东西，将一部分剩下的现金放进钱包，将余下的放到新手提箱的衬里里面。我感觉很饿。我下楼吃饭之前，查了一下电话簿。我看到的情况让我心碎。没穿背带裤的那个人可能不是很热情，但他说得对，从电话簿看，在德里以及周围四五个村子里，有很多姓邓宁的人。差不多有一整页。这不奇怪，在小镇上，某些姓就跟六月草坪里的蒲公英一样泛滥成灾。过去五年间，我在里斯本教书，遇到过几十个斯塔伯德和莱姆基，其中有些是一母同胞，很多是第一代、第二代或第三代堂表兄妹。他们相互通婚，又生出更多同姓人。

我应该在出发之前抽时间问哈里·邓宁，他爸爸的名字叫什么，这本来是很容易的事情。我要不是被阿尔展示给我看和要我做的事情彻底惊呆，肯定要问的。不过，我想，能有多难呢？要找到一个有特罗伊、阿瑟（又名图加）、埃伦和哈里这几个孩子的家庭，应该不至于只有夏洛克·福尔摩斯才能办到吧。

我受这一想法鼓舞，走进宾馆的饭店，点了海鲜：蛤蜊，舷外马达大小的龙虾。我没有要甜点，我更想去酒吧喝杯啤酒。在我读过的侦探小说里，酒吧服务员通常消息灵通。当然，宾馆里的招待如果跟我在这个无情的小镇上遇到的其他人一样，那我不会有什么收获。

幸好他不一样。这个年轻人长得很结实，放下手上擦酒杯的活儿，来招待我。他留着平头，面如满月，性格爽快。“朋友，喝点什么？”

朋友两个字听起来很舒服，我也热情地朝他笑笑。“米勒清啤？”

他看上去很疑惑。“没听说过，但是有美乐。”

他当然没有听说过米勒清啤，这东西还没被发明出来呢。“可以。我想我这会儿忘了自己是在东部。”

“您从哪儿来？”他用三角起子打开瓶盖，放了只玻璃杯在我面前。

“威斯康星，但我会在这儿待一阵子。”旁边没有别人，但我还是压低声音。这句话似乎提振了我的信心：“房地产生意。周边随便看看。”

他崇敬地点点头，又给我倒上啤酒。“祝您好运！这类地方有很多房产出售，大部分很便宜。我本人正准备离开。月底就走。去个不那么边缘的地方。”

“这儿看起来不那么热情，”我说，“但我想北方人就这样。威斯康星人更友好，我为了证明这一点，想给你买一杯。”

“我上班时从不喝酒，我还是喝杯可乐吧。”

“那我就给你买杯可乐。”

“非常感谢！漫漫长夜，能遇到一位绅士真是太好了！”我看着他往杯子里注入糖浆，加上汽水，然后搅拌。他尝了一口，咂了咂嘴唇。“我喜欢喝甜的。”

我丝毫没有感到惊讶，从他的肚子可以看出这点来。

“不过，并不是所有北方人都待人冷淡，”他说，“我在福克肯特长大，那会是你见过的最友好的小镇。为什么这么说？游客从波士顿、缅因州出发到那儿，我们就热情地向他们打招呼。我在那儿上了酒吧服务学校，然后来南方谋生。这里看上去是不错的创业之地，工资不错，但是——”他扫了一眼周围，旁无一人，但还是压低声音，“您想听实话吗，朋友？这镇子令人厌恶。”

“我知道你是什么意思。工厂太多了。”

“不光是这个。您四处看看，看到什么了？”

我按照他说的做。角落里有个家伙，看起来像是个推销员，喝着威士忌鸡尾酒，仅此而已。

“没看到什么。”我说。

“整个星期都这样。工资不错是因为没有小费。市区的啤酒吧生意兴隆，我们星期五和星期六晚上有点儿人，不过，差不多就是这样了。我猜上流人士在家里喝酒。”他的声音更低了，很快就变成了耳语。“在夏季，这里很糟糕，朋友。当地人尽量保持沉默——连报纸都不大肆宣扬——但有些残忍的勾当。谋杀。至少有六起。都是孩子。荒地最近有一起。死者叫帕特里克·赫克斯泰特。尸体已经完全腐烂。”

“荒地?”

“就是横穿镇中心的沼泽带。飞机降落时，您可能已经看见了。”

我是开车来的，但知道他在说什么。

酒吧招待瞪大眼睛。“那不会是您感兴趣的地块吧?”

“不能说，”我告诉他，“要是谣言传播出去，我可能得另谋职业了。”

“了解，了解。”他喝掉一半可乐，然后用手背捂住嘴打嗝，“我希望如此。他们应该把那个该死的地方填平。那里只有臭水和蚊子。您会帮这个镇子一个忙。让它变得欢快些。”

“那还有其他孩子死在那儿吗?”我问道。连环杀童案足以解释我一跨进小镇就感觉到的那种阴暗气氛。

“我不知道。但人们说有些孩子是在那儿失踪的，因为那里有个巨大的污水泵站。我听人们说，德里下面有很多污水管——多半是大萧条时期铺的——但没有人知道所有管道在哪儿。您知道小孩子的。”

“喜欢冒险。”

他用力点点头。“对。有人说是流浪汉干的。也有人说是当地人干的，那人打扮成小丑的样子，以防被人认出。第一个受害者——这是去年的事，在我来这儿之前——是在威彻姆和杰克逊交叉路口被找到的。胳膊被撕掉了。他的名字叫丹布劳。乔治·丹布劳。可怜的小家伙。”他意味深长地看了我一眼。“他是在一根排水管旁边被发现的。排进荒地的水管。”

“天啊!”

“没错。”

“我听到你用的都是过去时态。”

我准备解释一下我的意思。很明显，这家伙除了上过酒吧服务学校，英语也不错。“谋杀好像停止了，但愿老走这种好运。”他用指头敲了敲吧台。“凶手或许已经收拾好行李离开了。这个狗杂种或许自杀了，他们有时会这样做。那样最好。但是杀害小男孩科科伦的可不是个穿着小丑服装的杀人狂。杀害他的是他的亲爸爸，您爱信不信。”

这足以解释我为什么感觉自己来这儿是命运的安排而非巧合。我小心地咂了一口啤酒。“真的吗？”

“当然。小孩名叫多尔西·科科伦。只有四岁。您知道他那狗杂种爸爸是怎么做的吗？用锤子。”

锤子。他用的是锤子。我保持礼貌而好奇的表情——我希望自己做到了——但我感觉到鸡皮疙瘩在顺着胳膊往上爬。“太可怕了！”

“是的，这还不算最糟——”他停下来，往我的肩膀后面看去，“再给您来一杯，先生？”

是那个推销员。“我不唱了，”他说，递过一美元，“我要睡觉了，我明天要炸掉那家当铺。我要让他们知道怎么在沃特维尔和奥古斯塔采购五金。因为他们现在肯定不知道。不用找了，孩子，存着给自己买辆迪索托吧。”他低着头，缓步走出去。

“看到了吗？这就是这个绿洲的完美代表，”酒吧招待悲哀地看着顾客离去，“喝杯酒，睡一觉。明天见，短吻鳄。过一会儿见，鳄鱼。这种情况如果继续下去，这个小镇会变成鬼城。”他站直身子，想正正肩膀。但这是不可能完成的任务，因为他的肩膀跟身体别的地方一样圆。“但是管他呢？我十月一日就走了。一路南下。祝您愉快，有机会再见。”

“多尔西这孩子的爸爸……别的孩子是他杀的吗？”

“不是，他不在犯罪现场。我现在想起来，他大概是孩子的继父。名叫迪基·麦克林。前台的约翰尼·凯森——可能是他帮你登记的——告诉我，他过去常来喝酒。他想和一个女服务员谈恋爱，但女服务员让他走开，他变得越来越下流，然后就被这儿拒之门外。之后，我猜他在斯波克和布克特喝酒。那些地方什么人都让进。”

他靠得很近，我能闻到他脸上阿卡瓦·维百牌须后水的气味。

“想知道最糟的一起谋杀案吗？”

我不想，但我觉得自己应该知道。所以我点点头。

“那个该死的家庭里还有个年长的哥哥。埃迪。他去年六月失踪。证据充分。失踪了，没有下文，你明白我在说什么。有人怀疑他离家出走，以躲开麦克林，但是任何一个有常识的人都知道，他要是这样做了，肯定会在波特兰、罗克堡或者朴次茅斯出现—— 一个十岁的孩子不可能长期从人们的视野中消失。依我看，埃迪·科科伦跟弟弟一样，也吃了锤子。只是麦克林不承认自己的罪行。”他笑了，笑得很突然，很阳光，满月般的脸更英俊了。“我是不是说得您不想在德里投资房地产了，先生？”

“这不由我说了算。”我说。我的思绪此时进入自动飞行模式。我没有听过或读过缅因州这个地区发生的系列杀童案吗？或者在电视上看过？把四分之一的注意力集中在电视上，用剩下的精力等待着问题妻子结束另一个“女孩之夜”，走着——或者是摇晃着——回家。我想应该没有，有关德里，我唯一记得清楚的一件事是，二十世纪八十年代中期，这里发生了一场严重的洪水，洪水几乎毁了半个镇。

“不是您说了算？”

“是的，我只是中间人。”

“噢，祝您好运。这个镇子已经没那么糟糕了——今年七月，人们之间的关系就像多丽丝·黛[①]的贞操带一样松垮——但离正常还任重而道远。我是个热心人，喜欢热心人。但我准备走了。”

“也祝你好运。”我说，放了两美元在吧台上。

“哎呀，先生，太多了！”

“我聊得开心时，总是多付小费。”实际上，多付的小费是给友好的面孔。聊天内容令我很不安。

“噢，谢谢！”他微笑着伸出手，“我还没有介绍自己。我叫弗雷德·图米。”

“幸会，弗雷德。我叫乔治·安伯森。”他握得很紧，他的手不像滑石粉。

“需要建议吗？”

“当然。”

“在镇上，跟孩子们说话时要小心。从去年夏天开始，陌生人要是

① 多丽丝·黛（1924— ），美国歌手、演员。美国最受欢迎的女歌手之一，在一九五〇年代至一九六〇年代有电影“票房皇后”之称。其四次婚姻都以离婚或丧偶结束。

被人看见跟孩子聊天，很可能会被警察盘问，甚至可能挨打。”

“即使没穿小丑服？”

“全身装扮的目的就在这里，对吧？”他的笑容不见了。那张脸现在看起来苍白而冷酷。换句话说，跟德里其他人的脸一样。“您要是穿上小丑服，戴上橡胶鼻子，没人知道真正的您是什么样子。”

4

我坐着老式电梯，一路咯吱咯吱上到三楼时一直在想，另一件锤杀案是真的。弗雷德·图米说的其他事情如果也是真的，那么邓宁拿着锤子锤死家人，还会让当地人感到惊讶吗？我想不会。我想人们会说，这只是德里就是德里的另一例证。他们也许是对的。

我进屋时，有了个真切而恐怖的念头：我如果在未来七个星期改变一些事情，刚好让哈里的爸爸杀死了哈里，而不是让他变成跛脚的轻度智障呢？

不会的，我告诉自己，我不会放任这样的事发生。就像希拉里·克林顿在二〇〇八年所言，我来了，就是要赢。

不过，希拉里·克林顿失败了。

5

第二天早上，我在宾馆的河景餐厅吃早餐，餐厅里只有我和昨晚那个五金推销员。他正埋头看当地报纸。他把报纸丢到桌上时，我一把抓起来。我对头版不感兴趣，头版是关于菲律宾战争的叫嚣（我一闪念，想到奥斯瓦尔德会不会就在附近）。我想看的是当地版面。在二〇一一年，我是路易斯顿《太阳报》的读者，那份报纸第二版的最后一条报道总是“学校新闻”。孩子如果得了奖，参加班级旅游，或者加入社区清洁工作，自豪的家长总能在这里看到孩子的名字。德里的《每日新闻》里如果有这样的特写，我也许能在其中发现邓宁家某个孩子的消息。

然而，第二版的最后面只有讣告。

我看了看体育版面，得知周末即将举行重大橄榄球赛：德里老虎对阵班戈公羊。根据清洁工的作文，他的哥哥特罗伊·邓宁今年十五岁。十五岁的男孩很可能出现在队里，尽管不一定是首发。

我没有找到他的名字。我逐字阅读了有关镇上小矮人橄榄球队（老虎俱乐部）的一篇小故事，但也没找到阿瑟·图加·邓宁的名字。

我付了早餐费用，走回房间，胳膊下面夹着借来的报纸，心想我成了恶心人的侦探。我数了电话簿里里姓邓宁的人（九十六个），另一个念头突然闪现：我已经被无处不在、过度依赖、深以为然的互联网社会束缚，甚至致残。在二〇一一年，怎么找到我要找的那个邓宁？把“图加·邓宁”和“德里”输入我常用的搜索引擎可能就行了。按回车，让谷歌，二十一世纪的老大哥接管一切。

在一九五八年，最新的电脑有小住宅区那么大，当地报纸毫无帮助。还有什么办法呢？我记得我上大学时，一位社会学教授——一个酷爱讥讽的老家伙——常说，别无选择时，干脆去图书馆。

我去了图书馆。

6

那天下午晚些时候，希望已经破灭（至少暂时是这样），我慢步走上阿普米尔丘，在杰克逊路和威彻姆路交汇处短暂停留，看着名叫乔治·丹布劳的小男孩在旁边失去胳膊和生命（至少弗雷德·图米是这么说的）的下水管。我爬到山顶时，心跳加速，气喘吁吁。不是身体状况不佳，而是工厂的臭气使然。

我很沮丧，还有点儿害怕。不错，我有充足的时间找到邓宁家，我对此很自信——我如果有必要给电话簿里所有姓邓宁的人打电话，我会这样做，即便是冒着改变哈里父亲这枚定时炸弹行为轨迹的风险——但我开始意识到阿尔已经意识到的问题：有东西在阻碍我。

我沿着堪萨斯街往前走，专心思考，一开始没注意到右边已经没有房屋了。地面陡然坠入乱蓬蓬的沼泽地，图米称为荒地的地方。只有一排摇摇欲坠的白色栅栏将人行道与陡坡隔开。我手扶栅栏，扫视下面杂乱的植被。黑暗的水潭若隐若现。成片的芦苇长得很高，像是在史前时代就已存在。还有杂乱起伏的荆棘。底下的树木发育不全，争夺阳光。有毒葛，有倾倒的垃圾，很可能还有流浪汉的窝棚，还有当地小孩才知道的小径。那些喜欢冒险的小孩。

我站在那儿，呆呆地看着，隐约听到微弱的轻快曲调——长号的声音。我今天的工作收效甚微。你能改变过去，阿尔告诉过我，但改变过去没有你想得那么容易。

这是什么音乐？有点欢快，有点跳跃。让我想起克里斯蒂，早年的她，我当时迷恋着她。我们那时彼此迷恋。“吧哒哒……吧哒哒迪咚……”格伦·米勒[①]吗？

我去图书馆查看过人口普查记录。上次全国人口普查是在八年前的一九五〇年进行的，普查记录可能会显示邓宁四个孩子中的三个：特罗伊、阿瑟和哈罗德。命案发生时年仅七岁的埃伦在一九五〇年还没有出生。会有家庭地址。没错，邓宁家在这八年中可能搬过家，但也许有邻居知道他们搬去了哪儿。德里不大。

但人口普查记录不在图书馆。图书管理员，惹人喜欢的斯塔雷特太太告诉我说，她当然认为这些记录属于图书馆，但镇议会出于某种原因，认为记录属于镇政府。她说，记录在一九五四年就转到了镇政府。

“听起来不妙，”我笑着告诉她，“你知道那句老话——老百姓斗不过官府。”

---

① 格伦·米勒（1904—1944），美国二十世纪三四十年代最具影响力的乐队领队之一，音乐家，作曲家。

斯塔雷特太太没有笑。她乐于助人，讨人喜欢，但跟我在这儿遇到的任何人一样，警惕，有所保留——弗雷德·图米之外的所有人都是这样。“别傻了，安伯森先生。美国人口普查数据不是什么机密。你只管去那儿，告诉书记员，是雷吉娜·斯塔雷特让你去的。她叫马西娅·瓜伊。她会帮你的。他们可能把记录放在地下室了，但不该把它放在地下室。地下室里很潮，可能还有老鼠。你如果有问题——任何问题——尽管回来找我。”

我去了镇政府，大厅的海报上写着：“请家长提醒孩子，不要跟陌生人说话，只跟伙伴玩。”几个人在窗口前排队（当然，其中多数人在吸烟）。马西娅·瓜伊和我打招呼，笑容略显尴尬。斯塔雷特太太已经代我给她打了电话，瓜伊小姐告诉她下面这条信息时，斯塔雷特被吓坏了：一九五〇年的人口普查记录，跟放在政府地下室的所有其他文件一起，已经不复存在。

“去年雨下得很凶，”马亚娅说，“下了整整一个星期。运河洪水泛滥，镇上的低地——安伯森先生，老一辈的人这么称呼市中心——被完全淹没。在接下来的一个月里，我们的地下室就像威尼斯的大运河。斯塔雷特太太说得对，这些记录根本不该挪来，但好像没人知道记录为什么会被转移过来，这件事是谁批准的。我很抱歉。”

我不可能体会不到阿尔努力拯救卡罗琳·波林时产生的那种感觉：我被关在某种装着伸缩墙壁的监狱中。我是不是应该在当地学校附近闲荡，指望着看到一个长得像现在六十多岁、已经退休的清洁工的男孩？或者找一个让同学大笑的七岁女孩？或者等着听哪个小孩喊“嗨，图加，等等”？

嗯。一个陌生人在学校附近闲荡，而在镇政府大厅，映入眼帘的第一样东西就是提醒父母警惕陌生人的海报。要是有什么东西会最先进入雷达，那就是这样的行为。

有件事很确定——我得离开德里宾馆。按照一九五八年的物价，我住上几个星期能付得起钱，但这会招来口舌。我打算浏览分类广告，找处按月出租的房子。我转身朝市中心走去，然后停下来。

“吧哒哒……吧哒哒迪咚……”

是格伦·米勒。《喜悦心情》，我再熟悉不过的曲子。我出于好奇，向音乐传来的方向走去。

7

在堪萨斯街人行道和坠入荒地的陡坡中间，白色栅栏的尽头，有一小块野餐区域。一个石头烤架，两张野餐桌，中间放着一个生了锈的垃圾桶。一张桌子上放着一台手提唱机。一张巨大的黑色唱片在转盘上旋转，每分钟七十八转。

草地上，一个身材瘦高、戴着黏了胶带的眼镜的男孩和一个非常漂亮的红发女孩正在跳舞。在里斯本高中，我们把刚入学的新生称作“夹层青少年”，这两个孩子正是这个年龄。但他们跳得颇有成人气质。不是吉特巴舞，是摇摆舞。我着迷了，但我也……怎么说呢？害怕了？可能有一点吧。我在德里时差不多一直担惊受怕。但这次的害怕比之前更严重。是一种恐惧，仿佛我已经触到彻悟的边缘。或者（你知道，透过玻璃模糊地）瞥见宇宙的发条装置。

因为，你知道，我正是在路易斯顿摇摆舞舞蹈班认识克里斯蒂的，这是我们一起学习过的曲子。之后——在我们感情最好的一年时间里，也就是婚前六个月到婚后六个月——我们还参加了舞蹈比赛，有一次获得新英格兰摇摆舞大赛第四名（用克里斯蒂的话说，也叫“第一败者”）。我们的曲子是稍微放慢节奏的凯西与阳光乐队混合舞曲《摇滚鞋》。

这不是巧合，我看着他们时想。男的穿着蓝色牛仔裤和圆领衫；女的穿着白短衫，短衫下摆垂到褪了色的红色七分牛仔裤上，引人注目的头发向后扎成娇小可爱的马尾辫。我和克里斯蒂参加跳舞比赛时，她也一直这么扎头发。当然，克里斯蒂还穿着短袜和非常有特色的蓬蓬裙。

这不可能是巧合。

他们在跳林迪舞的变化动作，据我所知，这叫“喧闹起来”。属于快舞——快如闪电，你如果有足够的体力、耐力和魅力完成的话——但他们跳得很慢，因为他们还在学步子。我能看明白每一个动作。所有动作我都知道，尽管我有五年甚至更久没有跳过了。走到一起，双手扣紧。男孩稍稍弯腰，踢左脚，女孩做同样的动作。两个人一起扭腰，看上去朝相反的方向移动。身体移开时，手仍然扣在一起。然后女孩旋转，先朝左转，然后朝右转——

但他们回转时搞乱了动作，女孩四肢朝上，倒在草地上。“耶稣啊！里奇，你在这个地方总是跳得不对！上帝啊，你真是不可救药！”但她笑了。她躺在地上，盯着天空看。

“对不起，斯卡利特小姐！”男孩用黑人小孩的尖锐声音喊道，那种声音在政治立场中立的二十一世纪会让人很反感，“我只是个乡下土孩子，但我想学这舞蹈，即便它折磨着我。”

“我才受折磨呢，”她说，“再放一遍唱片，在我还能受——”他们突然同时看到了我。

那是奇怪的一瞬间。德里蒙着一层面纱——我开始意识到这层面纱，几乎看见了它的存在。当地人在一边；外来人（比方说弗雷德·图米和我）在另一边。有时候，当地人从面纱后面走出来，比方图书管理员斯塔雷特太太，她在得知普查记录被放错地方时表示愤怒；但你要是问太多的问题——要是你惊扰了他们——他们会退到面纱后面。

我惊扰了这两个孩子，但他们没有退到面纱后面。表情没有收敛，仍然绽放，充满好奇。

“对不起，对不起，”我说，“我没想打扰你们。我听到音乐，然后看到你们在跳林迪。”

“您的意思大概是*想*跳林迪。”男孩说，拉女孩站起来。他鞠了一躬。“里奇·托齐尔，乐意为您效劳。我的朋友们都说：‘里奇，里奇，山沟里去。’他们知道什么呢？”

“幸会，”我说，“乔治·安伯森。”然后，我的嘴里不由自主地蹦出来一句话：“我的朋友们都说：‘乔吉，乔吉，洗衣裳去北极！’他们又知道什么呢?”

女孩坐到一张餐桌旁的长凳上,吃吃地笑。男孩把双手举到空中,拖着深沉悠长的声音说:“陌生人真有意思!好好好!太可爱了!艾德·麦克马洪[1],我们有什么给这个出色的家伙?噢,伙计,今天的《你相信谁?》奖品是一整套《英国大百科全书》和一台伊莱克斯牌真空吸尘器,吸——”

“嘟嘟嘟嘟,里奇。”女孩说。她在擦眼角。

这又引发黑人小孩不幸的尖叫。“对不起,斯卡利特小姐!不要责备我了,我身上上次的伤疤还没好呢!”

“小姐,你贵姓?”我问。

“贝维,贝维,住在大堤,”她说,又开始吃吃地笑,“抱歉——里奇是个呆子,但我没有恶意。我叫贝弗利·马什。你不是本地人吧?”

所有人似乎都能一眼看出这一点来。“是的。你们两位看起来也不像这儿的人。你们是我遇到的头两个看起来……脾气不暴躁的人。”

“是的,这是个脾气暴躁的镇子。”里奇说,把唱臂从唱片上移开。唱臂正不停撞击最后一个凹槽。

“我知道人们很担心孩子,”我说,“请注意,我跟你们保持着距离。你们在草地上,我在人行道上。”

“凶案发生时,他们可没那么担心,”里奇抱怨,“你知道凶案吗?”

我点点头。“我住在德里宾馆。那儿的员工告诉我了。”

“对。现在凶案停止了,人们倒担心起孩子了,”他坐到住在堤上的贝弗利边上,“但是凶杀发生时,他们连屁也不放一个。”

“里奇,”她说,“嘟嘟嘟嘟。”

男孩这一次尝试模仿亨弗莱·鲍嘉[2]。“没错,亲爱的。你也知道。”

“一切都结束了。”贝弗利告诉我。她跟商会支持者一样坚定。“他们只是还不知道。”

---

① 艾德·麦克马洪(1923—2009),美国喜剧演员、游戏节目主持人和广播员。

② 亨弗莱·鲍嘉(1899—1957),美国男演员。一九四二年凭借在《卡萨布兰卡》中出色的表演获得奥斯卡最佳男演员奖提名。一九五一年凭借《非洲女王号》获得奥斯卡最佳男主角奖。

“‘他们’是指镇上的人还是泛指成年人？”

她耸耸肩，意思是说：“有什么分别呢。”

“但是你们肯定知道。”

“事实上，我们知道。”里奇说。他挑衅地看着我，但修理过的眼镜后面，眼睛里还闪烁着疯狂的幽默。我想，幽默从没有片刻离开过他的眼睛。

我踏上草地，两个孩子都没有惊叫着跑开。贝弗利在长椅上往边上移，还用胳膊肘示意里奇也往边上移，给我腾出位置。他们要么非常勇敢，要么非常愚蠢，但他们看起来并不愚蠢。

女孩之后说的话让我目瞪口呆。“我认识你吗？我们认识你吗？”

我说话之前，里奇开口了。“不是这样的，是……我不知道。你想打听什么吗，安伯森先生？是不是？”

“说实话，是的。需要一些信息。不过，你怎么知道？你又怎么知道我不危险？”

他们彼此看了一眼，传递了什么信息。我不可能知道那究竟是什么信息，但我可以肯定两件事：他们已经在我身上感觉到了其他来镇上的陌生人身上没有的东西……但是，他们不像黄卡人，他们不怕我。恰恰相反，他们对我的到来很感兴趣。我想这两个迷人、无畏的孩子要是愿意，能告诉我一些故事。我一直好奇的那些故事。

“你不危险。”里奇说。他朝女孩看过去时，女孩点头，表示同意。

“你们肯定……糟糕的时期……结束了？”

“差不多吧，”贝弗利说，“我想，德里的糟糕时期已经结束，安伯森先生——在很多方面，这是个艰苦的地方，但情况会好起来的。”

“假如我告诉你们——只是假如——即将发生一件糟糕的事情呢？像发生在小男孩多尔西·科科伦身上那样的事。”

他们畏缩了一下，好像被我掐到了痛处。贝弗利转向里奇，在他耳边说了些什么。我不敢断定她说了什么，她说得很快，声音很低，但她说的可能是“这不是那个小丑”。然后，她看着我。

“什么糟糕的事情？像是多尔西的爸爸——”

“没什么，你没必要知道。”是时候岔开话题了。我不清楚我是如何知道的，但我确实知道：他们知道邓宁家。“你们认识姓邓宁的孩子吗？”我扳着手指头数他们的名字。“特罗伊、阿瑟、哈里和埃伦。阿瑟也叫——”

“图加，”贝弗利很自然地说，“我们当然认识他，他跟我们在一所学校。我们俩正在为学校的‘达人秀’排练林迪舞。演出在感恩节前——”

“斯卡利特小姐坚持提前排练。”里奇说。

贝弗利·马什没有看他。“图加也报名参加演出了。他要假唱《水花四溅》。”她转动眼睛，她很擅长转动眼睛。

“你们知道他住在哪儿吗？”

他们确实知道，但都不说。我不给他们更多信息，他们是不会说的。我从他们的脸上看得出这一点。

“我要是告诉你们，图加很可能永远不会在演出上出现，除非有人密切地看顾他，他的弟弟妹妹也是如此，你们会相信这样的事情吗？”

两个孩子又相互对视，用眼神交流片刻。眼神交流持续了很久——有十秒钟吧。那是情人间的长时间凝视，这两个夹层青少年不可能是情人。但肯定是朋友。亲密的朋友，一起经历过一些事情。

“图加住在科苏特街。”里奇终于开口。他说的好像是科苏特。

“科苏特？”

“这一带的人都这么叫，”贝弗利告诉我，“K-O-S-S-U-T-H，科苏特。”

“知道了。”现在唯一的问题就是，这两个孩子可能会把我们在荒地进行的这场古怪交谈透露出去多少。

贝弗利用坚定、困惑的眼神看着我。“但是，安伯森先生。我见过图加的爸爸。他在中心街道菜市场工作。是个大好人。总是笑嘻嘻的。他——”

“大好人已经不在家里住了，”里奇打断她，“被他老婆撵了出去。”

她转向里奇，睁大眼睛。“图加告诉你的？”

“不是。本·汉斯科姆。图加告诉他的。”

“他就是个大好人，”贝弗利小声说，“爱开玩笑，一点也不暴躁或贪婪。”

“小丑也很爱开玩笑。”我说。他们马上准备反驳，好像我又掐到他们的敏感神经。“小丑爱开玩笑也不会变成好人。”

“我们知道。”贝弗利低声说。她看着自己的手，然后抬起眼睛看我。“你知道乌龟吗？”她说“乌龟”的语气，让这个词听起来像个人名。

我想说“我知道忍者神龟”，但没说。莱昂纳多、多那太罗、拉斐尔和米开朗琪罗尚未诞生。我只是摇摇头。

她怀疑地看着里奇。里奇看看我，然后看看她。“但他很好，我确信他很好。”她把手放到我的手腕上。手指冰凉。“邓宁先生是个好人。他不住在家里不能说明他不是好人。”

说得好。我的妻子离我而去，但不是因为我不好。“我明白，”我站起身，“我会在德里待一段时间，但是不想引起太多人注意。你们两个能为我保密吗？我知道这样的要求太过分，但是——”

他们相视一下，突然笑了。

他们笑罢之后，贝弗利说：“我们会保密的。”

我点点头。“我相信你们会保密。我敢肯定，你们在这个夏天保留了不少秘密吧。”

他们没有回应。

我竖起一根拇指，指向荒地。“下去玩过吗？”

“去过一次，”里奇说，“然后就再也没去过。”他站起身，拍拍蓝色牛仔裤的屁股。“跟你聊天很高兴，安伯森先生。多加小心，别上当。”他犹豫片刻。“在德里小心点。现在好一点了，但我觉得，你应该知道，德里永远都不会彻底变好。”

“谢谢，谢谢你们两位！或许有一天，邓宁一家也会感谢你们。但事情如果像我期望的那样，他们会——”

“——他们什么都不会知道。”贝弗利替我说完。

“没错，”然后我想起弗雷德·图米说过的话，“对。你们两个保重。”

“我们会的，”贝弗利说，又开始吃吃地笑，“继续去北极洗衣裳，乔吉。”

我在新草帽的帽檐敬个礼，然后走开。我一闪念，转身向他们走去。“那个电唱机能播放三十三又三分之一转吗？”

“你是说它能不能放慢转密纹唱片？”里奇问道，“不是的。我们家里的高保真可以，但贝弗利的这个只是用电池的小玩意儿。”

“小心点儿，你是怎么称呼我的唱机的，托齐尔，”贝弗利说，“我可是存钱买的。”然后，她对我说：“只能播放七十八转和四十五转的。可是我把四十五转孔里的塑料件弄丢了，所以现在只能播放七十八转的。”

“用四十五转也许可以解决你们的问题，”我说，“再放一遍唱片，但是用四十五转的。”跳摇摆舞的窍门是放慢节拍，这是克里斯蒂和我在课堂上学到的。

“太疯狂了，先生。”里奇说。他把转盘旁边的速度控制杆调了一下，开始播放。这一次，格伦·米勒乐队里的所有人都像吃了安眠酮。

“好，”我朝贝弗利伸出手，“里奇，你看着。”

她完全信任地接过我的手，抬起头，大睁的蓝色眼睛里透出高兴，看着我。我想，二〇一一年时，她在哪儿？她是谁？她是否还活着？她要是还活着，她是否还记得一个陌生人曾问过她很多奇怪的问题，还在一个阳光明媚的九月下午，和她一起伴着拖沓版的《喜悦心情》跳舞？

我说：“你们之前跳得很慢，这次会更慢，但你们能跟上拍子。有足够的时间跳每一步。”

“时间。”“很多时间。”“重放唱片，但放慢速度。”

我把她拉向我，手扣着手。我将她往后推。我们都弯下腰，像是在水下，然后朝左踢脚。格伦·米勒乐队在演奏：“吧……哒……哒……吧……哒……哒……迪……咚……”在这种慢节奏之下，她宛如发条已经松开的玩具，在我举起的手下向左旋转。

“停！”我说。她突然停下来，背朝着我，我们的手还握在一起。“现在压压我的右手，提醒我下一步怎么跳。”

她压了一下，然后流畅地回转，转到右边。

"太酷了!"她说:"我现在要往下,然后你把我带回去。我翻转。这就是我们在草地上练的原因,万一搞砸了,我也不至于扭断脖子。"

"我会让你自己来,"我说,"我太老了,除了汉堡,没翻过别的。"

里奇再一次把手举到脸边。"好好好!陌生成年人又——"

"哔哔哔哔,里奇,"我说,他笑了起来,"你现在试试。设计其他动作,当地汽水店里的人跳的两步吉特巴之外的舞蹈动作。你们如果练成了新动作,即使赢不了比赛,看上去也很精彩。"

里奇牵着贝弗利的手试了一下。进,出,左,右,向左转,向右转。很完美。她先在里奇张开的腿间翻转,轻快得像条鱼。然后,里奇把她拉回来。贝弗利用一个精彩的回转起身,结束。里奇接过她的手,他们重复一遍动作。第二次更漂亮。

"我们在下去和出来的地方跟丢了拍子。"里奇抱怨道。

"唱片再按正常速度播放,你们不会跟丢了,相信我。"

"真棒,"贝弗利说,"就像拿着放大镜看东西,"她踮起穿着帆布鞋的脚尖旋转一圈,"我感觉自己像是登台演出的洛丽泰·扬[①],穿着蜗旋形裙子。"

"他们叫我阿瑟·穆雷[②],我来自密——索——里。"里奇说,看上去也很开心。

"我要给唱片加速,"我说,"记住手势。跟上拍子。关键就是拍子。"

格伦·米勒演奏着那首甜蜜的老歌,两个孩子跳着舞。他们的影子在他们身下的草地上跳舞。出……进……倾斜……踢脚……向左转……向右转……向下……伸出……翻转。这一次不算完美,他们在彻底掌握舞步之前(如果能彻底掌握的话),还要扭好多次脚,但他们已经跳得不赖。

噢,让刚才那句话见鬼去吧。他们跳得很美。我自从爬上七号公路的那个高地,看见德里赫然出现在肯达斯基河西岸之后,第一次感

① 洛丽泰·扬(1913—2000),美国女演员,曾获得一九四七年奥斯卡最佳女主角奖。

② 阿瑟·穆雷(1895—1991),美国舞蹈教练、商人。以其名字命名的连锁舞蹈教室在全世界享有盛名。

到开心。这种心情能帮助我走下去，所以我从他们身边走开。我一边走一边提醒自己那个古老的建议：不要回头，永远别回头。人们在体会一次格外愉快（或者格外悲伤）的经历之后会这样告诉自己吗？经常吧，我想。但建议总是被忽视。人类生来就要回头，这也是我们的脖子能旋转的原因。

我走下半个街区远，然后转过身，心想他们肯定在盯着我。但他们没有。他们依然在跳舞。很好。

8

堪萨斯街往下一两个街区有家城市服务公司加油站，我走进办公室，想问问科苏特街怎么走。我能听见空气压缩机呼呼的响声和车库里传来的流行音乐的噪音，但办公室里没人。这正合我意，因为我看到收银机旁放着有用的东西：金属架上满是地图。上面一格放着一张肮脏的城市地图，仿佛被人遗忘了很久。封面是保罗·班扬[①]塑料雕像的照片，奇丑无比。保罗肩扛斧头，冲夏日的骄阳咧着嘴笑。只有德里人，我想，会把神秘伐木工的塑料雕像当作圣像。

油泵边上有个自动售报机。我拿起一份《每日新闻》，抛了一枚五分硬币到报纸堆上，上面散落着很多硬币。我不知道一九五八年的人是不是更讲诚信，但他们的确更靠得住。

地图显示，科苏特街位于镇上堪萨斯街另一边，从加油站步行过去只需要十五分钟，走路感觉很舒服。我漫步在榆树荫下，树叶还跟七月一样青葱可人。这些榆树到了二十世纪七十年代会被病虫害摧毁殆尽。有的孩子骑着自行车从我身边飞驰而过，有的孩子在车行道上玩游戏。几小群成年人聚拢在街角处的公共汽车站旁，站旁的电话杆上刷有白色条纹标记。德里人忙着自己的事，我忙着我的事——我只

① 保罗·班扬是美国民间传说中的伐木巨人，他十分机智，拥有超人般的力量和敏捷。

是个穿着没有特征的运动外套，头上的草帽略微向后倾斜，手里拿着折起的报纸的家伙。这个家伙可能在寻找待售场院或者车库；这个家伙可能在调查最高端的房地产。这个家伙看起来完美融入了此地。

我希望如此。

科苏特街两边，树篱尽头，耸立着新英格兰盐盒状房子。喷水器在草坪上转动着。两个男孩，来回颠着球，从我身边跑过。一个扎着头巾的女人（下嘴唇上黏着香烟）正在洗私家车。她偶尔用喷头冲一下无聊的狗，狗一边后退一边吠叫。科苏特街看起来就像某些模糊的老电视连续剧中的外景。

两个小女孩正甩动一根跳绳，另一个小女孩敏捷地跳上跳下，边跳边毫不费力地唱着："查理·卓别林，跑到法国去！为了看女人们跳舞！向舰长敬礼！向女王敬礼！我老子开潜水艇！"跳绳啪啪地拍打着人行道。我感到有人在看我。戴头巾的女人停下手上的活儿，一只手拿着水管，另一只手拿着一大块蘸满肥皂的海绵。她看着我走近正在跳绳的女孩们。我离开女孩们，然后看见女人又继续手上的活。

你跟堪萨斯街上的孩子说话等于是冒很大的风险，我想。我想还不止如此。走得离这些跳绳的女孩太近……就是冒很大的风险。但里奇和贝弗利不一样，我第一眼看到他们就觉察到了。他们看了我一眼也知道我不危险。我们实际上对视了一眼。

"我们认识你吗？"女孩问道。贝维贝维，住在河堤。

科苏特街的尽头是一栋叫做西区娱乐中心的巨大建筑。建筑已经闲置，杂草丛生的草坪上竖着"市政府出售"的牌子。显然，这是任何一位房地产买家都会感兴趣的项目。在中心右边两栋房子远的地方，一个小女孩，胡萝卜色头发，满脸雀斑，正在铺了沥青的车行道上来回骑自行车，自行车上有初学者用的保护轮。她骑着车，嘴里用不同的调子重复唱着同一句歌词："乒乓，我看到一大帮；叮当，我看到一大帮；铃啷，我看到一大帮……"

我朝娱乐中心走去，好像这个世界上没有别的东西值得我留意，但我眼角的余光继续追随着胡萝卜色头发的女孩。她在自行车座上左右扭动身子，随时可能翻车。从她胫部结的疤不难看出，这已经不是她第一次骑车了。她家的邮箱上没有写名字，只有一个数字：三七九。

我走到写着“出售”的牌子前，匆匆将信息记录在报纸上，然后转身沿原路返回。我假装读报，经过科苏特街三七九号时（在街道另一边），一个女人走出来，站到门阶上。一个男孩跟着她，正大口嚼着包在餐巾里的东西，另一只手里拿着菊花牌气枪。不久之后，他会拿着这把枪吓退他狂躁的爸爸。

“埃伦！”女人喊道，“别摔倒了！赶快下来！进屋吃饼干！”

埃伦·邓宁下了车，将自行车扔到车行道边，跑进屋子，同时用尽浑身力气吼道：“歌唱，我看到一大帮！”

女人的头发一团红色，比贝弗利·马什的头发更令人不舒服，像坏掉的弹簧床里的弹簧一样杂乱。

男孩跟着她。他就是长大后满怀悲痛写下让我潸然泪下作文的那个男孩。他将成为这个家庭唯一的幸存着。

除非我改变这一切。我既然已经亲眼见到他们鲜活的面孔，见到他们过着真实的生活，似乎别无选择。

第七章

1

我该怎么讲述我在德里七周的生活呢？又该怎么描述我对它的那种憎畏交织的感觉？

我这么说，不是因为它有秘密（它的确有秘密），也不是因为这儿发生过残忍的犯罪事件，今后还可能发生犯罪事件。“一切都结束了。”名叫贝弗利的女孩说。名叫里奇的男孩表示同意，我开始也这么认为……但我相信这座中心下沉的古怪城市一直阴云未散。

我憎恨德里是因为一种逼近的挫败感，以及身陷伸缩墙壁监狱的那种幻觉。我要是离开，监狱不会阻拦（还会乐意放开我！），但我要是留下，它就会朝我挤得更紧，直到我无法呼吸。糟糕的是，我无法选择离开，因为我已经看到哈里变跛之前的样子，看到他真挚而略显迷人的笑容。看到他变成“蟾蜍哈里，跳着过大街”之前的样子。

我还看到了他妹妹。现在，她不只是满怀悲痛的作文里的一个名字，一个没有表情、喜欢摘花插到瓶里的小女孩。我有时醒着躺在床上，会想象她打算怎么装扮成夏秋·冬春公主，玩“不给糖就捣蛋”。除非我采取行动，否则那一幕永远都不会出现。她经过漫长而无谓的挣扎之后，等待着她的仍是死亡。死亡也等待着她的妈妈，我还不知道她的名字。死亡同样等待着特洛伊，等待着又名图加的阿瑟。

我要是任由一切发生，不知道将来该如何保持自尊。所以我留下了，但留下绝非易事。我每次想到得在达拉斯再次经历身处伸缩监狱的感觉，就不敢再想下去。至少，我告诉自己，达拉斯和德里不一样。世上没有哪个地方会像德里。

我到底该怎么形容我在德里时的感觉呢？

我在教师生涯中极力推崇简单的思想。小说也好，非小说也罢，只有一个问题和一个答案。“发生了什么事？”读者问。“事情是这样的，”作者回答，“这样……这样……然后这样。”让一切都简单点儿。这是唯一正确的方法。

所以我会尽量简约，但你必须时刻记住，在德里，事实只是一湖深水上的一层薄冰。但是，还是那句话：

发生了什么事？

这样……这样……然后这样。

2

星期五，我在德里的第二天，我去了中心市场。我是下午五点去的，因为我认为这地方下午五点最忙——毕竟，星期五是发薪日，对很多人来说（我指的是太太们，一九五八年的生活规则之一是男人不买日用品），也是购物日。逛街的人多，我很容易混迹其中。我为了装得像那么回事，专门去 W. T. 格兰特那儿买了卡其布裤子和蓝色工作衫。我想起“沉睡的银元”酒吧门外没穿背带裤的家伙和他的伙计们，还买了一双狼獾皮工作靴。在去市场的路上，我不停地用鞋尖踢路边的石头，直到工作靴脚趾的位置磨坏了。

市场跟我想的一样繁忙，三台收银机前都排着长队，走道里满是推着购物车的女人。仅有的几个男人只提着篮子，于是我也拿了个篮子。我拿一袋苹果放进篮子里（苹果好便宜），一袋橘子（差不多跟二〇一一年一样贵）。脚下涂了油的木地板吱吱作响。

邓宁先生到底在中心市场里干什么？住在堤上的贝维没有说。他不是经理；我朝农产品区旁边的玻璃亭里看了一眼，看到一位白发绅士，他能当埃伦·邓宁的爷爷，而不是爸爸。而且桌上的标牌写着“柯里先生”。

我沿着商店后部走，经过奶制品货架时（广告牌上写着“你尝过

‘酸奶’吗？如果没有，你尝了会喜欢的”，让我感到很滑稽），突然听到笑声。女人的笑声。清晰可辨、“噢，你这个流氓”的那种笑声。我走向远处的走道，看到一群妇女（跟肯纳贝克水果店里女人的穿着大体一样）围着鲜肉柜台。一块手工制作的木牌上写着“鲜宰”，标牌悬挂在镀铬链子上。“包切包剁”几个字底下写着“弗兰克·邓宁，首席屠夫”。

有时，生活中出现的巧合，连小说作家都不敢复制。

逗女人们发笑的正是弗兰克·邓宁。他跟选修我的英语课程的清洁工长得惊人地相似。他简直就是哈里的翻版，不过他的头发几乎黝黑，而非几乎完全灰白。还有，甜蜜而略带困惑的笑容变成了轻浮得让人眼花缭乱的荡笑。难怪女人们都很激动。住在堤上的贝维都觉得他很棒，她为什么不可以这样想呢？她或许只有十二三岁，但也是个女的，而弗兰克·邓宁是个有魅力的人。他自己也清楚这一点。德里的女人们拿着丈夫的工资支票来市中心的市场，而不去更便宜的大西洋和太平洋食品商场，肯定是有原因的，而原因之一就在这儿。邓宁先生仪表堂堂，穿着时髦而干净的白色衣服（袖口沾着点血迹，他毕竟是个屠夫），戴着时髦的白色帽子，那帽子看上去既像厨师的帽子，又像艺术家的贝雷帽。帽子直扣到一条眉毛上方。天哪，简直就是时尚达人。

总而言之，弗兰克·邓宁先生粉红色的脸颊刮得干净，黑色头发理得整洁无瑕，简直就是上帝赐给小女人们的礼物。

我缓步朝他走去，他从放在秤边的线轴上抽下一截细绳，扎住一包肉，挥舞着黑笔在上面写下价格。他把肉递给一位五十岁上下的女人。女人穿着便服，衣服上绽放着硕大的粉色玫瑰，长筒尼龙丝袜起皱了，脸上带着女孩的红晕。

“这是你的，莱韦斯克太太，一磅德国大红肠，切成薄片。”他亲密地俯身靠向柜台，近到莱韦斯克太太（包括其他女人）能闻到他科隆香水令人神魂颠倒的香气。是不是阿卡瓦·维百、弗雷德·图米使用的牌子？我想不是。我觉得弗兰克·邓宁这样让人神魂颠倒的家伙会用更贵的牌子。“你知道德国大红肠有什么问题吗？”

“不知道。”她说，有点拖着腔调，听起来是“不知道噢”。其他女人吃吃地笑了。

邓宁随意地瞄了我一眼，没有产生一点兴趣。他的目光回到莱韦斯克太太身上时，再次闪现出他独有的光芒。

“你吃完大红肠一个小时，就会渴望力量。”

我不确定女人们是否都听懂了，但她们都赞赏地尖叫起来。邓宁送莱韦斯克太太欢欢喜喜地回去了。我走到听不清他说话的地方时，他把注意力转向鲍威太太。我敢肯定，鲍威太太对此十分高兴。

“他是个好人。总是有说有笑的。”

但是，这个好人有双冷酷的眼睛。他跟迷人的女伴们眉来眼去时，眼睛是蓝色的。但他把目光投向我时——尽管短暂——我敢发誓，他的眼睛变成了灰色，天快下雪时水面的颜色。

3

市场下午六点关门，我带着买来的几样东西离开时，时间是五点二十。威彻姆街上有家“你的午餐”餐厅，就在拐角上。我点了一个汉堡、一杯可乐和一块巧克力派。巧克力派很棒——货真价实的巧克力，货真价实的奶油。跟弗兰克·阿尼塞的根汁汽水一样棒。我尽情闲荡，漫步朝运河走去，来到一处有长凳的地方。视线——狭窄但还算充分——能看到中心市场。我吃得很饱，不过还是吃了一个橘子，把一片片的橘子皮扔到水泥筑堤上，看着水把它们冲走。

到了六点，市场巨大前窗里的灯熄灭了。六点一刻，最后一拨女客走出来，拎着大包小袋，爬上阿普梅尔丘，或是聚拢在刷有白色条纹的电话杆旁。一辆标着“一元迂回线路”的公共汽车到达，将她们带走了。六点四十五，市场员工陆续离开。最后离开的两个是柯里先生和邓宁。他们握了手，然后分开。柯里走入市场和鞋店之间的小巷，很可能是去开车，邓宁则走向公交车站。

当时，只有另外两个人在那里，因此我不想走过去。幸好德里低区是单向交通，我也不必过去。我走到另一根白漆电话杆旁等车，这一根靠近河滨影院（正在上映的两部影片是《机关枪凯利》和《感化院女孩》，屋顶凸出的招牌上写着“打斗激烈”），一群上班族谈论着世界职业棒球锦标赛。我可以跟他们聊很多，但没有开口。

一辆城市客车开过来，停在中心市场对面。邓宁上了车。车沿着马路向坡下开，在电影院站停下来。我跟在工人们后面，这样就能看见他们投多少钱进投币箱，投币箱固定在驾驶座旁的杆子上。我感觉自己像是科幻电影里的外星人，试图化装成地球人。有点愚蠢——我想乘城市客车，而不是用致命光线烧毁白宫——但我改变不了这种感觉。

在我前面上车的家伙迅速刷了一下淡黄色的公交卡，黄卡人这时在我的脑海中一闪而过。其他人向投币箱里扔进十五美分，箱子里发出滴答叮当的声响。我照着他们的样子做，不过我花的时间更久，因为我的硬币粘在出汗的手心里。我感觉所有眼睛都在盯着我，但我一抬头，大家要么在读报纸，要么目光呆滞地看着窗外。车厢内弥漫着蓝灰色的烟雾。

弗兰克·邓宁站在右边靠中间的位置，穿着剪裁讲究的灰色裤子、白色衬衫和深蓝色领带，风流倜傥。我从他身旁经过，走到后面的座位上坐下时，他正忙着点烟，没有看我。汽车在低区迂回的单向街道上吱吱嘎嘎地开着，然后开上威彻姆的阿普梅尔丘。汽车到了西区住宅区，乘客们陆续下车。都是男乘客，女人们大概已经回到家里，收拾买回的杂货，把晚饭端上餐桌。汽车渐渐空了，弗兰克·邓宁仍然坐在那儿，抽着烟，我在想，我们会不会是最后下车的两个乘客。

我的担心纯属多余。汽车转弯，朝威彻姆街和慈善大道拐角的车站驶去时（我后来知道，德里还有信仰大道、希望大道），邓宁把烟头扔到地上，用鞋踩灭，起身离开座位。他轻易地走进过道，没有抓把手，身体随着减速的汽车轻微摇晃。有的男人直到晚年才会失去身体年轻时的优雅。邓宁看来就是其中之一。他肯定能成为一名出色的摇摆舞者。

他拍了拍司机的肩膀，开始对他讲笑话。笑话很短，大部分内容都被噗噗的气刹声淹没，但我听到“三个黑人被困在了电梯里”，发现这不是他对穿着便服的女人讲的那种笑话。司机一阵大笑，然后猛拉镀铬控制杆，打开车前门。“星期一再见，弗兰克。”他说。

“要是小溪不涨水的话——”邓宁回应道。跑下两级台阶，跳过人行道边缘的杂草。我能看到衬衫底下肌肉的形状。一个女人和四个孩子在他手下逃生的机会有多大？我首先想到的是“机会不大”，但我错了。正确的答案应该是“毫无机会”。

汽车开走，我看到邓宁爬上慈善大街街角第一幢建筑的台阶。宽阔的前廊上，摇椅里坐着八九个男人女人。好几个都跟屠夫打了招呼，屠夫则像个政客，跟他们一一握手。房子是一栋三层新英格兰维多利亚式建筑，门廊屋檐下悬挂着一块牌子。我在车上读到牌子上面的文字：

埃德娜·普里斯房屋出租
按周或按月付租
带厨房
谢绝宠物！

大标牌下面钩了一块橙色小标牌，小标牌上面写着“已经住满”。

我又坐了两站，然后下了车。我谢谢司机，他哼一声回应。我发现，这就是缅因州德里镇礼貌谈话的模式。当然，除非你碰巧知道一些有关黑人被困在电梯里或者波兰海军的笑话。

我漫步朝镇里走去，绕了两个街区，刻意避开埃德娜·普里斯的房屋，那里的住户晚饭后会聚在门廊上，就像雷·布拉德伯里[①]小说中伊利诺伊州具有田园风格的格林镇上的人一样。弗兰克·邓宁不像这些好人中的一个吗？他像，很像。但是，布拉德伯里的格林镇上也暗

① 雷·布拉德伯里（1920—2012），闻名世界的美国科幻小说家。代表作有《华氏四五一》《火星纪事》《太阳的金苹果》《R代表火箭》《明天午夜》等。

藏恐怖。

“大好人已经不住在家里了。”住在沟里的里奇说。他有关于这个人的内幕消息。大好人住在出租屋内，那里的人似乎个个都觉得他像猫屁股那样可爱。

按照我的估计，普里斯的出租屋距离科苏特街三七九号西边不超过五个街区，也可能更近。其他租户睡觉以后，弗兰克·邓宁有没有坐在出租屋内，像虔诚的圣徒一样脸朝东方？如果果真如此，他的脸上是不是带着“嗨，见到你很高兴”那种笑容？我想不会。他的眼睛是蓝色的，还是变成了冷酷且若有所思的灰色？他怎么向晚上坐在门廊里纳凉的那些人解释自己为何抛弃家庭？他是不是有自己的故事，说他的妻子是个精神失常的女人，或者是个彻底的祸首？我想他会的。那么，人们相信他吗？这个问题的答案很简单。不管你是在一九五八年、一九八五年还是二〇一一年问出这个问题。在美国这个表象通常被当作实质的国家，人们总是相信弗兰克·邓宁这样的家伙。

4

接下来的星期二，我根据《德里新闻》上的广告，租了一套公寓，广告上说“有简单家具，小区邻里和睦”。星期三，九月十七日，乔治·安伯森先生搬了进去。再见，德里宾馆！你好，哈里斯大街！我已经在一九五八年住了一个多星期，也许还没与当地人完全融为一体，但开始感觉自在了。

所谓的简单家具包括一张床（床垫有点脏，没有床单），一张沙发，一张餐桌，得把餐桌的一条腿垫起来，餐桌才不会摇摇欲坠。还有一张黄色塑料单人椅，它在不情愿地松开坐在上面的人的裤子时，会发出奇怪的声音。还有一个炉子和一台隆隆作响的冰箱。我在厨房的储藏室里发现了公寓的空调装置：通用牌电扇，插头已经磨损，看起来绝对能电死人。

我感觉，这个正好位于德里机场航班降落航线下方的公寓，要价每个月六十五美元有点贵，但还是同意了，因为安伯森先生缺少证明，女房东乔普林太太对此睁只眼闭只眼。用现金交三个月的房租还是很有用的。不过，她坚持要抄下我驾照上的信息。她也许发现了来自威斯康星州的房地产业者却奇怪地带着缅因州驾照，但没说什么。

我很庆幸阿尔给了我大量现金。现金能给陌生人带来很大的慰藉。

现金在一九五八年更有用。我只花了三百美元，就把仅有简单家具的公寓变得一应俱全。三百块中的九十花在了美国无线电公司生产的一台二手电视机上。那天晚上，我看了完美的黑白版《斯蒂夫·艾伦秀》，然后关掉电视，坐在餐桌旁，聆听一架飞机呼啸着往东降落。我从裤子后面的口袋里掏出一本从低区药店购买的蓝马牌笔记本（那个声称入店行窃不是“刺激”“好玩”“有趣”的药店）。我翻到第一页，按出崭新的派克牌圆珠笔笔尖。坐了大概十五分钟——在此期间，另一架飞机向东落下，好像离我非常近，我有点担心飞机轮子会刮过屋顶，发出砰响。

笔记本还是一片空白。跟我的大脑一样。我每次想开动脑筋，唯一明确的想法就是“过去不想被改变”。

毫无用处。

最后我站起来，将风扇从储藏室里的架子上取下来，放在餐桌上。我不知道风扇是好是坏，结果居然能正常运转。风扇的嗡嗡声让我格外镇定。而且，风扇的嗡嗡声遮盖了冰箱令人恼火的隆隆声。

我再次坐下来时，脑子清醒了很多。这一次，有一些词句冒了出来。

方案

一、报警

二、打匿名电话给屠夫（说“我在注意你，你这个不要脸的家伙，你要是做出什么出格的事情，我会告发你”）

三、想办法陷害屠夫

四、以某种方式让屠夫变成残疾

我写到这里时停住了。冰箱的响声消失了。没有飞机降落的声音，哈里斯大街上也没有车。这一刻，只有我、风扇和未完成的列表。最终，我写下最后一条：

五、杀了屠夫

然后我把纸揉皱，打开放在炉子旁边的火柴盒，划了一根。电扇立即将火苗吹灭。我不禁想到，要改变事情真难哪。我关上电扇，又划了一根火柴，凑到笔记本纸团上。纸团烧着后，我把它丢进水槽，等它熄灭，然后将纸灰冲进下水道。

之后，乔治·安伯森先生就睡下了。

但很久都没有睡着。

5

晚上十二点半，最后一架飞机掠过屋顶，我仍然醒着，思量着我的可选方案。报警被排除了。报警对奥斯瓦尔德可能有用。奥斯瓦尔德曾在达拉斯和新奥尔良公开宣称他热爱菲德尔·卡斯特罗。但是邓宁不同。他是社区里备受喜爱和尊敬的家伙。而我算什么？一向对外来人不感冒的小镇上的外来人。那天下午，我从药店出来之后，又在“沉睡的银元”酒吧外面看见没有穿背带裤的家伙和他的同伴。我当时穿着工人装，但他们仍然用“你他妈是谁”的表情看着我。

我即便在德里待了八年而不是八天，又该怎么对警察说呢？说我料想弗兰克·邓宁会在万圣节晚上杀害家人？这太荒诞不经了。

我比较喜欢打匿名电话给屠夫这个选项，但这个选项怪吓人的。我一旦打电话给弗兰克·邓宁——他不管是在上班的地方还是在埃德娜的出租屋，肯定会被叫到公用电话旁边——就能改变事件。但打个电话可能会阻止他杀害家人，也可能起相反的作用，让乔治·克鲁尼[①]般和蔼可亲的笑容背后那颗不安的心翻覆。不仅不能阻止凶杀，还可能会让凶杀来得更快。我原本知道何时何地。但我如果警告他，也许会失去所有优势。

想办法陷害他？在侦探小说里可能行得通，可我不是中情局特工，我他妈的只是个英语老师。

单子上下一选项是“让屠夫变成残疾”。不错，但怎么实现呢？他手里拿着锤子，脑子里装着杀人的念头，从慈善大道走向科苏特街时，用森利纳撞他？我除非走狗屎运，否则会被逮住，送进监狱。还有一点。残疾人通常还会恢复。他要是恢复了，可能还会杀人。因为过去不想被改变。过去就是这样执拗。

唯一稳妥的办法就是跟着他，趁他一个人时干掉他。让一切简单点，笨蛋。

但这样做也有问题。最大的问题在于我能否承受。我想我变得暴躁时可以——为了保护自己或者别人——但脾气平和时呢？即使我知道我要是不阻止我这个潜在的受害者，他会杀害他的妻小。

还有……我如果杀了他，却在回到未来之前被抓住了呢？我可是杰克·埃平，而不是乔治·安伯森。我会被审讯、问罪，送进肖申克州立监狱。我一直待在那儿，然后肯尼迪在达拉斯遇刺。

这也不是最根本的问题。我站起身，穿过厨房，朝电话亭般的浴室走去，进到厕所里，在马桶上坐下来，掌根撑着前额。我一直假定哈里的作文是真实的。阿尔也是这么认为。极有可能是真实的，因为哈里偏离常人两到三度，这样的人不太可能幻想父亲杀害了一家人。不过……

“百分之九十五不等于百分之百。”阿尔说过，他说的是奥斯瓦尔德。一旦排除阴谋论者的胡乱猜测，凶手只能是一个人，但阿尔还是一直心存怀疑。

---

① 乔治·克鲁尼（1961— ），美国演员、导演及编剧，以演出长篇电视剧《急诊室的故事》著名，由此跻身好莱坞一线影星行列。

在二〇一一年，在电脑世界查查哈里的故事易如反掌。问题是我先前没有查。故事即使完全真实，他仍然有可能弄错了或者根本没有提到一些关键的细节。这些细节可能会导致我功亏一篑。我跟英勇的格拉海德[①]骑士不一样，我要是跟他们一起被杀了怎么办？这倒挺有趣，未来被改变，但我看不到了。

一个新的想法突然钻进我的脑海，一个疯狂而吸引人的想法。我可以在万圣节晚上在科苏特街三七九号对面埋伏下来……静观其变。确定事情是否属实，对！同时留意所有细节，唯一幸存的目击者——精神上受到创伤的孩子——可能会忽略的细节。然后我可以开车回里斯本福尔斯镇，走进兔子洞，然后立即返回九月九日上午十一点五十八分。我再买森利纳，回到德里，这一次胸有成竹。没错，我已经花了阿尔不少钱，但剩下来的钱够用。

想法起跑时无懈可击，但还没到第一个拐弯就绊倒了。我此行的根本目的就是弄清拯救清洁工对未来会产生什么影响，我要是让弗兰克·邓宁径自杀了家人，就不可能知道了。我之前已经打算穿越两次，因为当——如果——我从兔子洞回来阻止奥斯瓦尔德时，一切已经重置。一次已经很糟糕了。两次更糟糕。三次简直无法想象。

还有一点。哈里·邓宁的家人已经死过一次。我是不是要诅咒他们，让他们再死一次？即使每一次都是一次重置，他们根本不会知道？谁能保证他们在更深的层面也不知道？

痛苦。流血。胡萝卜色头发的小女孩躺在地上，被压在摇椅底下。哈里试图用菊花牌气枪吓退疯子："走开，爸爸！不然我要开枪了！"

我慢吞吞地穿过厨房，停下来看着黄色塑料椅子。"椅子，我恨你！"我说，然后又去睡觉了。

这一次我马上就睡着了。我第二天早上醒来时，九点钟的太阳透过还没装窗帘的卧室窗户照进来。鸟儿妄自尊大地鸣叫着，我想我知道该怎么做了。让一切简单点，笨蛋。

---

① 格拉海德是有关亚瑟王的传说中最纯洁的一位圆桌骑士，肩负寻找圣杯的使命并成功找到圣杯。

6

中午时分，我系上领带，戴上潇洒的草帽，去梅琴体育用品商店，秋季枪展还在继续。我告诉店员，我想买把手枪，因为我干的是房地产生意，经常得携带大量现金。他向我展示了几款，包括柯尔特三八式警用左轮手枪。标价九点九九美元。出奇的便宜。我记得在阿尔的笔记上，奥斯瓦尔德邮购的、改变了历史的意大利步枪也不到二十美元。

“防身首选。”店员说，掰开枪管，旋动转轮：“咔嗒咔嗒咔嗒”。“十五码之内必死无疑，任何试图抢劫你现金的蠢货肯定得走到十五码之内。”

“买了。”

我又忘了自己此时身处的美国气氛还不紧张，还没有遭到威胁，所以准备了并不充分的文书以应对检查。实际情况是，只需付钱，然后拿枪走人。根本不需要什么文书，也没有什么等候审核期。我甚至不需要告诉他我的住址。

奥斯瓦尔德把枪裹在毯子里，然后把枪藏在房子的车库里。那是他的妻子和一个叫鲁思·佩因的女人一起在住的房子。我想我把枪装在公文包里走出梅琴体育用品商店时，体会到了奥斯瓦尔德一定会有的感觉：像个揣着巨大秘密的男人。一个拥有巨大破坏力量的男人。

一个本该在工厂上班的家伙站在“沉睡的银元”酒吧门口，一边抽烟，一边读报。至少看上去是在看报纸。我不敢发誓说他在看着我，但我也不敢发誓说他没有在看着我。

这个人就是没穿背带裤的那个家伙。

7

那天晚上，我再次选了靠近河滨影院的地方。影院屋顶凸出的招牌上写着：“明天上演《火车大劫案》（米彻姆[①]主演）和《海盗》（道格拉斯[②]主演）！”德里影迷即将看到更精彩的打斗场面。

邓宁再次穿过马路，走到公交车站，上了车。我这一次没有跟着。没有必要再跟着，我知道他要去哪儿。我走回我的新公寓，时不时地环顾四周，寻找没穿背带裤的那个家伙。没有看到他的影子。我告诉自己，我在体育用品店对面看到他只是个巧合。一个不算很大的巧合。毕竟，“沉睡的银元”酒吧是他常去的地方。德里的工厂每周上六天班，工人们轮流休假。这个家伙可能轮到周四休息。下周，他可能会在星期五出现在“沉睡的银元”。也可能是星期二。

第二天傍晚，我又来到河滨影院，假装正在读《火车大劫案》的海报（“罗伯特·米彻姆在地球上最热的公路上狂飙！”），这主要是因为我没有别的地方可去。距离万圣节还有六个星期，我似乎已经进入消磨时间阶段。但这一次弗兰克·邓宁没有穿过马路走到公交车站，而是走到中心街、堪萨斯街和威彻姆街三岔路口。他站在那儿，犹豫不决。他穿着黑色裤子、白色衬衫和浅灰色窗格图案运动外套，打着蓝色领带。他的帽子在头上向后竖起。我一时间以为他要去看电影，看看地球上最热的公路。他如果那样做，我会去运河街闲逛。但他向左转，上了威彻姆街。我能听到他吹口哨，吹得很棒。

没有必要跟着他。在九月十九日，他不会拿锤子杀人。但我很好奇，我也没有什么更好的事干。他走进一家名叫“点灯人”的酒吧兼烧烤店。这里不像德里宾馆旁边的那家那样高档，但也不像运河街边

---

① 罗伯特·米彻姆（1917—1997），美国演员、作家、作曲家和歌手。被认为是二十世纪五六十年代反英雄电影的先行者。

② 柯克·道格拉斯（1916—　），美国好莱坞一线电影演员。

的那些酒吧那样低劣。每座小城市里都有一两家顾客定位不那么明确的酒吧，蓝领和白领和平相处。这家酒吧就属于这种。通常，菜单上会有一些地方美食，让外来人摸不着头脑。“点灯人”酒吧里的特色美食是一种叫做油炸小龙虾的菜肴。

我穿过宽敞的前门，闲荡着进去，看见邓宁一路打招呼，进了酒吧。他跟人握手，拍拍人的脸，取下一个人的帽子，抛给一个站在保龄球自动服务机旁边的家伙。那个家伙敏捷而高兴地接过帽子。大好人。总是有说有笑的。那种你笑，整个世界也会对你笑的笑。

我看到他坐在保龄球机旁的一张桌子边，差点走上去。但我口渴了。一杯啤酒下肚肯定会让我感觉很好。酒吧里座无虚席，邓宁坐在一张全是男客的大桌子边。他看不到我，但我可以从镜子里看到他。但我并不想看到什么惊人的事情。

此外，我要是想继续在这儿待六个星期，是时候融入这里了。因此，我转身融入高兴的欢呼，微醉的笑声，以及迪安·马丁[①]的歌声：《那就是爱情》。女服务员端着许多杯啤酒和大盘堆起来的所谓油炸小龙虾，来回穿梭。当然，酒吧里蓝烟弥漫。

在一九五八年，到处都是烟雾。

8

“看到你在观察后面那桌。”一个声音在我肘边说道。我到酒吧有一会儿了，已经该点第二杯啤酒和一小份小龙虾了 。我猜，我要是不尝尝小龙虾，会一直耿耿于怀。

我环顾周围，看到一个身材矮小的男人。他有整洁的黑色头发，圆脸，炯炯有神的黑色眼睛让他看起来像只高兴的花鼠。他朝我咧嘴，伸出一只孩子般的小手。他的前臂上文着一条袒胸美人鱼，美人鱼拍

---

① 迪安·马丁（1917—1995），美国歌手、电影演员、电视明星以及喜剧演员。

打着柔软的尾巴，眨着一只眼睛。“查尔斯·弗拉蒂。但你可以叫我查兹。人们都这么叫我。”

我跟他握了手。“乔治·安伯森。但你可以叫我乔治。人们都这么叫我。”

他笑了，我也笑了。自己讲笑话自己笑是讨人厌的行为（特别是很小的笑话），但有些人很有魅力，总会引得别人发笑。查兹·弗拉蒂就是这种人。女服务员给他端来一杯啤酒，他举起杯。“为你干杯，乔治！”

“干杯。”我说，用酒杯的边缘跟他的杯子碰了一下。

“认识他们吗？”他问，看着后面镜子里靠后的一大桌人。

“不认识，”我擦掉上嘴唇上的泡沫，“不过他们看起来比这里其他的人更开心，仅此而已。”

查兹笑了。“那是托尼·特拉克的桌子。桌子上可能刻有他的名字。托尼和他的弟弟菲尔拥有一家货运公司。他们在镇上还拥有很多土地——在周围的镇子上也有土地——比卡特总统的肝病药丸还多。菲尔不怎么来这儿，他多数时间在路上，但是托尼星期五和星期六晚上基本上都在这儿。有很多朋友。他们总是玩得很开心，但没有人像弗兰克·邓宁这样会来事。他是会讲笑话的那种家伙。每个人都喜欢老托恩，但他们欣赏弗兰克。”

“这么说，这些人你都认识。”

“认识很多年了。我认识德里的大多数人。但我不认识你。”

“因为我刚到这儿。我做房地产。”

“我猜是商业地产？”

“没错。”女服务员放下我点的小龙虾，然后挤身走开了。

盘子里的菜肴看上去像路上被撞死的动物，但闻起来很棒，吃起来更棒。每一口可能都有亿万克胆固醇，但在一九五八年，没有人担心胆固醇，这会让人很放松。“一起吃吧。”我说。

“不用了，你自己吃吧。你是波士顿人？纽约人？”

我耸耸肩，他笑了。

“很谨慎啊。我不怪你，朋友。祸从口出。但我很清楚你是干什么的。”

正叉着小龙虾送到嘴边，但又停了下来。酒吧里很暖和，但我突然感到一阵寒意。“是吗？”

他靠近我。我能闻到他整洁的头发上散发出维坦丽思牌护发素的气味，以及呼气中森森牌口气清新剂的香气。“我要是说‘购物中心选址’，算猜对了吗？”

我舒了一口气。来德里找块地方建购物中心，我从没有过这想法，但这是个不错的主意。我朝查兹·弗拉蒂使了个眼色。“不能说。”

“对，对，你当然不能说。我总是说，生意就是生意。我们换个话题吧。不过你要是什么时候考虑跟当地乡巴佬合伙干什么好事，我很愿意听听。我为了显示诚心，想给你一个小提示。你要是还没有去过基奇纳钢铁厂，我建议你去看看。完美的地段。购物中心？你了解购物中心吗，朋友？”

“未来的潮流。”我说。

他将一只手比成枪，指着我，眨了眨眼睛。我又笑了，忍俊不禁。我只是在某种程度上感到放松，发现并不是所有德里成年人都忘记了如何对陌生人保持友好。“一杆进洞。”

“查兹，基奇纳钢铁厂的地是谁的？特拉克兄弟吗？”

“我说他们拥有这儿的大部分土地，但不是所有土地都是他们的，”他低头看着美人鱼，“美人儿，我该不该告诉乔治，那个距离市中心只有两英里的一流商业地块属于谁呢？”

美人鱼摇摆着带鳞的尾巴，微微晃动茶杯般的乳房。查兹·弗拉蒂并没有握紧拳头制造这一效果，他前臂上的肌肉能自己动。这招很诡异。我在想，他会不会从帽子里变出兔子来。

“好吧，亲爱的，”他又抬头看我，“实际上，就是我自己。我买下最好的地，把剩下的留给特拉克兄弟。我能给你我的名片吗，乔治？”

“当然。”

他递过名片。名片上面写着：“查尔斯·‘查兹’，弗拉蒂买卖贸易。”我把名片塞进衬衫口袋。

“你既然认识这些人，他们也认识你，那你怎么不坐在那边，而是跟新面孔坐在一起?”我问道。

他看上去很惊讶，然后又乐了。“你是在后备厢里出生，然后又被丢下火车的吗，朋友?”

“只是初来乍到，还没弄清情况。别见怪。”

“我从不跟他们坐一桌。他们跟我做生意，是因为我拥有这个镇上一半的汽车旅馆，市中心的电影院和路边餐馆，一家银行，缅因东部和中部所有的当铺。但他们不跟我在一起吃喝或者邀请我去他们家或者他们的俱乐部，是因为我是以色列分支的成员。”

“我没听懂。”

“我是犹太人，朋友。”

他看到我的表情，咧嘴笑了。“你不知道。我都不吃你的小龙虾，你还不知道。我真是要发疯了。”

“我只是想知道这有什么要紧。”我说。

他笑了，好像这是他今年听到的最好笑的笑话。“那你简直是在卷心菜叶子底下出生的，而不是在后备厢里。”

镜子里，弗兰克·邓宁正聊得起劲。托尼·特拉克和他的朋友们一边听一边咧着嘴笑。他们爆发出一阵大笑时，我在想，他讲的是不是三个黑人被困在电梯里，也许是更有意思更讽刺的笑话——或许是三个犹太人在高尔夫球场上。

查兹留意到我在看。“弗兰克很善于把控场面。你知道他在哪儿上班吗?噢，你是新来的，我忘了。在中心市场。他是首席屠夫。也是半个业主，不过他不怎么张扬。你知道吗?那个地方能站得住脚并赚钱，一半得归功于他。他讨女人欢心，就和花蜜吸引蜜蜂一样。”

“现在还这样?”

“对，连男人都喜欢他。当然，也有例外。男人不总是喜欢好与女人打交道的男人。”

这让我想起我前妻对约翰尼·德普的痴迷。

“但是他和以前不一样了，他以前会跟他们一起喝酒，直到酒吧关门，然后去货站玩扑克到天亮。这些日子，他只喝一杯啤酒——或者两杯——然后出门。你看着吧。”

这是一种行为模式，我最先是从克里斯蒂时断时续地努力控制饮酒、而不是彻底戒掉酒瘾的过程中了解这一点的。她在一段时间内这么做有效，但迟早总会走向极端。

“酗酒的问题吗？”我问道。

“不知道，但他的脾气肯定有问题，”他低头看前臂上的刺青，“美人，你有没有注意到，很多风趣的家伙冷酷无情？”

美人鱼扭动着尾巴。查兹严肃地看着我。“看到了吗？女人总是知道。”他偷偷地看了小龙虾一眼，眼睛滑稽地左右晃动。他是个很有趣的家伙。他就是自己声称的那种人。不过，就像他说的，我有点过于天真。当然是指我在德里。“不能对爱打呼噜的拉比说。”

“你的秘密在我这里很安全。”

顺便说一句，特拉克桌上的人又将身子凑到弗兰克边上。他正在讲另一个笑话。他是那种会在交谈时用很多手势的人。一双大手。我很容易就想象出其中一只握着工匠牌锤子手柄的情形。

“他在高中时做过很可恶的事，”查兹说，“我很了解他，因为我跟他是老县城联合学校的同学。但我通常避着他。左一个留校察看，右一个留校察看，总是因为打架。他应该上缅因大学，但他把一个女生的肚子搞大了，最后结了婚。一两年后，女人带着孩子滚了。从他当时的情况来看，这可能是个英明的决定。弗兰克这种人，可能很适合跟德国人或日本人打仗——够疯狂，你知道的。但他入伍体检有四项不及格。我从没听说是哪四项。扁平足？心脏杂音？血压偏高？不得而知。你可能不想听这些陈词滥调。”

“我想听，”我说，“很有意思。”的确很有意思。我来这个酒吧润润喉，没想到误入一座金矿。“再来一份小龙虾。”

“你这是让我为难，”他说，突然拿起一只放进嘴里。他一边嚼一边朝镜子竖起一根大拇指。“我为什么不吃呢？看看后面那些家伙——有一半是天主教徒，不还是在嚼着碎肉夹饼、三明治和香肠？朋友，在星期五，谁还记得宗教？”

“你真了解我，”我说，“我是个堕落的循道宗信徒。我猜邓宁先生从没接受过大学教育，嗯？”

“没有，他的第一任妻子去‘午夜飞行’[①]时，他正在学切肉。他的手艺很好。但遇到了麻烦——没错，据说，与酗酒有关，人们谣传得很厉害，你知道的。作为当铺老板我肯定有所耳闻——沃兰德尔先生，市场那时还属于他。他坐下来直率地跟弗兰克谈了。”查兹摇摇头，又拿起一只龙虾。“本尼·沃兰德尔要是知道到朝鲜战争结束时，弗兰克·邓宁会成为那地方的半个业主的话，很可能会脑溢血。我们无法预见未来，这点很好，不是吗？”

“的确。如果能预见未来事情会变得复杂。”

查兹正讲得起劲，因此我告诉服务员再来几杯啤酒时，他没有推辞。

“本尼·沃兰德尔说，弗兰克是他见过最棒的学徒屠夫。但弗兰克要是再跟警察惹上麻烦——换句话说，打架——他就不得不让弗兰克滚蛋。俗话说，聪明人一点就通，弗兰克有所好转。他在第一任妻子失踪一两年之后离了婚，理由是这位妻子抛弃丈夫，他不久之后又结了婚。那时，战争进行得如火如荼，他什么样的女人都能找到——他有那个魅力，你知道的，而且多数竞争对手都在海外——但他相中了多丽丝·麦金尼。一个可爱的小姑娘。”

“现在仍然可爱，我敢肯定。”

“说得对，朋友。美丽如画。他们生了三四个孩子。幸福的家庭，”查兹又凑过来，“但是弗兰克还是时不时地发脾气，他今年春天肯定对妻子动过粗，因为她去教堂时脸上有淤伤，一个星期之后，他就出门了。他现在住在出租房里，离家近得不能再近。我猜是希望妻子回心转意。多丽丝迟早会让他回去的。他有那种魅力——哎哟，看吧——我该怎么跟你说呢？他要走了。”

邓宁正要站起身，其他人大声叫他坐回去，但他摇摇头，指指手表。他喝完最后一口啤酒，然后弯腰亲了一个男人的秃顶，惹来哄堂大笑。邓宁在笑声中朝门口走去。

他经过我们时，在查兹的背上拍了一下，说：“把鼻子洗干净，查

---

① “二战”时期，年轻的空军战士常常要半夜驾驶飞机出征。女友因为不知道他们能否返航每次都穿得很美地去送别。午夜飞行于是成为一种浪漫。

兹。你鼻子太长，可不能弄脏了。”

然后他就离开了。查兹看着我，如花鼠般高兴地咧嘴一笑，但他的眼睛没有笑。“他算个引人发笑的怪人吗？”

“当然算。”我说。

9

我是那种不把想法写下来就没法真正理清自己思路的人。所以在那个周末剩下的大部分时间里，我一直在记录自己在德里的见闻、作为和打算。记录最后延伸到我是怎么来到德里的。到了星期天，我意识到自己启动了一项浩大的工程，口袋笔记本和圆珠笔是难以胜任了。星期一，我出去买了台便携式打字机。我本来想去当地的商务用品商店，但随后看到餐桌上查兹·弗拉蒂的名片，便去了他的当铺。当铺位于东区大道，跟百货商店一样阔气。门上挂着三颗金球，经典造型，但门口还有别的东西：一尊石膏美人鱼，拍打着柔软的尾巴，眨着一只眼睛，穿着抹胸。弗拉蒂本人不在，但我花十二美元买了台极好的史密斯·科罗娜牌打字机。我让店员告诉弗拉蒂先生，搞房地产的乔治来过。

“很乐意为您转达，先生。您能留张名片吗？”

该死。我该打些名片……这意味着我终究还是得去趟德里商务用品店。“忘在另一件衣服里了，”我说，“但我想他记得我。我们一起在酒吧喝过酒。”

那天下午，我开始扩充笔记。

10

我习惯了飞机在头顶上掠过，然后降落。我订了报纸和牛奶：厚玻璃瓶，直接送到门口。牛奶就像我第一次来一九五八年旅游时喝到的根汁汽水，味道令人我难以置信：完美，醇厚。乳脂更棒。我不知道人造奶油现在发明出来了没有，但无意追查此事。有了这么棒的奶油还管他呢。

日子悄然流逝。我读阿尔·坦普尔顿有关奥斯瓦尔德的笔记，直到能大段默念。我去了图书馆，看了一九五七年和一九五八年困扰德里的凶杀和失踪案的资料。我寻找有关弗兰克·邓宁和他的坏脾气的报道，但什么也没找到。如果他曾经被捕过，详情并没有进入报纸的警方独家报道栏。专栏在多数日子里都很详细，在星期一则扩展成一整个版面，内容包括一周的恶作剧摘要（多数发生在酒吧关门之后）。我找到的有关清洁工爸爸的唯一报道是一九五五年的慈善活动。中心市场将那年秋季利润的百分之十捐给红十字会。飓风康妮和戴安袭击美国东海岸，造成两百人死亡并在新英格兰造成巨大洪灾。报纸上有一张哈里爸爸的照片，他将一张放大的支票递给红十字会地方负责人。邓宁的脸上绽放出电影明星般的笑容。

我没有再去中心市场购物，但在两个周末——九月的最后一个周末和十月的第一个周末——跟踪了德里最受欢迎的屠夫，在他星期六结束鲜肉柜台的半天工作之后。我为此从机场租了赫兹公司的一辆很不起眼的雪佛兰。我感觉，开着森利纳有点太惹人注意。

第一个星期六的下午，邓宁开着庞蒂亚克去了布鲁尔跳蚤市场。他的车停在市中心按月付租的车库，他上班时很少开车。第二个星期天，他开车去了科苏特街的家，然后载着孩子们去波特兰的阿拉丁剧院看迪士尼双片连映。我从远处也能看到，特洛伊，年纪最大的那个孩子，看起来很烦，进出影院时心不在焉。

邓宁接送孩子时都没有进屋。他到家门口时，按喇叭叫孩子们出来。他带着孩子们回来后，让他们在路边下车，看着四个孩子都进了屋才离开。他没有立即把车开走，而是懒散地坐在庞蒂亚克的方向盘后面，抽根烟。他或许是希望可爱的多丽丝能走出来跟他说说话。他确定多丽丝不会出来后，便在邻居家的车行道上掉头，然后加速开走。轮胎发出刺耳的声音，冒出小股蓝烟。

我躲进租来的汽车座位里，其实完全没必要这么做。他经过时，根本没有朝我这个方向看。他走上威彻姆街有一会儿之后，我跟上了他。他把车停进车库，走进“点灯人”酒吧，喝了杯啤酒，酒吧里几乎已经没人。然后他低着头，迈着沉重的步子，回到慈善大街上埃德娜·普里斯的出租屋。

在接下来的星期六，十月四日，他带着孩子们去三十英里外的奥罗诺缅因大学看橄榄球赛。我把车停在斯蒂尔沃特大街，等待比赛结束。他们在回家的路上去九十五人餐馆吃晚餐。我把车停在停车场的尽头，等着他们出来。我想，不管电影怎么美化，私家侦探的生活肯定无聊至极。

邓宁把孩子送回家后，黑夜已经悄然降临科苏特街。显然，特洛伊喜欢球赛胜过《灰姑娘历险记》。他从爸爸的庞蒂亚克上下来，脸上带着笑容，挥舞着黑熊队三角旗。图加和哈里也有三角旗，看起来也很兴奋。埃伦不怎么兴奋。她睡着了。邓宁双手抱着她，把她送到门口。这一次，邓宁太太露了一下面，但只是把小女孩接过去。

邓宁对多丽丝说了些什么。多丽丝的回答没有让他高兴起来。距离太远，我看不清邓宁的表情，但他说话时摆动着一根手指。多丽丝听他说，摇摇头，转过身，进了屋。他站了一会儿，然后脱下帽子，在腿上拍了拍。

这一切很有意思——很能说明他们的关系——但于事无补。不是我期望看到的画面。

我第二天得到了我需要的。我已经决定在那个星期天只做两次侦察。我认为，我即使是开着租来的茶褐色、几乎跟环境融为一体的汽车，跟踪次数多了，也有被发现的危险。我第一次什么都没看见，以为他白天可能会待在家里。为什么不呢？天气已经变得阴沉。他可能跟其他租户一起看电视上的体育节目，或者在门廊里吸烟，把那里弄得烟雾缭绕。

但是我错了。我转弯上威彻姆街，开始第二次侦察时，看见他朝镇中心走去。他今天穿着蓝色牛仔裤和风衣，戴一顶宽边防水帽。我开车超过他，停在中央大街上，离他停车的车库只有一个街区的距离。

二十分钟后，我跟着他出城向西。车不多，我轻松地跟在后面。

他的目的地原来是朗维尤墓地，德里路边餐馆过去两英里的地方。他在墓地对面的一家花店停下，我开车经过时，看见他从一位老妇那儿买了两篮秋花。在交易过程中，老妇撑着一把大黑伞，遮着两个人。我从后视镜里观察到，他把花篮放在乘客座上，回到车里，然后把车开上通向墓地的路。

我掉头回到朗维尤。我这是在冒险，但我必须碰碰运气，因为这件事里面似乎有名堂。停车场里只有两辆皮卡，皮卡上装着墓地管理设备，用油布盖着。皮卡上还有一台老运输装载机，看样子是作战剩余物资。没有看到邓宁的庞蒂亚克。我开车穿过停车场，朝通向墓地的砂石路开去。墓地很大，绵延超过十二英亩，丘陵起伏。

墓地内，主路分出很多岔路。低雾从斜坡和山谷里腾起，毛毛细雨逐渐集结，雨势加大。总而言之，这不是追悼亲友的好日子。墓地内只有他一个人来到这个地方。我一眼就看到，他的庞蒂亚克停在一条岔路的半路上。他把花篮摆在紧紧相依的两个墓前。我猜那是他的爸爸妈妈。但我不太关心。我掉转车头，让他一个人待着。

我回到哈里斯大街的公寓时，那年秋天的第一场暴雨正冲刷着城市。市中心的运河即将咆哮，诡异的撞击声穿过低区的混凝土，变得异常明显。印度的夏天貌似要结束了。我也不太关心这个。我打开笔记本，差不多翻到最后才找到空白页，我写道：“十月五日，下午三点四十五分，邓宁去了朗维尤墓地，把花摆在父母（?）的墓前。下雨了。”

我得到了我想要的。

第八章

1

在万圣节前的几个星期里，乔治·安伯森先生几乎查看了德里和周边几个镇上所有的商业地产项目。

我很清楚，我一时半会儿不可能被当成镇上的一分子，但我想让当地人习惯看见我开着红色森利纳敞篷跑车，把我和车当成风景的一部分。这就是那个做房地产生意的家伙，来这儿差不多一个月了。他要是真的干起来，某些人可能就有钱赚了。

人们问我在找什么时，我就眨眨眼，笑一笑。人们问我要待多久时，我就告诉他们很难说。我熟悉了镇上的地形，并开始熟悉一九五八年的口语。比方说，我得知“战争”指的是第二次世界大战，“冲突”指的是朝鲜战争。两者都结束了，可喜可贺。人们担心苏联和所谓的“导弹差距”，但也不是很担心。人们担心青少年犯罪，但也不是很担心。经济有些不景气，但人们见过更糟的情况。你跟人做生意时，完全可以说上当了（被骗了）。一分钱一粒的糖果包括圆点糖、嘴唇糖和黑婴儿糖。在南方，吉姆·克劳法[①]大行其道。在莫斯科，赫鲁晓夫威胁叫嚣；在华盛顿，艾森豪威尔总统暗自乐观。

我跟查兹·弗拉蒂聊过不久，很上心地去查看已经不存在的基奇纳钢铁厂。工厂坐落在镇子北边一片杂草丛生的空地上。不错，要是“每分钟一英里公路”延伸到那里，那里会是购物中心的绝佳地点。但我去那儿之后——道路变成会令车子颠簸的碎石时，我弃车步

---

① 《吉姆·克劳法》泛指一八七六年至一九六五年间美国南部以及边境各州对有色人种（主要是非洲裔美国人，但也包含其他族群）实行种族隔离制度的法律。

行——发现那里看上去像古代文明的废墟：独特，但令人绝望。成堆的砖块和生锈的废旧机器耸立在深深的草丛中。中间是一根久已倒塌的陶瓷烟囱，烟囱口被煤灰熏得乌黑，巨大的管孔内一片漆黑。我要是低下头弯下腰，肯定能走进去。我的个子可不矮。

万圣节前的几个星期里，我在德里看了很多地方，对德里有了很多感触。这儿的老居民让我感觉愉快，但是他们从不表现出亲密，有一个人除外。这个例外就是查兹·弗拉蒂。他主动泄露了很多事情，这很奇怪，但我的脑子里有很多事情，弗拉蒂看起来没那么重要。我想，你有时就是会遇到一个热心人，仅此而已。随它去吧。我根本不知道，是一个叫比尔·图尔考特的人教唆弗拉蒂这么干的。

比尔·图尔考特就是没穿背带裤的那个家伙。

2

住在堤上的贝维说，她认为德里糟糕的日子结束了，但我看到的越多（尤其是感受到的越多），越是相信德里跟别的地方不一样。德里不对劲。开始，我努力告诉自己，是我不对劲，不是德里。我是个脱节的人，一个暂时的流浪者，会觉得任何地方都有点怪，有点别扭——就像保尔·鲍尔斯[①]那些奇怪的小说里看起来像噩梦的城市。这个理由一开始很有说服力，但日子一天天过去，我不断地探索这个新的环境，越来越不这么觉得。我开始质疑贝弗利·马什认为糟糕时期已经结束的断言，并且猜想（在晚上睡不着时，这样的晚上不少）她也开始质疑自己。我没有在她眼中瞥见一丝怀疑吗？那种不太相信却期望如此、甚至需要如此的眼神？

有些不对劲，有些邪恶。

一些空房子看起来很显眼，就像严重精神病患者的脸颊。郊区有间

① 保尔·鲍尔斯（1910—1999），美国作曲家、作家、翻译家。

空荡荡的畜棚，干草棚的门在生了锈的铰链上缓慢地开合，一会儿呈现里面的黑暗，一会儿又将其掩藏，一会儿再次将其呈现。科苏特街上距离邓宁太太及其孩子住宅一个街区远的地方，一处栅栏裂成碎片。我觉得仿佛有东西——有人——被从栅栏中间扔进荒地里。一处空荡荡的游乐场，转盘在缓慢旋转，尽管没有小孩推它，也没有明显的风。它在看不见的底座上转动时发出刺耳的声音。有一天，我看见一尊雕刻粗糙的耶稣像沿着运河漂流而下，钻进运河街底下的隧道中。雕像有三英尺高，咧着嘴笑，唇间露出牙齿。一顶荆棘王冠歪斜着套在额上，诡异的白色眼睛下方画着血淋淋的眼泪。看起来像是符咒偶像。巴希公园里所谓的亲吻桥上，在学校精神和永恒的爱情宣言中间，有人刻下"我很快就会杀了我妈妈"这几个字。有人在下面加上："你再不快点，她就浑身是病了。"一天下午，我走过荒地东边时，突然听见一阵恐怖的尖叫。我抬头，看见一个瘦削男人的轮廓正站在不远处 GS&WM 铁路高架桥上，上下挥动棍棒。他在抽打什么。尖叫声停止。我想，是条狗，已经被他打死了。他用皮带绳拴住狗，将其拖到外面打死了。当然，我不可能知道这些……但我确实知道。我当时确信，现在依然确信。

有些不对劲。

有些邪恶。

这些事情跟我要讲的故事有关吗？我要讲的是清洁工的爸爸，以及李·哈维·奥斯瓦尔德（他那种得意的"我知道一个秘密"的笑，以及从不看你的灰色眼睛）？我不太确定。但我可以再给你讲一件事：基奇纳钢铁厂倒下的烟囱里有些东西。我不知道是什么，也不想知道，但我在那东西的嘴里看到一堆被啃过的骨头，和一个被啃过的小项圈，项圈上面还有一只铃铛。项圈肯定是哪个小孩亲爱的小猫的。管道里面——巨大的管孔里面——有东西在移动。

进来看看吧，那东西似乎在我的脑海里低语，别管其他的，杰克——进来看看吧。进来参观一下。时间在这里是无所谓的；在这里，时间径自流逝。你知道，你想进来看看；你知道，你很好奇。这甚至可能是另外一个兔子洞。另外一个时间入口。

也许吧，但我不这么想。我想里面是德里——一切都不对劲，一切都歪斜着，隐藏在那管道之中。在冬眠。让人们相信糟糕的时期已经结束了，等待人们放松，进而忘记德里曾经有过糟糕的时期。

我赶紧走开，我再也没有回过德里的那个地方。

3

十月第二个星期的一天，科苏特街上的橡树和榆树已经染上金黄，色彩斑斓，我再次造访已经闲置的西区娱乐中心。没有哪个有经验的房地产买家会错过这个一流地段而不加详查，我向街上好几个人询问里面的情况（当然，门上了锁），它是什么时候关张的。

跟我聊天的人之一就是多丽丝·邓宁。“美丽如画。”查兹·弗拉蒂曾经说过。这通常是毫无意义的陈词滥调，用在多丽丝身上却名副其实。岁月在她的眼角增添了细纹，嘴角的皱纹更深，但她皮肤细腻，乳房丰满，身材火辣（在一九五八年，杰恩·曼斯菲尔德[①]全盛时期，丰满的乳房被视为迷人而非令人尴尬的身体特征）。我们在门阶上说话。房子里没有别人，孩子们去学校了，邀请我进屋肯定是不合适的，毫无疑问会成为邻居们非议的话题，这主要是因为她的丈夫“在外面住”。她一只手拿着灰掸，另一只手拿着烟，围裙口袋里露出一瓶家具擦光油。她跟德里多数人一样，礼貌而冷漠。

是的，她说，西区娱乐中心还在运营时，是孩子们的乐园。有这么个地方让孩子们放学后去玩，随心所欲地到处奔跑，的确很棒。她能从厨房的窗户看到运动场和篮球场，她看到那里空着很难过。她说，她认为娱乐中心是因为预算削减而被关闭的，但她游移的眼睛和拼命吸烟的嘴巴似乎另有暗示：中心在儿童遭谋杀和失踪期间被关闭。预算可能只是次要原因。

---

① 杰恩·曼斯菲尔德（1933—1967），美国电影、剧院、电视女星、夜总会艺人、歌手。二十世纪五六十年代的好莱坞性感符号。

我谢谢她，并递给她我新近打印的名片。她接过名片，心不在焉地朝我笑了一下，然后关上门。她的动作很轻，门没有发出“砰”的一声。但我听见门后咔嗒一声，知道她挂上了门链。

我想，万圣节到来时，娱乐中心兴许能满足我的需要，尽管我并不怎么喜欢这个地方。我想我能轻易进去，透过一扇前窗清楚地看到街道上的情况。邓宁可能会开车来，而不是步行，但我知道他的车是什么样子。根据哈里的作文，那时天可能已经黑了，但街上有灯。

当然，能见度对双方都很关键。除非他的注意力完全集中在自己的目标上，否则肯定会看到我朝他跑去。我有手枪，但只有在十五码之内开枪才能击毙他。我可能需要走得更近，才敢冒险射击，因为在万圣节晚上，科苏特街上肯定到处都是小鬼和妖精。不过我得等他走进屋子之前从藏身处突然冒出来。因为，根据作文，多丽丝·邓宁疏远的丈夫直接行凶。哈里从浴室出来时，所有人都倒下了，除了埃伦，其他人都死了。我稍有迟疑，就有可能看到哈里看到的情景：他妈妈的脑浆渗进沙发。

我穿越大半个世纪，不只是要救出他们中的一个。因此，他要是看见我走向他怎么办？我拿着枪，他拿着锤子——很可能是他从出租屋的工具抽屉内偷的。他要是朝我跑过来，一切就好办了。我会像牛仔竞技表演上的小丑，转移牛的注意力。我会跳跃、呼喊，直到他走进射程，然后朝他的胸口开两枪。

问题是，我这是假定自己能开枪。

而且假定枪不会出问题。我已经在镇子郊外的一处沙砾堆上试射了一次，枪看上去没问题……但历史很执拗。

它不想被改变。

4

我经过慎重考虑，想到了一个更适合万圣节晚上监视行动的地点。我需要一点运气，兴许一点点就好。“上帝知道，这片区域有很多在售地产。”酒吧男招待弗雷德·图米在我来到德里的第一个晚上就告诉过我。我在其后勘察本地时证实了这一点。凶杀发生之后（再加上一九五七年的大洪水，别忘了这一点），半个镇子貌似都在待售状态。在一个不这么冷淡的镇上，我这样的房地产买家，到现在可能已经拿到城市钥匙，跟德里小姐度过了一个狂野的周末。

科苏特街往南一个街区有条怀莫巷。这就意味着怀莫巷的后院紧挨着科苏特的后院。我还没去看过，去看看也无妨。

怀莫巷二〇六号、邓宁家正后方的房子有人住了，但左边紧邻二〇六的房子——二〇二——仿佛我的祈祷应验。灰色的墙漆还很新鲜，屋顶板也很新，但百叶窗关得严严实实。新近耙平的草坪上竖着一块黄绿色牌子，这种牌子在镇上随处可见：“德里住宅地产专业人员出售”。牌子上还说，我可以打电话给专员基思·黑尼，商量筹措资金的事。但我不想那样做，我把森利纳停在新铺的沥青车道上（山穷水尽的人才会卖这样的房子），走进后院，昂首挺胸，目空一切。我在探索这个新环境时，明白了很多道理。其中之一就是，你要是表现得属于某个地方，人们就会认为你属于这个地方。

后院草坪修剪得很整齐，草叶被耙走了，露出柔和的绿色。一台推式剪草机放在车库里，车库上方挂着一块绿色帆布，帆布整齐地折在旋转刀片上。地下室隔壁是一个狗窝，上面的标牌表明，基思·黑尼最拿手的就是不放过任何恶搞的机会：“你的狗属于这里”。狗窝里面是一堆没有用过的草袋，一把移植铲和一把大剪刀压在上面。在二〇一一年，这些工具会被锁起来；但在一九五八年，人们会把它们放进狗窝，避免其被雨淋到。我确信房子上了锁，不过没关系。我没兴趣破门而入。

怀莫巷二〇二号后院的尽头是一片树篱，树篱大概六英尺高。也就是说，没有我高。树篱十分茂盛，但人要是不怕被擦伤，可以挤过去。最棒的是，当我朝车库背后右边的角落走去时，看到斜对面的邓宁家的后院。我看到两辆自行车。一辆是男孩的施文牌自行车，用脚架支着。另一辆是埃伦·邓宁的，像死了的矮种马一样倒在一边。儿童自行车上带有初学者用的保护轮。我不会认错的。

院子里还有一大堆玩具。其中一件就是哈里·邓宁的菊花牌气枪。

5

你要是在业余演艺公司表演过——或者像我一样，在里斯本联合高中执导过学生戏剧演出——就能体会到我对万圣节前那些日子是什么感受。首先，排练很随意。有即兴创作，有说笑，有嬉闹，由于性别对立已经建立，还有很多调情在里头。在早期排练中，有人说错台词或者错过提示，会惹来一阵狂笑。哪个演员要是迟到十五分钟，可能会被婉言批评，但仅此而已。

临近开演，一切变得现实，不再像荒唐的梦。即兴创作开始消失，玩闹没有了，虽然还有说笑，但笑声中略带紧张，之前可不是这样。说错台词或者错过提示不再让人觉得滑稽好玩，而是令人恼怒。布景搭好、距离开幕夜只有几天时间时，排练迟到的演员肯定会被导演猛批一阵。

盛大的夜晚到来了。演员穿上服装，化上妆。有些人紧张过度；所有人都感觉自己没有准备好。他们很快就得面对前来看他们大显身手的满堂观众。在舞台没有装饰的日子里看上去很遥远的一切，最终来临了。大幕开启之前，哈姆雷特、威利·洛曼[①]或者布兰奇·迪布瓦[②]不得不冲进最近的洗手间，感觉不适。从来都是这样。

相信我说的关于会感觉不适的那部分。我知道的。

---

① 美国著名戏剧家阿瑟·米勒（1915—2005）的剧本《推销员之死》中的主人公。

② 美国最重要剧作家之一田纳西·维廉斯（1911—1983）的剧本《欲望号街车》中的女主角。

6

万圣节凌晨，我发现自己不在德里，而在海上，风暴肆虐的海上。我抓着一艘大船的栏杆——我想是一艘游艇——船即将沉没。狂风吼叫，夹杂着雨滴，打在我的脸上。巨大的浪花，浪底一片漆黑，浪头充满泡沫，呈现出凝固的绿色，朝我涌来。游艇升起来，扭动着，然后疯狂地转动，再次垂直坠下。

我从梦中惊醒，心怦怦直跳，双手紧握，努力抓住梦境中的栏杆。一切不光是大脑的想象，因为床在上下起伏。我的胃似乎已经从固定它的肌肉上脱离。

在这种时候，身体总是比大脑更聪明。我掀开被子，冲向浴室。我加速穿过厨房时，一脚踢翻可恶的黄色椅子。我的脚趾头很快就会痛，但我当时几乎毫无知觉。我努力关闭喉咙，但没有完全成功。我能听到一阵奇怪的声音穿过喉咙，钻进嘴里。那奇怪的声音听起来像“呕——呕——呕——呕”。我的胃就是那艘游艇，先升起来，然后疯狂地转动，坠下。我在马桶前跪下，将晚饭吐了出来。接下来是午饭和昨天的早饭：噢，上帝！火腿和鸡蛋。我想到那发亮的油脂，又是一阵呕吐。我停顿片刻，然后感觉我上周吃的所有东西似乎都离开了这栋建筑物。

我开始以为自己把能吐的都已吐完时，肠道内又一阵痛苦的绞痛。我蹒跚着站起身，放下马桶圈，在危急关头坐了上去。

但是没用。还没有吐完所有的东西。肠道刚恢复正常，胃又再一次爽约。只能做一件事：靠上前去，把东西吐进水槽。

就这样，我一直折腾到万圣节中午。到那时，我的两个排出口排出的只有粥一样的液体。每一次呕吐，每一次绞痛，却让我想到同一件事：过去不想被改变。过去很执拗。

但弗兰克·邓宁今晚到达那儿时，我也要在那儿。即便正边吐边拉，我也要在那儿。即便拼了这条命，我也要在那儿。

7

那个星期五的下午，我走进中央大街药店时，店主诺伯特·基恩先生站在柜台后面。在他的头顶上，木叶风扇将他仅剩的头发吹得左右摇摆，于是头发就像夏日微风中的蜘蛛网。我看到这一幕胃又一阵警惕地翻腾。他白色棉布工作服下的身体瘦得皮包骨头，近乎羸弱。他看到我进来，苍白的嘴唇皱起一丝笑容。

“你看起来有些不舒服，朋友。”

“高岭土果胶，”我的声音沙哑得不像是自己的声音，“有吗？”我心想，不知道这东西有没有被发明出来。

“是不是胃肠感染？”他头顶的电灯映在他的无框眼镜镜片上，他移动身体时，电灯也随着晃动。好像黄油在平底锅里晃动，我想。这个想法让胃又一阵刺痛。“镇上正在流行。你恐怕已经染上二十四个小时了。很可能是种细菌，你用完公共厕所可能忘了洗手。很多人都懒……”

“你有高岭土果胶，还是没有？”

“当然有。第二排。”

“自控短裤——那些呢？”

薄嘴唇上的笑舒展开来。自控短裤很好笑，当然好笑。除非，当然，是你自己需要它们。“第五排。你如果离家很近，不需要它们。但是你脸色苍白，先生……而且正在流汗……穿上这东西可能更明智。”

“谢谢。”我说，想象着对他的嘴巴一记重击，打得他把假牙往喉咙里咽。舔点保丽净牌假牙清洁剂吧，伙计。

我慢慢买东西，尽量不摇晃已变成液态的内脏。我找到高岭土果胶（巨大的实惠包装？好），然后找自控短裤（成人尺寸？好）。短裤在造口用品那边，位于灌肠袋和成卷黄色塑料软管中间，我不想知道软管是用来干吗的。还有成人尿布，但我没拿这个。如果有必要，我会在自控短裤内放擦盘巾。我很难受，但这些东西让我觉得好笑，我得强忍着不笑出来。我要是在这种脆弱状态下笑出来，后果不堪设想。

骨瘦如柴的药剂师好像感受到了我的痛苦，慢吞吞地在收银机上录入药品项。我拿出一张五美元的钞票付账，拿钱的手明显在颤抖。

“还有什么别的需要吗？”

“有。我很痛苦，你看到了我很痛苦，到底为什么还咧着嘴笑？”

基恩先生上前一步，嘴唇上的笑容不见了。“我向你保证，我没有笑。我当然希望你感觉舒服点。”

我的肚子一阵绞痛。我有点摇晃不支，一手抓住装药的袋子，另一只手扶住柜台。“你有洗手间吗？”

笑容又出现了。“恐怕不能给顾客用。为什么不去……街对面的店面看看？”

“你真是个混蛋！恶心的德里人！”

他板起脸，转过身，昂首阔步，走到下面存放药片、散剂和糖浆的区域。

我缓步经过冷饮柜，走出门。我感觉自己像玻璃人一样脆弱。天气凉爽，不超过华氏四十五度，但太阳晒在我的皮肤上，我感觉皮肤很烫。我觉得闷热。我的肚子又一阵绞痛。我一动不动地待了一会儿，低着头，一只脚站在人行道上，一只脚站在排水沟里。绞痛过去了。我穿过街道，看也没看路上的车。有人朝我按喇叭。我按捺自己，不对按喇叭的人发火，因为我已经有很多麻烦了。我不能冒险打架，我已经有架要打了。

绞痛再次袭来，下腹痛如刀绞。我一路小跑。“沉睡的银元”酒吧离我最近，于是我迅速拉开门，拖着不适的身子，走进光线阴暗、散发着啤酒气味的酒吧。自动唱机上，康韦·特威蒂[①]正呜咽着：“一切只是虚幻。”我希望他是对的。

酒吧里空荡荡的，只有一位顾客坐在一张空桌旁，惊讶地看着我。

---

① 康韦·特威蒂（1933—1993），美国乡村音乐艺术家。

酒吧男招待靠在柜台末端，正在做日报上的填字游戏。他抬头看我。

“洗手间，”我说，“快！”

他朝后指了一下，我往写有“男”和“女”的门冲去。我伸直手臂，推开“男”门，就像进攻后卫寻找空当般冲进去。里面发出粪便的臭味、烟味，还有刺眼的氯味。唯一的厕位没有门，很好。我扯开短裤，就像在抢劫银行时迟到的超人，转身，蹲下。

刚好来得及。

最后的阵痛过去后，我从纸袋中拿出大瓶高岭土果胶，狼吞虎咽了三大口。我的胃腾起来，我把它压回去。我确信第一剂药停在胃里后，又吃了一剂，打了个嗝，慢慢地把瓶盖拧紧。我左边的墙壁上，有人画了阴茎和睾丸。睾丸被劈开，血从里面涌出来。艺术家在这部迷人的画作下面写道：“亨利·卡斯顿圭，你下次再干我老婆，这就是你的下场。”

我闭上眼睛。我把眼睛闭上时，仿佛看见惊讶的顾客看着我冲进卫生间。但他是顾客吗？他的桌子上什么都没有，他只是坐在那里。我闭着眼，我能清楚地看见那张脸。我认得那张脸。

我回到酒吧里，康韦·特威蒂的歌声换成费林·赫斯基[①]，没穿背带裤的家伙不见了。我走向酒吧男招待，问道：“我进来时，有个人坐在那儿，他是谁？”

他从字谜上抬起头看我。“我没看见人。”

我拿出钱包，掏出一张五元钞票，放在吧台上的纳拉干族雪橇旁边。“他叫什么名字？”

他喃喃自语一阵，看了腌蛋罐子旁边的小费罐一眼，看到里面只有一角钱硬币。他拿走五元钞票。“比尔·图尔考特。”

名字对我毫无意义。空桌子对我也毫无意义。但……

我又放了一张林肯在吧台上。“他来这里，是不是为了监视我？”答案如果是“是”，那就意味着他一直在跟踪我。不只是今天在跟踪我。但为什么呢？

---

① 费林·赫斯基（1925—2011），美国早期乡村音乐歌手。

男招待把五块钱推回来。“我只知道他经常来喝啤酒，喝很多。”

“那他今天为什么一杯没喝就离开了？”

“可能他朝钱包里一看，发现里面除了借书证什么都没有。我看起来像他妈的布里代·墨菲[①]吗？你已经把我的洗手间弄得臭气熏天，你为什么不点点什么或者离开？”

“我来之前里面就够臭了，朋友。”

不是很好的退场词，但这是我在此情此景下能想到的最好应变。我走出去，站在人行道上，寻找图尔考特。他不见踪影，但诺伯特·基恩正站在药店窗户里，双手扣在后面，观察着我。他的笑容不见了。

8

那天下午五点二十，我把森利纳停在靠近威彻姆街浸信会教堂的停车场内。教堂里有很多人，布告板上写着，下午五点整，该教堂有个匿名戒酒会。森利纳的后备厢里装着我七个星期来作为这个奇怪小城居民收集到的所有物品。唯一不可或缺的物品是阿尔送给我的巴克斯顿勋爵牌公文包，包里装着他的笔记，我的笔记，还有剩下的现金。感谢上帝，我把大部分现金带在身上了。

我身旁的座位上放着一个纸袋，里面放着我的高岭土果胶瓶——现在空了四分之三——和自控短裤。我想我现在不需要这两样东西了，我对此非常感激。我的胃和肠道看似已经平静下来，手上的颤抖也消失了。手套箱里，警用手枪上放着五六颗糖果。我把这些东西放进袋子里。稍后，我在怀莫巷二〇二号的车库和树篱中间就位时，会把枪推上膛，别进皮带里，我会像河滨影院里上映的那种劣质电影

---

① 二十世纪五十年代，一名叫维吉尼亚·泰伊的美国家庭妇女，在被催眠的状态下说自己叫布里代·墨菲，并用一口纯正的爱尔兰腔讲述了自己前世的生活。她对爱尔兰的描述被证实天衣无缝，这段经历曾是证明前世存在的有力证据。

里粗鄙的歹徒。

手套箱里还有一样东西：一份《电视指南》，封面上是弗雷德·阿斯泰尔[①]和巴里·蔡斯[②]。我在中央大街报摊上买了这份杂志后，可能已经第十二次翻到星期五的节目单：

晚上八点，二频道：《埃勒里·奎因新历险记》，乔治·纳德尔，莱斯·崔梅恩。“如此富有，如此可爱，如此突然。”一位心怀鬼胎的股票经纪人（惠特·比斯尔[③]扮演）暗中追踪一位富有的女继承人（伊娃·嘉宝[④]扮演），埃勒里和他的父亲展开调查。

我把《电视指南》装进袋子，跟其他东西放在一起——主要是为了好运——然后下了车，锁上车门，朝怀莫巷走去。一些爸爸妈妈带着年纪尚小、还不能独自玩“不给糖就捣蛋”的孩子。很多门阶上，雕刻过的南瓜高兴地咧着嘴笑，一些戴着草帽的假人毫无表情地盯着我。

我沿着怀莫巷，走在人行道中间，好像我就该走中间。一位父亲走近我，牵着一个小女孩的手，女孩戴着摇晃的吉卜赛耳坠，涂着妈妈的鲜红色口红，巨大的黑色塑料耳朵拍打着卷曲的假发。我摘下帽子，朝爸爸致意，然后朝小女孩弯下腰，女孩自己提着一个纸袋。

“你是谁啊，亲爱的？”

“安妮特·冯妮杰罗，”她说，“她是米老鼠俱乐部最漂亮的成员。”

“你也一样漂亮，”我对她说，“你该怎么说？”

她看起来很疑惑，于是她的爸爸靠过来，在她耳边轻轻地说了一句。她露出笑容。“不给糖就捣蛋！”

“对了，”我说，“但是今晚别捣蛋。”除非应对跟那个拿着锤子的

---

① 弗雷德·阿斯泰尔（1899—1987），美国电影演员、舞者、舞台剧演员、编舞家与歌手。

② 巴里·蔡斯（1933—　），美国女演员、舞蹈家。

③ 惠特·比斯尔（1909—1996），美国演员。

④ 伊娃·嘉宝（1919—1995），美国女演员，社交名流。

家伙。

我从包里拿出一枚派对牌糖果（我为了拿到糖果，不得不拨开手枪），递了过去。她打开纸袋，我把糖丢进去。我只是街上的行人，不久前刚被犯罪困扰的镇上的一个完完全全的陌生人，但我在爸爸和女儿的脸上都看到了孩子般的信任。在糖果里涂迷幻药这种事很久以后才出现——和“包装如有破损，请勿食用”这几个字一样。

爸爸又悄悄地传授了一句。

“谢谢，先生！”安妮特说。

“不用谢，”我朝爸爸使了个眼色，“祝你们今晚过得愉快！”

“她明天很可能会肚子痛，”爸爸说，但是面带笑容，“快点，南瓜。”

“我是安妮特！”她说。

“好好好。快点儿，安妮特。”父亲朝我笑了，从帽檐敬个礼，然后走开，继续帮女儿寻找战利品。

我继续走向二〇二号，步子不快。我若不是嘴唇干涩，肯定会吹起口哨。我在人行道上冒险四处张望一下。我看到街道另一边有一些“不给糖就捣蛋”的人，但根本没人注意我。太棒了。我轻快地走上车行道。我一走到房子后面，就放松地长舒一口气，好像气流是从脚跟上来的。我找到后院尽头右边的角落，安全地躲在车库和树篱中间。至少我认为自己很安全。

我朝邓宁的后院看去。自行车不见了。玩具多数还在——一款儿童弓，几支箭头带吸盘的箭，一根把手上包着胶带的棒球棍，一个绿色呼啦圈——但菊花牌气枪不见了。哈里把它拿进去了。他打算扮演布法罗·鲍勃、出去玩“不给糖就捣蛋”时带着气枪。

图加取笑过他了吗？他的妈妈是否已经说过“你要是想带就带上吧，反正不是真枪”？他们如果还没有做这些事，会这样做的。他们的台词已经赫然写在纸上。我的胃一阵绞痛，这一次不是因为已经发酵了二十四小时的细菌，而是由于我真正认识到——你的肚子会感觉到的那种东西——一切终于来临。这事真要发生了。事实上，已经在发生。演出开始了。

我看了手表一眼。我感觉自己离开教堂停车场有一个小时了，但实际上现在只有五点四十五。在邓宁家，一家人会坐下来吃晚餐……我知道孩子们，小一点的孩子应该很激动，根本吃不下什么。埃伦应该已经穿上公主装束。她很可能从学校一回到家就穿上那套衣服了，肯定还缠着妈妈往她身上涂彩色颜料。

我坐下来，背靠车库后墙，在包里翻了翻，掏出一块糖。我拿起糖，想起可怜的老J. 阿尔弗瑞德·普鲁弗洛克[①]。我的情形跟他没有什么不同，尽管我不太确定自己敢不敢吃这块糖。但在接下来三个小时左右的时间里，我有很多事要做，我的胃现在咕噜咕噜地响着。

管他妈的！我想，打开糖果。味道很棒——甜甜的，咸咸的，很有嚼头。我两口就吞下一大半。我正准备把剩下的一小半塞进嘴里（我心想，上帝啊，我为什么没有带上三明治和可乐呢），左眼眼角突然看见有东西在动。我开始转身，同时把手伸进袋子掏枪，但为时已晚。一件冰冷尖利的东西抵住我的左边太阳穴。

“把手从袋子里拿出来。”

我马上听出这个声音。“笑着亲吻猪。”我问他和他的朋友认不认识一个姓邓宁的人时，这个人这样回答我。他说德里有很多人姓邓宁，我不久后验证了这一事实，但他从一开始就很清楚我要找的是谁，不是吗？此情此景就是最好的证明。

刀尖抵得更深，我感到一滴血从脸上淌下来。血在冰冷的皮肤上，我感觉血很温暖。甚至发烫。

“把手拿出来，朋友。我想我知道里面是什么，你的手要是不空着拿出来，你的万圣节礼物就会是十八英寸长的日本钢刀。这东西锋利得很。我会把刀直接从你脑袋另一侧捅出来。”

我把手从袋子里拿出来——手空着——转身看着没穿背带裤的家伙。他的蓬乱头发盖住耳朵和前额，油油的，纠缠在一起。深色的眼睛在苍白、粗短的脸上游移。我感到一阵惊慌，近乎绝望。近乎……

---

① 英国诗人托马斯·艾略特（1888—1965）的诗歌《J. 阿尔弗瑞德·普鲁弗洛克的情歌》中的主人公。

但不是完全绝望。他即使杀了我，我想，他即使杀了我。

“袋子里什么都没有，只有糖果，”我温和地说，“你要是想吃一颗，图尔考特先生，说一声就行。我给你拿一个。”

我够到袋子之前，他一把将袋子抓了过去。他用的是没有拿武器的那只手，武器是一把刺刀。我不知道那是不是日本刺刀，但那把刀在朦胧的暮色中发出闪光。我相信刀的确非常锋利。

他翻了翻袋子，拿出我的警用手枪。“什么都没有，只有糖果，啊？这看起来不像糖果，安伯森先生。”

“我需要这个。”

“是的。地狱里的人需要冰水，但他们得不到。”

“小声点。”我说。

他把我的枪别进自己的皮带——我原来打算挤过树篱、走进邓宁家后院，然后把枪别进皮带——然后用刺刀抵着我的眼睛。不退缩是需要意志力的。“不要告诉我该……”他晃晃悠悠地站起来，揉了揉肚子，又揉了揉胸口，以及满是须茬的脖子，好像有东西卡在那儿。他把那东西咽下去时，我听见喉咙里发出滴答一声。

“图尔考特先生，你没事吧？”

“你怎么知道我的名字？”他没等我回答又问，“是不是‘沉睡的银元’酒吧招待彼得告诉你的？”

“没错。我现在想问你一个问题。你跟踪我多久了？你为什么要跟踪我？”

他一脸严肃地笑了，他少了两颗牙。“这是两个问题。”

“回答我。”

“你搞得好像——”他又退缩一下，吞咽一口，靠到车库后墙上，“好像我得听你的。”

我看出图尔考特脸色苍白，痛苦不堪。基恩先生可能是个有点残忍的混蛋，但我想，他作为一名诊断医生，还算称职。毕竟，谁会比当地的药剂师更清楚周围发生了什么事？我很确信我不需要剩下的高岭土果胶，但比尔·图尔考特可能需要。细菌一旦真的发威，他可能还需要自控短裤。

形势接下来要么很好，要么很糟糕，我心想。这真是胡说。不会有什么好事。

没关系，让他说他的。绞痛一旦开始——假定疼痛在他用刀割断我的喉咙或者用我的枪打死我之前开始——我突然袭击他。

“请告诉我，”我说，“我想我有权利知道，因为我从未招惹你。”

“我想，你是想招惹他。你在镇上滔滔不绝地讲什么房地产——一派胡言。你来这儿是为了找他，”他朝树篱另一边的房子点头，“你刚说出他的姓我就知道了。”

“你怎么可能知道？这镇上有很多邓宁，你自己说的。”

“是的，但我只关注一个。”他举起拿着刺刀的手，用袖子擦掉眉毛上的汗珠。我在那一刻本可以抓住他，但我怕扭打的声音会引起别人注意。枪要是响了，吃子弹的那个人很可能是我。

还有一点，我很好奇。

“他肯定施予你很大恩惠，让你成了他的守护天使。”我说。

他一脸严肃地发出一声吼笑。“很大的恩惠，朋友。在某种程度上，是的。我想我就是他的守护天使。至少现在是。”

“你是什么意思？”

“我的意思是，他是我的，安伯森先生。那个狗杂种杀了我的妹妹，要是有人拿枪或者刀杀他……”他拿起刺刀，在苍白恐怖的脸前挥舞着，“那个人应该是我。”

9

我盯着他，张大嘴。远处响起一阵爆炸声，哪个万圣节歹徒点燃了一挂鞭炮。孩子们在威彻姆大街上来来往往，喊叫着。但这里只有我们俩。克里斯蒂和她的酒友们自称是比尔的朋友；我们则是弗兰克的敌人。完美的一对，你会说……只是“没有穿背带裤”的比尔·图尔考特看起来不像是队友。

“你……”我停下来，摇摇头，“告诉我。”

“你要是有你认为的一半聪明，应该已经想到了。再说，查兹没有告诉你吗？”

我一开始没反应过来。稍后才想明白。那个前臂上文着美人鱼、长着高兴的花鼠脸的矮个子男人。弗兰克·邓宁拍拍他的后背，对他说把鼻子洗干净，他的鼻子太长，可不能弄脏了，他的脸那时看起来不那么得意。在那之前，弗兰克在“点灯人”酒吧里特拉克兄弟的桌上讲笑话时，查兹·弗拉蒂对我讲了许多邓宁的坏脾气的故事……我因为看了清洁工的作文，并不觉得新鲜。“他把一个女孩肚子搞大了。一两年后，女人带着孩子滚了。”

“科迪长官，无线电收到消息了吗？看起来你是收到了。”

“弗兰克·邓宁的第一任妻子是你的妹妹。”

“对了。这个人猜对了秘密，赢一百块。”

“弗拉蒂先生说她带走孩子，抛弃了弗兰克，因为她受够了他醉酒后的臭嘴脸。”

“是的，他是这样告诉你的。据我所知，镇上很多人都相信查兹的这种说法。但我比谁都更清楚这件事。克莱拉和我很亲密。从小到大，我对她很好，她对我也很好。说了你可能不懂，因为我觉得你是个非常冷淡的人，但我们真的很亲密。”

我想起了我和克里斯蒂度过的美好的一年——婚前六个月到婚后六个月那年。“我没有那么冷淡。我知道你在说什么。”

他又开始揉身体，从肚子揉到胸口，从胸口揉到喉咙，然后手又回到胸口，但我觉得他并未意识到自己在干吗。他的脸异常苍白。我想知道他午餐吃了什么，但我想，要不了多久，我就能亲眼目看见了。

“是吗？那么，你可能会觉得有点荒诞，她和米基在某个地方安下身来以后，再没给我写过信。连张明信片也没有。对我来说，这样的事不仅荒诞。因为她一定会给我写信。她知道我对她的感觉。她也知道我多么喜欢那孩子。那个王八蛋开玩笑一般地报告他们失踪时，她二十岁，米基十六个月大。那是一九三八年夏天的事。她现在有四十岁了，我的外甥也有二十一岁了。到了他妈的选举年龄。你要跟我说她连个信都不捎给她的兄弟？那个小时候阻止大鼻子罗伊斯用满是皱纹的皮肤戳她的背的兄弟。她也不从这个兄弟这儿要点钱，在波士顿或者纽黑文，或者随便哪个地方安顿下来？先生，我本来可以——”

他退缩一下，发出“呕——呕”的声音，我很熟悉这声音。然后他踉跄着倒在车库的墙壁上。

“你得坐下来，”我说，“你生病了。”

“我从不生病。从六年级到现在，连感冒都没有得过。”

果真如此的话，细菌很快就会击垮他，就像德国席卷华沙那样。

“这是胃肠流感，图尔考特。折腾了我一个晚上。药店的基恩先生说流感正在流行。”

“那个小屁眼娘们儿什么都不懂。我没事。”他把油腻的头发撩起来，让我看他有多健康。他的脸色愈加苍白。拿着日本刺刀的手正在颤抖，跟我中午之前一样。“你想不想听？”

“当然想听。”我偷偷朝手表瞄了一眼。六点十分。一直拖曳着步子前行的时间现在开始加速了。弗兰克·邓宁现在在哪儿？还在市场吗？我想不在。我想他今天会很早离开，可能声称要带孩子去玩“不给糖就捣蛋”。但他并没有真的这么做。他在哪家酒吧，不是“点灯人”酒吧，他在那儿只点一杯啤酒，最多两杯。他喝这点不会有事，不过——我妻子的酒量普通，但也是如此——他总得口干舌燥地离开，大脑强烈地渴望喝更多。

不，他如果觉得自己必须喝个够，会去德里的下流酒吧：“金轮辐”，“沉睡的银元”，“酒桶”。甚至可能去被污染的肯达斯基河上最低级的酒馆——沃利酒吧或下流的派拉蒙娱乐室，里面脸色蜡黄的年老妓女几乎依然活跃在每张凳子上。他有没有讲笑话，让整个地方充满欢声笑语？他把酒精浇在他大脑深处愤怒的煤块上时，人们会不会靠近他？不会，除非他们想立即接受牙齿手术。

“我妹妹和外甥消失之前，和邓宁住在卡什曼城郊一处小出租房内。他喝得很凶。他喝得凶时，就乱动他娘的拳头。我看见过克莱拉脸上的淤伤。有一次，米基右边的小胳膊上，从手腕到肘关节，全都青一块紫一块的。我说：‘妹妹，他是不是打你和孩子？如果真是这样，我就揍他。’她说不是，但她说这话时不敢看我。她说：‘你离他远点儿，比利。他很强壮。你也很强壮，我知道的。但你太瘦了。一阵强风就能把你吹走。他会伤害你的。’她不到半年就消失了。跑了，姓邓宁的说。但镇子那边只有树林。树林和沼泽。你知道事实上发生了什么事，不是吗？”

我知道。其他人可能不会相信，因为邓宁现在是位备受尊敬的市民，好像很久以前就控制住了酒瘾。他还很有魅力。但我有内幕消息，不是吗？

“我想邓宁崩溃了。我想邓宁喝醉了，回到家，我妹妹说了过分的话，但也可能只是什么完全无伤大雅的话——”

“无伤什么？”

我从树篱中间朝后院看去。远处，一个女人经过厨房窗户，然后消失。在邓宁家的房子里，晚餐准备好了。他们有甜点吗？吉露果子冻配香草牛奶？乐之派？我想没有。谁还在万圣节晚上吃甜点？“我想说的是，他杀了他们，你是不是也是这么想的？”

“对……”他既吃惊又怀疑。我想，令你在漫漫长夜辗转反侧的事情被说出来，而且被证实之时，你总会这样。“那肯定是恶作剧。”他们认为。那可不是恶作剧。肯定不是。

我说：“邓宁那时多大，二十二？人生刚刚开始。他肯定会想：‘啊，我在这儿犯下大错，但我可以清理干净。我们在树林里，最近的邻居在一英里之外……’有没有一英里，图尔考特？”

“至少一英里。”他不情愿地说，用一只手按摩着喉咙根部。刺刀垂下来。我用右手抓住刺刀易如反掌，另一只手从他的皮带里掏出左轮手枪也不无可能。但我不想这么做。我想，细菌会搞定比尔·图尔考特先生。我真认为事情就会这么简单。你看，忘掉过去执拗要做的事是多么容易。

“所以他把尸体拖到树林里埋掉，说他们跑了。不可能有太多调查。”

图尔考特转过头，吐了一口痰。“他出生在德里一个德高望重的老家族。我们家是坐着生锈的小卡车，从圣约翰山谷来的。我当时十岁，克莱拉八岁。坐在一堆垃圾上。你觉得他们会相信谁呢？”

我觉得这是德里之所以成为德里的另一个例证——我就是这么想的。我理解图尔考特的爱，同情他的悲痛，但他说的是一起陈年犯罪案件。我所关心的，是在两个小时内发生的犯罪案件。

“弗拉蒂是你设的陷阱，对不对？”这一点现在很明显了，但还是令我沮丧。我以为那个家伙只是热心，就着啤酒和龙虾，说点当地谣言。我错了。“他是你的朋友吗？”

图尔考特笑了，但笑容看起来更像是愁眉苦脸。“我和一位富有的犹太当铺老板是朋友？真好笑。你想听个小故事吗？”

我又偷看手表一眼，我还有时间。图尔考特讲故事时，在他胃里盘踞已久的病菌会发作。我准备在他第一次弯下腰呕吐时突袭他。

“为什么不呢？”

“我、邓宁和查兹·弗拉蒂同龄——都是四十二岁。你相信吗？”

“当然。”但是图尔考特生活艰苦（现在又有病在身，虽然他不想承认），看起来比另外两个老十岁。

“我们都在老联合学校读高三时，我是橄榄球队的助理经理。老虎比尔，他们这么叫我——很可爱的名字吧？我读高一时就参加球队选拔，高二时又参加，但两次都被刷下来。打前锋太瘦，打后卫太慢。这就是我该死的人生故事，先生。我喜欢橄榄球，却花不起一角钱买张票——我的家庭一无所有——所以我当了助理经理。名头很好听，但你知道助理经理是干什么的吗？”

我当然知道。我是杰克·埃平时，不是房地产公司老板，而是高中老师。有些东西是不变的。“给运动员送水的男孩。”

“是的，我给他们送水。要是有人在热天跑圈之后出现不适或者蛋蛋被头盔撞到，我还要端着呕吐桶。我还得待到很晚，捡拾球场上所有的脏东西，搜寻被丢在浴室地面上、沾满脏污的绷带。”

他愁眉苦脸。我想象着他的胃变成风暴肆虐的海上的游艇。升起来，很好……然后旋转着落下。

“一九三四年九月或十月的一天，训练结束之后，我一个人孤零零地捡拾护垫、弹性绷带和他们扔掉的其他垃圾，装进垃圾车。我看到什么了？查兹·弗拉蒂在足球场上，把书往身后扔。一群男孩正在追赶他——耶稣啊，怎么回事？”

他的脸色惨白，鼓胀的眼睛四处张望。我又有机会抓住手枪，当然还有刺刀，但没有这样做。他又用手揉胸口。不是揉肚子，而是揉胸口。这或许意味着什么，但我的脑子太乱了。我想着即将要发生的事，对他的故事也并非毫不关心。这就是读书人的祸根。我们即使在最不恰当的时刻，仍可能被一个好故事引诱。

“放松，图尔考特。这只是孩子们在放鞭炮。今天是万圣节，还记得吗？”

“我感觉不舒服。或许你说的关于细菌的事是对的。”

他要是感觉自己病得很厉害，也许会对自己失去控制，采取过激举动。“现在别管细菌。告诉我弗拉蒂怎么了。”

他笑了。那张粗短、惨白、流着汗的脸上露出不安的表情。“查兹没命地跑，但还是被他们抓住了。球门柱南边二十码远的地方有条沟，他们把查兹推进沟里。弗兰克·邓宁也在其中，你觉不觉得奇怪？”

我摇摇头。

“他们把他推下去，扒了他的裤子。然后把他推来搡去，拍打他。我大声喊叫，让他们住手。其中一个抬起头看着我，吼了一声：‘下来，妈的！我们要加倍揍你！’于是我跑到衣帽间，告诉球队队员，一群小混混正在欺负一个小孩，他们或许可以管管。他们根本没问谁在欺负谁，这些家伙时刻准备着打架。他们跑出去，有的只穿着内裤。你想不想知道最有趣的地方，安伯森先生？”

“当然想。”我再次快速朝手表看了一眼。快到七点一刻了。多丽丝可能正在房子里洗碗，也可能正在看《亨特利–布林克利[①]报道》。

“你要迟到了吗？”图尔考特问道，“你要赶他妈的火车吗？”

“你正要给我讲最有趣的地方。”

---

① 切特·亨特利（1911—1974）和戴维·布林克利（1920—2003）于一九五六年创办了一档在晚间黄金收视时段播放的名牌新闻栏目《亨特利–布林克利报道》。在此后的十五年间，该节目为全国广播公司创造了可观的收视率，这也是美国电视史上第一个由两人搭档主持的新闻节目。

“噢，是的。他们唱着队歌！你觉得怎么样？”

我想象八九个身材结实、半身赤裸的男孩跑过操场，迫不及待地进行训练后的打架活动，唱着“德里老虎万岁，我们高举你的旗帜”。有点好笑。

图尔考特看到我笑，也笑了。他笑得很紧张，但很真实。“那些队员好好地教训了那几个家伙。不过，没有教训到弗兰克·邓宁；那个胆小鬼看到他们寡不敌众，溜进树林里。查兹躺在地上，抱着胳膊。胳膊断了。本来可能会更糟糕。队员们本该把他送进医院。但其中一个队员看着他躺在那儿，用脚趾头踏着他——就像你用脚趾头踏你差点要踩上去的牛粪那样——说道：‘我们一路跑来，就是为了救一个犹太男孩的咸猪肉？’那群队员都笑了。这是个笑话，你知道？犹太男孩，咸猪肉。”他透过缠结在一起、涂了百利发乳、油光闪亮的头发看着我。

“我明白。”我说。

“‘唉，谁管它，’另一个说，‘有屁股给我踢，这就够了。’他们回去了，我扶查兹从沟里爬上来。我还跟他一起走回家，我担心他可能会晕倒什么的。我很害怕弗兰克和他的朋友会回来——他也很害怕——所以我们紧紧地走在一起。真不明白我他妈的为什么这么做。你肯定见过他住的房子——简直是他妈的宫殿。当铺生意可真来钱。我们到他家时，他感谢我。真的很感激。他正要放声痛哭，我说：‘别提了，我只是不想看见六打一。’这是真话。但你知道他们怎么说犹太人吗：他们从不忘记欠债或者人情。”

“你凭这个人情，叫他监视我。”

“我很清楚你在干什么，朋友。我只是想确定一下。查兹告诉我别插手——他说他觉得你是个好人——但事关弗兰克·邓宁，我必须插手。他是我的。”

他退缩一下，又开始揉胸口。他现在忍不住了。

“图尔考特——是肚子有什么问题吗？”

“不是，是胸口。感觉很闷。”

听起来不妙。我脑中一闪而过的想法是：他也被困在尼龙袜子里。

“坐下，不然你会倒下的。”我朝他走去。他掏出枪。我乳头之间的皮肤——子弹会射进去的地方——开始痒得要命。我本来可以解除他的武装，我想，我真应该这么做。但是不行，我必须听故事。我必须知道这个故事。

“你给我坐下，兄弟。放松，像漫画书上说的那样。”

“你如果心脏病发作——”

“我他妈的没有心脏病。你给我坐下！”

我坐下来，看着他靠向车库，他的嘴唇上已经笼罩着一层蓝灰色的阴影。我想，这可不是健康的迹象。

“你想把他怎么样？”图尔考特问道，“我想知道。我在决定怎么处置你之前，*必须*知道。”

我仔细思考该怎么回答他。好像我怎么回答，攸关我的性命。可能真是这样。我想图尔考特不会直接杀了他，尽管他认为弗兰克·邓宁很久以前就该跟他爸妈睡到一起。但他拿着我的枪，还是个病人。他可能会在不经意间扣动扳机。一种维持一切保持原状的力量，无论那是什么力量吧，可能会促使他扣动扳机。

我的讲述方式如果正确——换句话说，我略去那些疯狂的部分——他可能会相信我的话。因为他已经相信一些事实。他在内心深处感知到了那些事实。

“他要故技重施。”

他想问我是什么意思，然后又觉得没有必要问。他睁大眼睛。“你是说……她？”他朝树篱看过去。我现在才知道，他知道远处是什么。

“不光是她。”

“还包括某个孩子？”

“不是一个孩子，是所有孩子。他现在正在外面喝酒。他又会喝醉，变得疯狂。你知道这一切，不是吗？不过这次，可不会有什么事后的掩盖。他已经不在乎了。有第一次就有第二次，多丽丝上次终于不堪忍受他的虐待。多丽丝把他赶了出去，你知道吗？”

“大家都知道。他现在住在慈善大道的出租房里。”

“他一直想法挽回多丽丝的爱，但他的魅力对多丽丝不再奏效了。她想离婚。他最终会明白，自己不能说服多丽丝放弃离婚的念头。他会决定用锤子杀了多丽丝。他也准备解决孩子们。”

他皱起眉头。他一只手攥着刺刀，另一只手握着手枪。“一阵强风就会把你吹走”，他的妹妹很多年前对他说，但我想今晚的微风就能把他吹走。

“你怎么知道？”

“我没时间解释，但我的确知道。我来这儿就是要阻止他。请把枪还给我，让我来解决他。为了你妹妹。为了你的外甥。因为我慎重地思考过，觉得你是个好人。”这简直就是胡扯！不过我爸爸过去经常说，你要是拍马屁，就使劲拍。“邓宁和他的朋友把查兹·弗拉蒂打个半死时，你为什么阻止他们？”

他在思考。我几乎能听到思想之轮在转动，齿轮发出喀哒声。随后，他的眼里燃起一阵光亮。那兴许只是落日的余晖，但对我来说，那看起来就像全镇空心南瓜灯里正跳动闪烁着的烛光。他开始笑。他接下来说的话，只能是出自一个精神病人之口……或一个在德里生活太久的人之口……他也许两者都是。

“他准备解决他们娘几个？好，由他去吧。”

“什么？”

他用三八式手枪指着我。“坐回去，安伯森。坐下来休息下。”

我不情愿地坐回去。时间已经过了七点。他正在变成一个影子战士。“图尔考特先生——比尔，我知道你不舒服，你可能不太了解情况。里面有一个女人和四个孩子。上帝在上，最小的女孩只有七岁呀。”

“我的外甥比你说的这个小女孩小多了。”图尔考特沉重地说，这个人说出的这个重要事实解释了一切。也让我的所有行动变得正当。“我病得很厉害，没法杀了他。你也没有胆量这样做。我一看见你就知道。”

我想他在这一点上说错了。他的话放在里斯本福尔斯镇的杰克·埃平身上可能是对的，但我现在不是杰克·埃平。“为什么不让我试试？对你有什么坏处？”

“因为你即使杀了这狗杂种，也远远不够。我也是刚才想通的。简直就像——”他捻动手指，“灵光乍现。”

“你这理由根本讲不通。”

“这是因为你没有在二十年里看着托尼和菲尔·特拉克这样的人把他当成国王一样。你没有在二十年里看着女人们跟他眉来眼去，好像他是弗兰克·西纳特拉[①]。他开着庞蒂亚克，而我在六家不同的工厂拼命干活，挣着最低工资，将纤维吸进喉咙，早上连床都起不来。”他把手放在胸口，不停地揉。他的脸仿佛怀莫巷二〇二号昏暗后院中一个苍白的污点。“把这个王八蛋杀掉，等于太便宜了他。要让他在肖申克被关上四十年。要让他在淋浴间里把肥皂掉在地上，都他妈的不敢弯腰去捡。他在里面唯一能喝到的东西就是西梅榨汁，”他的声音降下来，“你知道他应该遭受什么吗？”

“什么？”我感到浑身发冷。

“他清醒过来后，会想念他们，会很后悔这么做，会希望挽回一切。”现在，他几乎是在低语——声音嘶哑，夹着痰鸣。这就是药效消失时，不可救药的疯子深夜对自己说话的样子。“可能不会因为妻子后悔，但肯定会因为孩子后悔。”他笑了，面容扭曲，好像很痛。“你可能很生气，但你知道吗，我希望你别生气。我们等着看。”

“图尔考特，这些孩子是无辜的。”

“克莱拉也是无辜的。小米基也是无辜的。”昏暗中，他的肩膀上下耸动。“去他们的。”

“你不会连他们——”

“闭嘴。我们等着看。”

10

阿尔送我的手表的指针在黑暗中能发光，我带着恐惧和顺从，看着长针朝表盘下方移动，然后又往上去。距离《埃勒里·奎因新历险

① 弗兰克·西纳特拉（1915—1998），美国著名男歌手和演员，曾获奥斯卡奖，被公认为美国二十世纪最优秀的流行男歌手之一。

记》开播还有二十五分钟。然后是二十分钟。十五分钟。我试图跟他聊天，但他叫我闭嘴。他不停地揉胸口，他只有在从胸袋里掏烟时才会稍停片刻。

“噢，抽烟很好，”我说，“对你的心脏大有好处。”

“闭上你的臭嘴！”

他把刀插在车库后面的砂砾中，拿出一支用旧了的芝宝打火机，把烟点着。火苗蹿动的一瞬间，我看见汗水顺着他的脸颊流淌，尽管今晚很冷。他的眼睛似乎已经深深地陷进眼眶，让他的脸看起来像个骷髅。他把烟吸进肺里，然后咳出来。单薄的身体晃动着，但枪很稳，抵着我的胸口。在我们的头顶之上，星星已经出来了。现在是八点差十分。邓宁到达时，《埃勒里·奎因》已经放多久了？哈里在作文里没说，但我猜没多久。孩子们明天不用上课，但多丽丝·邓宁依然不想七岁大的埃伦超过十点睡觉，即使她是跟图加和哈里在一起。

八点差五分。

一个想法突然钻进我的脑子，跟无可置辩的事实一样清晰。我趁着想法还清晰，开口道：

“你这个没用的东西！”

“你说什么？”他直起身，好像被刺了一下。

“你听到我说什么了。”我模仿他，“‘除了我，没人能动弗兰克·邓宁一根汗毛。他是我的。’你已经对自己说这话二十年了，不是吗？但你到现在没动过他一根汗毛。”

“我叫你闭嘴。”

“天哪！二十二年！他追打查兹·弗拉蒂时你也没动他，对吧？你像个娘们儿一样跑开，去叫球队队员。”

“他们有六个人！”

“不错，但是邓宁此后无数次地一个人出现，你都没有在人行道上放根香蕉皮，让他跌倒。你真是个没用的胆小鬼，图尔考特。你躲在这儿，就像躲在洞里的兔子。”

“闭嘴！”

“你告诉自己一些废话，说什么让他坐牢是最好的报复。你这是回避事实——"

"闭嘴!"

"——事实就是，你是个胆小鬼，放任杀了妹妹的凶手大摇大摆地游荡了二十多年——"

"我警告你!"他扳起左轮的击锤。

我把胸口抵上去。"来吧，开枪吧。大家都能听到枪声，警察会来。邓宁会看到骚动，转身离开。然后你会成为进肖申克的那个人。我肯定那里也有工厂。但你干一个小时只能挣五分钱，而不是一块二。不过你会喜欢这样的结局，因为你不用再向自己解释，你这些年为什么只是袖手旁观了。你妹妹要是还活着，会朝你吐——"

他把枪向前推，枪口对准我的胸口，但绊倒在该死的刺刀上。我用手背打了一下手枪，枪响了。子弹射进土里，离我的腿不到一英寸，一小团碎石打在我的裤子上。我抓起枪，对准他。他只要稍微一动，去拿倒在地上的刺刀，我就开枪。

他倒向车库墙壁，双手按着胸口左边，发出低沉哽咽的声音。

不远处——科苏特街上，不是怀莫巷——一个男人吼叫："玩闹归玩闹，可你们这些小鬼要是再放樱桃炸弹，我就报警了！明白人用不着别人多说!"

我舒了一口气，图尔考特也舒了一口气，但急促地喘着气。他持续地发出哽咽声，向车库一边滑落，倒在砂砾上。我拔过刺刀，准备将其别进皮带里，但一转念想到：我挤过树篱时，它只会划伤我的腿。过去正在千方百计地阻止我。我把刀扔进漆黑的院子，听见一声低沉的响动，刺刀打在什么东西上。可能是旁边写着"你的狗属于这里"的狗窝。

"叫救护车，"图尔考特用低沉而嘶哑的声音说，眼里闪烁着泪水似的东西，"求你了，安伯森先生。好痛!"

救护车。好主意。说得轻松。我在德里——在一九五八年——已经待了近两个月，但还是把手伸进裤兜。我没穿运动外套时，总是把手机放在右前裤兜里。除了零钱和森利纳的钥匙，我的手指什么都没有摸到。

“对不起，图尔考特。你生错了时候。”

“什么？”

从宝路华手表上的时间看，《埃勒里·奎因新历险记》正要向迫不及待的美国人播放。“忍着吧，”我一边说，一边挤过树篱，把没有拿枪的那只手举起来遮住眼睛，免得双眼被坚硬、歪斜的树枝扎到。

11

我被邓宁家后院中间的沙盒绊倒，直直地摔在地上。我面前摆着一个面无表情的洋娃娃，洋娃娃除了头饰，什么都没有穿。左轮手枪从我的手里甩出去。我用手和膝盖撑着身体，去摸手枪。我想我永远都不会找到；这就是执拗的过去最后的恶作剧。跟令人恼火的胃肠疾病和比尔·图尔考特这两个恶作剧相比，这只是个小恶作剧，不过来得真是时候。稍后，我看到手枪躺在透过厨房窗户的一片梯形光亮边上时，听到一辆汽车从科苏特街开过来。车速很快。毫无疑问，任何有理性的司机都不敢在到处都是戴着面具、拿着“不给糖就捣蛋”袋子的孩子的街上开这么快。汽车发出尖锐的响声停下之前，我就知道开车的是谁了。

在三七九号的房子里，多丽丝·邓宁跟特洛伊坐在沙发上，埃伦则一身印第安公主的装束，到处欢呼雀跃。特洛伊刚刚告诉她，等她、图加和哈里回来，他会帮忙吃他们的糖果。埃伦则回答说：“不，不给你吃！穿上衣服，自己去讨糖吧。”所有人都会笑，在浴室里做最后准备的哈里也笑了。因为埃伦真的很像露西尔·鲍尔，能让任何人发笑。

我伸手去抓枪。但它从因为出汗而变得光滑的手指间滑落。我的胫部擦到沙盒边，一阵疼痛。在房子的另一边，汽车门砰的一声关上，水泥地上响起急促的脚步声。我记得自己当时在想，闩上门呀，妈妈。这次来找你的不止是你那脾气暴躁的丈夫，还有德里。

我抓起枪，摇晃着站起来，被自己的笨脚绊了一下，差点又摔倒。

我站稳身子，朝后门跑去。地下室的隔墙挡在路中间，我绕过去，心想，我要是撞上去，肯定能把它撞开。空气似乎变成了糖浆，想减慢我的速度。

我想，即使我丢掉性命，即使奥斯瓦尔德得手，数百万人丧命。即使那样。此刻最重要，他们最重要。

我以为后门肯定锁上了。所以把手转动、门朝外打开时，我差点跌下门阶。我踏进厨房，厨房里还弥漫着香气，邓宁太太在热点牌罐头里焖过牛肉。水槽里堆满盘子。台子上放着一个酱油壶；旁边是一盘冷面。电视上传来颤抖的小提琴声——克里斯蒂过去常常称之为"杀人音乐"。这音乐真是应景。柜台上放着一张橡胶的弗兰肯斯坦[①]面具，图加准备戴上它去玩"不给糖就捣蛋"。旁边是一个纸质礼品袋，纸袋上写着蜡笔字："图加的糖果，不许碰！"

哈里在作文里引用妈妈的话："拿着那东西滚出去！你不该来这儿！"我穿过油地毡，朝厨房和客厅之间的拱门跑去时，听到她实际上说的是："弗兰克？你来干什么？"然后她的声音升高。"你拿的是什么？你为什么……滚出去！"

然后她开始尖叫。

12

我穿过拱门时，一个小孩说："你是谁？妈妈为什么在喊？爸爸来这儿了吗？"

我转过头，看到十岁大的哈里·邓宁站在厨房尽头小厕所的门口。他身着鹿皮，一只手拿着气枪，另一只手正在拉裤子上的拉链。正在这时，多丽丝·邓宁又尖叫一声。另外两个男孩也在喊叫。砰的一声——响声巨大而令人厌恶——尖叫声停下。

---

① 英国知名小说家玛丽·雪莱（1797—1851）著小说《弗兰肯斯坦》中的人造怪物。

“不要，爸爸！不要啊，你在伤害她！”埃伦尖叫。

我跑过拱门，站在那儿，张大嘴吧。我根据哈里的作文，一直以为我要阻止的人挥舞的是人们放在工具箱里的那种锤子。但他实际拿的不是那种锤子，而是锤头足有二十磅重的长柄大锤。他挥舞锤子时，就像在玩玩具。他把袖子卷了起来，我能看见膨胀的肌肉，这是二十多年剁肉和扛动物尸体所赐。多丽丝倒在客厅地毯上，胳膊已经被他打断——骨头从裙子撕裂的袖子中伸出来——肩膀看起来也被打脱臼了。她脸色惨白，头晕眼花，在电视机前的地毯上爬，头发披在脸上。邓宁正把锤子往后挥。这一次，他会击中她的头，砸碎头骨，让她的脑浆溅到沙发垫子上。

埃伦有点儿疯狂，想要把他推出门。“住手，爸爸！住手啊！”

他抓住埃伦的头发，把她举起来。埃伦一阵翻滚，羽毛从她的头饰上飞出来。她撞上摇椅，摇椅翻覆在地。

“邓宁！”我大吼一声，“住手！”

他看着我，血红、湿润的眼睛大睁着。他喝醉了。他在流泪。鼻涕从鼻孔里淌出来，唾液粘在下巴上。他满脸愤怒、苦恼和疑惑。

“你他妈的是谁？”他问道，没等我回答，就朝我冲过来。

我扣动左轮手枪的扳机。我心想，这次不会响，这是德里的枪，不会响的。

但是，枪响了。子弹击中他的肩膀。白色的衬衫上绽开一朵红色的玫瑰。他受到子弹冲击，朝一边扭动，接着又冲过来，举起锤子。衬衫上的玫瑰绽放得更加灿烂，但他浑然不觉。

我又开了一枪，但我扣动扳机时，有人推了我一下，子弹向上打偏了。是哈里。“住手，爸爸！”他的声音尖锐，“住手，不然我开枪了！”

图加朝我爬过来，爬向厨房。哈里扣动气枪——“咔嚓”——邓宁的锤子落在图加的头上。男孩的脸顿时淹没在血注之中。骨头碎片和成团的头发溅到空中，血滴溅在头顶的灯上。埃伦和邓宁夫人不停地尖叫，尖叫。

我站稳身子，又开一枪。这一枪将邓宁左脸一直到耳朵全部撕开，但仍然没能让他停下来。那一刻，我脑子里想的是，他简直不是人类，我现在依然这么想。我从他迸着火焰的眼睛和牙关咬紧的嘴巴里看到的只有——他似乎在咀嚼空气，而不是在呼吸——一种空虚。

“你他妈的是谁?”他重复一遍，接着说，“你多管闲事。”

他把锤子收回去，然后甩过来，锤子画着平弧线，呼啸着砸来。我弯下膝盖，迅速蹲下去。一阵热浪从我的头顶掠过，二十磅重的锤子似乎完全闪过了我，我也没感到疼痛，那时没有，但枪从我的手里飞出去，撞在墙上，弹到角落里。一股暖流从我的脸边淌下来。我知不知道他在我的头皮上削了一道六英寸长的口子?我知不知道他只差八分之一英寸就把我打晕或者直接打死?我不好说。所有这一切都是在不到一分钟内发生的，可能只有三十秒。人生就像一枚不停转动的硬币。转瞬即逝。

“快出去!”我朝特洛伊喊道，“带你妹妹出去!喊救命!一直喊——”

邓宁舞起锤子。我往后一跳，锤头夯进墙里，砸碎木板条，溅起一阵石灰，跟空气里手枪发出的烟雾混到一起。电视还在播放。依然是小提琴音乐。杀人音乐。

邓宁挣扎着从墙上拉出锤子时，一样东西从我眼前飞过。是菊花牌气枪。哈里扔的。枪管砸在弗兰克·邓宁撕裂的脸上，他痛得尖叫一声。

“你这个小杂种!我要杀了你!”

特洛伊正把埃伦带向门口。所以没关系，我想，我至少改变了这么些——

但他把埃伦带出去之前，有人先挡在门口，然后冲进来，把特洛伊·邓宁和小女孩撞倒在地。我几乎来不及看清是怎么回事，因为弗兰克已经把锤子拉出来，正朝我奔来。我往后退，一只手把哈里推进厨房。

“从后门出去，孩子!快!我会拖住他,你——”

弗兰克·邓宁尖叫着，身子僵直。一瞬间，有东西从他胸口穿过来。就像个魔术。那东西上沾满血，过了一秒钟，我才看见那是刺刀的刀尖。

“这一刀是为我妹妹刺的，狗杂种!”，比尔·图尔考特喘着粗气说，“为了克莱拉!”

13

邓宁倒下去，脚伸入客厅，头在客厅和厨房之间的拱道里。他没有完全倒地。刀尖插进地板，撑住了他。他的一只脚蹬了一下，之后他就一动不动了。他看上去像是在做俯卧撑时死掉了。

所有人都在尖叫。空气中弥漫着弹药、石灰和血的气味。多丽丝歪斜着，朝死去的儿子蹒跚走去，头发披在脸上。我不想让她看见——图加的头被砸烂，一直到下巴——但我无法阻止。

“我下次会做得更好，邓宁太太，”我声音嘶哑地说，“我保证。”

我满脸是血，我擦了擦左眼才看清左边。我还清醒，所以我想我伤得不重，尽管头皮上的伤口疼得要命。但我搞砸了。我要是想有下一次，我必须离开这儿，别让人看见。赶快。

但我必须在离开之前跟图尔考特谈谈。至少试着跟他谈谈。他倒在墙边，在邓宁张开的腿旁。他抱着胸口喘着气。他的脸像死尸般惨白，嘴唇却如吃了越橘的孩子的嘴唇般发紫。我伸手去够他的手。他惊慌失措，紧紧抓住我的手。但他的眼里露出一丝幽默的闪光。

“现在谁是胆小鬼，安伯森?”

“你不是，”我说，“你是个英雄。”

“哈哈，”他气喘吁吁地说，“把该死的奖章扔进我的棺材吧。”

多丽丝怀抱着死去的儿子。在她身后，特洛伊左右摇晃，埃伦的头紧紧靠在他胸前。他没有看我们，好像我们不在场。小女孩号啕大哭。

“你们会没事的，”我说，“现在听着，这很重要：忘了我的名字。”

“什么名字?你从来没说你叫什么名字。”

“对了。还有……我的车。”

“福特。”他的嗓子哑了，眼睛仍然盯着我的眼睛。“很好的汽车。敞篷。Y 型发动机。一九四四年或者一九四五年款的。”

“你从没看过那辆车。这是最重要的一点，图尔考特。我今天晚上就得往南走，我会走收费公路，因为我不认识别的路。我到缅因州中部就没事了。你知道我在跟你说什么吗？”

“从没见过你的车，”他一边说，一边龇牙咧嘴地惊叫，“啊！妈的，痛死了！”

我把手指放在他满是须茬的喉咙上，探查他的脉搏。脉动很快，很不均匀。我能听见远处呼啸的警报声。“你做得对。”

他的眼睛转了转。“差点没做对。我不知道我在想什么。我肯定疯了。听着，老兄。他们要是真的抓到你，别告诉他们我……你知道，我……”

“我不会的。你杀了他，图尔考特。他像条疯狗，你把他杀了。你妹妹会为你感到自豪的。”

他笑了，闭上眼睛。

14

我走进浴室，抓起一条毛巾，在台盆里浸湿，把满是血迹的脸擦干净。我把脏毛巾扔进浴盆，又抓起两条毛巾，走进厨房。

把我带到这里的小男孩正站在炉边褪了色的油毯上，看着我。他此刻正吮着拇指，他也许六年前就学会了吮拇指。他双眼圆睁，一脸严肃，泪光闪烁。血滴溅到他的脸颊和眉毛上。这个小男孩刚刚经历的事情，毫无疑问会给他的精神带来创伤，但这个男孩长大后再也不会变成蟾蜍哈里。或者写一篇让我潸然泪下的作文。

“先生，你是谁？”他问道。

“谁也不是。”我从他身边经过，朝门口走去。他应当得到更好的回答。警报声更近了，但我转过身。“我是你的守护天使。”我说。然后我溜出后门，走进一九五八年的万圣节之夜。

15

我从怀莫巷走到威彻姆大街，看见蓝色闪光朝科苏特街驶去。我继续往前，走过这一住宅区所在的两个街区，向右拐进杰勒德大街。人们站在人行道上，朝警报声响起的方向扭头看。

“先生，知道出什么事了吗？”一个男人问我。他牵着一个穿着运动鞋的白雪公主的手。

“我听见孩子们在放樱桃炸弹，”我说，“可能着火了吧。”我继续前行，确保左边的脸不会被他们看见，因为附近有街灯，而我的头皮仍然在流血。

我走过四个街区后，返身走向威彻姆大街。位于科苏特大街以南的威彻姆街上漆黑安静。所有的警车可能都在现场。很好。我快到格罗夫街和威彻姆街的转角时，膝盖突然变得僵硬。我环顾四周，没有看见“不给糖就捣蛋”的人，便在路边坐下来。我不能停下来，但别无选择。我已经把胃吐空了，除了一枚恶心的糖果（我不记得在图尔考特出现之前，我有没有把它吃完），一整天什么都没吃。我刚刚经历了一场暴力间奏曲，还受了伤——我还不知道自己伤得有多重。我现在只能停下来，让身体调整一下，不然肯定会在人行道上晕死过去。

我把头埋在膝盖之间，深深地吸了几口气，这是我在大学里为取得救生员证书而选修红十字会课程学到的。首先，我不断地看见图加·邓宁的头在砸下的锤子下爆裂，这一画面让我的头晕得更厉害。然后，我想到哈里，他脸上溅着哥哥的血，但毫发无伤。还有埃伦，没有陷入深度昏迷且永不苏醒。还有特洛伊。还有多丽丝。她严重受伤的胳膊可能会在她的余生里给她带来伤痛，但她至少活了下来。

“我办到了，阿尔。”我低声说。

但我在二〇一一年做了什么？我对二〇一一年有何影响？我很想知道这些问题的答案。如果因为蝴蝶效应，有什么糟糕的事情发生，我总是可以回来消除影响……除非，我在改变邓宁一家生活的过程中，也以某种方式改变了阿尔·坦普尔顿的生活。我来的那间餐馆假如已不复存在怎么办？假如结果是他从来没有从奥本搬过来怎么办？或者从没有开餐馆？似乎不太可能……但我现在在这里，坐在一九五八年的路边，血从我一九五八年的发型中流出来，这件事又有多大的可能性？

我站起身，开始蹒跚着前行。在我的右边，威彻姆大街上远处有蓝色灯光频繁闪烁。一大群人聚集在科苏特街拐角，但他们背对着我。我停车的教堂就在街对面。森利纳现在孤独地待在停车场里，看起来平安无事；没有哪个万圣节恶作剧者把车轮胎的气给放了。然后，我看见一只挡风玻璃雨刮上有张黄色的方形物。我突然想起黄卡人，胃里一阵紧张。我抓起来，看到上面写的字，放松地舒了一口气："加入你的朋友和邻居，一起参加星期天上午九点的礼拜。随时欢迎新人！记住，'生命是个问题，耶稣才是答案'。"

"我想麻醉药才是答案，我现在肯定能用点。"我喃喃自语，打开驾驶室的门。我想起落在怀莫巷房子车库后面的纸袋。调查那个区域的警察肯定会发现它。里面有一些糖果，一瓶快空了的高岭土果胶……还有一堆类似成人尿布的玩意儿。

我想知道他们会怎么看待这些东西。

但没想太久。

16

我开到收费公路上时，头剧痛不已，二十四小时营业便利店尚未出现，这东西即使存在，我也不敢停车。我衬衫左上臂的血渐渐干了，衣服也变硬了。幸好我先前记得把油箱加满了油。

有一次，我试着用指尖触摸头上的伤口，一阵刺痛传来。我再也不敢摸第二下。

但我在奥古斯塔外的休息区停了一下。当时已经十点多，那儿空无一人。我打开顶灯，在观后镜里检查瞳孔。瞳孔大小如常，我舒了口气。男厕所外有台小吃自动贩卖机。我花了十美分，买了个涂有奶油的巧克力派。我一边开车一边狼吞虎咽，头痛逐渐消退。

我到里斯本福尔斯镇时已经过了半夜。美茵大街上一片漆黑，但沃伦波毛纺厂和美国石膏厂正全速开工，喷出闷燃产生的热气，将臭味排到空气中，把酸性废弃物排到河里。成串的闪烁灯光让这两个工厂看起来就像飞船。我把森利纳停在肯纳贝克果品公司外面。它会一直待在那里，直到有人朝里面窥视，看到座位、驾驶员车门和方向盘上的血迹。我猜他们会把粉末撒在车上，提取指纹。他们很可能能把车上的指纹跟在德里杀人现场三八式警用手枪上的指纹匹配成功。乔治·安伯森的名字可能会在德里出现，然后在福尔斯镇出现。但是我来的兔子洞如果还在，乔治不会留下任何踪迹，指纹属于一个十八年之后才出生的人。

我打开后备厢，拿出公文包，决定留下其余所有东西。我觉得，那些东西会被卖到快乐白象，离泰特斯的雪佛龙二手商店不远。我穿过街道，朝工厂的“龙息”走去，“沙——呼，沙——呼”的声音昼夜不停，直到自由贸易在里根时代淘汰昂贵的美国纺织品。

白色荧光从染坊肮脏的窗户中透出来，照亮烘干房。我看到把烘干房跟院子其他地方隔开的铁链。光线太暗，我看不清挂在铁链上面的标牌。我上次看到那块标牌是在两个月前，但我记得上面写着“管道维修，禁止穿越”。没有看到黄卡人的影子——或许现在应该称他为橙卡人。

照明灯照亮整个院子，把我照得就像盘子上的一只蚂蚁。我瘦长的影子在我前面蹦跳。一辆运输车朝我逼近时，我呆住了。我以为司机会停下来，探出身，问我在这儿干什么。他减速，却没有停下来。他向我举起一只手。我也向他举起手。他继续朝装卸台开去，几十个空桶在车斗里发出沉闷的响声。我朝铁链走去，迅速朝四周看了看，然后从铁链下钻过去。

我穿过烘干房的侧面，心怦怦地跳着。头上的伤口也以同样的节奏跳动着。这一次，没有混凝土块标出那个地方。慢点儿，我告诉自己，慢点儿。台阶就在……这儿。

可是台阶不在那里。我轻叩鞋子，什么都没有。

我又朝前挪了一点，还是什么都没有。天气很冷，我呼气时能看见一层薄薄的雾气。但我的胳膊和脖子上已经出了一层黏汗。我又向前走了一点儿，但几乎敢肯定我已经走过了。兔子洞要么彻底消失，要么因为蝴蝶效应转移到了别的地方。这意味着我作为杰克·埃平的全部生活——上小学时因为照料花园获得美国未来农场主组织奖，我大学时放弃小说，然后娶了一个还算甜美的女人，这个女人差点把我的爱溺死在酒精里——就是个疯狂的幻觉。你永远都是乔治·安伯森。

我又向前走了一点儿，停下来，使劲呼吸。在某个地方——可能是染坊，也可能是编织房——有人喊道："侧着 × 我！"我吓了一跳。紧接着传来一阵公牛咆哮般的大笑，我又吓了一跳。

不在这儿。

不见了。

或者从来就没存在过。

我失望了吗？恐惧？惊慌失措？实际上，我没有这些感觉。我只感到一阵释然。我想道，我可以在这儿住下来。很轻松。甚至很幸福。

真的吗？是的。千真万确。

人们在工厂区和公共汽车上拼命吸烟，这些地方空气恶臭。但多数地方的空气异常清甜。异常新鲜。食物的味道好极了；牛奶直接送到门口。我从电脑前撤离一段时间后，才意识到我对那玩意儿多么上瘾。我每天花数小时读那些愚蠢邮件的附件，浏览网页，而我这么做的原因跟登山家攀登珠峰的原因一样：因为它们就在那里。我的手机从来不响，因为我没有手机。真是轻松啊。除了大城市，很多人还使用电话合用线。多数人晚上锁门吗？他们才不呢。他们担心核战争，但我清楚地知道，人们在一九五八年会自然老死，除了试验，从没听说原子弹爆炸。没有人担心全球气候变暖，或者自杀式炸弹袭击者劫持飞机，撞向摩天大楼。

我在二〇一一年的生活如果不是幻觉（我心里知道它不是），我仍然可以阻止奥斯瓦尔德。我只是不知道最终结果。我想我可以忍受这一点。

好吧。首先要回到森利纳上，离开里斯本福尔斯镇。我会驱车前往路易斯顿，找到汽车站，买张去纽约的车票。再从那里坐火车去达拉斯……或者，为什么不坐飞机呢？我还有很多现金，航空公司的职工根本不会索要带照片的身份证。我只需交钱买票，环球航空就会欢迎我登机。

这个决定让我备感轻松，但我的双腿又变得跟橡胶似的。我的腿不像在德里时那样糟糕，我那时只能坐下。但我现在必须靠在烘干房的墙上，撑住身体。我的手肘撞在上面，发出柔和的声响。一个声音无中生有地朝我说话。声音很沙哑。几乎是在低吼。好像是来自未来的声音。

“杰克？是你吗？”语音未落，响起一阵连续的干咳声。

我几乎保持着沉默。我可以保持沉默。然后我想到阿尔在这件事情上投入了多少心血，想到我现在是他仅存的希望。

我转向咳嗽声传来的方向，低声说：“阿尔，跟我说话。报数！”我本想再加一句：或者继续咳嗽。

他开始数数。我朝着数字的方向走去，感觉着自己的脚步。我走了十步之后——那里离我放弃的地方很远——鞋尖又向前迈一步，撞在什么东西上面，停下来。我环顾四周。我又吸了一口发出化学品恶臭的空气。然后，我闭上眼睛，开始攀登无形的台阶。我爬上第四级台阶时，夜晚清冷的空气变成令人窒息但温暖的咖啡和调料的气味。我的上半身感觉到了温暖，但腰部以下还能感觉到夜晚的清凉。

我在那儿站了足有三秒钟。一半站在现在，一半站在过去。然后我睁开眼，看见阿尔憔悴、焦急而消瘦的脸庞，踏进二〇一一年。

/

第三部　回到过去

第九章

1

我本来已经惊讶不已，阿尔左边的东西更是让我惊掉了下巴：一支烟正在烟灰缸里闷烧。我从他身边伸过手去，把烟掐灭。“你想把仅剩的肺组织咳出来吗？”

他没有应声。我不确定他是否听到了我的话。他盯着我，双眼圆睁。“上帝！杰克，谁把你的头皮削开了？”

“没有谁。我们先出去吧，不然我会被你的二手烟呛死。”但我的责备很无理。我在德里的几个星期里，已经习惯了烟味。我要是不当心，很快也会抽上烟。

“你的头皮被削开了，”他说，“你还不知道。有一绺头发从你的耳朵后面垂下来，你……究竟流了多少血？一夸脱？谁干的？”

“A，不到一夸脱。B，弗兰克·邓宁。我已经回答了你的问题，现在我有个问题。你说你会祈祷，可为什么在抽烟？”

“因为我很紧张。因为现在没关系了。马儿已经跑出马厩。”

关于这一点，我几乎无法辩驳。

2

阿尔缓缓地走到柜台后面，打开一个橱柜，拿出一个塑料箱，箱子上面有个红色的十字。我坐在凳子上，看着表。阿尔打开门、带我走进餐馆时是七点三刻。我走下兔子洞，出现在一九五八年的仙境里时大概是七点五十五分。阿尔说，每次造访只需要两分钟，墙上的钟表似乎证实了这个说法。我在一九五八年待了五十二天，但这里现在只是早上七点五十九分。

阿尔正在摆弄纱布、胶带和消毒剂。“低下头，让我看看，”他说，“把下巴放在柜台上。”

“可以不用过氧化氢。已经四个小时了，血现在凝固了。看到了吗？”

“小心为上。”他说，然后在我的头上放药。

“啊！”

“痛吧？因为伤口还开着。你想在去达拉斯之前让一九五八年的外科医生治疗你感染的头皮吗？相信我，伙计，你不想的。别动。我得剪掉一点头发，不然没法贴胶带。谢谢上帝，你的头发不长。”

剪——剪——剪。随后他火上浇油——或者说在伤口上撒盐——把纱布按在伤口上，用胶带贴住。

“过一两天就可以取下纱布了，但在那之前，你肯定宁愿戴着帽子。头顶暂时看起来有点寒碜，不过，那儿的头发如果长不出来了，你可以把下面的头发往上梳。想吃点阿司匹林吗？”

“想。再来杯咖啡。你能行吗？”咖啡只能暂时缓解疼痛。我需要的是睡眠。

“能。”他轻轻地按了一下邦恩牌咖啡机上的开关，然后又开始翻急救包。“你看起来好像瘦了。”

你自己也是，我想。“我生病了，上吐下泻二十四小时——”我突然住口。

“杰克，怎么了？”

我盯着阿尔挂在墙上的照片。我走下兔子洞时，墙上有一张我和哈里·邓宁的合照。我们微笑着，拿着哈里的毕业证书，看着相机。

现在，那张照片不见了。

3

“杰克？伙计？怎么了？”

我拿起他放在柜台上的阿司匹林，塞进嘴里，直接干吞。然后我站起身，慢慢朝名人墙走去。我感觉自己像个透明人。在过去两年里挂着我和哈里照片的地方，现在挂着阿尔跟迈克·米肖——缅因州第二区的美国代表——握手的照片。米肖肯定是在寻求连任，因为阿尔的厨师围裙上有两张贴纸。一张上写着“米肖进入国会”。另一张上写着“里斯本爱迈克”。光荣的代表穿着亮橙色莫西狂欢节T恤，手里拿着滴油的富客汉堡，对着镜头。

我把照片从钉上取下来。“这幅照片挂在这儿多久了？”

他看着照片，皱起眉头。“我这辈子从没见过这张照片。天知道我在最后的两轮竞选中支持米肖——见鬼，我支持任何没有被抓住跟选举助理乱搞的民主党——我在一次聚会上见过他，但那是在洛克堡。他从没来过餐馆。”

“很明显，他来过。那是餐馆的柜台，不是吗？”

他把照片拿在手里，他的手骨瘦如柴，跟爪子差不了多少。他把照片拿到脸边。“是的，”他说，“当然是的。”

所以蝴蝶效应的确存在。照片就是证据。

他盯着照片，露出微笑。那是诧异的微笑，我想，其中或许还有敬畏。然后，他把照片递给我，走向柜台后面，去倒咖啡。

“阿尔，你还记得哈里吗？哈里·邓宁？”

“我当然记得。你不就是为了他才去德里，还差点丢了脑袋吗？”

“没错。为了他，还有他的家人。”

“你救下他们了吗？”

“是的，只有一个没救下来。图加的爸爸抢在我们之前杀了图加。”

“我们指的是谁？”

“我会告诉你一切的，但我现在想回家睡觉。”

“伙计，我们时间不多了。”

“我知道。”我说，心想，我唯一要做的就是看着你，阿尔。“但我困死了。对我来说，现在是凌晨一点半，我度过了……”我张开嘴，打了个大哈欠——“疲惫的一晚。”

“好吧。”他端出咖啡——满满一大杯黑咖啡。他给自己倒了半杯，他那杯里明显加了奶油。“边喝咖啡边聊，能说多少就说多少。”

“首先，告诉我，哈里如果从来没有在里斯本高中当过清洁工，从来没有在你这儿买过富客汉堡，你怎么会记得他？其次，告诉我，米肖来过你的餐馆，你怎么会不记得？”

“你不确定哈里·邓宁如今在不在镇上，”阿尔说，“你也不确定他如今在不在里斯本高中当清洁工。”

“他要是在，那真是惊人的巧合。阿尔，我改变了过去——在一个叫比尔·图尔考特的家伙的帮助下。哈里不用去纽黑文跟叔叔婶婶住，因为他妈妈没有死。他哥哥特洛伊和妹妹埃伦都没有死。拿着锤子的邓宁根本没能靠近哈里。哈里在人生发生了这么多变化后如果仍然生活在福尔斯镇，我肯定会是世界上最惊讶的那个人。”

“可以查一下，”阿尔说的“我办公室里有台笔记本电脑。来吧。”他扶着东西走在前面，边走边咳。我端着我的咖啡，他把他的咖啡留下了。

“办公室”这个词用于厨房尽头厕所大小的房间，未免言过其实。这儿几乎都容纳不下我们两个人。墙上贴着备忘录、许可证以及缅因州和联邦政府的卫生标准。散布所谓著名猫肉汉堡之类谣言的家伙要是看到所有这些文书——包括缅因州饭店委员会终审之后出具的A级卫生证明——可能得改变他们的看法。

哈里的苹果笔记本电脑放在桌上，我记得我上三年级时用过那种桌子。他倒进几乎和桌子同样大小的椅子里，因为疼痛和轻松，哼了一声。“高中有网站，对吧？”

“当然。”

笔记本启动时，我在想，在我离开的五十二天里，我的邮箱里堆积了多少邮件啊。然后，我想起我只离开了两分钟。真是太蠢了。“我想我有点混乱，阿尔。”我说。

“我了解那是什么感觉。坚持住，伙计，你会——等等，有了。看。课程……夏季……教师……管理员……保管人员。”

“对了。”我说。

他按着触控板，嘟哝着，点点头，点击什么，然后盯着电脑屏幕，好似算命大师在察看水晶球。

“好了，别吊我的胃口了。”

他把笔记本电脑转过来让我看。屏幕上显示的是：“里斯本高中保管人员，缅因州最棒的保管人员！”这行字下面是两男一女的照片，他们站在体育馆中央的球场上。三个人都面带笑容，都穿着里斯本灰熊队的运动衫。哈里·邓宁不在其中。

4

“你记得他当过清洁工，当过你的学生，是因为你进过那个兔子洞。”阿尔说。我们又回到餐馆，坐在一个隔间里。“我记得他，要么是因为我自己也进过兔子洞，要么只是因为我离兔子洞很近。”他想了想。“很可能是这样。是一种辐射。黄卡人也离得很近，不过是在另一边。他也感觉到了。你见过他，所以你明白我在说什么。”

“他现在变成了橙卡人。”

“你说什么？”

我又打了个哈欠。“我要是现在告诉你，我会把事情弄得一团糟。我想开车把你送回家，然后自己回家。我想弄点吃的，因为我饿得像头熊——”

“我弄点鸡蛋给你吃。”他说着站起身，又砰地坐回去，开始咳嗽。他每一次吸气后都喘得更厉害，整个身体摇晃着。有什么东西在他的喉咙里发出响声，就像行驶中的自行车辐条卷进一张扑克牌后发出的声音。

我把手放到他的胳膊上。“你该回家，吃药，休息。如果睡得着，就尽量睡觉，我知道我能睡着，睡八个小时，我会定闹钟。”

他停止咳嗽，但我仍然能听到那张扑克牌在他的喉咙里响。“睡觉。睡得很熟。我记得那种感觉。我真羡慕你，伙计。”

“我今天晚上七点会到你那里。不，晚上八点吧。我要先在网上查点东西。”

“要是一切皆可呢，杰克？”他一语双关，淡淡一笑……这个双关语，我当然听过不下千遍。

“那我明天就回去，准备行动。”

“不，”他说，“你要回去抹掉行动。”他捏捏我的手。他的指头很细，但很有力道。“这是最重要的。找到奥斯瓦尔德，抹掉他干的蠢事，把他那自鸣得意的假笑从脸上抹掉。”

5

我发动汽车前，伸手去摸粗短的福特竖排变速器，用左脚踩有弹性的福特离合器。我的手指除了空气什么都没抓到，鞋子除了脚垫什么也没踩到，我笑了。情不自禁。

“笑什么？”阿尔坐在副驾驶座上说。

我想念拉风的福特森利纳，就是这样。不过没关系，我很快就会再买一辆。我下次去时没那么多钱了，至少开始时是这样（我在故乡信托的存款会在我下次去时消失），我也许要跟比尔·泰特斯多还些价。

我想我能办到。

我现在跟上次不同了。

“杰克，什么事情这么好笑？”

“没事。”

我留意美茵大街，看看有没有变化，但所有显眼的建筑都在，包括肯纳贝克水果店。这个店看起来和平常一样，好像明天就会倒闭。沃伦波的雕像仍然矗立在福尔斯镇公园里，卡贝尔家具店橱窗里的条幅仍然向世界保证："本店售价行业最低。"

"阿尔，你还记得经过兔子洞后，要钻过铁链吗？"

"当然。"

"铁链上面挂着的标牌呢？"

"有关水管的。"他像个士兵一般端坐着，仿佛前面的路上有很多地雷。车子每次颠簸，他都畏缩一下。

"你从达拉斯回来时——你意识到自己病得太厉害，没法完成任务时——那个标牌在吗？"

"在，"他沉思片刻后回答，"在的。这很滑稽，不是吗？四年过去了，排水管还没被修好？"

"不会的。那是个日夜加班加点的工厂。它怎么没有引起别人注意呢？"

他摇摇头。"搞不清。"

"放标牌的人，可能是为了阻止人们不小心走进兔子洞。那么，标牌是谁放的呢？"

"我不知道。我甚至不知道你说得对不对。"

我转弯，把车开上他家所在的街道。我希望看到他安全地走进家门，再继续开七八英里到萨巴特斯。我希望自己在开车时不会在方向盘后面睡着。但我的脑子里还有一件事，我得把这件事说出来。我必须说出这件事，免得他期望过高。

"历史很执拗，阿尔。它不想被改变。"

"我知道。我跟你说过。"

"你是说过。但我现在想的是，阻力的大小跟事件对未来的改变程度成正比。"

他看着我。他眼睛下面的眼袋比以前更暗了，眼睛里闪着痛苦。"你能用英语说吗？"

"改变邓宁一家的未来比改变卡罗琳·波林的未来更难，这一方面是因为牵扯的人更多，但主要是因为不管怎么样，波林都会活下来。多丽丝·邓宁和她的孩子们本来都会死……当然，现在还是死了一个，尽管我尽力补救。”

他的嘴唇上露出幽灵般的笑容。“很好。记住，下次往下蹲一点。不然你还得面对一个难堪的伤疤，头发可能再也长不出来了。”

我有想法，但没有说出来。我把车开入他家的车道。“我想说的是，我可能阻止不了奥斯瓦尔德。至少第一次可能办不到，”我笑了，“见鬼，我第一次考驾照时也没过。”

“我理解，但他们不会让我五年后重来一次。”

他说到重点了。

“你多大了，杰克？三十？三十二？”

“三十五。”比今天上午早些时候离三十六又近两个月，但朋友之间，几个月时间算什么？

“你要是把事情搞砸了，不得不重来一次，旋转木马第二次回到黄铜圈时，你就四十五岁了。十年内会发生很多事情，况且过去要跟你作对。”

“我知道，”我说，“看看在你身上发生了什么。”

“我的肺癌是吸烟造成的，仅此而已。”他咳嗽起来，像是要证明这一点。但我从他的眼睛里看到了怀疑和痛苦。

“也许真是这样吧。我希望真是这样。但我还有一件事不明白——”

他的前门砰地开了。一个身材肥胖的年轻女人，穿着石灰绿的工作服和白色南茜护士鞋，沿着车道一路小跑过来。她看见阿尔躺在我的丰田车乘客座椅里，猛地拉开车门。“坦普尔顿先生，你去哪儿了？我来给你送药，看到房子里没人，还以为——”

他努力笑了笑。“我知道你怎么以为的，但我没事。不算好，但没事。”

她看着我。“你，你带着他到处转悠什么？你没看到他有多虚弱吗？”

我当然看到了。但是，我既然不能告诉她我们去干什么了，就只有闭嘴，打算像个男人那样忍受责备。

“我们有重要的事情商量，”阿尔说，“行吗？明白了吗？”

“都一样——”

他打开车门。“扶我进去，多丽丝。杰克得回家了。”

多丽丝。

邓宁的老婆也叫这个名字。

他没有注意到这个巧合——当然，这是个再普通不过的名字——但这个名字在我的脑海里叮当作响。

6

我平安地把车开到家，然后发现自己伸手去够森利纳的紧急制动器。我熄灭发动机时想，这辆丰田车跟我在德里已经习惯开的车相比，简直是个由塑料和玻璃纤维做成的盒子，狭窄、寒碜、令人讨厌。我走进屋，喂我的猫，看到它盘子里的食物还很新鲜。为什么不新鲜呢？在二〇一一年，食物只在盘子里放了一个半小时。

“快吃，爱勒谟，”我说，“中国有一些饥肠辘辘的猫，肯定会很乐意吃一碗喜跃牌精选猫粮。”

爱勒谟看了我一眼，从猫洞里溜出去。我用微波炉加热斯托佛牌冷冻食物（我像怪物弗兰肯斯坦学说话一般思考：微波炉很好，现代汽车不好）。我把食物吃了个精光，丢掉垃圾，走进卧室。我脱下一九五八年的纯白衬衫（感谢上帝，阿尔的多丽丝太激动，没有注意到我衬衫上的血滴），坐在床边上，脱下在一九五八年十分合宜的鞋子，然后躺倒。我很确定，我还没完全躺下去就睡着了。

7

我彻底忘了定闹钟这件事，我原本在五点肯定醒不来，但四点一刻，爱勒谟跳上我的胸口，嗅闻我的脸。这意味着它已经吃光食物，在要求添补。我给猫添了食，用冷水冲了把脸，吃了一碗家乐氏香脆麦米片，心想，我得花几天时间才能适应新的三餐时间。

我填饱肚子，走进书房，启动电脑。我访问的第一个网站是福尔斯镇图书馆。阿尔说得对——数据库里有所有发行过的《里斯本企业周刊》。我得成为博物馆之友，才能获取这些资料，这需要花十美元，但基于目前的情况，十美元不贵。

我要找《企业周刊》十一月七日那一期。在第二页，一条致命汽车事故报道和一条疑似纵火案报道之间有篇新闻，新闻的标题是“当地人寻找神秘人”。神秘人就是我……或者，我在艾森豪威尔时代的密友。森利纳敞篷跑车已经被找到，上面的血迹也被发现。比尔·泰特斯证实，他把卖给了一个叫乔治·安伯森的人。文章的口吻让我感动：带有对一个失踪者（可能受了伤）下落的单纯关注。乔治·杜森，故乡信托的职员，把我描述成一个“谈吐文雅、举止礼貌的人”。埃迪·鲍默，鲍默理发店的老板的观点和银行职员的观点基本一致。安伯森这个名字没有引起任何怀疑。我要是跟德里一起敏感的案件扯上关系，事情可能会大不一样，但我没有卷入那个案子。

在接下来那期周刊中，也没有我涉及那个案子的报道，我只是在警方公告中被随笔带过：“对消失的威斯康星人的搜寻还在继续”。再往后一期，《企业周刊》已经热衷于即将来临的假期，乔治·安伯森的名字从周刊上彻底消失。*但我确实去过那里。*阿尔把他的名字刻在树上。我在一份老报纸上看到了自己的名字。我早已料到，但亲眼看到证据，还是十分惊讶。

接下来，我访问了德里《每日新闻》的网站。我花了更多钱才进入他们的存档文件。我只花了几分钟，就看到一九五八年十一月一日那期报纸的头版。

你可能会以为，一起耸人听闻的当地犯罪会成为当地报纸的头版，但在德里——诡异的小城——他们总是尽量隐藏暴行。那天的要闻是苏联、英国和美国在日内瓦开会，讨论签订禁止核试验条约的可行性。这一条下面，是关于一个十四岁男孩，国际象棋天才博比·费希尔的报道。在头版最下面的左边（媒体专家告诉我们，那是人们最后才看的地方，如果他们会看的话），有条新闻的标题是“疯狂杀人案最终导致两人死亡”。报道说，弗兰克·邓宁，“商业街名人，积极响应众多慈善活动”，星期五晚上刚过八点，“喝醉酒”，回到与他不和的妻子家中。跟妻子一阵争吵之后（我肯定没有听到争吵……我可是在现场），邓宁用锤子砸向她，打断她的胳膊，杀死十二岁的儿子阿瑟·邓宁，当时，阿瑟正准备保护妈妈。

第十二页有详细报道。我翻到第十二页时，看到老朋友比尔·图尔考特的快照。报道说：“图尔考特先生正好经过，听到邓宁家发出呼喊和尖叫。”他冲上人行道，从敞开的门里看到里面的情景。他叫邓宁先生“放下手中的锤子”。邓宁置之不理。图尔考特先生看到邓宁的皮带上装在鞘中的猎刀，便将它拔出来。邓宁冲向图尔考特先生，图尔考特跟他扭打起来。在两人的搏斗中，邓宁被刺死。片刻之后，英勇的图尔考特先生心脏病发作。

我坐下来，看着老旧的快照——图尔考特一只脚自豪地踏在四十年代末出产的私家轿车的保险杠上，嘴角叼着香烟。我的手指敲打着大腿。邓宁是从背后被捅的，不是从前面。图尔考特用的是日本刺刀，不是猎刀。邓宁根本没有猎刀。长柄大锤——对此报道也有偏差——是他唯一的武器。警察会弄错这么明显的细节吗？我不明白为什么，除非他们是雷·查尔斯那样的睁眼瞎。不过我对德里已经十分了解，这一切看上去天衣无缝。

我想我在笑。报道如此疯狂，实在令人钦佩。所有的零碎材料被完美地嫁接在一起。疯狂的醉酒丈夫，畏缩、恐惧的家人，英勇的路人（没有说明他为什么会经过那里）。你还指望读到什么呢？文章没有提到什么神秘的陌生人出现在现场。一切都是德里风格。

我在冰箱里翻了一阵，找到剩下的巧克力布丁，站在灶台前吃了下去，看着后院。我抱起爱勒谟，抚弄它，直到它扭动身子要下去。我回到电脑旁，按了一个键，驱散屏幕保护，又看了比尔·图尔考特的照片一眼。英勇的介入者挽救了一家人的生命，却由于心脏病发作而倒下。

最后，我走到电话旁，拨通查号台的号码。

8

德里的电话名录里没有多丽丝、特洛伊或哈罗德·邓宁。最后，我试了埃伦这个名字，没抱什么希望。她即使仍然在镇上，也很可能已经随了夫姓。但有时候，风险大的赌注恰恰是幸运的赌注（穷凶极恶的李·哈维·奥斯瓦尔德就是例证）。电话机器人说出一串电话号码时，我非常吃惊，铅笔差点从手中滑落。我没有再次拨打查号台的号码，而是按了一，然后直接拨打查询到的电话。我要是停下来想想，不确定自己还会不会这么做。有时候，我们不想知道，不是吗？有时候，我们害怕知道。我们只是径直向前，然后回头。但我勇敢地拿着电话，听着德里的一台电话响了一声，两声，三声。电话再响一次，应答机也许就会接通。我不想留言。我不知道要在留言里说什么。

但第四声响到一半，一个女人说话："你好？"

"是埃伦·邓宁吗？"

"嗯，那要看给我打电话的人是谁。"她的话里有一种克制的风趣。声音中有点儿不悦，有点妩媚。我如果不知道她的年纪，会以为这是个三十岁的女人，而不是年约六旬的老妇人。有这把嗓音的，我想，该是相当专业的人。歌手？演员？也许是位喜剧演员（或是女谐星）？这些似乎都跟德里不搭。

"我是乔治·安伯森。我很久以前认识你哥哥哈里。我回到缅因了，我想，我或许可以试试联系你。"

"哈里？"她的声音听起来很惊讶，"噢，我的上帝啊！你们是在军队里认识的吗？"

是吗？我迅速思考一下，发现这不是我的故事。太多潜在的陷阱了。

"不，不，早前在德里，我们还是孩子时。"灵感闪现了。"我们常常在娱乐中心玩。同一个队的。经常一起玩。”

“哦，很抱歉地告诉你，安伯森先生。哈里死了。”

我一时间哑口无言。不过，在电话里这样可不行。我费劲地说：“噢，上帝，真抱歉！”

“很久了，在越南死的。春节进攻时死的。”

我坐下来，胃里一阵难受。我救了他，让他没有跛脚，没有精神障碍，却把他的寿命缩短了四十年？太好了。手术成功，但病人死了。

但表演不得不继续。

“特洛伊呢？还有你，你好吗？你那时候还是个小孩子，骑着带保护轮的自行车，唱着歌。你总是爱唱歌，”我无力地笑笑，“哎，那时候你简直把我们弄疯了！”

“最近一段时间，我唯一一次唱歌是在班尼根酒馆的卡拉OK之夜。但我从来不讨厌动嘴。我是班戈的播音员。你知道吗，流行音乐节播音员？”

“嗯哼。特洛伊呢？”

“住在帕姆斯普林。他可是家里的有钱人。在电脑生意上赚了很多。二十世纪七十年代从底层做起。跟斯蒂夫·乔布斯这群人吃过午饭呢。”她笑了。笑声很灿烂。我敢打赌，缅因州东部所有人都会调到她的频道，只为听到她的笑声。但是，她再次开口时，声音变得低沉，所有的幽默荡然无存。就像太阳被乌云遮住。“你到底是谁，安伯森先生？”

“你是什么意思？”

“我在周日做热线节目秀，在周六做旧货甩卖秀。‘我有台旋耕机，埃伦，差不多是全新的，但我付不起贷款，我想不低于五千的价格卖掉，越高越好。’诸如此类。星期天的主题是政治。人们打进热线，痛斥拉什·林博[①]，或者谈论格伦·贝克[②]该如何竞选总统。我能分辨声

① 拉什·林博（1951— ），美国右翼电台主持人、记者、作家，自由主义运动者。

② 格伦·贝克（1964— ），美国著名网络电视制片人，同时是媒体名人、广播台主持人、作家、企业家以及政治评论员。以格林·贝克为名的广播脱口秀节目在全美风靡一时。

音。你要是哈里在娱乐中心时代的朋友，你该有六十岁了，但你不到六十。你的声音听起来不超过三十五岁。”

耶稣啊，说得丝毫不差。“人们都说，我的声音听起来比我的年龄年轻很多。我敢打赌他们也是这么说你的。”

“得了吧，”她语气平淡地说，声音立刻苍老许多，“我经过多年训练，可以让声音带上阳光。你也练过？”

我想不出怎么回答，于是干脆保持沉默。

“况且，没有人会打电话问候小学时的玩伴。不会在五十年之后打，断然不会。”

我可以挂断电话，我想，我已经得到我想要的，而且比我希望得到的更多。但是电话就像黏在了我的耳朵上。我不知道我要是看见火苗蹿上客厅窗帘，能不能把电话扔掉。

她再次开口时，声音里有一丝领悟的意味。“你是他吗？”

“我不知道你指的是——”

“那天晚上还有别人在。哈里看见了，我也看见了。你是他吗？”

“哪天晚上？”我说出来的是‘哪晚’，因为我的嘴唇已经麻木。有人仿佛在我脸上罩了面具。结满雪片的面具。

“哈里说是他的守护天使。我想你就是他。你去哪儿了？”

“夫人……埃伦……我不知道你在说什么——”

“他接到命令后，我把他送到机场。他离开之后再也没有回来。他要去越南，我告诉他小心屁股。他说：‘别担心，妹妹，我有个守护天使，还记得吗？’天使先生，一九六八年二月六日，你在哪儿？我哥哥在溪山牺牲时，你到底在哪儿？你当时到底在哪儿，你这个狗娘养的？”

她还说了些别的，但我听不到了。她哭得很厉害。我挂断电话，回到浴室。我躺进浴缸，拉上窗帘，把头埋到膝盖之间，看着橡胶垫上的黄色水仙。然后我狂啸起来。一声。两声。三声。这是最糟糕的结果。我希望阿尔从来没有跟我讲过他那该死的兔子洞。不仅如此，我希望他已经死了。

9

我把车开进阿尔家的车道，看见屋内一片漆黑时，一种不祥的预感涌上心头。我试图开门，发现门没锁，感觉更糟。

“阿尔？”

没人应答。

我找到电灯开关，轻轻地弹了一下。房间的主要区域毫无生气，那里被定期打扫过，但不经常使用。墙壁上几乎挂满了相框。几乎都是我不认识的人——我想，是阿尔的亲戚——但我认识挂在沙发上方墙上的夫妻照：约翰和杰奎琳·肯尼迪。他们在海滩上（可能是海恩尼斯港口），双手环抱着对方的脖子。空气中弥漫着佳丽香水的气味，但香水味没能掩盖住屋子深处传来的病房气息。某处传来诱惑乐队低沉的歌声：《我的女孩》，歌词是“多云天的阳光”什么的。

“阿尔，你在吗？”

他不在这里还能在哪儿？在波特兰第九舞蹈房，跳着迪斯科，泡女大学生？我知道当然不会。但我先前许了个愿，愿望有时候会实现。

我摸索着厨房开关，找到后打开荧光灯，屋子里顿时明亮起来，亮度足够做阑尾切除手术。桌子上放着塑料药罐，那种能盛一周剂量药丸的药罐。这种药罐大多小巧，能装进口袋或者钱包，但是这一个有百科全书那么大。药罐旁边有张兹齐牌便笺条，便笺条上面潦草地写着：“你要是忘记在八点钟吃药，我会杀了你！多丽丝。”

《我的女孩》结束了，《只是我的幻想》开始。我循着音乐，走入病房的恶臭之中。阿尔躺在床上。他看起来很安静。两只眼睛闭着，眼角挂着泪珠。泪痕仍然湿润，闪着微光。多片 CD 播放器放在他左边的床头柜上。床头柜上也有一张便笺条，上面压着一只药瓶。那个药瓶遇到微风就会失去纸镇的功能，因为它是空的。我看着瓶身的标签：奥施康定，二十毫克。我拿起纸条。

对不起，伙计，等不及了。太痛了。你有餐馆的钥匙，知道该怎么做。别骗自己还能再试一次。因为会有太多事情发生。一次成功。或许你恨我让你陷入这一切。我站在你的角度，也会这么想的。但是，别放弃！请别放弃！锡盒放在床下。里面大概还有五百美元，我存下的。

靠你了，伙计。明天早上，多丽丝看到我大概两个小时之后，房东可能会给餐馆上锁，所以，务必今晚就去。救救他，好吗？拯救肯尼迪，一切都会改变。

求你了。

阿尔

你这个混蛋，我想，你知道我可能会动摇。这是你对付我的伎俩，对吧？

我当然会再三考虑。但考虑不是选择。他要是以为我会放弃，那就大错特错了。阻止奥斯瓦尔德？当然。但是我假如回到过去，奥斯瓦尔德严格来说排在第二位，只是云遮雾绕的未来的一部分。一九六三年已经是过去，所以这么说很滑稽，但十分准确。我脑子里想着的是邓宁一家。

阿瑟也叫图加，我可以拯救他。我也可以拯救哈里。

肯尼迪可能会改变主意，阿尔说过。他指的是越南战争。

肯尼迪即使没有改变主意，出了兵，哈里一九六八年二月六日还会出现在同样的地点吗？我想不会。

“好的，”我说，“好的。”我弯下腰，亲吻他的脸。我能尝到最后一滴眼泪淡淡的咸味。“安息，老兄！”

10

我回到住处，清点我的巴克斯顿勋爵公文包和精美的鸵鸟钱包。

我有阿尔的笔记，上面有奥斯瓦尔德一九五九年九月十一日从海军陆战队退伍之后详尽的行为轨迹。我的身份证还在，现金比我想象的要多。阿尔额外存下的钱，加上我手头上的余钱，我拥有的现金仍然超过五千美元。

冰箱的抽屉里还有汉堡。我热了一些，放到爱勒谟的盘子里。它吃时，我抚摸着它。“我要是回不来了，你就去隔壁的里特家，”我说，“他们会照顾你的。”

当然，爱勒谟没有在听，但我知道，我要是没喂它，它会去的。猫是求生专家。我拎起公文包，走出门，坚决抵抗一股短暂而强烈的欲望：冲进卧室，躲到被子底下。我要是成功地达成出发时设定的目标，我回来时，我的猫和房子还会在这儿吗？它们如果都在，还属于我吗？没法说。想知道穿越的有趣之处吗？能够穿越到过去生活的人，也不知道未来会变成什么样。

“嗨，奥齐，”我轻声说，“我来找你了，你这个狗杂种！”

我关上门，走了出去。

11

餐馆少了阿尔，变得很诡异，因为我感觉阿尔仍然在那里——我是指他的鬼魂。他的城镇名人墙上的脸似乎都朝下盯着我，问我来这里干什么，说我不属于这里，劝我在折断宇宙的发条之前离开。阿尔和米肖的照片里有些东西让我特别不安，那个位置曾经挂着哈利和我的照片。

我走进储藏室，开始迈着细小的步子向前滑动。就像熄灯后寻找楼梯最上面那级台阶，阿尔曾经说，闭上眼睛，伙计，这样好受点。

我这样做了。我向下走了两步，听到耳道深处压力调整发出的爆裂声。皮肤一阵灼热；阳光透过我闭着的眼皮射进来。我听见织布机发出“沙——呼，沙——呼”的声响。时间是一九五八年九月九日，正午之前两分钟。图加·邓宁又活了，邓宁太太的胳膊还没有被打断。在离这儿不远的地方，一辆拉风的福特红色森利纳敞篷跑车正等着我。

但是，我首先仍然要搞定黄卡人。这一次，他会得到他要的一美元，因为我忘了在口袋里放五十美分的硬币。我从链子底下钻过去，停了一会儿，把一美元钞票放进裤子右边前兜里。

那张钞票一直待在那儿，因为，我转过烘干房的拐角时，看见黄卡人四肢伸开，躺在水泥地面上，圆睁着眼睛，一摊血从他头部散开。他的喉咙被砍开了。一只手里拿着他过去常喝的绿色酒瓶的锯齿状碎片。另一只手里拿着卡片，一张被视为与绿色前线酒吧双倍日有关的卡片。卡片以前是黄色，之后变成橙色，现在却成了完完全全的黑色。

第十章

1

我第三次穿过员工停车场，没怎么跑。我再一次拍拍我经过的那辆红底白色普利茅斯复仇女神的后备厢。我猜我这是为了祈求好运。在接下来的几个星期，几个月，甚至几年时间里，我需要很多很多好运气。

这一次，我没有进肯纳贝克果品公司，也不想买衣服或者买车。明天或者后天再说吧，但今天对来到本镇的陌生人来说是个倒霉日子。很快就会有人在工厂的院子里发现尸体，陌生人会被讯问。乔治·安伯森的身份证明可经不起讯问，他驾照上的地址是蓝鸟街上一栋还没有建起来的房子。

我顺利地走到停车场外的工厂工人公交车站，窗口写着“路易斯顿快线”的公共汽车正好呼啸着开过来。我上了车，把本来准备给黄卡人的一美元递过去。司机从皮带上的镀铬找零机里敲出一把银币。我丢十五美分进投币箱，穿过摇晃的走道，朝靠后的一个位置走去，坐在两个满脸粉刺的水手后面。他们很可能是从不伦瑞克海军航空基地来的，正在聊他们在冬青树脱衣舞俱乐部邂逅的女孩。他们说话时，不时地猛击对方肌肉发达的肩膀，发出阵阵大笑。

我望着向前延伸的一九六号公路，但几乎什么也没有看见。我不停地想着那个死人。还有他那现在变成黑色的卡。我想尽快远离那具会惹麻烦的尸体，但我当时停了片刻，摸了一下那张卡。不是纸板，跟我开始想的一样。也不是塑料。可能是赛璐珞……不过感觉不大像。仿佛是死人的皮肤——从老茧上修掉的那种皮肤。上面没有字，至少我没看见字。

阿尔曾经以为黄卡人只是个酒鬼，不幸被酒精和身边的兔子洞逼疯了。卡变成橙色后我才开始质疑这一点。我现在我不是质疑，而是完全不信。他究竟是谁？

他现在是死人一个。仅此而已。随他去吧。你有很多事要做。

公交经过里斯本路边餐馆时，我猛拉了一下停车绳。司机把车停在了下一根刷了白漆的电话杆旁。

“祝你今天愉快。”司机拉动控制杆，打开车门时，我对他说。

“这差事没什么愉快的，除了下班时能喝杯冰啤酒。”他一边说，一边点了一根烟。

几秒钟以后，我站在砂砾路的路肩上，左手里提着公文包，看着笨重的汽车朝路易斯顿开去，后面拖着一股黑烟。车后有一张广告，一位家庭主妇一只手拿着发亮的罐子，另一只手拿着 S.O.S 牌神奇百洁布。她长着蓝色的大眼睛，涂了口红，咧着嘴笑，露出两排牙齿。这个女人离悲惨的精神崩溃只有几分钟之遥。

天空晴朗无云。蟋蟀在草丛中歌唱。牛儿不知在什么地方发出低吟。柴油的气味被一阵微风吹散，空气变得甜美清新。我朝塔马拉克汽车旅馆走去，这段路大约有四分之一英里。很短的路程。但在我到达目的地之前，有两个人把车停到路边，问我需不需要搭车。我向他们道谢，说我很好。我确实很好。我到达塔马拉克汽车旅馆时，吹起了口哨。

一九五八年九月，美国。

不管有没有黄卡人，回来的感觉真好。

2

在那天剩下的时间里我待在房间里，无数次读阿尔关于奥斯瓦尔德的笔记。这一次，我特别留意最后两页，这两页笔记的标题是“关于如何处置的结论”。我试着看电视，只有一个台，真荒谬。因此，黄昏降临时，我悠闲地走到汽车影院，花三十美分买了张散客特价票。快餐部前面有几张打开的折叠椅。我买了一袋爆米花，外加一种叫“派氏”、散发出肉桂香味的可口软饮料。我跟其他几名散客一起看了《夏日春情》。多数观众上了年纪，彼此认识，友善地聊着天。《迷魂记》开演时，天气变得寒冷，我没穿夹克。我走回汽车旅馆，酣睡一场。

第二天早上，我坐汽车返回里斯本福尔斯镇（我没有乘出租车，我想节省一点，至少目前想这样）。我首先去了快乐白象。天还早，空气还很凉爽，那个垮掉的一代坐在一张破烂的沙发上，读《商船队》[①]。

“嗨，老乡。”他说。

“嗨。有手提箱吗？”

“噢，我有些存货。不超过两三百个。一直往后走——”

“朝右边看。”我说。

“对。你来过这儿吗？”

“我们都来过这儿，”我说，“这东西可比职业橄榄球大多了。”

他笑了。“很好，杰克逊。尽管挑吧。”

我选了同样的皮质手提箱。然后我穿过街道，再次买下森利纳。这一次，我还价还得更厉害，花三百块买下了车。我们讨价还价一番之后，比尔·泰特斯叫我去他女儿那儿。

“听口音，你不是本地的。”她说。

“老家是威斯康星的，但我要在这儿待很长时间。做生意。”

“我猜你昨天不在福尔斯镇吧？”我说我不在，她吹爆泡泡糖，“那你错过了精彩的一幕。他们发现一个老酒鬼死在工厂的烘干房外面，”她放低声音，“自杀。用一片玻璃割断自己的喉咙。你能想象吗？”

“太可怕了。”我说，把买森利纳的凭证塞进钱包。我用车钥匙敲打着手掌。“死者是本地人吗？”

“不知道，没有证件。他很可能是坐着闷罐车从县里来这儿的，爸爸是这么说的。可能是要去洛克堡给人摘苹果。卡迪先生——绿色前线酒吧的店员——告诉爸爸，那家伙昨天早上走进酒吧，想买一品脱

① 美国通俗杂志，一八八二年至一九七八年间印行。

酒，但他喝醉了，一身酒味，所以卡迪先生把他轰了出去。之后，他肯定跑到工厂的院子里，又喝酒。他喝完酒之后，把瓶子摔碎，用一片玻璃割断自己的喉咙，”她又问，“你能想象吗?”

我没有理发，没有去银行，但又一次在梅森男装店买了衣服。

“你肯定喜欢那种蓝色图案，”店员说，把衬衫放在一大堆衣服上面，“跟你身上穿的衣服颜色一样。”

实际上，这件就是我在这儿买的，但我没有说。不然我们两个都会陷入困惑。

3

那个星期四下午，我开车上了“每分钟一英里公路”。我这次到德里后不用买帽子了，因为我在梅森店购物时，已经买了一顶漂亮的夏日草帽。我在德里宾馆登记，在餐厅吃饭，然后去酒吧，从弗雷德·图米那里点了一杯啤酒。我这回没打算跟他聊天。

第二天，我在哈里斯大街租下先前租的公寓。飞机降落不仅没有吵得我睡不着，反而助我入眠。第三天，我去梅琴体育用品商店。我告诉店员，我想买把手枪，因为我干的是房地产生意，诸如此类。店员拿出我的点三八警用手枪，再次告诉我，这是防身首选。我买下它，将它装进公文包。我想走出堪萨斯街，走到野餐区域，看看住在沟里的里奇和住在堤上的贝维排练舞蹈。我突然意识到自己很想他们。我真希望自己在二〇一一年短暂停留期间查阅过十一月下旬的《每日新闻》；我本可以知道他们有没有在“达人秀”中胜出。

我养成习惯，每天傍晚去点灯人酒吧喝一杯啤酒，在酒吧渐渐坐满人之前就去。我有时点油炸小龙虾。我从没在那儿见到弗兰克·邓宁，也不想见到他。我经常光顾这里是有原因的。如果一切顺利，我很快就会去得克萨斯，我想在去之前积攒点个人财富。我跟酒吧男招待杰夫成了朋友。九月末的一个晚上，他聊到了我期待已久的话题。

“你看好世界职业棒球锦标赛里的哪一队，乔治？”

“当然是扬基队。”我说。

“你真这么想？你可是威斯康星人。”

“对家乡的自豪感跟这个可没关系。纽约扬基队今年肯定赢。”

“不可能。他们的投手老了。防守漏洞百出。曼托[①]的腿受了伤。布朗克斯轰炸机的时代结束了。密尔沃基可能会大获全胜。”

我笑了。“你有几点说得很好，杰夫，我看得出你有点眼光，但老实说——你跟新英格兰所有人一样讨厌扬基队，这影响了你的洞察力。”

“你敢按你的想法押点钱吗？”

“当然。五美元。我不想从工资奴隶手上赢太多。怎么样？”

“一言为定。”我们握手。

“行，”我说，“那我们就说好了，既然聊到棒球和赌博——这可是美国人最大的两样消遣——你能不能告诉我，镇上哪里有可以认真赌一把的地方。说得文雅点，我想下个大点的赌注。再给我来杯啤酒，给你自己也来一杯。”

我说“大点的赌注”时，用的是缅因州语调。他笑了，倒了几杯纳拉干族（我学着将其称作难闻干族；人入了乡，就得尽量随俗）。

我们碰了杯，杰夫问我认真赌一把是什么意思。我假装考虑一下，然后告诉他。

“五百美元？押扬基队？勇士队可是有斯潘[②]和伯德特[③]呀。更不要说汉克·阿伦[④]和稳健的埃迪·马修斯[⑤]了。你真是疯了。”

---

① 米奇·曼托（1931—1995），一九七四年入选名人堂的美国职棒球员。他职业生涯的十八个球季都效力于纽约扬基队。

② 华伦·斯潘（1921—2003），美国职棒大联盟的左投手，二十一个球季都待在国家联盟。

③ 伯德特（1926—2007），美国职棒大联盟先发投手，主要效力于波士顿和密尔沃基勇士队。

④ 汉克·阿伦（1934—　），美国职业棒球员和棒球名人堂成员。一九五七年在密尔沃基勇士队得到唯一的世界大赛戒指，同时也获选当年大联盟最有价值球员。

⑤ 埃迪·马修斯（1931—2001），美国职业棒球运动员，美国职棒大联盟三垒手。主要效力于密尔沃基勇士队。

“或许疯了，或许没疯。十月一日开始，对吧？德里有没有人愿意赌这么大？”

我知道他接下来会说什么吗？不知道。我可没那么有先见之明。我惊讶吗？也不惊讶。因为过去不仅执拗，而且跟未来很和谐。我一次又一次地体验过那种和谐。

“查兹·弗拉蒂。你可能在这儿见过他。他有一大堆当铺。我不敢说他是个地地道道的赌徒，但他在世界职业棒球锦标赛以及高中足球和篮球赛季里总是很忙。”

“你觉得他会接受我的赌注吗？”

“当然。给你赔率。不过……”他环顾四周，酒吧里依然只有我们两个，但他还是把声音低到近乎窃窃私语的程度。“只是别失信，乔治。他认识很多人。有势力的人。”

“我明白了，”我说，“谢谢你的提醒。实际上，我打算回报你一下，扬基队如果赢了，你不用给我五块钱了。”

4

第二天，我去查兹·弗拉蒂的美人鱼典当和贷款行，遇到一个身材肥胖、面无表情的女人。她大约有三百磅重，穿着紫色裙子，戴着印第安项链，肿胀的脚上穿着印第安软皮鞋。我告诉她，我想跟弗拉蒂先生谈一桩数额巨大、跟体育有关的生意。

“你说的是赌球吗？”她问。

“你是条子吗？”我问她。

“是的。”她说。她从裙子的一个口袋里掏出一支帝帕里罗雪茄，用芝宝打火机点着。“我是J. 埃德加·胡佛，朋友。”

“好，胡佛先生，你说对了。我说的是赌球。”

“世界职业棒球锦标赛还是老虎队足球？”

“我不是本镇人，我可分不清德里老虎和班戈狒狒。赌棒球。”

女人把头伸进屋子后面用帘子遮起来的通道，把她那在缅因州中部排得上号的大屁股对着我，大声叫喊："嗨，查兹，出来一下。有个冤大头来了。"

弗拉蒂出来，照胖女人的脸亲了一下。"谢谢你，亲爱的。"他的衣袖卷了起来，我能看见那条美人鱼。"能帮上你什么忙吗？"

"希望如此。我是乔治·安伯森，"我伸出手，"从威斯康星来。我的心跟家乡的孩子们在一边，但说到世界职业棒球比赛，我的钱包跟扬基队在一起。"

他朝身后的架子转过身，但胖女人已经把他想要的东西拿给他——一册磨损了的分类账本，封面上写着"个人贷款"。他打开账本，翻到空白页，不时舔一下手指。"你能从钱包里拿出多少钱，朋友？"

"我押五百块给赢家，赔率能到多少？"

胖女人笑了，吐了一口烟。

"押轰炸机吗？相等。完全相等。"

"我押五百块赌扬基队七局之内胜出，赔率是多少？"

他考虑一下，转向胖女人。胖女人摇摇头，仍然很开心。"不行，"她说，"你要是不信，可以发封电报，查查纽约的胜算。"

我叹了口气，用手指不断敲打着一只玻璃容器，玻璃容器里面装满了手表和戒指。"好吧，这么着吧——五百块，扬基队一胜三负之后反败为胜。"

弗拉蒂笑了。"让我跟老板商量一下。"

他和胖女人（弗拉蒂在她身旁看起来像是托尔金[①]笔下的矮人）低声商量了一阵子，然后回到柜台边。"你说的如果跟我理解的一致，我可以给你一赔四。但如果扬基队不是一胜三负之后逆转，而是一路败北，你的钱就没了。我喜欢把赌局弄得简单点。"

"越简单越好，"我说，"还有——我无意冒犯你或者你的朋友——"

---

① 托尔金（1892—1973），英国作家、诗人、语言学家及大学教授，以经典史诗奇幻小说《霍比特人》、"魔戒三部曲"与《精灵宝钻》闻名于世。

“我们结婚了，”胖女人说，“别说我们是朋友。”她又笑了。

“不想冒犯你或者你的太太，但一赔四不行。一赔八，倒是……对双方都好。”

“我可以给你一赔五，不能再多了，”弗拉蒂说，“对我来说，这只是副业。你想要刺激，就去维加斯。”

“一赔七，”我说，“同意吧，弗拉蒂先生，跟我玩玩。”

他和胖女人商量一会儿。然后他回来，说一赔六，我接受了。对如此疯狂的赌法来说，这赔率还是很低，但我不想把弗拉蒂宰得太厉害。不错，他是帮比尔·图尔考特给我设了陷阱，但他是情非得已。

而且，那是在另一重人生中。

5

那时候，棒球打得真地道。在下午灿烂的阳光下，早秋感觉就像夏天。人们聚集在低区本顿家电商店门口，从橱窗里立在底座上的三台二十一英寸真力时电视上看比赛。悬挂的标牌上写着：“能在家里看比赛，为什么还要到街上看？贷款条件宽松！”

啊，是的。贷款条件宽松。这更像我成长年代的美国。

十月一日，密尔沃基一比零击败扬基队，华伦·斯潘立下大功。十月二日，密尔沃基十三比五埋葬轰炸机。十月四日，比赛回到布朗克斯，唐·拉尔森[①]四比零阻止对手得分，在后援投手赖尼·杜伦[②]的帮助下，球一脱手，根本不知道飞到了哪里，结果是不得不面对他的击球手被吓得够呛。换句话说，这是完美的后援投手。

我在房间里，从收音机上听了这场比赛的前半部分，然后在本顿商店前跟大伙一起看了最后几次击球。比赛结束后，我进药店买了高

---

① 唐·拉尔森（1929—　），美国职棒大联盟投手。

② 赖尼·杜伦（1929—2011），美国职棒大联盟后援投手。

岭土果胶（和上次一样，巨大的优惠包装）。基恩先生再次问我是否感染上了细菌。我告诉他我感觉很好时，这个老混蛋看上去很失望。我确实感觉很好，我不希望过去给我投一个赖尼·杜伦投出的那种快球，但我觉得最好未雨绸缪。

我快要走出药店时，目光被一件东西吸引了，一块标牌写着“把缅因州带回去”。有明信片，可充气的玩具龙虾，散发出甜美气味的袋装软松树叶，镇上保罗·班扬雕塑的复制品，上面带有管式水塔的装饰性枕头——管式水塔是镇上那个装饮用水的圆形塔的缩小版。我买了一个枕头。

“给俄克拉荷马城的侄子买的。”我对基恩说。

我把车开进哈里斯大街延伸段上的德士古加油站时，扬基队已经赢得第三场比赛。气泵前有个标牌，上面写着“技工每周七天上班——放心地把您的汽车交给带星的人！”

气泵操作员一边加油，一边清洗森利纳的挡风玻璃。我走进汽修间，找到一个名叫兰迪·贝克的值班技工，跟他进行一番讨价还价。贝克很疑惑，但同意了我的提议。二十美元易主。他给了我加油站和他家里的电话号码。我离开加油站，带着满满一箱汽油，干净的挡风玻璃，还有满足的心情。嗯……相对满足。不可能想好应对所有紧急情况的计划。

我要为第二天的事做准备，所以比平时晚到点灯人酒吧，但仍然不会有碰到弗兰克·邓宁的风险。今天是他带孩子们去奥罗诺看足球比赛的日子，他们在回来的路上会去九十五人餐馆吃油炸蛤蜊和奶昔。

查兹·弗拉蒂在酒吧里，品尝着黑麦威士忌。“你最好期待勇士队明天能赢，不然你的五百块就泡汤了。”他说。

他们会赢的，但我的脑子里有更大的打算。我准备在德里待上一段时间，直到从弗拉蒂先生那里搜刮到三千美元。但我想第二天就办完正事。如果一切如愿，我会在密尔沃基得到他们在第六局需要的唯一的垒得分。

“嗯，”我说，点了一杯啤酒和一份小龙虾，“我们只需要等着瞧，对吧？”

“没错，朋友。这就是赌球的乐趣所在。介意我问你一个问题吗？”

“不介意。不过我要是不回答，你也别介意。”

“朋友，我就喜欢你这一点——那种幽默感。一定是威斯康星人特有的性格。我想知道，你为什么来我们这个美丽的城市。”

“房地产。我想我跟你说过吧。”

他凑过来。我能闻到他整洁的头发上维坦丽思的气味，以及呼吸中森森牌口气清新剂的气味。“我要是说‘购物中心选址’，算猜对了吗？”

于是我们聊了一会儿，但你已经知道我们聊了什么。

6

我说过，我觉得弗兰克·邓宁可能要出现时，就离开点灯人酒吧，因为我已经了解到我需要了解的关于他的一切。这是事实。但不是全部事实。我需要说明这一点。不然，你永远不会理解我在得克萨斯州的行为。

你想象自己走进一间屋子，看见桌上摆着复杂的多层纸牌屋。你的任务是把它推倒。如果仅此而已，那很容易，不是吗？使劲跺一下脚或者吹口气——就像吹灭生日蜡烛——就足以完成任务。但这不是全部。任务是，你必须在特定的时刻准时把纸牌屋推倒。在那之前，屋子必须矗立着。

我知道邓宁星期天下午会去哪里，我不想冒险改变他一九五八年十月五日的行程哪怕一丁点儿。而我在点灯人酒吧哪怕跟他对视一眼都可能带来改变。你可以轻蔑地哼一声，说我谨慎过度；你可以说这么微不足道的小事不太可能改变事情的进程。但是过去脆弱得有如蝴蝶的翅膀，或者纸牌屋。

我来德里就是为了推倒弗兰克·邓宁的纸牌屋。

7

我跟查兹·弗拉蒂道了晚安，回到寓处。我的高岭土果胶瓶在浴室的药箱里，用金线绣着管式水塔的纪念品枕头放在餐桌上。我从装银餐具的抽屉里拿出一把刀，小心翼翼地将枕头沿对角线切开。我把左轮手枪放进去，塞进填充物里。

我不知道自己能否睡着，但我睡着了，睡得很沉。尽最大的努力，让上帝照管剩下的事，这是克里斯蒂从匿名戒酒会上带回的众多格言之一。我不知道是否有上帝存在——杰克·埃平觉得，陪审团仍然在外面就这一点争论不休——但我那晚睡着时，很肯定自己已经尽力了。现在我所能做的就是好好睡一觉，希望我尽力就足够了。

8

没有胃肠流感。这一次，我在黎明时醒来，感受到一生中最严重的头痛。我猜是偏头痛。我不太确定，因为我的头以前没这样痛过。我哪怕见到微弱的光线，从后颈到鼻窦根部就会产生起伏的阵痛。眼睛里不知不觉地涌出眼泪。

我爬起床（忍着疼痛），戴上一副在北上德里途中购买的便宜太阳镜，吃了五片阿司匹林。我这才能勉强穿上衣服和外套。我得穿外套，因为早上很冷。天气阴沉，要下雨了。从某种角度讲，这是个有利因素。我不确定自己能否忍受阳光照射。

胡子该刮了，但我懒得刮。我想，我如果站在明亮的灯下——灯在浴室的镜子里变成了两盏——大脑可能会直接裂开。我真无法想象该怎么熬过这一天，所以干脆不去想。一步一步来，我缓步走下楼梯时告诉自己。我一只手抓着护栏，另一只手拿着纪念品枕头。我看上去肯定像个拿着玩具熊的大孩子。一步一步来——

扶手突然断了。

刹那间，我的身体向前倾斜，脑袋轰的一声，手在空中疯狂挥舞。我把枕头扔了（里面的枪发出闷响），伸手抓头顶的墙壁。我倾斜了，但就在可能摔断骨头前的最后一秒，我的手指抓住装在墙上的老式灯架，灯架被螺栓钉进石灰里。灯架脱落，但电线很长，我恢复了平衡。

我坐在台阶上，把一阵阵作痛的头贴在膝盖上。疼痛跟手提钻般振动的心跳同步。我感觉湿润的眼珠要从眼眶中蹦出来。我可以告诉你，我想爬回公寓，放弃一切，但这不是事实。事实是我想死在这台阶上，结束这一切。有人频繁这样头痛吗？上帝救救他们吧。

只有一样东西能让我强忍着头痛，站起身。我不仅能想到它，而且能看见它：图加·邓宁朝我爬过来，脸突然没有了。头发和脑浆溅到空中。

"好吧，"我说，"好吧，是的，好吧。"

我捡起纪念品枕头，踉跄着走下楼梯。我走出来。今天是个多云天，但周遭看起来跟撒哈拉沙漠的下午一样明亮。我伸手去摸钥匙。钥匙不见了。我在右前裤兜里摸到的是个大洞。前一天晚上，裤兜还没有大洞，我几乎可以肯定这一点。我摇晃着慢慢转身。钥匙正躺在门阶上散落的零钱中间。我弯下腰，脑子里一阵剧痛，令我畏缩了一下。我捡起钥匙，朝森利纳走去。我打火，却启动不了这辆之前一直非常可靠的车。螺线管里响了一声，仅此而已。

我对可能发生的事已经有所防备。但我始料未及的是，我不得不拖着疼痛的头，再次爬上楼梯。我一生中从未如此热切地渴望过我的诺基亚手机。我有了它，可以坐在方向盘后面打个电话，然后闭上眼睛，静静地等兰迪·贝克过来。

我不知自己是怎么走上楼梯，经过已被弄坏了的扶手和灯具的。电灯组件悬在破碎的石灰墙上，就像死人的头悬在断裂的脖子上。加油站的电话没人接——时间太早了，今天是星期天——所以我打了贝克家里的电话。

他可能死了，我想，半夜时分心脏病发作。被执拗的过去杀死了，杰克·埃平是未被起诉的共谋。

我的技工没有死。电话响第二声，他就接了，声音睡意蒙眬。我告诉他我的汽车发动不了，他问了个很有逻辑的问题："你怎么昨天就能料到这件事？"

"我料事如神，"我说，"赶快过来吧，越快越好，怎么样？你要是能启动它，我再给你二十块。"

9

贝克更换了蓄电池缆线，缆线昨天晚上莫名其妙地松脱了（可能跟裤兜出现破洞这件事发生在同一时间）。还是无法启动森利纳。他检查火花塞，发现两个火花塞严重腐蚀。他的绿色大工具箱里有备用火花塞。他换好火花塞之后，我的座驾如获新生。

"我可能是多管闲事，但你唯一该做的就是回去睡觉。或者去看医生。你像死尸一样脸色惨白。"

"只是偏头痛。我没事。我们看看后备厢吧。我想检查一下备胎。"

我们检查了备胎。备胎没气了。

我跟着他到了德士古加油站，天下起毛毛细雨。我们碰到的车都开了头灯。我戴了太阳镜，但每一对头灯似乎都能把我的大脑射穿。贝克打开汽修间的门，试着给备胎充气。不行。轮胎上有五六个裂缝，裂缝跟人的毛孔一样细小。

"唉，"他说，"我从没见过这种情况。轮胎肯定有缺陷。"

"换一只吧。"我说。

他换轮胎时，我绕到加油站后面。我实在受不了压缩机的声音。我靠在炉渣砖上，抬起脸，让冷雾落在我燥热的皮肤上。一步一步来，我告诉自己，一步一步来。

我准备付轮胎钱给兰迪·贝克，他摇摇头。“你已经给的钱差不多是我半个星期的工资。我再要你的钱就猪狗都不如了。我只是担心你会冲下公路，或者出点其他什么事。你要办的事真这么要紧吗？”

“亲戚病了。”

“你自己也病了，朋友。”

我无法否认。

10

我从七号公路开出镇子，每经过一个交叉路口，都减慢速度，左右察看，确认走对了路。结果证明此举极为英明，因为一辆满载沙石的卡车在七号公路和老德里公路的交叉路口闯了红灯。尽管是绿灯，我仍然把车速降到最低，不然的话，我的车可能已经报废。而坐在车里的我肯定成了汉堡。我强忍着头痛，猛按喇叭，但卡车司机丝毫没有注意到我。他看起来就像个坐在方向盘后面的僵尸。

我可能永远都办不到，我想。可我要是连弗兰克·邓宁都阻止不了，怎么阻止奥斯瓦尔德呢？那我还去得克萨斯州干什么？

但这不是驱使我继续前行的原因。我之所以想干下去，是因为我想到了图加。还有其他三个孩子。我已经救过他们一次。我这次要是不救他们，我会确定无疑地认为：我因为触发了一次重置，成了杀害他们的帮凶。

我经过德里路边影院，开上砂石路，砂石路通往关着门的影院售票处。路两边栽满杉树。我在树后面停下，熄了发动机，准备下车。我没法下车，车门打不开了。我用肩膀撞了好几次，但没能把门撞开。我看到锁落下，但现在离自动锁车的时代还远着呢。锁也不是我放下的。我把锁往上拉，拉不上来。我把锁左右摇晃，还是拉不上来。我摇下玻璃，把头伸出去，试图用钥匙打开外面把手上、镀铬按钮下方的车门锁。这一次，锁跳起来。我下了车，伸手去够纪念品枕头。

阻力的大小跟事件对未来的改变程度成正比，我曾经用给学生上课的最完美腔调告诉阿尔，这话千真万确。但我没有想到个人要付出的代价。现在我知道了。

我慢慢沿着公路走，把衣领竖起来挡雨，把帽檐拉得很低，盖着耳朵。有车开过来时——车不多——我就隐藏到靠我这边的路边树林里。我记得，有一两回，我把手放到头的两侧，看看头有没有胀大。好像胀大了。

最后，树被我甩在后面，前方出现一堵石墙。墙外是绵延的山丘，山丘上的草坪刚被修剪过，上面点缀着墓石和墓碑。我已经到达朗维尤墓地。我面对着一座山丘，路的另一边有间卖花的亭子。亭子关着门，里面一片漆黑。周末，通常有很多人来这儿缅怀死者。但是，在这样的天气里，生意很冷清，我猜经营这家花店的老妇人在里面打盹。但她晚一点会开门，我已经亲眼见过那一幕。

我爬上墙，想不到还有什么能阻止我。我一到朗维尤，令人惊奇的事情便发生了：我的头痛开始消退。我坐在一株榆树下的墓石上，闭上眼睛，感受疼痛。疼痛从一开始令我歇斯底里的十级——有时甚至上升到十一级，像脊髓穿刺的痛感被放大——降到了八级。

“我想我突破了，阿尔，”我说，“我想我可能已经到了另一边。”

我依然小心翼翼地前进，提防更多的恶作剧——树倒下来，遭遇盗墓的歹徒，甚至也许会有燃烧着的流星坠落。但什么都没有。我走到两个并排的写着“阿尔泰亚·皮尔斯·邓宁和詹姆斯·艾伦·邓宁”的墓前时，头痛已经降到五级。

我环顾四周，我看到一座陵墓，粉色的花岗岩上刻着一个我熟悉的名字：“特拉克”。我走上前，推了推铁门。在二〇一一年，门肯定上了锁。但这是一九五八年，门轻易被我打开了……伴随着恐怖电影中那种生锈的铰链发出的刺耳声音。

我走进去，趟过一层干枯的落叶。一条石制冥想长椅通向墓穴中央，两边摆放着石涵，放着特拉克家族从一八三一年至今的尸骸。第一个铜牌上写着，让·保罗·特莱彻先生的尸骸躺在里面。

我闭上眼睛。

我躺在冥想长椅上打盹。

睡着了。

等我醒来，时间已经接近中午。我走到特拉克墓地门口，等着邓宁……五年后，奥斯瓦尔德无疑也会在得克萨斯教科书仓库大楼六楼埋伏，等着肯尼迪的车队。

我的头痛彻底消失。

11

差不多在雷德·舍恩丁斯特[①]为密尔沃基勇士队获得当天制胜得分时，邓宁的庞蒂亚克出现了。他把车停在离父母墓地最近的岔路上，下了车，把衣领竖起来，弯腰钻进车里拿花篮。他下了山丘，朝他爸妈的墓地走去，两只手里各拿着一个花篮。

时机到了，我也状态颇佳。我已经战胜了一切试图阻挠我的力量。纪念品枕头就在我的外套下面。我的手放在里面。潮湿的草地湮没了我的脚步声。也没有太阳照出我的影子。直到我叫出他的名字，他才会发现我在他身后。他转过身。

“我拜访亲人时，不喜欢有人跟着，”他说，“你他妈到底是谁？那是什么？”他看着枕头，枕头已经被我拿了出来，像手套一样戴在我的手上。

我选择只回答第一个问题。“我叫杰克·埃平。我来这儿是想问你一个问题。”

“那赶快问吧，问完走开。”雨滴从他的帽檐滑下来，也从我的帽檐滑下来。

“人生中最重要的东西是什么，邓宁？”

“什么？”

---

① 雷德·舍恩丁斯特（1923—　），美国职棒大联盟二垒手。

“对一个男人来说，我是说。”

“你是谁，疯子？枕头里是什么？”

“听我说话。回答我的问题。”

他耸耸肩。“我想是他的家人吧。”

“我也这样认为。”我说，扣了两次扳机。第一枪是微弱的砰的一声，就像地毯拍打器击打地毯的声音。第二枪更响一些。我以为枕头会着火——我在《教父Ⅱ》中见过这个场景——但枕头只冒了点烟。邓宁倒下去，压垮了他放在爸爸墓前的花篮。我蹲在他身边，膝盖将潮湿的地面压出了水。我把枕头被撕开的一端抵到他的太阳穴上，又开了一枪。只为确保万无一失。

12

我把邓宁拖入特拉克的陵寝，把烧焦的枕头扔到他的脸上。我离开时，几辆汽车正缓缓穿过墓地，几个人打着伞，站在墓地边上，但谁也没有留意我。我不慌不忙地朝石墙走去，不时停下来看看墓穴和墓碑。我刚走进树林隐蔽处，便立即一路小跑，往森利纳奔去。我听到有车开过来，就溜进树林。我在一次隐蔽时把枪埋在一英尺深的泥土和树叶里。森利纳安然无恙地停在原地，我一下就发动汽车。我把车开回公寓，收听棒球比赛的结尾。我想我哭了一小会儿。因为放松，而不是懊悔。不管在我身上发生了什么事，邓宁一家安全了。

那天晚上，我睡得像个孩子。

13

在星期一的德里《每日新闻》中，关于棒球比赛的报道很多，报纸上还有舍恩丁斯特的一张漂亮的照片，他在托尼·库贝克[1]出现失误之后朝本垒倒地滑行，赢得制胜分。雷德·巴伯[2]的专栏文章说，布朗克斯轰炸机完了。“彻底击溃他们！”他发表评论说，“扬基队已死，扬基队万岁。”

星期一的报纸上没有关于弗兰克·邓宁的报道。但在星期二，他上了报纸的头版，报道里附带一张他的照片，照片里的他带着“女人们喜欢我”的自得。他那乔治·克鲁尼式邪恶的魅力展露无遗。

商人邓宁在墓地被谋杀

死者在众多慈善活动中表现活跃

按照德里镇警察局局长的说法，警方正全力追踪所有线索，抓捕行动指日可待。多丽丝·邓宁在接受电话采访时声称，她听到消息后“既震惊又崩溃”。报道没有提及她和死者已经分居。邓宁在中心市场的很多朋友和同事也表示震惊。所有人似乎都认为弗兰克·邓宁是个棒极了的家伙，没有人能想到谁想射杀他。

托尼·特拉克尤其愤怒（可能是因为尸体是在他家的墓地中被发现的）。“找到凶手后，应该判他死刑。”他说。

星期三，十月八日，扬基队在县体育馆二比一险胜勇士队；星期四，他们在第八局打破二比二的僵局，赢得四分，结束了世界职业棒球锦标赛的赛程。星期五，我回到美人鱼典当和贷款行，期待着见到愠怒太太和郁闷先生。胖女人的表现出乎我的预料——她看到我时，翘起嘴唇喊道：“查兹！钱袋先生来了！”然后她钻进门帘后的走道，从我的生命中消失了。

弗拉蒂走出来，带着花鼠般的笑容，和我上次造访德里、在酒吧见到他时一样。他单手拿着一只装得鼓鼓的信封，信封正面写着“乔治·安伯森”。

---

① 托尼·库贝克（1935— ），美国职业棒球运动员。在纽约扬基队效力九年。

② 雷德·巴伯（1908—1992），美国体育评论员。

“你来啦，兄弟，”他说，“长得一模一样，但比原来更帅了。这是你的战利品。请数数。”

“我信得过你，”我一边说一边把信封装进口袋，“你作为一个刚刚损失三千块的人，未免太高兴了些。”

“我不否认，你减少了我今年的收入，”他说，“严重减少，尽管我还能赚几千块。我总能赚几千块。但我玩这个主要是因为，怎么说呢，服务大众吧。人们愿意赌，人们总愿意赌，我为他们服务。还有，我喜欢赌。这好像是我的爱好。你知道我什么时候最喜欢赌吗？”

“不知道。”

“像你这样的人来的时候。一个桀骜不驯的家伙，冲破障碍，取得成功。这又增强了我对宇宙任意性本质的信念。”

我想知道，他要是看见阿尔·坦普尔顿的作弊表，对宇宙的任性还有多少信念。

“你太太好像不这么想啊，天主教徒。”

他笑了，小而黑的眼睛闪烁着光芒。不论赌局输赢，还是平局，胳膊上刺着美人鱼的矮个男人非常享受生活。我很羡慕这一点。“噢，你说马乔里啊。有些悲伤的可怜虫来这儿，拿出妻子的订婚戒指和伤感故事时，她会哭哭啼啼。但她做体育比赛生意时，就像换了个人。她就是这么个性子。”

“你很爱她，对吧，弗拉蒂？”

“我们就像月亮和星星，朋友。就像月亮和星星。”

马乔里之前在读当天的报纸，报纸依然摆在玻璃柜台上，柜台里装着戒指等物品。报纸上的标题是“警方继续追捕神秘杀手，弗兰克·邓宁入土安息”。

“你怎么看待这件事？”我问他。

“没有看法，但我可以告诉你一些内情，”他靠上前来，笑容消失了，“他可不是本地小报描绘的那种圣人。我可以给你讲几个故事，兄弟。”

“讲吧。我一整天都有空。”

笑容又出现了。“不。在德里，我们家丑不外扬。”

“我注意到了。”我说。

14

我想回科苏特街。我知道警察可能在盯着邓宁家，看看有没有人对他的家人表现出不同寻常的兴趣。但是想去的欲望仍然十分强烈。我不是想去看哈里，而是想看他的妹妹。我想告诉她一些事情。

她应该会在万圣节晚上出去玩“不给糖就捣蛋”，不管爸爸的死让她多么难过。

她会成为所有人见过的最漂亮、最神奇的印第安公主，会得到一大堆糖果。

她能再活漫长而忙碌的五十三年，或许活得更久。

某一天，她的哥哥哈里将穿上军装参军，她会尽最大的努力劝阻他。

不过孩子们记不住。每个老师都知道这一点。

他们以为自己会永远活着。

15

是时候离开德里了，但我离开之前还有最后一件小事要办。我等到星期一。十月十三日下午，我把手提箱扔进森利纳的后备厢，坐在方向盘后面，奋笔疾书，写了一张简短的便条，然后把它塞进信封，封上口，在信封正面写上收信人的名字。

我驱车来到低区，停好车，走进沉睡的银元酒吧。酒吧里没有客人，只有男招待彼得在，这正合我意。他清洗眼镜，看着正在电视上播放的《一生之爱》。他不情愿地朝我转过脸，一只眼睛看着约翰和玛莎，或者叫其他什么名字的角色。

“需要来点什么吗？”

“不用，不过你可以帮我个忙。我给你五美元报酬。”

他看起来不为所动。“真的？帮什么忙？”

我把信封放到柜台上。“这个人来的时候，把这个交给他。”

他看了看信封上的名字。“你找比尔·图尔考特干什么？为什么不亲自给他？”

“任务很简单，彼得。你想不想要五美元？”

“当然。只要对他没害处。比尔是个好人。”

“对他不但没害处，还有好处。”

我把五块钱放在信封上。彼得收起钱，注意力又回到肥皂剧上。我离开酒吧。图尔考特很可能收到信。他读完后会不会采取什么行动，我永远不得而知。我在信中写道：

亲爱的比尔，

你的心脏有点问题。你必须尽快去看医生，否则后悔莫及。你或许以为这是个玩笑，但这绝对不是玩笑。你或许以为我不可能知道这样的事情，但我的确知道。我知道这一点，就像你知道弗兰克·邓宁杀了你妹妹克莱拉和你外甥米基一样。**请相信我，去看医生！**

你的朋友

我上了森利纳。我在倾斜的停车道上往后倒车时，看见基恩先生表情刻板而怀疑的脸，正从药店里凝视着我。我摇下车窗玻璃，伸出胳膊，朝他做了个手势。

然后我把车开上阿普梅尔丘，再也没来过德里。

第十一章

我在“每分钟一英里公路”上向南开时，努力说服自己，我没必要插手卡罗琳·波林的事。我告诉自己，她是阿尔·坦普尔顿的一次试验，与我无关。现在，他的试验跟他的生命一样，已经结束了。我提醒自己，名叫波林的女孩的情况跟多丽丝、特洛伊、图加和埃伦的情况截然不同。是的，卡罗琳会腰部以下瘫痪；是的，这很恐怖。但被子弹打残跟被锤子砸死不可同日而语。波林不管是否坐进轮椅，都会享受完整而成功的一生。我告诉自己，拿我该干的正事儿冒险，再次挑战执拗的过去，让它伸出手，抓住我，咀嚼我，那太疯狂了。

但这些话没有起一点作用。

我本来打算在去波士顿的路上度过第一个晚上，但邓宁在他爸爸墓前压垮花篮的画面不断地在我脑海里涌现。他死有余辜——见鬼，他该死——但十月五日，他还没对家人做任何事情。至少还没有对他的第二个家庭做什么。我可以告诉自己（我确实这样做了!），他对第一个家庭做了很多，在一九五八年十月十三日，他已经杀了两个人，其中一个受害者是个婴儿，但我只是从比尔·图尔考特那里听说了这件事。

到最后，我想做点开心的事情，来平衡糟糕的感觉——无论我做这件事有多么必要。所以，我没有去波士顿，而是在奥本下了收费公路，向西开到缅因州滨湖区域。我住进阿尔曾经住过的小木屋时，夜幕已然降临。我用低到不可思议的淡季价格租下临水的四间小屋中最大的一间。

那五个星期可能是我一生中最快乐的时光。除了经营当地商店的一对夫妻（我一个星期去商店两次，买生活用品）和小木屋的主人温切尔先生，我谁都没看到。温切尔星期天会顺便过来拜访一下，确保我一切都好，玩得开心。他每次问我，我都告诉他我很开心。这不是谎话。他给了我一把设备棚的钥匙，每天清晨和傍晚，水面平静如画时，我会去湖上划一会儿独木舟。有天晚上，一轮恬静的满月爬上树梢，在水面铺出一条银色大道，独木舟在水面投下美丽的倒影。远处，水鸟一声惊叫，引来同伴或配偶的应答。很快，其他水鸟也随声附和。我收起桨，静静地坐在离湖岸三百码的小舟上，欣赏皎洁的月光，聆听水鸟的对话。我记得自己当时心想，天堂要是没有这里美，我是不愿去的。

又一个夏天离去，秋天的色彩悄然绽放——首先是淡黄，然后是橘红，接下来是火红。市场上有满箱满箱不带封皮的平装书，我读了三十几本，或许更多：艾德·麦克班恩，约翰·D. 麦克唐纳，切斯特·海姆斯和里加德·S. 普拉查的推理小说；情色故事，比如《冷暖人间》和《丹尼·费希尔》；二十部西部小说；还有本名为《林肯探寻者》的科幻小说，讲的是时间旅行者试图记录亚伯拉罕·林肯“被遗忘”的演讲。

我除了读书、划船，还去树林里散步。秋天漫长的下午经常是雾蒙蒙的，让人觉得温暖舒适。朦胧的金色阳光斜着透过树梢。晚上，无边无际的寂静在山林间回荡。一一四号公路上少有车辆。晚上十点以后，路上连车影子都看不到。十点以后，这片世界只属于水鸟和冷杉。渐渐地，邓宁躺在他爸爸墓前的画面消失了。我发现，我闲暇时不再回想那个怪异的时刻，回想我如何把还在焖烧的纪念品枕头扔到睁着眼睛的邓宁身上。

十月底，坚守到最后的叶子从树上纷纷落下，夜间，气温降到华氏三十度以下。我驱车前往达勒姆，熟悉鲍伊山附近的地形。两个星期之后，另一起枪击事件即将在那里发生。阿尔提到的公谊会教堂是幢很容易找到的地标建筑。教堂过去不远，一棵枯树斜向公路，很可能就是安德鲁·卡勒姆穿着橙色狩猎服出现时，阿尔挣扎着搬动的那棵树。我还打算寻找那位猎人的住处，弄清他去鲍伊山可能会走什么线路。

我的计划算不上什么计划，真的；我打算学阿尔。到那一天，我会很早开车去达勒姆，在倒下的树附近停车，挣扎着搬动那棵树。卡勒姆出现时，我假装心脏病发作，请他帮助我。但我找到卡勒姆的住处后，一时兴起，在距离他家半英里远的布朗尼商店停下来喝杯冷饮。商店橱窗里的一张海报让我灵机一动。这个念头有点疯狂，但也有趣。

海报标题是“安德罗斯科金县克里比奇牌锦标赛结果”。标题下面列了大概五十个名字。比赛冠军，来自西迈诺特，赢了一万“钉”，我不知道“钉”是什么意思。亚军赢了九千五百钉。第三名，八千七百二十二钉。前三名的名字被红笔圈了起来，第三名立即引起了我的注意——安迪·卡勒姆。

巧合的确存在，但我已经认定，巧合是非常少见的东西。冥冥之中一定有什么东西在操纵一切，明白吗？宇宙之中（也许包括宇宙之外），一定有一台庞大的机器，它无比精巧的齿轮转动着，滴答，滴答。

第二天下午，五点不到，我又驱车回到卡勒姆的住处。我把车停在他的福特旅行车后面（福特车外面镶着木板），然后走到门前。

一个面容讨人喜欢的女人开了门，她穿着带褶边的围裙，臂弯里抱着一个婴儿。我看到她的脸，就知道我做对了选择。因为，卡罗琳·波林不是此次事件唯一的受害者，只是坐进轮椅的受害者。

“什么事？”

“夫人，我叫乔治·安伯森，”我摘下帽子，向她致意，“不知道能否跟您丈夫谈谈。”

我当然可以。达勒姆已经来到她身后，一只胳膊绕到她的肩膀上。这家伙很年轻，不到三十岁，脸上带着愉快而疑惑的表情。孩子伸手去够他的脸，卡勒姆亲了亲孩子的手指，他老婆笑了。卡勒姆朝我伸出手，我跟他握手。

“有什么可以效劳吗，安伯森先生？”

我举起克里比奇牌木板。“我在布朗尼那里看到，你是个高手。所以我有个提议。”

卡勒姆太太看起来很警觉。“我和我丈夫都是卫理公会派教徒。参加锦标赛纯粹是为了好玩。他赢了个奖杯，我很乐意帮他擦洗奖杯，把奖杯摆在壁炉架上，让它闪闪发亮。不过你要是为了赌钱打牌，那是来错了地方。”她笑着说。我能看出她笑得很勉强，但仍然不失体面。我喜欢她。他们两个我都喜欢。

"她说得对。"卡勒姆的语气很遗憾，但很坚定，"我过去在树林里干活儿时，经常玩一分钱一钉的牌局，但我遇到马尼之后，就再也没赌钱。"

"我要是想跟你赌钱，一定是疯了，"我说，"因为我根本不会玩。我想跟你学。"

"如果是这样，进来吧，"他说，"我很乐意教你。最多十五分钟。我们一个小时后吃晚饭。你加法能算到十五，数数能数到三十一，就能玩克里比奇牌。"

"我敢肯定不只是加加数数这么简单，不然你不可能赢得县锦标赛第三名，"我说，"实际上，我不止是想学点规则。我想买你一天时间。确切地说，是十一月十五日。早上十点到下午四点。"

他的妻子看起来有点担心。她把孩子紧紧抱在胸前。

"你牺牲六个小时，我付给你两百美元。"

卡勒姆皱起眉头。"你的目的是什么，先生？"

"我想玩克里比奇牌。"然而，这个理由还不充分。我能从他们的表情里看出这一点来。"听着，我不想欺骗你们，说没有别的理由，但我要是解释，你们肯定会认为我疯了。"

"我就知道，"马尼·卡勒姆说，"请他离开，安迪。"

我转向她。"没什么不好的目的，不违法，不是诈骗，也不危险。我发誓。"但我想，发不发誓没什么用。这是个坏主意。但我如果现在放弃，卡勒姆十五日下午在公谊会教堂附近见到我时会更起疑心。

我继续怂恿他。这是我在德里学到的伎俩。

"不过是克里比奇牌，"我说，"你教我玩，我们玩几个小时，我给你两百美元，然后好聚好散。"

"你是从哪儿来的，安伯森先生？"

"州北部，德里，最近刚到。我是做商业地产生意的。目前在锡贝戈湖度假，不久就回南方。要我说些名字吗？可以作为证人的名字？"我笑了，"能告诉你我不是在胡说的人的名字？"

"现在正是狩猎季节，他星期六下午会去树林里，"卡勒姆太太说，

"这是他仅有的机会，因为他整个星期都要工作，每天回到家天都快黑了，连装子弹的时间都没有。"

她看上去仍然满腹狐疑，但我此刻从她脸上看到了一些什么，那点东西让我燃起希望。你如果年纪尚轻又养着孩子，你的丈夫干的是体力活时——从他开裂，起茧的手能看得出——两百美元意味着一大堆日用品。或两个半月的房租——在一九五八年。

"我可以放弃一个下午，不去树林，"卡勒姆说，"反正镇子附近已经被猎手们搜寻遍了。唯一能猎到该死的鹿的地方是鲍伊山。"

"在孩子面前说话注意点，卡勒姆先生。"她说，声调很尖。但丈夫在她的脸上亲吻一下后，她笑了。

"安伯森先生，我得跟我太太谈谈，"卡勒姆说，"你介不介意在门口站一两分钟？"

"我一点也不介意，"我说，"我去布朗尼那儿，喝杯迷幻药。"多数德里人这么称呼汽水。"我能给你们带杯冷饮吗？"

他们感激地拒绝了，然后马尼·卡勒姆当着我的面关上门。我把车开到布朗尼那儿，给自己买了杯橙汁，给孩子买了甘草糖，我想孩子会喜欢的，如果她到了吃这种东西的年纪。卡勒姆夫妇会拒绝我的，我想，带着谢意，但很坚定。我是个陌生人，提出了一个奇怪的建议。我原本希望这一次改变过去会容易点，因为阿尔已经将这件事改变过两次。很明显，情况并非如此。

但我得到了惊喜。卡勒姆说没问题，他的太太也允许我把甘草糖给小女孩，小女孩得意地接过糖，舔了舔，然后把糖像梳子一样插进头发。他们邀请我留下来吃晚饭，但我谢绝了。我给安迪·卡勒姆留下五十美元定金，他不愿收……直到太太坚持让他收下。

我回到锡贝戈，洋洋得意。但我十一月十五日上午开车回达勒姆时（原野上覆盖着一片白茫茫的霜，穿着橙色狩猎服的猎人们已经成群结队地出来，留下足迹），心情突然变了。他肯定打电话给州警或者地方治安官了，我想，他们在最近的警察局讯问我，看我究竟是哪种类型的疯子时，卡勒姆已经出发，去鲍伊山狩猎。

但是，车道上没有警车，只有安迪·卡勒姆镶了木板的福特。我拿着克里比奇牌新木板，走到门口。他打开门，说：“准备好上课了吗，安伯森先生？”

我笑了。“是的，老师，准备好了。”

他把我带到后面的门廊。我想他太太不喜欢我跟她和孩子待在一起。纸牌规则很简单。钉就是分。一局就是绕木板两圈。我学会了右楔，双跳，陷入泥坑，还有安迪所谓的“神秘十九”的——出奇制胜的一招。然后我们开始玩。我开始记着得分。但卡勒姆领先四百分之后我就停止计分了。每次远处传来狩猎的枪响时，卡勒姆就会朝小后院外面的树林里看一眼。

“下个星期六再去，”他有一次朝后看时我说，“你下个星期六肯定会去，肯定的。”

“下周可能会下雨，”他说，笑了，“我有什么可抱怨的，嗯？我现在很开心，还在挣钱。你越来越棒了，乔治。”

马尼准备了午餐——巨大的三文鱼三明治和自制的西红柿汤。我们在厨房吃饭。吃完饭后，她建议我们进屋玩。她已经觉得我一点都不危险。这让我很开心。卡勒姆夫妇都是好人。一对好夫妻，加上一个好孩子。我听到李和玛丽娜·奥斯瓦尔德在他们的低档公寓里相互喊叫……或者看见他们——至少有一次——带着愤恨走到街上时，就会想起卡勒姆夫妇。过去相当努力；它在努力平衡，多数情况下做到了这一点。卡勒姆夫妇在跷跷板的一端，奥斯瓦尔德夫妇在另一端。

杰克·埃平，也就是乔治·安伯森呢？他是分界点。

马拉松式训练快要结束时，我赢了第一局。三局之后，四点刚过，我竟然让他惨败。我开心地笑了。小女孩詹纳也跟我一起笑，然后从她的高脚椅子上靠过来，友好地拉了一下我的头发。

“太好了！”我叫起来，笑了。卡勒姆一家也跟着笑了。“到此为止吧！”我掏出钱包，拿出三张五十的钞票，放在餐桌上的红白格子油布上。“值！”

安迪把钱推到我这边。“把钱装回去吧，乔治。我玩得很开心，不能再要你的钱了。”

我点点头，好像同意了，然后把钞票推给马尼。她抓起钱。“谢谢你，安伯森先生。”她责备地看着丈夫，然后看着我说：“我们需要钱。”

“很好。”我站起身，伸伸腰，听到脊骨噼啪作响。不远处——距离这里五英里，或者七英里——卡罗琳·波林和爸爸正返回一辆车门上写着“波林，建筑工、木工”的皮卡。他们或许打到了一头鹿，或许没有。无论如何，我想他们在树林里度过了一个愉快的下午，谈论着父亲和女儿会谈论的话题。他们很幸福。

“留下来吃晚饭吧，乔治，”马尼说，“我准备了豆子和热狗。”我留下来，之后我们在小电视机上看新闻。新罕布什尔州发生了一起狩猎事故，但缅因州没有狩猎事故。在他们的再三劝说下，我同意再吃一盘马尼做的苹果馅饼，尽管我的肚皮快要被撑爆了。之后，我站起身，感谢他们的盛情款待。

安迪·卡勒姆伸出手。“下次我们不玩钱，怎么样？”

“一定。”不会有下一次了。我想他知道这一点。

他的太太也知道。我上车之前，她追上我。她用毯子包着孩子，还给孩子戴了顶小帽子，但自己没有穿外套。我能看见她呼出的白气。她在发抖。

“卡勒姆太太，你应该进去，不然你会得——”

“你为什么要救他？”

“你说什么？”

“我知道你为什么会来。你和安迪在门廊上玩牌时，我向上帝祈祷了。上帝给了我答案，但不是完整答案。你为什么要救他？”

我把双手放到她发抖的肩膀上，看着她的眼睛。“马尼……上帝要是想让你知道，肯定会告诉你的。”

她的双手突然绕过我的脖子，抱住了我。我很惊讶，抱住她的背。小詹纳夹在中间，瞪眼看着。

“不管是因为什么，谢谢你。”马尼在我的耳边说。她温暖的鼻息让我起了鸡皮疙瘩。

“进去吧，亲爱的，别冻着。”

前门开了。安迪站在那儿，拿着一罐啤酒。“马尼？马——”

她往后退，睁大乌黑的眼睛。“上帝给我们派来了守护天使，”她说，“我们不会说出去，但会记住。牢记在心里。”然后她跑过人行道，站到丈夫身边。

“天使”。这是我第二次听到这个词。晚上，我躺在小木屋里，等待着入睡时，在心里玩味着这个词。第二天是星期天，我划着独木舟在早冬寒冷而湛蓝的天空下平静的湖面上漂流时，这个词仍然在我的脑海里。

守护天使。

星期一,十月十七日，第一场雪降临，我把这当成预兆。我收拾好行李，开车下山，来到锡贝戈村，看到温切尔先生正在湖滨餐馆喝咖啡，吃油炸圈饼（在一九五八年，人们吃很多油炸圈饼）。我把钥匙还给他，告诉他我度过了一段完美的康复时光。他的脸灿烂起来。

“那很好，安伯森先生。理应如此。你的钱付到了月底。请留下地址，我把余下两个星期的钱退给你。我会在信里放上支票。”

“我得等总公司的领导集体决定以后，才能确定自己接下来会去哪儿，”我说，“但我肯定会给你写信的。”时间旅行者们全都满嘴谎言。

他伸出手。“很高兴认识你。”

我握了握他的手。“我也很高兴。”

我上了车，一路向南。那天晚上，我在波士顿的帕克豪斯酒店住下，逛了逛声名狼藉的混乱区。我在锡贝戈经历了几个星期的宁静之后，霓虹灯刺激着我的眼睛。我看到了成群的夜猫子——多数是年轻人，多数是男性，很多穿着制服。我对西部缅因州宁静的夜晚既恐惧又怀念。在那里，屈指可数的几家商店傍晚六点就打烊，晚上十点，路上杳无人迹。

第二天晚上，我入住华盛顿的哈灵顿酒店。三天之后，我到了佛罗里达西海岸。

第十二章

1

我把车开上一号国道，往南走。我光顾了很多妈妈家庭厨房风格的路边餐馆，这些餐馆的蓝盘特餐包含作为前菜的水果杯，加冰激凌的派是餐后甜点，特餐要价八十美分。我一家快餐店也没见到，除非有二十八种口味、以傻瓜西蒙为标识的霍华德·约翰逊餐馆也能算快餐店。我看到一队童子军在团长的带领下照管一堆秋叶篝火。我看到女人们穿着大衣和套鞋，在阴沉的下午取回洗好的衣服。我看到长长的客运列车，车名叫“南方快车”或“坦帕之星”之类，朝着没有冬天的地域飞驰。我看到老人在城镇广场上吸着烟斗。我看到成千上万的教堂和一片墓地。一堆人，至少有上百个人，围成一圈，站在开放式墓地旁边，齐声唱着《古旧十架》。我看到男人们修建谷仓。我看到人们相互帮助。森利纳的散热器爆了，车在路边抛锚，一辆皮卡停下，两个人下来帮我。那是在弗吉尼亚州，大概是下午四点钟。其中一个人问我是否需要过夜的地方。我如果告诉你在二〇一一年，这样的事也会发生，那我是在扯淡。

还有一件事。我在北卡州一家亨布尔加油站停下来加油，然后走到拐角处上厕所。那儿有两扇门，三个标识。“男”字工整地印在一扇门上，“女”字在另一扇门上。第三个标识是一根带箭头的木棒。箭头指向加油站后面掩映在灌木丛中的斜坡。箭头上面写着“黑人”。我出于好奇，沿着小路走下去，小心翼翼地避开一两团显然是毒葛的绿色和栗色叶子。我真希望爸爸妈妈带孩子经过这里，去往不知有什么设施在等着的斜坡底部时，能够辨认出这些令人讨厌的灌木，因为在二十世纪五十年代末，多数孩子穿短裤。

根本没有什么设施。小路的尽头是一条狭窄的小溪，小溪上面横着一块木板，木板架在几根破裂的混凝土柱子上。内急的男人只需站在岸边，解开拉链，对着河尿。女人可以拉过灌木丛（假没那不是毒葛或者毒橡），蹲下去。木板是大便时用的。哪怕下着滂沱大雨。

我先前的描述如果让你觉得一九五八年的一切都跟《安迪秀》[①]中一样，那么记住这条布满毒葛的小路，好吗？还有小溪上的木板。

2

我在坦帕以南六十英里的森塞特波因特镇安顿下来。在我见过的最美的海滩（而且几乎空无一人）上租了间海螺壳形状的小屋，八十美元一个月。这片沙滩上有四幢类似的小屋，都同样简易。后来在这个地区像雨后春笋般兴起的那种丑陋的暴发户风格的麦克豪宅，我此刻一个也没见着。往南十英里的诺科米斯有家超市，威尼斯有一片购物区，了无生气。四十一号公路，塔米亚米公路，比乡间小路好不到哪里去。你得慢慢地开车，特别是临近黄昏时，因为短鼻鳄鱼和犰狳喜欢穿越公路。在萨拉索塔和威尼斯之间有水果店、路边摊、几家酒吧和一家叫布莱基的舞厅。过了威尼斯，兄弟，你就只有自己了，至少到迈尔斯堡之前是如此。

我把乔治·安伯森的房地产商角色抛到身后。一九五九年春，美国进入衰退期。在佛罗里达海湾沿岸，所有人都在出售，没人购买，所以乔治·安伯森完全变成了阿尔预想的样子：一个渴望成为作家的男人，有钱的叔叔给他留下的遗产足够他生活，至少够他生活一阵子。

我确实写书，不是写一本而是写两本。早上，头脑最清醒时，我写你正在读的东西（要是这东西有人读的话）。晚上，我写一本小说，暂时把它命名为《凶杀地》。小说讲的当然是德里，我在书中称之为道

---

① 美国二十世纪六十年代的情景喜剧。

森。写这本小说完全是为了装腔作势，我要是跟人交朋友，别人问我在做什么，我可以有东西给他看（我把早上写的手稿放在枕头底下上锁的铁盒里）。后来，我觉得《凶杀地》不仅是我拿来做做样子的，我开始觉得自己写得很好，梦想着有朝一日能看到它付梓。

我早上写一个小时回忆录，晚上写一个小时小说，还有大量空闲时间。我尝试钓鱼，鱼很多，但我不喜欢，放弃了。清晨和日落时分散步很好，但白天出太阳后，户外太热。我成了萨拉索塔一家书店的常客，在诺科米斯和奥斯普里的小图书馆一泡就是好几个小时（那多半是快乐的时光）。

我翻来覆去地读阿尔关于奥斯瓦尔德的笔记。最后我意识到，我简直像着了魔一般，把笔记本跟我“早上的手稿”一起放到铁盒里。我说过这些笔记详尽无遗，看起来的确如此，但当时间——我们所有人都必须乘坐的传送带——引领我渐渐逼近我与年轻刺客生命的交汇地时，我越来越觉得，笔记差强人意，漏洞百出。

有时候，我诅咒阿尔逼迫我手忙脚乱地接受这个任务。但我头脑清醒时，意识到即使我时间充裕情况也不会有什么不同。那样事情也许会更糟，阿尔很可能知道这一点。他即使没有自杀，我也只有一两周时间，有关达拉斯之日相关事件的著作有多少本？一百本？三百本？很可能接近一千本。有人同意阿尔的观点，奥斯瓦尔德是一人所为；有人认为他是精心策划的阴谋的一部分；有人断言他根本没有扣动扳机，如他被捕后的声明一样，他只不过是替罪羊。阿尔自杀后，把学者最大的弱点也带走了：把犹豫不决当作研究。

3

我偶尔去坦帕，经过小心探询，认识了一位赌注登记经纪人，此人名叫爱德华多·古铁雷斯。他确信我不是警察后，高兴地接受了赌注。我首先赌在一九五九年篮球锦标赛中，明尼阿波利斯湖人击败凯尔特人，由此建立起菜鸟形象。湖人一场都没赢。我又押四百块，赌冰球斯坦利杯赛中加拿大人队击败枫叶队，结果赢了……但只是把先前输的钱赢了回来。不过是些零钱，兄弟，我的好朋友查兹·弗拉蒂肯定会这样说。

我在一九六〇年春天下了一个大注。我赌在肯塔基州备受关注的赛马德比大战中，威尼斯路击败巴利·阿切。古铁雷斯说，我如果押一千美元，他可以给我一赔四，押两千一赔五。我适当犹豫之后，押了两千，赢了一万。他像弗拉蒂一样高兴地付了钱，但眼睛里闪着冷酷的光，不过我对此毫不在乎。

古铁雷斯是古巴人，体重不超过一百四十磅，被匪帮赶出了新奥尔良，新奥尔良匪帮那时候由一个叫卡洛斯·马尔切洛的恶棍领头。这些流言我是在古铁雷斯的理发店旁边的台球室听人说的（理发店的密室之中，在黛安娜·多丝一张近乎赤裸的照片底下，开设了一桌显然永远不会散场的牌局）。在台球室里，跟我一起玩九球的家伙凑上前来，环顾四周，确认角落的桌子旁只有我们两个之后，低声说："乔治，你知道人们怎么形容匪帮吗？一旦进去，别想出来。"

我本来想请古铁雷斯谈谈他在新奥尔良的经历，但转念一想，觉得过于好奇很不明智，尤其是在我赢了他一大笔钱之后。我要是敢提起这件事——我如果能想到一个貌似合理的由头引起话题——肯定会问古铁雷斯是否认识马尔切洛匪帮里另一位赫赫有名的成员，此人之前是位拳师，名叫"杜茨"查尔斯·穆雷。我想答案是肯定的，因为过去很和谐。杜茨·穆雷的妻子是玛格丽特·奥斯瓦尔德的妹妹。也就是说，他是李·哈维·奥斯瓦尔德的姨父。

4

一九五九年春季的一天（当地人告诉我，佛罗里达有春天，春天有时长达一个星期），我打开邮箱，发现诺科米斯公共图书馆的一张索书卡。我预定了《醒着的梦》，巴德·舒尔伯格[①]的新作，书已经到了。我跳进森利纳——不逊于后来著名的阳光海岸——开车去取书。

我从图书馆出来，留意到大厅乱糟糟的布告栏上贴着一张新海报。明亮的蓝色海报很显眼，上面有个打哆嗦的卡通人，卡通人正看着一支特大号温度计，温度计里面的水银对准零下十度。“有温度（学位）[②]的问题吗？”海报上的文字说道，“你可能够条件从俄克拉荷马联合大学得到一张邮购文凭！欲知详情，请来函咨询！”

俄克拉荷马联合大学听起来比炖鲭鱼更靠不住，但让我有了个想法。我会产生这个想法，主要是因为我很无聊。奥斯瓦尔德还在海军陆战队，九月份才会退役，之后会去苏联。他到苏联后首先会放弃美国公民身份。他没有成功，但他在莫斯科酒店上演了一场自杀闹剧——很可能是故意的——之后，苏联人让他留在他们的国家。可以说，他得到了“官方批准”。他会在那儿待三十个月左右，在明斯克的一家无线电工厂上班。他会在一次聚会遇见一个名叫玛丽娜·普鲁沙科娃的女孩。穿着红色裙子，白色拖鞋，阿尔在笔记中写道，风姿绰约，一袭舞会装扮。

奥斯瓦尔德有艳福了，但我在此期间该做些什么呢？联合大学提供了一个选择。我写信咨询详情，并迅速得到答复。目录兜售一大堆学位。我惊奇地发现，我花三百美元（现金或者汇票），就能拿个英语学士文凭。我只需通过一项仅有五十道选择题的测验。

我准备好汇票，默默地跟三百美元吻别，递交了申请。两周之后，我从联合大学收到一个薄薄的马尼拉纸信封。信封里面是两张满是污点的油印纸。测试很棒。我最喜欢的两道题是：

22.“莫比”姓什么？

A. 汤姆

B. 迪克

---

① 巴德·舒尔伯格（1914—2009），美国著名编剧、作家。

② 在英语中，“degree”一词既表示“温度”，又表示“学历”。

C. 哈里

D. 约翰

23.《有七个尖角的阁楼》是谁写的？

A. 查尔斯·狄更斯

B. 亨利·詹姆斯

C. 安·布拉德斯特里特

D. 纳撒尼尔·霍桑

E. 以上都不对

我填着答案，享受这场完美的测验（我偶尔会大喊一声："你们肯定在耍我！"），然后将试卷发回俄克拉荷马州伊尼德。我收到一张明信片，明信片恭喜我通过了测验。我又交了五十块"管理费"之后，被告知会收到文凭。他们是这么说的，而且真的兑现了承诺！文凭比之前的测验好看多了，上面盖着令人印象深刻的金印。我把文凭递给萨拉索塔县城学校的代表时，那个大人物毫不迟疑地接受了，把我的名字填在代课教师名单上。

这样一来，在一九五九至一九六〇学年，我又开始每周教一两天课。我回到学校后感觉很好。我喜欢这里的学生——男孩们留着平头，女孩们留着马尾辫，穿着过膝蓬蓬裙。但我痛苦地发现，我在各间教室里看到的都是资质平庸的学生。我在代课的日子里再次认识到关于自己的一个基本事实：我喜欢写作，并且文笔不错，但我热爱的是教书。教书以某种我无法言喻的方式，或者说，某种我喜欢的方式，让我更加充实。我无法准确描述那种感觉。

在我当代课教师的日子里，最完美的一天发生在西萨拉索塔高中。我那天在美国文学课上讲完《麦田里的守望者》(当然，这本书被学校图书馆列为禁书。哪个学生要是把它带进神圣的课堂，书肯定会被没收）的基本情节之后，鼓励学生讨论霍尔顿·考尔菲德[①]最大的不满：学校、成人和美国人的整个生活都是虚伪的。学生们开始还不活跃，

① 《麦田里的守望者》里的主人公。

但下课铃响时，大家争相发表意见，有五六个同学冒着下节课迟到的危险，就他们从周围看到的，以及父母为他们设计的人生道路中存在的问题各抒己见。他们的眼睛里闪烁着光芒，脸上洋溢着激动。我确信，这一带书店里的某本暗红封面平装书会被抢购一空。最后离开的是个肌肉结实的男孩，他身穿一身足球运动衫。我觉得他看起来就像《阿奇》连环画册中的穆斯·梅森。

“我希望您能一直在这里，安伯森先生，”他用温和的南方口音说，“我最喜欢您。”

他不只是喜欢我，是最喜欢我。没有什么比从一个十七岁大的孩子口中听到这样的话更让人欣慰，他看起来像是经历了学生生涯中第一次醍醐灌顶。

那个月稍晚几天后，校长把我叫到办公室，跟我客套一番，给我倒了杯可口可乐，然后问我：“你是个危险分子吗，孩子？”我向他保证我不是。我还告诉他，我投了艾克一票。他看起来很满意，但建议我以后还是尽量使用“更广为接受的阅读书目”。发型会改变，裙子的长度会改变，俚语会改变，但高中的管理制度永不会变。

5

我在大学课堂上（缅因大学，真正的大学，我在那儿拿到了真正的理学学士学位），听过一位心理学教授发表高见说，人类真的拥有第六感。他称之为“直觉”。他还说，直觉神秘主义者和不法分子的直觉最发达。我不是神秘主义者，但我既是被我的时代放逐的人，又是个杀人犯（我可能认为自己杀死弗兰克·邓宁是正当的，但警察当然不会这么认为）。要是这两件事还不能让我成为不法分子，那就没什么东西能了。

“我给你们的建议是，”那位教授在一九九五年的一天说，“危险逼近时，听凭直觉。”

我决定在一九六〇年的夏天这么办。我对爱德华多·古铁雷斯越来越感到不安。他是个小角色，但传闻说他与匪帮有关系……还有，他那天支付我赢的那一大笔钱时，眼露凶光。现在想想，我的赌注实在是大得离谱。我为什么要去赌呢？我那时一点都不缺钱。这不是贪婪，我想这更像一个优秀的击球手遇到一记悬空的曲线球。有些时候，你只是情不自禁，追求全垒打。就像巧舌如簧的利奥·迪罗谢[1]过去常常在收音机广播里绘声绘色地形容的那样，我挥棒了，但我现在后悔了。

我故意输掉在古铁雷斯那儿押的最后两次赌注，尽量让自己显得愚蠢，像个只是偶尔中了一次彩，又立即统统输掉的普通投机客。但直觉告诉我，我演得不像。古铁雷斯开始问候我：“噢，看哪！我的从新英格兰来的美国佬来了！”时，我的直觉不喜欢这种问候。他没有说“美国佬”，说的是“我的美国佬”。

他如果派个玩扑克的朋友从坦帕跟踪我到森塞特波因特，我该怎么办？他有没有可能派另一个牌友——或者几个肌肉发达、急于想从他的高利贷深渊中挣扎出来的年轻人——干点财产抢救工作，把一万元被我花剩下的部分拿回去？我想到《日落大道七十七号》里那些蹩脚的情节，但直觉告诉我，这类事情不会发生。直觉说，那个身材矮小、头发稀疏的家伙很有可能侵入我的住宅，我要是胆敢反抗，他会把我打个半死。我不想被痛打一顿，也不想被人抢劫。最重要的是，我不想冒险让体育赛事记录落入跟匪帮有牵连的赌注登记人手中。我不喜欢夹着尾巴逃跑，但是，该死，我早晚得去得克萨斯，为什么不早点去呢？还有，谨慎是勇敢的一部分。这是我还在妈妈膝下时就学会的道理。

因此，我经历了一个近乎无眠、直觉的信号愈来愈强的七月之夜后，打包所有的东西（上锁的盒子里装着备忘录和现金，藏在森利纳的备胎下面），给房东留下一张便条和房租支票，然后从十九号公路北上了。我在路边一家破烂的汽车旅馆度过了第一晚。纱窗上有洞，我

---

① 利奥·迪罗谢（1905—1991），美国职棒大联盟内场手及经纪人。

熄灭房间的灯（一盏没有遮盖的灯泡悬挂在一截电线下面），战斗机大小的蚊子朝我袭来。

不过，我睡得像个孩子。没有做噩梦，脑子里的雷达也不再嗡嗡作响。我感到十分满足。

我在路易斯安那的加佛港度过了八月的第一个夜晚。我在市郊第一次停下时，旅馆拒绝接待我。红顶旅馆的服务员告诉我，他们只接待黑人，并叫我去南方盛情酒店，他认为那是“加佛港最好的酒店”。或许是吧，但总的来说，我更喜欢红顶旅馆。隔壁烤肉酒吧传来的滑棒吉他声棒极了。

6

我去达拉斯的路上去新奥尔良并不顺路，但直觉的声呐已经安静下来，我有了观光者的心境……尽管我不想参观法语区、比安维尔汽船码头或老广场。

我从街头小贩手上买了张地图，弄清去目的地的路线。我把车停好，步行五分钟，来到弹药库街四九〇五号跟前，这里就是李和玛丽娜·奥斯瓦尔德还有他们的女儿琼，在约翰·肯尼迪人生的最后一个春天和夏天里生活的地方。这是一幢快要变成残骸的破败建筑，齐腰高的铁栅栏围成的院子里长满杂草。下面一层曾经呈白色的墙漆现在已经剥落，露出尿黄色。上面一层是灰色的谷仓板，没有刷漆。一块纸板遮挡着一扇破烂的窗户，上面写着“租房请拨 MU3-4192”。生锈的纱窗围住门廊。一九六三年九月，李·奥斯瓦尔德会在天黑后穿着内裤坐在上面，低声说“乒！乒！乒”，朝行人打空枪。他用的那支枪后来成为美国历史上最著名的步枪。

我正琢磨着这些，突然有人拍我的肩膀，我差点惊叫出来。我肯定吓了一跳，因为跟我搭话的年轻黑人尊敬地后退一步，摊开空着的双手。

“对不起，先生。对不起，不是故意要吓到您。”

“没关系，”我说，“怪我自己。”

我这么说似乎让他很不安，但他脑子里装着他的生意，他很坚决……但他得再次靠近，因为他必须低声介绍他的生意。他想知道我有没有兴趣买些欢乐棒。我想我知道他说的是什么，但直到他附上一句“优质大麻，先生”，我才完全明白。

我告诉他不用了，不过，他要是能带我去“南方巴黎”的高档酒店，我可以出五角钱。他再次开口时，声音变得更加清晰。“不同的人有不同的看法，我个人觉得蒙泰莱昂内酒店不错。”他详细地告诉我该怎么走。

“谢谢。”我说，递过硬币。硬币消失在他的一个口袋中。

“先生，您为什么看着那个地方？”他朝着摇摇欲坠的公寓楼点头，“您想买下来？”

乔治·安伯森又灵光乍现。“你肯定住在附近。你觉得这会是个好买卖吗？”

“这条街上有些房子不错，但这栋不好。依我看，像是闹鬼的房子。”

“离闹鬼还早着呢。”我说着朝汽车走去，他在后面看着我，不知所措。

7

我把上锁的盒子从后备厢里拿出来，放在森利纳的乘客座上，想拿到蒙泰莱昂内酒店房间里。但是，门卫去拿剩下的袋子时，我在后座上看到一样东西，顿时产生一种离奇的负疚感，立即脸红，心跳加速。儿时受的教育最根深蒂固，我在妈妈膝下学到的另一个道理就是，一定要记得按时把书还给图书馆。

“门卫先生，请你把那本书递给我，好吗？”我说道。

“好的，先生！乐意效劳！”

书名是《查普曼报告》，是我决定跑路之前一个星期左右从诺科米斯公共图书馆借的。透明保护封皮一角的标签上写着“借期七天，请为其他借阅人考虑！”这句话让我非常自责。

我进入房间时，看了一下表，才下午六点。夏天，图书馆中午才开门，晚上八点关门。长途电话是一九六〇年很少几样比二〇一一年昂贵的东西之一，但那种幼稚的负罪感仍然压在我的心头。我打电话给酒店接线员，告诉她诺科米斯公共图书馆的电话号码，号码是我从书后衬页上黏贴的纸袋上看到的。号码下面写着一行小字，“迟还超过三天，请拨打以上电话。”这行字比之前那行字更让我觉得自己像条狼狈的狗。

这里的接线员接通另一位接线员。他们说话时，背景里微弱的声音含糊不清。我意识到，到了我先前生活的那个时代，这些长途接线员大多已经作古。然后，电话接到了另一头。

“你好，诺科米斯公共图书馆。”是哈蒂·威尔克森的声音，听声音，这位甜美的老妇人好像被困在了一个大铁桶里。

“你好，威尔克森太太——”

“喂？喂？听得见吗？该死的长途！”

“哈蒂？”我吼了起来，“我是乔治·安伯森！”

“乔治·安伯森？噢，我的天哪！你是从哪儿打来的，乔治？”

我差点说了实话，但直觉的雷达发出一声响亮的声音。我喊着说：“巴吞鲁日！”

“路易斯安那？”

“是的！我这儿有本书，我刚刚发现！我会把书寄回去——”

“你不用喊，乔治，现在线路好多了。接线员肯定没有把插头插紧。我很高兴接到你的电话。上帝保佑，你已经离开了。消防队长说房子里没人，但我们还是很担心你！”

“你说什么，哈蒂？我在海滩上的房子吗？”

但说真的，我在那里住过别的地方吗？

“是啊！有人从窗户里扔进一只燃烧的汽油瓶！整栋房子几分钟就

烧着了。消防队长杜兰德认为是在外面饮酒狂欢的孩子干的。现在坏家伙很多。他们因为害怕核威慑而发了疯，我丈夫是这样说的。”

哦。

“乔治，你还在吗？”

“在。”我说。

“你说的是哪本书？”

“什么？”

“你说的是哪本书？别让我去查卡片目录。”

“噢，是《查普曼报告》。”

“嗯，尽快寄回来，好吗？我们这儿有不少人在等这本书。欧文·华莱士[①]非常火。”

“是的，”我说，“我肯定会尽快把书寄回去。”

“我对你的房子出事感到非常难过。你有什么财物损失吗？”

“重要的东西都在我的身边。”

“感谢上帝。你会不会很快回——”

电话里响起刺耳的滴答声，然后是空线的蜂鸣声。我把电话放回支架。我会不会很快回去？我觉得我没必要打过去回答这个问题。但我会当心，因为它察觉到有人想改变它，而且它长着牙齿。

我第二天一大早就把《查普曼报告》寄了回去。

然后我去了达拉斯。

8

三天之后，我坐在迪利广场的一条长凳上，看着得克萨斯教科书仓库大楼这座立方形砖体建筑。时值傍晚，天气炎热。我已经拉下领带（在一九六〇年，你要是不系领带，即使天气很热，也必定会引起

---

① 欧文·华莱士（1916—1990），美国畅销书作家。

不必要的关注），解开纯白衬衫领口的扣子，但还是无济于事。凳子后面榆树有限的树荫没有起到什么作用。

我在商业街上的阿道弗斯酒店登记入住时，酒店提供了两个选择：带空调或不带空调。我多付五美元，要了有窗式空调的房间，空调无休无止地努力将房间温度降到华氏七十八度。我要是还有点脑子，应该现在就去房间，免得中暑。夜幕降临后天气会凉快点。凉快一点点而已。

但立方形砖体建筑久久地吸引着我的目光。窗户——特别是六楼右角上的窗户——仿佛正凝视着我。这栋建筑明显有些不对劲。你——假设这份手稿有读者的话——可能会对这种说法不屑一顾，觉得这只是因为我预先知道一切。但知道未来不足以让我冒着酷热长久地坐在长凳上。我之所以会这么做，是因为我感觉自己之前见过这栋建筑。

它让我想起德里的基奇纳钢铁厂。

教科书仓库大楼尚未破败，但传递出与钢铁厂同样的威胁感。我记得偶然遇见那根浸在水中、被煤灰熏得乌黑的烟囱。它躺在草丛中，像条在阳光中打盹的史前巨蛇。我记得我朝漆黑的管孔里看了一眼，管孔大到人能钻进去。我还记得，我感觉里面有东西。活的东西。那东西想让我走进去，参观一下。或许，参观很久，很久。

进来吧，六楼的窗户低声说，进来看看。这里现在空着，夏天在这工作的船员已经回家了。你要是沿着铁道去码头看看，会看到门开着，我对这一点很肯定。毕竟，这里有什么需要保护呢？什么都没有，只有教科书，连学生们都不稀罕。你很清楚，杰克。进来吧。来六楼。在你的时代里，这儿有间博物馆，人们从世界各地蜂拥而来，有些人还会为被杀害的人以及他可能成就的一切伤心落泪。但现在是一九六〇年，肯尼迪只是个参议员，杰克·埃平还不存在。只有乔治·安伯森存在，一个留着短发、穿着汗湿的衬衫、领带已经拉下来的男人。他可以说是一个真正属于这个时代的男人。那么，上来吧。你怕鬼吗？有什么好怕的呢？暗杀还没有进行。

但上面有鬼。鬼也许不是在新奥尔良的弹药库街，而是在这儿？

噢，是的。但我没必要面对它们。因为我进入教科书仓库大楼，跟冒险进入德里倒下的烟囱一样。奥斯瓦尔德在实施暗杀之前一个月左右会成功申请到堆书的工作。我如果那时候再行动，也许时间太紧了。不，我打算按照阿尔在笔记结尾部分草拟的计划行事，标题是“关于如何处置的结论”的那一部分笔记。

尽管阿尔对孤独枪手理论很肯定，但他并没有忽略一个很小、但在统计上很重要的可能性。在他的笔记里，他称之为“不确定的窗户”。

比如六楼的窗户。

他打算在一九六三年四月十日，肯尼迪造访达拉斯之前半年多时，永久地关上这扇不确定性的窗户。我想这个主意有意义。在四月份晚些时候，也非常有可能就是十日的晚上——还等什么呢——我会杀了玛丽娜的丈夫，琼的爸爸，跟杀弗兰克·邓宁一样。而且我不会内疚。你要是看见一只蜘蛛从地上匆匆地爬向婴儿床，可能会犹豫。你也许会考虑把它装进瓶子，放回院子里，让这条小生命继续活着。不过，你要是确定这只蜘蛛有毒呢？这只蜘蛛如果是黑寡妇呢？如果是这样，你不会犹豫。如果你心智正常的话。

你会伸出脚，将蜘蛛踩得粉碎。

9

我对于一九六〇年八月到一九六三年四月这段时间，有自己的计划。奥斯瓦尔德从苏联回来以后，我会盯着他，但不会干涉他的生活。因为我承受不起蝴蝶效应。我不知道英语里是否还有比“事件之链”更愚蠢的暗喻。链条（我想，不是我们在幼儿园里都学着做过的那种彩纸带链条）很坚固。我们用链条把发动机机组从卡车里拉出来，我们用链条缚住危险犯罪分子的手脚。但这些都不再是我理解的链条。事件很脆弱，我告诉你，就像纸牌屋。逼近奥斯瓦尔德——更不要说试图警告他放弃他还没有产生的犯罪念头——无异于放弃仅有的优势。蝴蝶会张开翅膀，奥斯瓦尔德事件的进展也会改变。

改变可能是细微的，但就像布鲁斯·史普林斯汀[①]在歌里唱的，姑娘，小事有一天会变成大事。这些变化可能是好的，可能会拯救现在是马萨诸塞州年轻参议员的肯尼迪。但我以为不然。因为历史很执拗。按照阿尔潦草的笔记，肯尼迪一九六二年会去休斯敦莱斯大学，做一场关于登月的演讲。露天会堂，没有防弹讲台，阿尔写道。休斯敦距离达拉斯不足三百英里。奥斯瓦尔德要是打算在那儿射杀总统怎么办？

或者奥斯瓦尔德假如正如他自己所言，是个替罪羊呢？他要是被我吓到，离开达拉斯，又回到新奥尔良，而肯尼迪死在疯狂的黑手党手中或者中情局的阴谋之下，我该怎么办呢？我有没有勇气穿过兔子洞回去，让一切重来一遍？再次拯救邓宁一家？再次拯救卡罗琳·波林？我为了这个任务，已经耗了近两年。我是否愿意再投入五年，而结果同样捉摸不定？

最好不要留后路。

最好一击即中。

我在从新奥尔良来得克萨斯的路上已经决定，监视奥斯瓦尔德而不惊动他的最好办法就是，他在达拉斯的姐妹城市沃斯堡时，我在达拉斯住下。他把家搬到达拉斯时，我再转移到沃斯堡。这个办法很简单，但行不通。我初次凝视教科书仓库大楼、并强烈地感觉到它——就像尼采所说的深渊[②]——也在凝视着我几个星期后，意识到了这一点。

一九六〇年是总统选举年，在那年的八月和九月，我开着森利纳在达拉斯闲逛，寻找公寓（这里没有全球卫星定位系统，我经常得停下来问路）。没有一套公寓合适。我开始以为问题出在公寓上。后来，我加深了对这个城市认识的认识，意识到问题出在我自己身上。

---

① 布鲁斯·史普林斯汀（1949— ），美国摇滚创作歌手、吉他手。

② 尼采有句名言：你凝视深渊时，深渊也在凝视你。

一个简单的事实是，我不喜欢达拉斯。八个星期的努力钻研足以让我相信，这里有很多东西不讨人喜欢。《时代先锋报》(很多达拉斯人习惯称之为《失败先锋报》)是浅薄者和无聊者追随的权威。《达拉斯新闻晨报》则会大肆渲染，谈论达拉斯和休斯敦如何“争先恐后，建造摩天大楼”，但社论中所说的摩天大楼，是一个被我逐渐视为“伟大的美国楼房崇拜”重重包围的建筑孤岛。报纸忽略了贫民窟。在贫民窟，种族之间的分界线已经开始模糊。再外围是无边无际的中产阶级住房，多半为参加“二战”和朝鲜战争的老兵所有。这些老兵的妻子成天用碧丽珠护理家具，用美泰克洗衣机洗衣服。每家平均有两个半孩子。青少年修剪草坪，用自行车送《失败先锋报》，用龟牌车蜡打理汽车，鬼鬼祟祟地在晶体管收音机上听查克·贝里的节目。他们或许会告诉焦虑的父母，查克·贝里是白人。

郊区带旋转喷水头草坪的房子外面，是广阔平坦的空地。转动的灌溉器四处可见，浇灌着棉花作物，但多数金字棉已经消失，取而代之的是一望无垠的玉米和大豆。地道的达拉斯县特产是电子器件、纺织品、牛粪和黑金石油。这个地区没有多少油井架，但是，风从西边的二叠纪盆地吹来时，两座姊妹城市便散发出石油和天然气的气味。

市中心商业区挤满衣着华丽的人，尽显我认定的达拉斯风格：格子运动外衫，窄领带，奢华的领带夹(这些领带夹是金光闪闪的六十年代版，中间通常有发光的钻石或者能以假乱真的假钻石)，白色桑撒贝特裤子，针脚复杂的花哨靴子。这些人在银行和投资公司上班。他们向城市西边出售大豆期货、石油租赁权和房地产。西边的土地上只生长曼陀罗和风滚草。他们用戴着戒指的手拍打对方的肩膀，互称“朋友”。在他们的皮带上，二〇一一年的商人挂手机的地方，大多装着手工手枪套。

到处是支持弹劾美国联邦最高法院首席大法官厄尔·沃伦的广告牌，反抗正在咆哮的赫鲁晓夫的广告牌(牌子上的文字说道：“不，赫鲁晓夫同志！我们会埋葬你！”)；西商业街上有一则广告牌上写着：“美国共产党赞成融合。考虑一下吧！”那张广告是由名叫茶党协会的机构赞助的。我在两个标明属于犹太人的公司名上看见被肥皂擦洗掉的纳粹万十字章。

我不喜欢达拉斯。不，不，一点也不喜欢！我从在阿道弗斯酒店登记入住，看见饭店餐厅领班抓住一个畏畏缩缩的年轻服务员的胳膊、朝他的脸大吼大叫那一刻起，就不喜欢这座城市。然而，我的任务在这里，我得留在这儿。我那时就是这么想的。

10

九月二十二日，我终于找到一处看似能住的地方。房子位于达拉斯北布莱克韦尔街。一处由独立车库改建的漂亮的二联式公寓。这个房子最大的优点是有空调。最大的缺点是房东雷·麦克·约翰逊是个种族主义者。他跟我说，我要想活得长，最好离附近的格林维尔大道远点儿，那儿有很多黑人白人混杂其中的小酒馆，黑人们都带着刀，他称之为"弹簧刀"。

"我不惜一切反对黑鬼，"他告诉我，"是上帝的诅咒让他们到了这个地步，不是我。你知道的，不是吗？"

"我想我在《圣经》里没看到这一点。"

他斜着眼睛，不可置信地看着我。"你是什么人，卫理公会派教徒？"

"是的。"我说。这么说似乎比说我什么也不信安全得多。

"你得到浸信会礼拜，朋友。我们的教会欢迎新人。你住在这里，或许哪个星期天可以跟我和我太太一起去。"

"或许吧。"我赞同地说，提醒自己在那个星期天得陷入昏迷。或者死掉。

约翰逊先生回到《圣经》上。

"你知道，诺亚有一次在方舟上喝醉了。他躺在床上，浑身赤裸。他的两个儿子不愿意看他，把脸转开，在他身上盖了条毯子。我不知道，或许是张床单。但是含姆——他是家里的黑人——对他父亲赤裸的身体袖手旁观，于是上帝诅咒他和他的种族变成伐木人和取水者。这就是背景故事。《创世记》，第九章。你可以去查，安伯森先生。”

“啊。”我说，告诉自己一定得找个住处，我没钱无限期地住在阿道弗斯酒店。我告诉自己，我可以跟有点种族主义倾向的人住在一起，我不会受影响。我告诉自己，这是这个时代的特征，很可能到处都有这样的人。只是我不太相信我告诉自己的这些话。“我会考虑一下，一两天之内给你答复，约翰逊先生。”

“你不能犹豫太久，朋友。这个地方很抢手。你今天运气不错。”

11

运气不错的这天又是个大热天，我寻找住处时口渴难耐。我离开雷·麦克·约翰逊以后，想喝杯啤酒。我决定去格林维尔大道。约翰逊先生劝我远离这个地方，但我想去看个究竟。

他在两点上是对的：街上没有种族界限（大体上），很喧闹，也很有生气。我停下车，在街上闲荡，尽情享受巡回演艺团的氛围。我经过二十几家酒吧，一些二轮电影院（进来吧，里面很“凉爽”，屋顶招牌上的旗帜在得克萨斯闷热而充斥着石油气味的风中拍打着），一家脱衣舞酒吧，招揽生意的人在街边大喊：“美女！美女！美女！世界上最棒的滑稽表演！你见过的最棒的滑稽表演！这些美女们都剃了毛，明白了吧？”我还经过三四家“支票兑现和快速贷款”店面。一家店门口的黑板上厚颜无耻地写着“诚信金融，诚信是我们的特色”，这句话上面写着“今日赛事”，下面写着“仅供消遣”。戴着草帽、穿着背带裤的男士们（表情堪比专注的船夫）围着黑板站立，讨论已经张贴出来的赔率。这些人中有些拿着《赛马消息报》，有的拿着《达拉斯新闻晨报》体育版。

仅供消遣，我想，是的，没错。我一时间想起我的海滩小屋在夜里燃烧，火焰在海湾的风中冲向布满繁星的夜空。消遣并不总是令人开心，特别是这项消遣是赌博时。

音乐声和啤酒味从敞开的门廊里飘出来。我听见一间音乐小酒吧里传来杰瑞·李·刘易斯[①]的歌《洛塔·夏金的一切》，隔壁的一家酒吧则传来费林·赫斯基的《鸽子的翅膀》。四个妓女提出要跟我私下交易，一个路边小贩向我兜售汽车轮毂罩，晶光闪亮的人造钻石装饰的折叠式剃须刀，得克萨斯州旗帜，旗帜上面的浮雕文字写道“别惹得克萨斯”。试着把这句话翻译成拉丁文吧。

我对这一切有一种强烈的似曾相识之感，并为此烦恼不已。这儿的一切仿佛都不对劲，一直都不对劲。这不可思议——我这辈子从没来过格林维尔大道——但不可否认，似曾相识之感是感性的，不是理性的。突然，我不想喝啤酒了。我也不想租约翰逊先生改建后的车库，不管那儿的空调有多棒。

我经过一家名叫沙漠玫瑰的酒吧，洛克-奥拉点唱机上传来马迪·沃特斯[②]尖锐的歌声。我正要转身朝停车的地方走去，一个男人从酒吧里面飞跑出来。绊倒，摔了个四肢朝天，引来黑暗的酒吧里一阵大笑。一个女人吼道：“别回来了，你这个没鸡巴的废物！”这句话招致了更多也更热烈的笑声。

被逐出的顾客鼻子在流血，朝一边歪得厉害，左边脸上从太阳穴到下巴的口子也在流血。他的眼睛睁得很大，惊恐万分。他抓住一根灯柱站起身时，被撕开的衬衫几乎掉到膝盖上。他一站起身，立刻四处张望，但什么都没看见。

我朝他走了一两步。我走近他之前，先前问我要不要约会的妓女中的一个穿着细高跟鞋，摇摇摆摆地走上前去。她肯定不是真正的女人。她肯定不超过十六岁，长着一双深色的大眼睛，咖啡色皮肤十分光滑。她在笑，但笑得不那么刻薄。满脸是血的男人摇摇晃晃时，小姑娘抓住他的胳膊。“慢点儿，亲爱的，”她说，“你得坐下来，不然——”

---

① 杰瑞·李·刘易斯（1935— ），美国摇滚歌手。

② 马迪·沃特斯（1913—1983），美国最伟大的布鲁斯音乐家之一。

他把衬衫拢到一起。装饰着珍珠的手枪——比我在梅琴体育用品店买的那支小很多，比玩具枪大不了多少——挂在他没有系皮带的华达呢裤子肥胖的腰边。他裤子前裆的拉链只拉到一半，我能看见剪裁宽大的短衬裤上印有红色赛车。我清楚地记得这一点。他掏出枪，将枪口抵在妓女的腹部上，扣动扳机。手枪发出一声钝响，不会比“女人指”爆竹在锡罐里爆炸的声音更响。女人尖叫着坐到人行道上，双手紧紧捂住肚子。

“你开枪射我！”声音中的愤怒多过疼痛，但血开始从她的手指间溢出，“你开枪射我，你这个杂种，你为什么开枪射我？”

他全然没有在意，只是猛地拉开沙漠玫瑰酒吧的门。我还站在他射杀漂亮年轻妓女的地方，部分是因为我被吓蒙了，但更主要的还是因为这一切都是在一瞬间发生的。比奥斯瓦尔德杀害美国总统的时间可能长点，但不会长很多。

“这就是你想要的吗，琳达？”他叫喊道，“这就是你想要的吗？我成全你！”

他把枪口对准自己的耳朵，扣动扳机。

12

我把手帕折起来，轻轻按在年轻女孩红色裙子的洞上。我不知道她伤得有多重，但她能清醒地说出连续而生动的话，这些话肯定不是她从妈妈那里学来的（但谁知道呢）。聚集的人群中一个男人朝她走得太近，让她觉得不爽时，她咆哮道：“别看我的裙子，你这爱管闲事的混蛋。你再看得付钱。”

“这个狗娘养的可怜家伙死定了。”有人说。这人跪在刚才被逐出沙漠玫瑰的男人身边。有个女人开始尖叫。

警报声离这里越来越近、也在尖叫。我注意到那个穿着卡普里裤子的红头发女人。我在这条路上闲逛时，她也靠近过我。我朝她招手。

她用手按着胸口，做出“谁？我吗？”的姿态。我点点头。是的，就是你。“用这块手帕捂住伤口，”我对她说，“尽量不要让她再流血。我得走了。”

她机灵地朝我笑笑。“听到警察来了就想溜？”

“不是这样。我不认识这些人。我只是路过。”

红发女人跪在人行道上的女孩身边，女孩一边流血一边谩骂不止，按着被血浸透的手帕。“亲爱的，”她对我说，“我们所有人不都是路过吗？”

13

我那天晚上无法入睡，神思恍惚，然后看见雷·麦克·约翰逊那张泛着油汗的脸，那张脸上带着得意。他将两千年的奴隶制、杀戮和剥削归结于一个青少年目睹了父亲的阴茎。我突然惊醒，仰坐着，神思恍惚……看到矮个子男人敞开的裤子前裆，看到手枪枪口对准耳朵。“这就是你想要的吗，琳达？”临死前最后的任性。我再次惊醒。然后我梦见黑色轿车里的男人朝我在森赛特波音特的房子前窗扔汽油炸弹：古铁雷斯意图除掉新英格兰来的美国佬。因为他不想损失太多。对他来说，这个理由足够充分了。

最后我干脆放弃睡觉，坐到窗边，酒店的空调在耳边咔嗒咔嗒响个不停。在缅因州，这个季节夜晚已经非常凉爽，树叶开始染上颜色，但在达拉斯，凌晨两点半是华氏七十五度。还很潮湿。

“达拉斯，德里，”我说，朝下面寂静的商业街看去。教科书仓库大楼的立方形砖体建筑遁形了，但它就在附近，离我仅几步之遥。

“德里，达拉斯。”

两个名字都有两个音节，两个音节都是从重复的字母处分开，[①] 重

① 德里和达拉斯的原文分别为 Derry, Dallas。

复的字母就像弯曲膝盖上的一根引火柴。我不能待在这儿。我再在达拉斯待三十个月会疯掉。距离我看到“我很快就会杀了我妈妈”之类的涂鸦，或者特里尼蒂河上漂过耶稣雕像还有多久？我住在沃斯堡可能会好点，但沃斯堡还是离达拉斯太近。

我为什么非得待在这两个城市呢？

这个想法在凌晨三点刚过时，好像启示一般出现在我的脑海中。我有辆好车——说实话，我已经开始爱上这辆车——得克萨斯中部也不缺路况很好的高速公路，很多路都是新近建设的。到二十一世纪，这些公路上将会严重堵塞，但在一九六〇年，路上几乎没车。公路有限速，不过没有人监督。在得克萨斯，州警都相信，把汽车油门踩到底、让汽车咆哮是种福音。

我可以走出这座城市令人窒息的阴影。我可以找个更小也不那么令人畏惧的地方。一个不会让人感觉它充满仇恨和暴力的地方。在大白天，我可以告诉自己，我是在凭空想象，但我在凌晨时不会这样想。毫无疑问，达拉斯有好人存在，成千上万，大多数人都是好人，但不和谐音就在那里，有时会爆发出来。比如沙漠玫瑰酒吧门口那一幕。

住在堤上的贝维曾经说过，德里的糟糕时期已经结束。但我并不认同。我想达拉斯也是如此，尽管现在距离最糟糕的一天还有三年。

“我得坐车往返，”我说，“乔治想要个安静漂亮的地方写书。不过，既然这本书有关城市——一座闹鬼的城市——他真得坐车往返，不是吗？搜集素材。”

我花了近两个月时间才想清楚这一点，这并不奇怪：人生最简单的答案往往最容易被忽视。我上床睡觉，几乎立刻就睡着了。

14

第二天，我离开达拉斯，开车向南下七十七号公路。一个半小时之后，我到了德诺姆县。我往西拐，上了一〇九号州道，因为我喜欢十字路口的那个广告牌。在广告牌上，一位英勇的年轻橄榄球运动员戴着金色头盔，穿着黑色运动衫，绑着金色护腿。广告牌上的文字写道：德诺姆狮子，三次区冠军！毫无疑问的一九六〇年州冠军！“我们拥有吉姆的力量！”

管他是什么，我想。每所高中都有秘密标志和口号。这些标志和口号让孩子们自觉有种集体归属感。

我沿着一〇九号州道又开上五英里，就来到了约迪镇。人口一二八〇，标牌上写着。“欢迎您的到来！”宽阔的主大街两边绿树成荫，我看到一家小餐馆，橱窗玻璃招牌上写着：“得克萨斯州最好的奶昔、炸薯条和汉堡！”餐馆名叫阿尔餐馆。

当然是阿尔餐馆。

我在门前一块斜坡上停下车，走进餐馆，点了份叉角羚肉特色菜，结果上的是加了烧烤酱的两个干酪汉堡包，还有麦斯基德炸薯条和罗迪欧浓奶昔——你可以选择香草精、巧克力或者草莓口味。叉角羚肉汉堡不如富客汉堡好吃，但也不赖。炸薯条正合我的口味：脆，咸，有点老。

阿尔的全名叫阿尔·斯蒂文斯，是个瘦骨嶙峋的中年男人，长得一点都不像阿尔·坦普尔顿。他留着乡村摇滚乐手的发型，灰色的八字胡，说话时拉长调子，带有浓重的得克萨斯口音。一顶有趣的纸帽子翘到他的一只眼睛上方。我问他约迪镇出租房多不多，他笑着说：“随便你挑。但说到工作，这里其实算不上商业中心。主要是大牧场。请原谅我这么说，你看起来可不像当牛仔的料。”

“对，”我说，“实际上，我更像是写书的料。”

“透露一下吧！我可能读过你的书？”

“还没有发表，”我说，“我还在尝试。我的小说已经写了一半，有几家出版商表示很感兴趣。我正打算找个安静的地方，把它写完。”

“噢，约迪倒是安静，”阿尔转动眼睛，“说到安静，我认为我们可以申请专利。只有星期五晚上有些吵闹。”

“因为橄榄球吗？”

“是的，先生，整个镇子都看。中场休息时，人们像狮子一样狂吼，精疲力竭地喊‘吉姆’。你在两英里外都能听得到。太滑稽了。”

“吉姆是谁？”

“拉杜，打四分卫。德诺姆队有过优秀的球员，但从没有过拉杜这样的四分卫。他只是个高三学生。人们已经开始讨论州赛冠军了。我觉得这么想有点过于乐观，前面还有很强的达拉斯校队，但抱点希望终究不是坏事。这是我的观点。”

“这个学校除了橄榄球，在其他方面怎么样？”

“很不错。很多人刚开始怀疑学校合并这事——我也是其中之一——但事实证明并校是件好事。今年有超过七百名学生。有些得坐一个小时或者更久的校车，但似乎并不介意。或许这样他们就不用做家务了。你的书跟高中生有关吗？比如《黑板丛林》之类的书。这里可没有帮派什么的。这里的孩子很有教养。”

“不是那一类书。我有存款，但也不介意代点课，贴补一下。但我不能一边当全职教师，一边写书。”

“当然不能。”他尊敬地说。

“我在俄克拉荷马拿的学位，但是……”我耸耸肩，想说俄克拉荷马跟得克萨斯并不在一个联盟，但人可以抱有希望。

“那你应该跟德凯·西蒙斯谈谈。他是校长，晚上经常来吃饭。他的太太几年前去世了。”

“很遗憾。”我说。

“我们都很遗憾。校长是个好人。这里有很多好人，怎么称呼您——”

“安伯森。乔治·安伯森。”

“哦，乔治，这里很安静，除了星期五晚上。但你可能更疯，说不定会在中场休息时像狮子一样狂吼。”

“我也许会吧。”我说。

“你六点钟左右再来吧。德凯通常都是在那个时候过来，”他把胳膊放到柜台上，身体靠在胳膊上，“需要点提示吗？”

“当然。”

“他可能会带情人来。科科伦小姐，学校的图书管理员。校长好像从去年圣诞节开始追求她。我听说，真正掌管德诺姆联合学校的人是米米·科科伦，因为她掌管着校长。我想，你要是能给这位小姐留个好印象，事情差不多就成了。”

“我会把这个提示牢记在心。”我说。

15

我在达拉斯花了几个星期寻找住处，最终找到一个还算不错的地方，结果发现房子属于一个我不想打交道的房东。在约迪，我花了三个小时就找到了一处看似不错的地方。不是公寓，而是一栋整洁的有五个房间的排屋。房屋在出售中，但房产中介告诉我说，房主夫妻愿意把房子出租给合适的人。房子有个榆树荫蔽的后院，一个能停下森利纳的车库……当然，还有空调。从房子的舒适程度来看，房租很合理。

房产代理人的名字叫弗雷迪·昆兰。他对我很好奇——我想这是因为我汽车上的缅因州车牌——但并无过分言行。最棒的是，我觉得自己已经脱离了我在达拉斯、德里和森塞特波因特时笼罩头顶的阴影。我在森塞特波因特的出租房现在已经化成一堆灰烬。

“嗯，”昆兰问道，“你觉得怎么样？”

“我想租下来，但我今天下午不能给你准信。我首先得见个人。我想你明天不工作吧？”

“不，工作。我星期六工作到中午。然后我回家在电视上看这一周的比赛。今年好像有好多比赛可看。”

“是的，”我说，“肯定的。”

昆兰伸出手。“认识你很高兴，安伯森先生。我敢保证你会喜欢约迪。这里的人很好。希望房子能让你满意。”

我跟他握手。“我也这么希望。”

就像那个人说的，有点希望终究不是坏事。

16

那天晚上，我回到阿尔餐馆，向德诺姆联合学校校长和他的女友毛遂自荐。他们邀请我吃饭。德凯·西蒙斯个头很高，秃了顶，六十多岁。米米·科科伦戴着眼镜，皮肤晒得黝黑。眼镜后面一双犀利的蓝色眼睛上下打量着我，寻找线索。她走路时借助拐杖，但她对拐杖漫不经心（几乎蔑视它）。她显然用拐杖很久了，熟能生巧。我很开心地发现，他们两个都拿着德诺姆队的三角旗，戴着金色徽章，徽章上面写着："我们拥有吉姆的力量！"那天是星期五晚上。

西蒙斯问我有多喜欢约迪（非常喜欢），我来达拉斯多久了（八月份来的），是否热衷高中橄榄球（真的热衷）。他问到的跟代课老师最相关的问题是，我有没有信心让孩子们"专心"。因为，按照他的说法，很多代课老师在这方面做得不够好。

"年轻老师把孩子送到我们的办公室，好像我们别无他事可做。"他说，然后大声地咀嚼叉角羚肉汉堡。

"酱，德凯。"米米说。他顺从地从纸盒里取出一张纸巾，擦了擦嘴角。

与此同时，米米还在打量我：运动外衫，发型。我走近他们的座位时，她已经仔细打量过我的鞋子。"你有介绍信吗，安伯森先生？"

"有，夫人。我在萨拉索塔县当过很长时间的代课老师。"

"在缅因州呢？"

"没干多久，但是我在威斯康星当了三年老师，然后辞职专门写作。或者说，在用完积蓄之前全职写作。"我确实有张麦迪逊圣文森特高中的介绍信。介绍信是我自己写的，说我适合当代课教师。当然，要是有人回去查证，我就死定了。德凯·西蒙斯不会这样做，但是目光犀利、皮肤如牛仔般坚韧的米米可能会。

"你写的是什么小说？"

我如果在这一点上不小心，也会死翘翘，但我决定实话实说。我觉得我在目前的特殊处境下，必须尽可能诚实。“系列谋杀故事，以及谋杀对案件发生的社区的影响。”

“噢，天哪。”德凯说。

米米拍拍他的手腕。“嘘。继续，安伯森先生。”

“故事最初的背景是一个虚构的缅因州城市——我称之为道森——但我后来觉得，如果以真实的城市为背景，故事会显得更逼真。一个大一点的城市。我起先想到的是坦帕，但不知怎么，我又感觉它不合适——”

她挥挥手。“太柔和了。太多游客。我猜你想找一个更孤立更保守的地方。”

“对！所以我决定尝试把达拉斯作为背景。我想达拉斯很合适，不过……”

“不过你不想住在那里？”

“完全正确。”

“我明白了。”她吃了一小口炸得很老的鱼片。德凯带着被斧子砍到般震惊的表情看着她。他在余生的弯道里慢跑时，不管需要什么，米米似乎都能给予。没什么奇怪的；每个人在某个时间都会爱上某个人，迪安·马丁曾颇有见地地这样说。但再过些年，就不会了。“你不写作时喜欢读些什么，安伯森先生？”

“噢，什么都读。”

“你读过《麦田里的守望者》吗？”

啊哦，我想。

“读过，夫人。”

她看起来有些不耐烦。“哎，叫我米米。学生都叫我米米。不过我坚持让他们在后面加个‘女士’，这样更得体。你怎么看塞林格的满腹牢骚？”

是说谎，还是实话实说？不过这不是个严肃的问题。这个女人能识破谎言，就像我能识破……嗯……“弹劾厄尔·沃伦”的广告牌。

“我想这本书主要讲的是五十年代多么龌龊，六十年代多么美好。

如果美国的霍尔顿·考尔菲德们没有丢掉他们的义愤和勇气的话。”

“嗯。”米米挑起一大块鱼，但一点儿都没吃。难怪她看起来好像你可以在她裙子后面钉上一根线，将她像风筝一样放飞。“你觉得这本书可以出现在学校图书馆吗？”

我叹了口气，心想，我会多么享受在约迪镇兼职教书的生活啊。“说句实话，夫人——米米——我觉得可以。不过我认为应该只供部分学生借阅，由图书管理员来判定谁能阅读。”

“由管理员判定？不是家长？”

“不，夫人。由家长来决定太危险。”

米米·科科伦放声大笑，转向情郎。“德凯，这家伙不能出现在代课老师名单上。他应该做全职教师。”

“米米——”

“我知道英语系没有全职空缺。不过，他要是留下，兴许等到菲尔·贝特曼这个白痴退休就能当全职教师。”

“米米，这样做很轻率。”

“是的，”她说，朝我使了个眼色，“但很对。把你那封来自佛罗里达的介绍信寄给德凯，安伯森先生。希望介绍信很漂亮。你要是下个星期能亲自把介绍信带过来就更好。学年已经开始了。没必要浪费时间。”

“叫我乔治吧。”我说。

“好，”她说，把盘子推开，“德凯，这儿的菜真糟糕。我们为什么要在这儿吃饭？”

“因为我喜欢这儿的汉堡，你喜欢阿尔的草莓酥饼。”

“噢，没错，”她说，“草莓酥饼。端上来吧。安伯森先生，你要留下来看橄榄球比赛吗？”

“今晚不行，”我说，“我得回达拉斯。或许可以看下周的比赛。如果你们觉得可以用我的话。”

“米米喜欢你，我就喜欢你，”德凯·西蒙斯说，“我不能保证你每周都有一天课，但有时候一周有两天甚至三天课。平均下来每周都会有一天课。”

“我是肯定的。”

“代课工资恐怕不高——”

“我知道，先生。我只是想找个工作，贴补一点儿。”

“那本‘守望者’不能出现在我们的图书馆里，”德凯遗憾地斜视皱起嘴唇的情妇一眼，“学校董事会不允许。米米也知道。”德凯又咬了一大口叉角羚肉汉堡。

“时代在变，”米米·科科伦说，先指向纸巾盒，然后指着他的嘴角，“德凯，酱！”

17

我在接下来那周犯了个错误。我本来应该想到，我经历完这一切之后，我最不应该产生的想法就是再豪赌一场。你会说，我应该提高警惕。

我确实知道存在风险，不过我很担心钱不够用。我来到得克萨斯州时，身上剩下不足一万六千美元。有些是阿尔的投资，但大多数是两场豪赌的收益，一次在德里，一次在坦帕。但是我在阿道弗斯酒店住七个星期左右花了一千多块；在一个新地方安身轻易就会花掉四五百。除了食物、房租和用品，我还需要买很多衣服——更有品位的衣服——如果我想在教室里显得更体面。我在结束李·哈维·奥斯瓦尔德的任务之前，得在约迪待上两年半。一万四千美元不够。代课工资？一天十五美元五十美分。

好吧，靠一万四千美元，再加上每星期三十美元，有时候五十美元的代课收入，我也许能勉强度日。但是我得保持健康，不出任何意外。可是我拿着这点钱不敢如此奢望。是的，或许有贪婪的因素存在。但与其说我是出于对钱的热爱，倒不如说是出于兴奋。无论何时，我都可以打败战无不胜的庄家。

我现在想：阿尔要是不光研究谁赢了棒球、橄榄球比赛和赛马，还彻底研究了股市的话……

但是他没有研究。

我现在想：弗雷迪·昆兰要是没有提过世界职业棒球锦标赛正越来越精彩的话……

但是他说了。

我回到格林维尔大道。

我告诉自己，我看见站在诚信金融（“诚信是我们的特色”）门口的那些戴着草帽的顾客都在赌世界职业棒球锦标赛，有些人会下大赌注。我告诉自己，我也会成为众人中的一位，乔治·安伯森先生。要是有人问起，我会说自己住在达拉斯的布莱克韦尔街，一处由车库改建的复式住宅。我下个中等赌注，不会吸引太多注意。没事的，我告诉自己，诚信金融的老板很可能不知道爱德华多·古铁雷斯先生是哪位，是干什么的。

噢，我告诉了自己很多话。这些话可以被归结为两点：这么做非常安全；我手上的钱现在够花，但我需要更多钱，所以这么做相当合理。愚蠢！但是愚蠢是我们回顾过去时清楚看到的两样东西之一。另一样就是错失良机。

18

九月二十八日，距离锦标赛开赛还有一个星期，我走进诚信金融——经过一番踌躇——押了六百美元，赌匹兹堡海盗队七比零打败扬基队。我接受二比一的赔率。扬基队那么受人追捧，这么赌简直不可置信。那一天，比尔·马泽洛斯基[①]在第九局中击出一计惊世骇俗的全垒打，搞定那群欺凌弱小的家伙之后，我把车开回达拉斯的格林维尔大道。我想，诚信金融如果背弃承诺，我会掉转头直接开车回约

① 比尔·马泽洛斯基（1936—　），美国职棒大联盟球员，终身效力于匹兹堡海盗队。

迪……这或许只是我当时给自己的说法。我不太确定。

我确凿知道的是，诚信金融门口，赢了的人排着队等待收款，我站到队伍的最后面。这群人那架势，俨然马丁·路德·金的梦想已经实现：百分之五十的黑人，百分之五十的白人，百分之百的人都很高兴。很多人出来时拿着五元、或者一两张二十元的钞票，不过我看见几个人数着百元大钞。持枪匪徒要是选择这一天抢劫诚信金融，肯定会大有斩获。真的。

金融家是个矮壮结实的家伙，戴着绿色眼罩。他问了我第一个常规问题（“你是条子吗？你如果是，得把证件拿给我看看”），我说我不是。他又问我叫什么名字，把驾驶证给他看看。驾驶证很新，是一周前用挂号信寄来的。我最后又拿出得克萨斯州身份证明，才拿到钱。我小心地用大拇指盖住我在约迪的住址。

他付给我一千二百元。我把钱装进口袋，迅速走向车。我回到七十七号公路，车轮每转一圈，达拉斯就被抛得更远，而约迪越来越近。我终于松了一口气。

我是个笨蛋。

19

时间得再次向前跳跃（你细想便会发现，故事里也有兔子洞），但我首先得详细叙述发生在一九六〇年的另一件事情。

沃斯堡。一九六〇年十一月十六日。肯尼迪已当选总统一个多星期。巴林杰街和西七街拐角处。天气寒冷阴沉。汽车喷着白烟。气象员在 KLIF 电台（“全部都是流行音乐，全天连续播放”）预报，午夜时小雨会转成雨夹雪，请所有司机小心驾驶。

我穿着生牛皮牧场外套，毡帽包裹着耳朵。我坐在得克萨斯州养牛协会前的长凳上，朝西七街看着。我到那里差不多一个小时了，我以为那个年轻人不会跟他母亲聊这么久。根据阿尔坦普尔顿的笔记，她的三个儿子翅膀一长硬，就都离开了她。我希望她能跟儿子一起从公寓楼里出来。她最近才回到这个地方，之前在韦科待了七个月，通过给家庭主妇们做伴讨生计。

我的耐心终于有了回报。罗塔里公寓的门开了，一位身材瘦削、长得极像奥斯瓦尔德的男人走出来。他拉着门，等穿着格子呢短大衣、斑驳白色护士鞋的女人出来。女人只到他的肩膀，但长得很结实。泛灰的头发从布满皱纹的脸旁边梳到后面。她戴着红色头巾。色调与脸色和谐的口红勾勒出一张小嘴。她看起来不满而好斗——这个女人认为整个世界都在跟她作对，而且有很多证据证明了这一点。李·奥斯瓦尔德的大哥快步走到水泥小道上。女人匆匆地跟在他身后，手拽着他的外套后摆。他把身子转向站在人行道上的她。他们看上去在争吵，但主要是女人在说话。女人对着他的脸挥舞手指。我不可能知道她在抱怨什么；我很谨慎，离他们有一个半街区远。然后，儿子朝西七街和萨米特大街的拐角走，跟我预料的一样。他是坐公交车来的，最近的公交车站就在那里。

女人在原地站了一会儿，似乎犹豫不决。快点，妈妈，我想到，你不会这么轻易让他离开，对吧？他只走了半个街区远。为了逃脱那左右挥舞的手指，李只得远去苏联。

她追上儿子。他们走近拐角时，她抬高嗓门。我清楚地听到她喊：“站住，罗伯特！别走那么快，我还没说完！”

他扭头看了一眼，继续往前走。她在公交车站追上儿子，用力拉住他的袖子，直到儿子看着她。她的手指又开始左右挥舞。我只听到断断续续的几个词：你答应过我，给了你一切，以及——我估计是——你没资格评判我。我看不到罗伯特的脸，他背对着我，但他耷拉的肩膀透露出很多信息。我怀疑这是不是妈妈第一次在街上追着他，喋喋不休，丝毫不顾周围人的存在。她把一只手摊在胸前，做出永恒的母亲的手势，意思是说，看着我，你这个忘恩负义的孩子。

罗伯特把手伸进背后的口袋，掏出钱包，给了她一张钞票。她看都没看一眼，就把钱塞进钱包，转身朝罗塔里公寓走去。然后，她又想起什么，再次转过身。我听得很清楚。他们之间现在有十五到二十码的距离。她提高嗓门，尖锐的声音听起来就像指甲在石制黑板上划过。

“你要是有李的消息，打电话给我，听见了吗？我跟人合用电话线，我在找到更好的工作之前，只负担得起这个。那个姓赛克斯的女人整天霸着电话。我跟她说了，把我真实的想法告诉了她。我说：‘赛克斯太太——’”

一个男人从她身边经过。他夸张地把一根手指塞进耳朵，咧着嘴笑。不知道妈妈有没有看见，反正没有理会。她当然也没有留意儿子尴尬而痛苦的表情。

“‘赛克斯太太，’我说，‘不止你一个人要用电话。你打电话的时间要是能短点儿，我会很感激你。你要是不情愿这么做，我就只好打电话给电话公司，请他们收拾你。’我是这么说的。打电话给我，罗布。你知道，我想听到李的消息。”

公交车来了。车停下时，罗伯特抬高声音，免得自己的声音被气刹的声音盖过：“他是个共产党，妈妈！而且他不会回家了，学着习惯这件事吧。”

“你打电话给我！”她尖叫。脸上的表情严厉而坚决。她的双腿叉开站立，好像拳击手准备接受击打。任何击打。每一记击打。她的眼睛在黑边丑角眼镜后面怒视着。头巾在下巴下面打了两个结。雨已经落下来，但她丝毫没有理会。她吸了口气，把声音抬高到惊叫的程度：“我要听到我宝贝儿子的消息，你听到没有？”

罗伯特·奥斯瓦尔德没有回答，他跑上公共汽车的台阶，钻进车里。公共汽车拖着蓝烟开走了。母亲的脸上露出一丝笑容。笑容在她脸上起到了令人意想不到的效果：让她变得既年轻又丑陋。

一个工人从她身边经过。在我看来，他根本没有撞到或擦到她，但她呵斥道：“走路时看着点！人行道不是你们家的！”

玛格丽特·奥斯瓦尔德朝公寓走。她把脸从我这边转过去时，还在笑。

那天下午，我开车回到约迪，颇受震动，耿耿于怀。我在一年半之内不会看见李·奥斯瓦尔德。我仍然决心阻止他。但对于他，我已经产生了比对弗兰克·邓宁更深的同情。

第十三章

1

时间到了一九六一年五月十八日晚上七点四十五分。得克萨斯州漫长黄昏的光线栖息在我的后院里。窗户敞着，窗帘在柔和的微风中摆动。收音机上，特洛伊·肖恩德尔[1]唱着《这一次》。我坐在小房子的次卧里，这儿现在成了我的书房。书桌是高中淘汰掉的。有一条桌腿稍短，但我已经将其垫平。我用的是韦伯斯特牌便携式打字机。我正在修改小说《凶杀地》的前一百五十页，这主要是因为米米·科科伦纠缠着要读。我已经发现，米米是那种你别指望用胡编乱造的借口敷衍其很久的人。小说写得不错。我在一稿中轻易就把德里变成虚构的道森，把道森换成达拉斯就更简单了。我已经做了一些调整，以便米米读到这半本书时，觉得内容紧扣标题。没有米米催促，我似乎也必然会改稿。这本书仿佛一直就是为达拉斯写的。

门铃响了。我在手稿上压一个镇纸，防止纸张被风吹得到处都是，然后去看是谁来了。我清楚地记得所有这一切：飞舞的窗帘，光滑的河石纸镇，收音机正在播放《这一次》，我已经迷恋上的得克萨斯黄昏悠长的光线。我应该记得。直到此时，我才从过去中走出来，真正开始生活。

我打开门，迈克·科斯劳站在外面。他正在流泪。“我不行，安伯森先生，”他说，“我真的不行。”

“嗯，进来，迈克，”我说，“我们谈谈。”

---

① 特洛伊·肖恩德尔（1940—2016），美国歌手。

2

我见到他并不奇怪。我跑到这个烟雾笼罩的时代之前，主管里斯本高中小戏剧表演部长达五年，在那期间见过很多怯场的学生。指导青少年演员就像移动装有硝酸甘油的罐子：你很兴奋，但也危险。我见过女孩排练时学得飞快，极其自然，到了台上却完全僵住；我见过傻不愣登的小子在第一次说出引来观众发笑的台词时，兴奋得好像长高了一英尺。我指导过专心而勤奋的学生，偶尔遇到颇有天赋的孩子。但我从没遇到过迈克·科斯劳这样的孩子。我甚至怀疑，有些一辈子都在负责演出活动的高中和大学老师从来没遇到过他这样的孩子。

米米·科科伦确实掌管着德诺姆联合高中。多年来一直负责演出活动的数学老师阿尔菲·诺顿，被诊断出患有急性骨髓白血病。他去休斯敦治疗后，米米劝我接管高年级的戏剧工作。我竭力拒绝，原因是我还在达拉斯做调查，但冬天和一九六一年的春天去得不多。米米知道这一点，因为在这半个学年里，德凯无论何时需要英语代课老师，我总是能抽出空。我在达拉斯的事情基本上毫无进展。李还在明斯克，很快就要娶玛丽娜·普鲁沙科娃，那个穿着红色裙子和白色拖鞋的女孩。

“你手头的时间很充裕。”米米说。她双手攥成拳头，贴在瘦削的臀边。她那天是处于很难对付的状态。“做这个有额外的钱拿。”

“哦，是的，”我说，“我问过德凯。五十美元。我会在城里过得很阔气。”

“什么？”

“别在意，米米。我的钱现在还够我花。能不能就此打住？”

不。不行。米米女士是个人体推土机，她遇到似乎推不动的物体时，只会把刮板放低，加大油门。没有我，她说，这所高中历史上将首次出现高年级缺席演出的情况。家长们会非常遗憾。学校董事会也会非常遗憾。“还有，”她说，眉头紧锁，“我也会很失望。”

“上帝不会让你失望，米米女士，”我说，“跟你说吧，你要是让我来挑剧本——我保证，不碰过于敏感的题材——我会做的。”

她皱着的眉头舒展开来，变成灿烂的米米·科科伦式笑容，这笑容总能把德凯·西蒙斯变成一碗沸腾的燕麦粥（从他的气质来讲，这并不是很大的转变）。“太棒了！谁知道呢，你可能会在我们学校发现优秀的戏剧演员。”

“是的，”我说，“猪也会吹口哨。”

但是——人生就是这么一个笑话——我已经找到一位优秀的演员。一位天生的演员。他现在正坐在我的客厅里，现在是我们四场演出第一场开演前一天晚上。他几乎占据整张沙发（沙发在他两百七十磅重的身体下向下弯曲），放声痛哭。迈克·科斯劳，是乔治·安伯森为高中生量身改编的约翰·斯坦贝克[①]著《人鼠之间》里雷尼·斯莫尔的扮演者。

如果我能说服他明天参加演出的话。

3

我想递给他克里内克丝纸巾，但觉得无济于事。我从厨房抽屉里拿来一块擦盘子的干抹布。他用抹布把脸擦干净，稍微控制住情绪。然后他可怜兮兮地看着我，眼睛红肿。他不是走到我门前才开始哭，他似乎已经哭了一下午。

“好吧，迈克。告诉我是怎么回事。”

“队里所有人都在嘲笑我，安伯森先生。开始是教练叫我克拉

---

① 约翰·斯坦贝克（1902—1968），美国二十世纪最有影响力的作家之一。代表作品有《人鼠之间》《愤怒的葡萄》等，一九六二年获诺贝尔文学奖。

克·盖博[①]——他从‘狮子的荣耀’春游开始这么叫——现在所有人都这么叫。吉米都开始这么叫我了。”吉米指的是吉姆·拉杜，队里的四分卫，迈克最要好的朋友。

我对教练博尔曼的举动一点都不惊讶。他竭力鼓吹同心协力，不管赛季有没有开始，他不喜欢任何人侵入他的领地。迈克还被取过更难听的名字。我在课堂上曾听见他被称作粗汉迈克、森林泰山和哥斯拉。他对这些绰号都一笑置之。对蔑称和玩笑不以为意，是特殊身高和体格给予大男孩们最大的礼物。迈克身高六英尺七英寸，体重两百七十磅，在我看来就像米基·鲁尼[②]。

狮子橄榄球队只有一位球星，那就是吉姆·拉杜——他不是在七十七号州道和一〇九号国道交叉路口有自己的广告牌吗？但要说是哪位队员让吉姆出名成为可能，那就是迈克·科斯劳。迈克计划高中四年级赛季一结束就跟得克萨斯州A&M大学签约。拉杜会加入阿拉巴马大学红潮橄榄球队（他和他爸爸都会很高兴地这么告诉你），但要是让我挑选最有可能成为职业球员的人，我会把注押在迈克身上。我喜欢吉姆，但是我觉得他好像随时会膝盖受伤或者肩膀脱臼。迈克就不同了，他似乎生来就适合打持久战。

“博比·吉尔是怎么说的？”迈克和博比·吉尔·奥尔纳特是死党。靓女？对！金发碧眼？对！拉拉队长？这还用问吗？

他咧嘴笑了。“博比·吉尔百分之一千地站在我这边。她叫我拿出男子汉的样儿来，不能让别人继续惹我。”

“这是个明智的女孩。”

“是的，她绝对是最棒的。”

“不管怎么样，我猜你真正在意的并不是一个绰号。”他没有回答我。“迈克，怎么不说话？”

“我会站到所有人面前，把自己弄得像个傻子。吉米是这么跟我说的。”

---

① 克拉克·盖博（1901—1960），美国电影演员。一九三四年获奥斯卡最佳男主角奖。一九三九年饰演《乱世佳人》中的白瑞德，获奥斯卡最佳男主角提名。

② 米基·鲁尼（1920—2014），美国电影演员。身高仅一米五七。

“吉米是个非常了不起的四分卫，我知道你们两个是好朋友。但说到演戏，他狗屁不通。”迈克眨了眨眼睛。在一九六一年，老师不怎么在学生面前说“狗屁”，即使他们离开学生后满嘴狗屁。不过，我只是个代课老师，比其他老师自由。“我想你知道这一点。这个地区的人常说，你可能会犹豫，但你并不愚蠢。”

“人们觉得我愚蠢，”他的声音很低，“我只是个C类学生。你可能不知道，代课老师可能看不到成绩单，但我确实是。”

“排练进行了两个星期，我看到你在舞台上的表现后，特意看了你的成绩单。你是个C类学生，因为，你作为一个橄榄球运动员，就应当是个C类学生。社会思潮就是这样。”

“社会什么？”

“按照语境去琢磨吧。为了你的朋友们，别傻了。别提博尔曼教练了，他可能得在哨子上拴根绳子，否则都不记得要吹哪头。”

迈克偷笑一下，眼睛红红的。

“听我说。人们自然地以为，所有像你这么高大的人都很愚蠢。你要是有异议就告诉我。据说你从十二岁开始就这么壮，所以你应该知道别人是怎么想的。”

他没有提出异议。他说的是：“队里所有人都想演雷尼。这很荒唐。很愚蠢，”他慌忙补充道，“没有不尊重您的意思，安伯森先生。队里所有人都喜欢你。教练也喜欢你。”

一群队员不请自来，参加试演，逼得更有真才实学的选手保持沉默，所有人都声称他们想读乔治·米尔顿傻大个朋友的台词。的确很荒唐，但迈克朗读的雷尼的台词是世界上最不好笑的。那简直就是个意外！我会动用电动赶牛棍让他待在房间里，如果有这个需要的话。不过，当然，没必要采取这样极端的措施。想知道当教书先生最棒的地方在哪里吗？那就是看到孩子发现了自己的天赋。世上没有什么感觉比这更美妙。迈克知道队友会取笑他，但还是选择参与。

当然，博尔曼教练不高兴。世上的博尔曼教练们永远都不高兴。不过，在这种情况下，他无计可施。尤其是米米·科科伦站在我这边。他当然不能说迈克四月和五月要接受橄榄球训练。所以他只能调侃自己最好的前锋，叫他克拉克·盖博。有些人总是不能摆脱偏见，以为演戏只适合女人或者希望变成女人的同性恋。加文·博尔曼就是这种人。在每年一度的愚人节酒会上，他抱怨我“让那个大傻瓜得意忘形了”。

我告诉他，他当然可以保留自己的意见，意见就像屁眼一样，每个人都有。然后我走开了，他端着纸杯，满脸惊讶，站在原地。世上的博尔曼教练们习惯了取笑和胁迫别人。但他不明白这招为什么在卑微的代课教师身上行不通。这位代课教师在最后一刻接替了阿尔菲·诺顿导演。我无法告诉博尔曼，射杀一个家伙以阻止他杀害妻儿，会让一个人发生改变。

基本上，教练永远没有办法阻止我。我分派一些其他球员扮演镇民，但迈克一开口，我就有意让他演雷尼：“我记得那些兔子，乔治！”

他成了雷尼。他俘获的不光是你的眼睛——因为他的大块头——还有你的心。你忘了其他的一切，就像吉姆·拉杜从前锋线上后退传球，人们会忘记日常琐事那样。迈克也许通过练习成了撕裂对方脆弱防线的好手，但他生来——拜上帝所赐，如果有这么个神灵存在的话；如果没有神灵存在，那就是由于基因骰子的转动——就是要站在舞台上，融入另一个角色。

“别人演他可能显得愚蠢，但你并不显得愚蠢。”我说。

“我刚开始时也显得蠢。”

“因为你刚开始时不知道你能演。”

“是的，我不知道。”声音沙哑，近乎低语。他低下头，因为眼泪又流出来了，他不想让我看见。教练把他叫作克拉克·盖博，我如果为此向教练抗议，他会声称这只是个玩笑。一个误会。一个笑话。仿佛他不知道队里的其他人会学他不停地这么叫。仿佛他不知道这个称呼比粗汉迈克对迈克的伤害更大。人们为什么会对有天赋的人这样做？是出于嫉妒吗？害怕？或许两者都有吧。但这孩子有个优点，他知道自己有多棒。我们都清楚博尔曼教练不是问题的关键。唯一能够阻止迈克明天晚上上台的人，是迈克自己。

“你已经在观众面前打过橄榄球赛，看你打球的人是礼堂容量的人的九倍。见鬼，你们这些孩子去年十一月去达拉斯打区赛时，观众多达一万到一万二。而且那些人还不友善。”

“橄榄球不一样。我们上场时，都穿着同样的队服，戴着同样的头盔。人们只能从编号分辨谁是谁。所有人在一起——”

“有九个人跟你一起演出，迈克，这还不包括你在球队的兄弟们，我让他们当镇民，让他们有些事干。他们在舞台上也是一个队伍。”

“还是不一样。”

“可能不太一样。但有一点是一样的——你如果辜负了其他演职人员，演出就会土崩瓦解，所有人都会失败。演员，剧务，活力俱乐部负责宣传的女生，以及所有的观众，有些观众可是从五十英里外的牧场赶来的。更不要说我了，我也会一败涂地。”

“我猜会是这样。”他说。他看着自己的脚，一双硕大的脚。

“我能忍受失去斯利姆或者柯利。我可以派别人拿着书读那一部分。我猜我甚至能忍受失去柯利的妻子——”

“我希望桑迪能做得更好，”迈克说，“她美极了，但她要是能在台上走对位置，那肯定是个意外。”

我谨慎地笑了笑。我开始认为这事没问题了。“我不能忍受的——也是整场演出不能发生的事——你或者文斯·诺尔斯缺席。”

文斯演的是雷尼的同路兄弟乔治。事实上，他如果得了感冒，或者在交通事故中摔断脖子（从他开他父亲的农场拖拉机的架势来看，这种可能性是存在的），我们能够承受这个损失。我如果受情势所迫，可以顶替文斯，尽管我演这个角色年纪太大了。我不需要对着剧本朗读台词。六个星期的排练过去后，我跟所有的演员一样，也能记住台词。也许比有些演员记得还熟。但我不能顶替迈克。没人能顶替他，他具有独特的身型和实实在在的天赋。他是关键。

“我要是他妈的搞砸了呢？”他问道。他听到自己的话后，又伸出一只手扇了自己一个嘴巴。

我在他身边的沙发上坐下来，空间不大，但我能挤进去。此时此刻，我没有想约翰·肯尼迪、阿尔·坦普尔顿、弗兰克·邓宁，或我来的那个世界。此时此刻，我心无旁骛，只想着这个大男孩……和我的演出。因为，不知从什么时候起，演出已经变成我的了，和这个更早的时代，有着合用电话线和便宜汽油的时代，已经变成我自己的时代一样。此时此刻，我关心《人鼠之间》胜过关心李·哈维·奥斯瓦尔德。

但我更在乎迈克。

我把他的手从嘴边移开，放在他粗大的腿上。我把双手放在他的肩膀上，看着他的眼睛。“听着，”我说，“你在听吗？”

“在听，先生。”

“告诉我，你不会搞砸的。”

“我……”

“告诉我。”

“我不会搞砸的。”

“你会把他们震住。我向你保证，迈克。”我抓紧他的肩膀，好像要把手指嵌进他的骨头里。他本可以抓起我，把我放在膝盖上折断，但他只是坐在那里看着我，一双眼睛充满惭愧、希望和泪水。“你听到了吗？我保证。”

4

舞台是灯光的滩头阵地。舞台下面，观众席仿佛一片漆黑的湖面。乔治和雷尼站在一条想象的河流岸边。其他人已经下场，但不会离开很久。体型庞大、面带笑容、穿着宽松裤子的大个子乔治如果想死得有点尊严，只能靠自己。

“乔治，其他人去哪儿了？”

米米·科科伦坐在我右边。她时不时拿起我的手，握在手里。握得很紧，很紧，很紧。我们坐在第一排。紧挨在她另一边坐的是德凯·西蒙斯，他盯着舞台，嘴巴微张，仿佛一个农民看见恐龙在他的农田上吃草。

“打猎。他们去打猎了。坐下，雷尼。”

文斯·诺尔斯永远不可能成为演员——他有可能，最有可能，成为朱迪·克莱斯勒–道奇的销售员，和他父亲一样——但是，出色的演出能激发所有演员的潜能。这种情况在今天晚上发生了。文斯在排练中只有一两次表现出了低水平的演技（主要得益于他那张像老鼠一样精明的小脸酷似斯坦贝克笔下的乔治·米尔顿）。他受到迈克的感染。第一幕演到一半时，他似乎突然认识到与雷尼这位唯一的朋友一起漫游意味着什么，终于进入角色。现在，我看着他推着头顶后面的旧毡帽，觉得他看起来就像《愤怒的葡萄》中的亨利·方达[①]。

“乔治！”

“嗯？”

“你不是让我受罪吗？”

“什么意思？”

“你知道的，乔治。”他微笑着。那笑容仿佛在说，是的，我知道我是个笨蛋，但我们都知道我没有办法。他在想象的河流边乔治的身旁坐下来。他取下自己的帽子，扔到一边，把金黄色的短发弄得凌乱，模仿乔治的声音。他在第一次排练时就轻松地做到了这一点。“‘我如果只身一人，会活得很轻松。我能找份工作，再也不会出岔子。’”他又用自己的声音……或者说雷尼的声音。“我可以离开。我可以走进山里，找个山洞，你如果不想跟我在一起的话。”

文斯·诺尔斯低下头。他抬起头说下一句台词时，声音含混不清。他在排练中发挥最好时都不曾达到这种痛苦的程度。“不，雷尼，我想让你跟我一起待在这里。”

“那再对我说说那些话吧！关于其他人，关于我们。”

这时我听到观众席上传来第一声抽泣。紧接着第二声，第三声。我没有料到这一点，即使在最疯狂的梦中也没有料到。我的背后逼来一阵寒意，我偷偷朝米米看了一眼。她还没有哭，但她眼睛里液体的闪光告诉我，她就要哭了。是的，连她这个坚强的老小孩也要哭了。

---

① 亨利·方达（1905—1982），美国著名电影、电视、舞台剧演员。

乔治犹豫一下，然后抓住雷尼的手。文斯在排练中从来没有这么做。这是同性恋行为，他说。

“像我们这样……雷尼，像我们这样无父无母的孩子，没有人关心。”他的另一只手摸着藏在上衣里面的道具枪。枪出来了一半。枪被他放到身后。然后直起身，把枪整个拔出来。放在腿边。

“但我们和其他人不一样，乔治！我们两个和他们不一样，不是吗？”

迈克不见了。舞台不见了。现在只有他们两个。雷尼叫乔治讲述小牧场、兔子以及富足的生活时，我可以清清楚楚地听见一半观众都在哭泣。文斯哭得很厉害，几乎无法说完最后的台词：告诉可怜的雷尼朝那边看，他们要去的牧场就在那边。如果他仔细看，也许能看见。

舞台完全暗下来。辛迪·麦克康麦斯这次总算把灯光控制得很完美。伯迪·贾米森，学校的清洁工，放了声空枪。有女观众轻声尖叫一声。这种反应通常会引来紧张的大笑，但是今晚，只有人们坐着哭泣的声音。除此之外，一片寂静。寂静持续了十秒钟。或许只有五秒。但不管多久，对我来说，那好像是永远。然后掌声响起来。礼堂的灯亮了。全体观众站起来。头两排是教师座位。我偶然瞥见博尔曼教练。他要是没哭就见鬼了。

学校所有运动员坐在第三和第四排，吉姆·拉杜跳起来。“你真屌，科斯劳！”他大喊一声。这声喊引来一阵欢呼和笑声。

演员们出来谢幕：首先是橄榄球运动员扮演的镇民，之后是柯利和柯利的妻子，然后是坎迪和斯利姆，以及其他农场工人。掌声稍稍平息，然后文斯登台，既害羞又高兴，脸颊上仍然挂着泪痕。迈克·科斯劳最后出场，慢慢吞吞，好像很腼腆。米米叫“太棒了”时，他带着滑稽的惊愕表情朝台下看。

其他人应和着叫好，整个礼堂很快便喧嚷起来：“太棒了！太棒了！太棒了！”迈克鞠了一躬，帽子挥舞得很低，扫到了舞台。他再次站起身时，面带笑容。他的脸上不单有笑容，还洋溢着幸福，属于最后达到目标的人的幸福。

然后他喊道：“安伯森先生，上来吧！安伯森先生！”

演员们喊道："导演！导演！"

"别辜负掌声，"米米在我身边抱怨，"上去吧，你这个呆子！"

于是我走上台，掌声再次响起来。迈克抓住我，拥抱我，把我抱离地面，然后放下，在我的脸上亲了一口。所有人都笑了，包括我自己。我们把手牵在一起，举向观众，鞠了一躬。我听着台下的掌声，一个想法突然蹦进脑海，让我的心里充满忧伤。明斯克有一对新人，李和玛丽娜，已经结婚整整十九天。

5

三个星期后，暑期结束前，我去达拉斯李和玛丽娜即将入住的三处公寓拍了些照片。我用的是小型美乐时牌照相机。我将照相机握在掌心里，让镜头在两根伸开的手指间拍摄。我感觉自己的行为很荒唐——我在模仿的是漫画杂志《疯狂》里的"间谍对间谍"栏目，而不是詹姆斯·邦德——但我早就明白，做这些事情时要小心。

我回到自己的居所，米米·科科伦那辆天蓝色纳什漫步者停在路边，米米正往方向盘后面坐。她看见我，又钻出来。她的脸上快速掠过一丝痛苦——由于疼痛或者用力——不过，她走上车行道时，脸上挂着平时的那种干涩笑容。好像是我逗笑了她。开心的笑容。她手里拿着一只巨大的马尼拉纸信封，里面装着《凶杀地》的一百五十页书稿。在她的纠缠下，我最终屈服，把稿子交给她了……但这只是前一天的事。

"你要么超喜欢，要么根本没读十页，"我说，接过信封，"是哪种情况？"

她的笑容现在变得既神秘又开心。"我跟多数图书管理员一样，读书速度很快。我们能进屋谈谈吗？虽然还没到六月中旬，但已经很热了。"

是的，她在淌汗，我以前从没见过她流汗。还有，她看起来好像瘦了。这对她可不好，她身上已经没多少肉可瘦。

我们坐在客厅里，面前摆着大杯冰镇咖啡——我坐在安乐椅里，她坐在沙发上。米米谈了她对书稿的看法。“我很喜欢杀手伪装成小丑这个构思。你可以说我变态，但我觉得这既美妙又恐怖。”

“你如果是变态，那我也是。”

她笑了。“我敢肯定你能找到出版商。总体来说，我很喜欢。”

我感觉有点受伤。《凶杀地》一开始只是个幌子，但我写得越多，它对我越重要。它就像一份秘密的备忘录。一个敏感之处。“‘总体来说’这个词让我想起亚历山大·蒲柏——你知道的，表面是褒奖，实则是批评？”

“我不是那个意思，”她沉吟，“只不过……唉，乔治，你不该写这个。你该教书。你如果出版这样一本书，美国没有哪个学校会雇你，”她停顿一下，“或许，马萨诸塞州除外。”

我没有回应她。无话可说。

“你跟迈克·科斯劳的作为——你为迈克·科斯劳所做的事——是我见过的最神奇最美妙的事情。”

“米米，我没做什么。他恰好有天——”

“我知道他有些天赋，他走上舞台一开口这一点就表露无遗。但是，听我说，朋友。我在高中工作四十年，活了六十岁，学到了很多东西。艺术天分远比培养艺术天分更常见。任何一个冷酷无情的家长都可能毁掉艺术天分，但是，要培养它可是难上加难。这是你的天赋，比写这东西的天赋高得多。”她拍拍面前咖啡桌上的一堆文稿。

“我不知道该怎么说。”

“说谢谢，再赞赏我敏锐的洞察力。”

“谢谢。你的洞察力仅次于你的美丽容颜。”

笑容回到她的脸上，只是比先前更干涩。“不要偏离重点，乔治。”

“是，米米女士！”

笑容消失了。她靠上前来。眼镜后那双硕大的蓝色眼睛在脸上游动。晒黑的皮肤有些泛黄，之前紧绷的脸颊变得凹陷。这是什么时候发生的？德凯留意到了吗？我突然觉得很好笑，因为想起孩子们说的笑话：德凯只有到晚上脱袜子时，才会发现白天穿的袜子不是一对。他可能到了晚上也不会发现这一点。

她说："菲尔·贝特曼不再威胁着要退休了，用我们可爱的博尔曼教练的话说，他已经拉了拉环，扔了手榴弹。也就是说，英语系现在有个空缺。来德诺姆联合高中当全职老师吧，乔治。孩子们喜欢你。高年级的演出结束后，社区的人觉得你是阿尔弗雷德·希区柯克第二。德凯就等着你申请了——他昨天晚上跟我说的。求你了。匿名发表这本书吧，如果你硬是想发表它的话，但是，一定来我们这里教书。你生来就是干这个的。"

我很想答应，因为她说得对。我的工作不是写书，当然，也不是杀人，不管那些人多么该死。我还有约迪镇。我作为一个陌生人来到这里，从自己的时代和家乡漂泊而来的陌生人。但我在这里听到的第一句话——在餐馆，阿尔·斯蒂文斯说的——就是友善的言辞。你如果有过思乡的经历，或者远离抚育你的人，有过漂泊异乡的感觉，就会知道欢迎的话或友好的笑容多么重要。约迪与达拉斯迥然不同。现在，镇上一位重要的公民请我常住下来，不再只作为访客。但是，分水岭时刻正在逼近。只是还没有来到这里。或许……

"乔治？你脸上的表情真奇怪。"

"我在思考。能让我想想吗？"

她把手举到脸边，将嘴巴变成一个滑稽的圈，表示抱歉。"编好我的头发，叫我荞麦[①]吧。"

我没有理会，因为我正忙着梳理阿尔的笔记。我不再需要看着笔记。九月份新学年开始时，奥斯瓦尔德还在苏联，虽然他为了跟妻子和女儿琼（玛丽娜可能已经怀上琼）返回美国，已经开始了将旷日持久的纸笔之战。奥斯瓦尔德最终会赢得这场战争，他靠着天生的聪明（他也许尚未将聪明发挥到极致），让一个超级大国的官僚机构跟另一个超级大国的官僚机构争斗。但他们直到第二年年中才会走下"S.S. 马斯丹"号远洋班轮，踏上美国的领土。至于说他们来到得克

① 美国二十世纪五十年代儿童喜剧电视节目《我们这一帮》中的人物。

萨斯……

“米米，学年通常在六月的第一周结束，对吧？”

“总是第一周。夏天需要打工的孩子们必须提前敲定日期。”

奥斯瓦尔德一家一九六二年六月十四日才会到达得克萨斯州。

“教学合同都是有期限的，对吧？比如说，一年？”

“是的。但如果各方满意，还可以续签合同。”

“那你们已经签下了一位试用英语老师了。”

她笑了，拍拍手，站起身，伸出胳膊。“太棒了！米米女士的拥抱！”

我抱住她，听到她喘气，迅速放开她。“你到底怎么了，夫人？”

她回到沙发上，端起冰镇咖啡，咂了一口。“让我给你两条建议，乔治。第一条，你如果来自北方，永远别叫得克萨斯女人夫人。这个词听起来很讽刺。第二条，永远别问任何一个女人‘你到底怎么了’。试着问些更优雅的问题，比如，‘你觉得还好吗’。”

“那你觉得还好吗？”

“为什么不好呢？我要结婚了。”

一开始，我无法弄清思路。不过她眼睛里严肃的神情似乎在说，她根本没有绕弯子。她在回避什么事情。可能不是什么好事。

“说‘恭喜你，米米女士’。”

“恭喜你，米米女士。”

“德凯差不多一年前提过了。我没回应，说他妻子才去世不久，这太快了，会引人议论。时间流逝，这么说已经没用了。我怀疑到了我们这个年纪，还有没有那么多议论。小镇上的人意识到，德凯和我这样的人，到了一定的，怎么说呢，成熟的水平，便顾不得这么多繁文缛节。但我喜欢顺其自然。那个老家伙喜欢我比我喜欢他多一些，但我很喜欢他，还有——不怕让你笑话——即便到了一定成熟水平的女人，也不反对在星期六晚上来一场酣畅的性爱。你会不会觉得尴尬？”

“没有，”我说，“实际上，我听你说话很愉快。”

干涩的笑容。“很有趣。我早上把脚从床上拿下来，放到地上时想起的第一件事就是：‘今天有没有让乔治·安伯森觉得愉快的方法呢？

如果有，我该怎么做呢？’”

“不要偏离重点，米米女士。”

“这样才像个男人，”她咂了一口冰镇咖啡，“我今天来这里有两个目的。我已经达到第一个目的。我现在想说第二件事，你还要忙你的事。德凯和我准备七月二十一日结婚，星期五。婚礼在他家，小型聚会——只有我们，牧师，加上一些家人和亲戚。他的父母——和恐龙比起来，还算很有活力——会从阿拉巴马过来，我的妹妹从圣迭戈过来。招待会第二天在我家举行，草坪聚会。下午两点开始，一醉方休。我们在邀请镇上几乎所有的人。到时会有给小孩吃的皮纳塔和柠檬汽水，大点的孩子可以吃烧烤喝啤酒，还有来自圣安的乐队。不是一般的乐队，我想他们会演奏《路易，路易》和《白鸽》。你如果不来——”

“你会很失望？”

“是的。你记住日子了吗？”

“当然。”

“好的。德凯和我星期天会去墨西哥，到时他应该已经从宿醉中清醒。我们已经过了度蜜月的年纪。但是，南边有得克萨斯州没有的资源。实验治疗。我不知道是否有效，但德凯满怀信心。该死，值得一试。生命……”她懊悔地叹了口气，“生命很美好，不能不做抗争就放弃，你觉得呢？”

“对。”我说。

“对。所以人得坚持住，”她紧盯着我说，“你会哭吗，乔治？”

“不会。”

“好。不然我会觉得尴尬。我自己也许会哭，但我的哭相可不好看。没人会为我的哭泣写诗。我只会呱呱地叫。”

“有多糟糕？我能问吗？”

“很糟糕，”她立即说，“我可能只剩八个月的时间。也可能是一年。假如草药治疗、桃核，或者去墨西哥路上的不管什么东西不会产生神奇疗效。”

“很抱歉。”

“谢谢你，乔治。就说到这里，恰到好处。再说就是多余。”

我笑了。

“你谈吐风趣，应变巧妙，但我邀请你参加招待会还有个原因：菲尔·贝特曼不是唯一要退休的人。”

“米米，别这样。你如果没办法，可以请个假，但是别——”

她坚定地摇摇头。“不管我有没有生病，四十年已经足够。是时候让位给年轻的双手，年轻的眼睛，和年轻的思想了。在我的推荐下，德凯已经雇了一位来自佐治亚州资质出众的年轻女士。她的名字叫萨迪·克莱顿。她会接替我，她谁都不认识，我希望你能格外善待她。”

“克莱顿太太？”

“我倒不这么称呼她，”米米坦率地看着我，“我相信她很快就会恢复婚前的姓。还得走一些法律程序。”

“米米，你是在做媒吗？”

“完全不是，”她说……偷笑了一下，“我几乎从不给人做媒。不过你是目前唯一没有成家的英语老师，所以自然要你给她些指导。”

我想这在逻辑上是个很大的跳跃，特别是对一个如此富有条理的头脑来说。但我陪着她走到门口，什么都没说。然后我说：“如果实际状况跟你说的一样严重，你现在就应该接受治疗。不该请华雷斯城的庸医，应该去克利夫兰医院。”我不知道克利夫兰医院是否已经存在，但我那时根本不在乎。

“我想不用。选择在医院病房的某个角落挣扎，浑身插满管子和电线，还是选择在墨西哥的海滨庄园……这简直——你喜欢说这个词——显而易见。还有别的原因，”她果敢地看着我，“现在疼得还不厉害，但医生告诉我以后会很痛。在墨西哥，人们不太从道德上谴责大量使用吗啡。或者耐波他，如果有必要的话。相信我，我知道自己在干什么。”

我基于阿尔·坦普尔顿身上发生的事，料想这话没错。我将胳膊绕过她的肩膀。我轻轻地抱着她，吻了她皮革般的脸。

她欣然接受，面带微笑，然后溜开。她的目光探寻着我的脸。“我想知道你的故事，朋友。”

我耸耸肩。“我是本敞开的书，米米女士。”

她笑了。“简直是胡说八道。你说你来自威斯康星，但你出现在约迪镇，一口新英格兰的口音，汽车上挂着佛罗里达的车牌。你说你乘车往返达拉斯是为了做调查，你的书稿是关于达拉斯的，但里面的人说话像新英格兰人。事实上，人物说了好几次‘啊呀’。你可能得改改这些地方。”

我想我先前的修改很聪明。

“事实上，米米，新英格兰人说‘啊呀’，不说‘咿呀’。”

“注意到了。”她继续探寻我的脸。想做到不垂下目光很难，但我办到了。“我有时想，你是不是外星人，像《地球停转之日》中的迈克·雷尼。你来这儿分析当地人，然后向半人马座阿尔法星报告，我们作为一个物种是否还有希望，或者是否应该被等离子射线射死，以防我们将细菌传播到其他星球。”

“想象力真丰富。”我笑着说。

“很好。我讨厌用得克萨斯州来评判整个星球。”

“如果约迪被抽作样本，我肯定地球能得到及格分。”

“你喜欢这里，不是吗？”

“是的。”

“乔治·安伯森是你的真名吗？”

“不是。我改了名字，原因对我很重要，但对别人一点都不重要。我希望你能保守秘密。原因很简单。”

她点点头。“我能办到。我会再见你的，乔治。在餐馆，图书馆……当然还有聚会上。你会对萨迪·克莱顿好的，对吧？”

“尽心尽力。”我像得克萨斯那样拖长音调，逗得她发笑。

她走了以后，我在客厅里坐了很久，没有读书，没有看电视。我现在一点也不想继续写我的两本书。我在想我已经答应的工作：在德诺姆联合高中当一年全职英语教师。我并不后悔这个决定。我可以跟他们一起在中场休息时大声吼叫。

不过，我有遗憾。不是为自己感到遗憾。我想到米米和她现在的情形时很遗憾。

6

说到一见钟情，我跟甲壳虫乐队的意见一致：我相信这件事无时无刻不在发生。但我和萨迪之间不是这样，尽管我第一次见到她就扶住她，右手握住她的左边乳房。所以，我猜我又跟米基和西尔维娅①的观点一致，他们说过，爱情很奇怪。

七月中旬，得克萨斯州中南部通常格外炎热。但婚后聚会那个星期六，天气近乎完美。气温只有华氏七十多度，大片的白云浮在色彩如褪色罩衫般的天空中。悠长而交织的光影点缀着米米的后院，后院坐落在一个缓和的山坡上，山坡的尽头是块有涓涓溪流淌过的泥泞地，米米称之为无名丘。

树上挂着黄色和银色——德诺姆高中的颜色——的纸带。货真价实的皮纳塔挂在糖松突出的树枝上，挂得很低，很诱人，所有经过的小孩都带着渴望的眼神驻足观看。

“吃完饭后，孩子们会拿棍子把它打爆，”有人在我左边肩膀后面说，“这是献给所有儿童的糖果和玩具。”

我转过身，看见迈克·科斯劳。他衣着华丽（有点儿让人不敢相信），穿着黑色牛仔裤，颈部开口的白色衬衫。身后挂着宽边帽，束着彩色腰带。我还看到很多其他橄榄球队队员，包括吉姆·拉杜。吉姆穿着同样有点滑稽的衣服，端着盘子到处转。迈克伸出手，有点不老实地笑笑：“开胃饼干，安伯森先生？”

我用牙签挑起一只小虾，在酱里蘸了一下。“打扮得不错。有点像飞毛腿冈萨雷斯。”

“别惊讶。你如果想见识真正的打扮，看看文斯·诺尔斯吧。”他指向球网。一群老师玩着排球，动作笨拙，但很有热情。我看到文斯

---

① 米基和西尔维娅是美国蓝调音乐男女组合。

穿着燕尾服，戴着大礼帽。他被一群好奇的孩子围住，孩子们看着他从稀薄的空气中拉出丝巾。对年幼的孩子来说，魔术很漂亮，因为他们没有注意到他袖子里露出的一条丝巾。他鞋油般的胡须在阳光下闪光。

“总的来说，我更喜欢西斯科·基德[①]的装扮。”迈克说。

“我敢肯定你们都是很棒的服务生。但是，天哪，究竟是谁说服你们盛装出席的？教练知道吗？”

“他应该知道，他在这儿。”

“哦？我没看见他。”

“他在烧烤台那边，忙于应酬后援俱乐部。至于服装……米米女士很善于游说。”

我想起我签下的合同。“我知道。”

迈克放低声音说：“我们都知道她病了。还有……我把这当作演戏。”他做了个斗牛士的姿势——端着一盘开胃饼干时，能做到这样可不容易。“加油！”

“不错，但是——”

“我知道，我还没有真正入戏。必须忘我，对吧？”

“只有白兰度那样的演员才容易忘我。你们对今年秋天有什么打算，迈克？”

“高四吗？吉姆在队中？再加上我、汉克·阿尔瓦雷斯、奇普·威金斯和卡尔·克罗克特打锋线？我们要打进州赛，尽全力将金球收入囊中。”

“我欣赏你的自信。”

“你今年秋天会导演一场戏吗，安伯森先生？”

“计划是这样。”

“好的，太棒了。给我留个角色……但是，有橄榄球赛要打，到时候只能演个小角色。去看看乐队吧，不错的。”

---

① 西斯科·基德是美国小说家欧·亨利（1862—1910）于一九〇七年创作的小说《绅士之道》中的西部人物。

乐队岂止“不错”。小鼓上面的标牌上写着“骑士”。一位青年领唱倒数之后，乐队唱起流行歌曲《噢，我的头！》，老里奇·瓦伦斯[①]的歌——在一九六一年夏天，他不算真老，虽然已经死了近两年。

我端起装着啤酒的纸杯，走近音乐台。我很熟悉这个年轻人的声音。也很熟悉键盘的声音，键盘似乎想变成手风琴。键盘突然发出咔嗒声。这个年轻人是道格·萨姆，他过不了几年就会有自己的畅销单曲。一首是《她是一个先行者》，另一首是《门多西诺》。但现在是英国音乐入侵美国的时候，所以这支乐队演奏的基本上是特加诺摇滚，取了个假的英国名称：道格拉斯爵士六重奏。

“乔治，过来见个人，好吗？”

我转过身。米米跟一位女士一起，从草坡上走下来。我对萨迪的第一印象——所有人对她的第一印象，我敢肯定——是她的身高。她跟这里大多数女人一样，穿着平底鞋，知道下午和晚上会在外面闲逛。但这个女人上次穿高跟鞋可能还是在她的婚礼上。即便是在她的婚礼上，她也很可能精心挑选了一件能遮住低跟或者无跟鞋的婚纱。这样一来，她站在圣坛前面时，才不会高过新郎太多。她少说有六英尺高，甚至更高。但我还是比她高至少三英寸。除了波尔曼教练和历史系的格雷格·安德伍德，我可能是聚会上唯一比她高的男人。格雷格就像根豆秆。用当时的话说，萨迪的身材真好。她自己很清楚这一点，但并不骄傲。从她走路的姿势能看得出来。

我知道我太高了，不能算是正常，她走路的姿势似乎在说。她的肩膀似乎说得更多：不是我的错。我就长成这样。像托普希[②]一样。她穿着无袖裙，裙子上面印着玫瑰。她的胳膊被晒成褐色。她涂了点粉色的口红，除此之外，没有别的装饰。

不是一见钟情，我很确定，但第一印象非常深刻。我如果告诉你我同样清楚地记得第一次见到克里斯蒂·埃平的情景，那是在撒谎。当然，我们是在跳舞俱乐部认识的，我们当时都在干杯，所以我大体

---

① 里奇·瓦伦斯（1941—1959），美国歌手、曲作者、吉他手。

② 一头暴躁的母象，在三年内导致三名驯养员死亡。公园方欲将其杀死。一九〇三年，爱迪生为了演示交流电的危险性，对其实施了电刑。

记得。

萨迪的好看属于所见即所得那一类自然型美国女孩的好看。她还有些别的什么。聚会那天，我想所谓“别的什么”就是司空见惯的高个子的笨拙。后来我发现，她一点儿也不笨拙。她跟笨拙沾不上边儿。

米米看起来很好——至少不比去我家劝我当全职教师那天差——但她化了妆，这倒是不太正常。化妆品既没有遮住她眼睛下面的凹陷（凹陷可能是由睡眠不足和疼痛共同造就的），也没能遮住她嘴角新添的皱纹。但她在笑。为什么不呢？她嫁给了她的男人，成功地办了聚会，还带来一位穿着可爱夏裙的可爱女孩，将其介绍给学校里唯一单身的英语老师。

“嗨，米米。”我说，沿着缓坡迎上去。我挥着手绕过牌桌（桌子是从美国退伍军人协会大厅借来的），人们等会儿会坐在桌边吃烧烤看日落。“恭喜！我想现在得叫你西蒙斯太太了。”

她露出干涩的笑容。“还是叫米米吧，我已经习惯了。我想让你认识一位新同事。这是——”

有人忘记把一张折叠椅放回原处。这个高大的金发女孩已经朝我伸出手，面带“很高兴见到你”的微笑。她绊在椅子上面，倒向前来。椅子跟她一起倾斜。我看到，椅腿如果刺中她的肚子，后果不堪设想。

我把啤酒杯扔到草地上，大步向前一跃，在她跌倒前抓住她。我的左胳膊扶住她的腰，右手落在更高的位置，抓住一处暖暖的、圆圆的、软软的地方。在我的手和她的乳房之间，她的棉布裙从裙子里光滑的尼龙或者丝绸，或者其他什么东西上滑过。这是场亲密的见面，但是椅子在我们中间充当了监护人。我们撞到椅脚上。我在她一百五十磅左右的冲力下踉跚一下，但站住了，她也站住了。

我把手从她身上陌生男女刚认识时很少会碰的地方移开，说道：“你好，我是——”杰克。我差点说出我在二十一世纪的名字，但在最后一刻刹住。“我是乔治。真高兴认识你。”

她的脸红到了发根。我可能也是如此。但她很有气质地笑了。

“很高兴认识你。我想你刚才救了我，否则我会摔得很惨。”

可能是这样。就是这样，你明白了吗？萨迪并不笨，只是容易出些状况。你一开始会觉得有趣，然后才意识到真相：这件事很邪乎。她后来告诉我，她和她的约会对象到达高四舞会现场时，她把裙子褶边卡在车门里，朝体育馆走时，成功地把裙子扯掉。她身边的饮水器曾经出现故障，喷她一脸水。她点烟，常常会把整盒火柴点着，烧到手指，烧焦头发。在家长之夜，她文胸的带子会断掉。在有她要讲话的学校集会开始之前，长袜严重脱丝。

她经过门口时很小心头（所有敏感的高个子都学会了这一点），但人们总是在她走进门时鲁莽地把门撞到她的脸上。她曾三次被困在电梯里，其中一次是两个小时。一年前，在一家萨凡纳百货商店，新装的电梯卡住她的鞋子。当然，我那时候还不知道这一切。我唯一知道的就是，在七月的那个下午，一位金发蓝眼的美丽女人倒在我的怀里。

“我看你和邓希尔小姐已经相处得极好，”米米说，“你们好好认识认识吧。”

我想，从克莱顿太太到邓希尔小姐的转变已经实现，不管法律程序有没有走完。一条椅腿戳进草地。萨迪试着把它拉出来，开始没有拉动。椅腿终于被她拉出来时，椅背径自撞到她的大腿，飞向她的裙子，掀起裙子，吊袜带露了出来。袜带跟她裙子上的玫瑰一个颜色：粉色。她有点恼怒地叫出声。脸红变成令人担忧的耐火砖的黑色。

我接过椅子，将其安稳地放到一边。“邓希尔小姐……萨迪……我要是能有幸见到会喝冰啤的女人，那个女人肯定就是你。跟我来吧。”

“谢谢你，”她说，“真抱歉。我妈妈告诉我，永远别向男人猛扑过去，可我总是学不会。”

我领着她走向啤酒桶，沿路介绍各位同事（我抓住她的胳膊，绕开一个玩排球的人，他往后退准备击高球时，好像要撞到她）。我敢肯定一件事：我们可以成为同事，朋友，乃至好朋友，但不会更进一步，不管米米是如何盘算的。在洛克·哈德森[①]和多丽丝·黛主演的戏剧中，我们的见面毫无疑问是“浪漫的邂逅”。但在现实生活中，在咧着嘴笑的人群面前，这只能是难看和令人尴尬的事。没错，她很美。没

---

① 洛克·哈德森（1925—1985），美国影视剧演员。

错，跟这么高的女孩走在一起，而自己的身材更高，那种感觉很妙。不可否认，我很喜欢薄薄一层棉布和性感尼龙里面那软软的乳房。但你除非只有十五岁，否则草坪聚会上意外的一摸算不上一见钟情。

我给刚刚获得新称呼的（或再次获得这一称呼的）邓希尔小姐端了杯啤酒，我们站在临时吧台边聊了一会儿（社交时长）。文斯·诺尔斯特地租来的鸽子把头伸出他的大礼帽啄他的手指时，我们都笑了。我又指着德诺姆的教师（很多已经坐着酒精特快，离开了清醒城市），介绍给她。她说她永远不可能认识所有人，我向她保证，她会认识的。我告诉她，需要任何帮助，只管打电话给我。几分钟时间，意料之中的聊天话题。然后她再次感谢我让她免于四仰八叉，然后她去看能否把孩子们聚到一起打皮纳塔。我看着她离开，没有坠入爱河，却起了强烈的性冲动。我坦白，我短暂回忆了长袜袜口和粉色的吊袜带。

那天晚上，我准备睡觉时，思绪又飞到她的身上。她以一种美妙的方式，不单填补了米米的空缺。追踪穿着印花裙子摇摆前进的她的并非只有我的眼睛。但说真的，就是这样。还能有什么呢？我开始这个世界上最奇怪的旅行前不久，读过一本书，书名叫《可靠的妻子》。我爬上床时，小说中的一句对话在我的脑海中闪过："他已经失去浪漫的习惯。"

我就是如此，我熄灭电灯时想，完全没了这个习惯。然后，蟋蟀的歌声将我送入梦乡。我不光梦到了她美妙的乳房。还梦到了她的重量。她在我怀里的重量。

事实证明，我根本没有失去浪漫的习惯。

7

约迪的八月酷似火炉，每天的气温至少有华氏九十度，经常飙上一百度。我在梅瑟巷的出租房里的空调还不错，但它无法抵挡热气持久的侵袭。有时候——如果下过暴雨——晚上会凉快点，但也没凉快多少。

八月二十七日早上，我坐在桌旁写《凶杀地》。门铃突然响了。我除了着篮球短裤，什么都没穿。我皱起眉头。今天是星期天，我刚刚听见教堂竞相响起的钟声。我认识的人大多去了镇上四五处做礼拜的地方。

我穿上一件T恤，走到门口。来者是博尔曼教练和埃伦·多克蒂。埃伦是家庭经济系前任主任，将在接下来的学年里担任德诺姆联合高中的代理校长。这丝毫不令人惊讶，就在米米正式提交辞职信那天，德凯也提交了辞职信。教练穿着深蓝色西装，花哨的领带似乎要勒断他的脖子。埃伦穿着整洁的灰色套装，领口有一圈蕾丝。他们看起来十分严肃。我的第一感觉既有说服力又很疯狂：他们知道了。不知怎么，他们知道了我是谁，从哪儿来。他们要来揭穿我的底细。

博尔曼教练的嘴唇在颤抖，埃伦没有哭出来，但眼泪已充盈她的眼眶。这时，我明白了。

“是米米吗？”

教练点点头。“德凯打电话给我。我叫上埃伦——我常常带她去教堂——我们在通知大家。先通知她喜欢的人。”

“很抱歉，”我说，“德凯怎么样？”

“他似乎在硬撑，”埃伦说，然后严厉地看着教练，“至少教练是这样说的。”

“是的，他还好，”教练说，“但肯定已经崩溃。”

“肯定的。”我说。

“他准备将她火化，”埃伦不赞成这种做法，所以嘴唇紧缩着，“说这是米米的意思。”

我思考片刻。“我们应该在开学时举行一场特别的聚会。我们能办到吗？可以让大家发表演讲。我们或许可以整理一些幻灯片？人们肯定有很多她的照片。”

“这个主意太棒了，”埃伦说，“你能组织吗，乔治？”

“我很乐意试试。”

“请邓希尔小姐帮你。”我正想着她是不是也想做媒，她又说：“我想这会让喜欢米米的男孩女孩们知道，她亲手挑选的新兵在帮忙安排追思会。这对萨迪有帮助。”

当然有帮助。她初来乍到，可以表达出一些善意，开始新的学年。

“好的，我会跟她谈。谢谢你们两位。你们还好吗？”

“当然。”教练坚决地说，但他的嘴唇仍然在颤抖。他能这样做，我很欣慰。他们缓步走向他停在路边的车。教练搀着埃伦的胳膊。他能这样做，我也很欣慰。

我关上门，坐在小前厅里的凳子上，想起米米曾说，我如果不接手高年级的戏剧工作，她会很失望。我要是不在为期至少一年的全职教师合约上签字，她会很失望。我要是不参加她的婚礼，她会很失望。米米觉得《麦田里的守望者》应该出现在图书馆里，也不反对在星期六晚上来一场美妙的性爱。她是学生们毕业以后最怀念的教职工。他们成年后，有时还会回来看望她。她属于那种会在问题学生的人生关键时刻出现，并让他们做出重要转变的老师。

《圣经》箴言篇里说，有才德的妇人，谁能得着呢？她的价值胜过珍珠。她寻找羊毛和亚麻，甘心用手做工。她好像商船，从远方运粮来。

所有的老师都知道，衣服不止于蔽体，食物也远不止于果腹。米米女士喂养和装扮了许多人。包括我。我坐在从沃斯堡跳蚤市场买来的凳子上，低着头，脸埋在手里。我想着她，非常忧伤，但我的眼睛是干的。

我不是一个轻易会哭的人。

8

萨迪毫不犹豫地同意帮我组织一场追思会。我们在炎热八月的最后几个星期里一直忙着这件事，开车在镇上转，安排发言人。我说服迈克·科斯劳读《圣经》箴言篇第三十一章中对有德行女人的描述。

阿尔·斯蒂文斯主动请缨，讲述米米的生平——我从来没有从米米自己的口中听过——他的拿手菜叉角羚肉汉堡的名字就是米米取的。我们收集了两百余张照片。我最喜欢的照片是，米米和德凯在学校舞会上跳扭摆舞。米米看起来很开心；德凯看起来像是屁股上长了根粗棍子。我们在学校图书馆精心挑选照片。图书馆里，桌上的名牌由“米米女士”变成了“邓希尔小姐”。

在此期间，我和萨迪从没亲吻过，从没牵过手。除了匆匆一瞥，从没长时间看过对方的眼睛。她只字不提她失败的婚姻，或者她为什么从佐治亚来到得克萨斯。我只字未提我的小说，或者我大部分为杜撰的过去。我们谈论书。我们谈论肯尼迪，她认为他的外交政策具有侵略性。我们讨论崭露头角的民权运动。我对她谈起北卡罗来纳州加油站后面小溪上的木板。她说她在佐治亚州见过为黑人设置的类似的厕所，但是她相信他们的好日子不远了。她认为取消学校种族隔离制度的时日将至，但可能要到七十年代中期。我告诉她，有新总统和他当司法部长的弟弟推动，那一天会来得更快。

她哼了一声。“你比我更尊敬那个咧着嘴笑的爱尔兰人。告诉我，他理过发吗？”

我们没有成为情人，但成了朋友。有时，她绊倒在什么东西上（包括她自己的脚，一双大脚），我有两次扶住她，再也没有抓那种让人难忘的地方。她有时会说，她得抽支烟，我会陪着她去外面金工教室后面的吸烟区。

“如果不能穿着蓝色旧牛仔裤来这儿，在板凳上四肢伸开坐着，我会留下遗憾。”她有一天说。那时离开学不到一个星期。“办公室里的空气总是很污浊。”

“情况将来会好转的。校园内会禁止吸烟。老师和学生都不得吸烟。”

她笑了，笑得很美，因为她的嘴唇很丰润。牛仔裤，我不得不说，穿在她身上很好看。她的双腿修长。屁股丰满。“一个无烟的社会……黑人孩子和白人孩子肩并肩和谐地坐在一起学习……难怪你会写小说，你的想象力真丰富。你在你的水晶球里还看到了什么，乔治？登月火箭吗?”

“当然有，但是可能会比种族融合来得晚。谁跟你说我在写小说?”

“米米女士，”她说，把烟头摁进五六只摆在一起的沙瓮烟灰缸的一个中。“她说写得很好。说起米米女士，我觉得我们应该回去工作了。我想照片差不多可以定了，你说呢?”

“对。”

“你确信放幻灯片时播放《西城故事》这首歌不会太没有新意吗?”

我觉得这首歌简直老掉牙了，但埃伦·多克蒂说，这是米米最喜欢的歌。

我告诉萨迪这一点，她怀疑地笑笑。“我没有那么了解她，但这根本不像是她喜欢的歌。可能是埃伦最喜欢的歌。”

“现在想想，事情很有可能是你说的这样。听着，萨迪，想不想星期五跟我一起去看橄榄球?星期一开学前，在孩子们面前露个脸?”

“想啊。”然后她停顿一下，看起来有点不自在。“只要你没有打歪主意。我还没有准备好跟人约会。或许在很长时间里都不会这么做。”

“我也不会。”她可能想起了前夫，而我在想李·奥斯瓦尔德。他很快就会拿回美国护照。他现在只需要为妻子弄一张苏联的出境签证了。“但是朋友有时会一起去看球。”

“没错，朋友会一起看球。而且我喜欢跟你一起出去，乔治。”

“因为我比你高。”

她开玩笑地用拳头捶了我一下——像个大姐姐那样捶。“说得对，朋友。你是我可以仰视的男人。”

9

在比赛现场，几乎所有人都抬头看我们两个，带着些许敬畏——好像我们代表了人类一个与众不同的族群。我想，这很好，萨迪这一次不必单独笨拙地适应他人的目光。她穿着“狮子荣耀”运动衫和裙色的牛仔裤。金色的头发梳到后面，扎成马尾辫。看起来也像个高四女生。个头很高的学生，或许是女子篮球队的中锋。

我们坐在教师席。吉姆·拉杜洞穿阿内特熊队的防守，成功实施六次短传，最后完成一记六十码远的长传，全场观众都站起来欢呼，我们也欢呼。中场休息时，德诺姆的得分是三十一，阿内特得了六分。球员跑下球场，德诺姆乐队挥舞着大号和长号上场，我问萨迪想不想要热狗和可乐。

“当然想啊，但是现在队肯定排到停车场了。等到第三节休息时再去吧。我们还要像狮子一样大吼，还要做‘吉姆的欢呼’呢。”

“我想你自己能搞定这些。”

她朝我笑笑，抓住我的胳膊。“不，我需要你帮我。我对这儿还不熟，记得吗？”

她触摸我时，我感到一阵暖暖的颤抖，我无法将其解读为友谊。为什么会这样呢？她的脸颊红了，眼睛闪着光。在灯光和得克萨斯州黄昏的天空下，她异常美丽。若不是中场休息时发生的那一幕，我们的关系可能会发展得更快。

德诺姆乐队像所有的高中乐队那样前进，大踏步，但步伐并不整齐划一，演奏着无法听清的歌曲集锦。演奏结束之后，拉拉队长跑到五十码线上，把塑料丝球放在脚前，双手放在髋部。“跟我说L！”

我们照着她的要求做。在她的要求下，我们又喊出“I”“O”“N”和“S”。

“拼在一起叫什么？”

“狮子！”主场看台上所有人都站起来鼓掌。

“谁是赢家？”

“狮子！”根据半场比分，这一点毫无悬念。

“那让我听听你们的叫喊！”

我们用狮子队传统的方式叫喊，先朝左，再朝右。萨迪竭力喊叫，用手罩着嘴巴，马尾辫从一边肩膀甩到另一边肩膀。

接下来是“吉姆的欢呼”。此前的三年——是的，我们的拉杜先生读一年级学生时就开始打四分卫——这种欢呼非常简单。拉拉队长会喊“让我们听听你们喊‘狮子的荣耀’！谁领导我们的球队？”主场观众喊“吉姆！吉姆！吉姆！”之后，拉拉队长会做几个侧翻跳，然后下场，以便对方球队的乐队能上来吹一两首曲子。但是今年，可能是为了向吉姆的告别赛季表示敬意，口号改了。

每次观众大喊“吉姆”，拉拉队长就用他的姓的第一个音节回应，拉长的声音就像音符。这很新鲜，但不复杂。观众急急忙忙地跟着呼喊。萨迪跟着观众呼喊。然后她意识到我没有喊。我只是站在那儿，张着嘴巴。

“乔治，你还好吗？”

我没法回答。事实上，我根本没听见她的话。因为我的大部分注意力已经回到里斯本福尔斯。我已经穿过兔子洞。我已经沿着烘干房的边上走，从铁链底下钻过去。我已经准备好遭遇黄卡人，但不会被他攻击到。只是，他不再是黄卡人。现在，他是橙卡人。“你不该来这儿，”他曾经说，“你是谁？你在这儿干什么？”我问他有没有去过匿名戒酒会，他说——

“乔治？”此刻萨迪的声音听起来既焦急又关心，“怎么了？出什么事了？”

球迷们已经完全沉醉在叫喊—呼应的游戏之中。拉拉队长喊“吉姆”，露天看台上的人则回应“拉”。

“滚蛋，吉姆拉！”从黄卡人变成橙卡人的家伙（但还没有变成死在自己手上的黑卡人）这么对我咆哮。我现在又听到这个词，这个词在拉拉队和两千五百名球迷之间飞来飞去，像个实心球：

“吉姆拉！吉姆拉！吉姆拉！”

萨迪抓住我的胳膊，摇晃我。“说话呀，先生！说话呀，你吓到我了！”

我把脸转向他，勉强笑了笑。笑得不容易，相信我。“我猜，只是低血糖。我去买可乐。”

“你不会晕倒吧？我可以跟你一起去救护站，要是你——”

“我很好。”我说，然后想都没想自己在做什么，就亲了一下她的鼻尖。有个孩子喊：“加油，安伯森先生！”

她没有生气，像兔子一样扭动鼻子，然后笑了。“给我带根香辣热狗。多放点奶酪。”

“是，夫人！”

过去很和谐，我已经非常了解这一点。这是什么歌？我不知道，这让我很着急。在通往饮料摊的水泥跑道上，口号声被放大了，逼得我想用双手盖住耳朵。

“吉姆拉！吉姆拉！吉姆拉！”